劉曉光　編著

國典中經

中華教育

目錄

總說

閱讀指津

《三十六計》對於兵法的解釋，貫穿着我國古代一部占卜書《周易》的哲學思想。陰陽，用來說明天地萬物的產生和發展變化；數，是說奇數和偶數相合而變化生成萬物，甚而決定着事物的盛衰消長；術，即計謀策略。在我們今天看來，陰陽就是事物發展中矛盾着的正反兩個方面；數則是客觀存在及其發展變化的規律。作戰做到了知己知彼，並且善於把握和利用敵我雙方的利弊長短，便是所謂的「陰陽變理」。無論軍事、政治、經濟，還是日常生活，果然到了這種境界，那就可以說是把握住了關鍵，勝券在握了，這也就是「機在其中」。

六六三十六，數中有術，術中有數。陰陽變理，機在其中，機不可設，設則不中。

按：解語重數不重理。蓋理，術語自明；而數，則在言外。若徒知術之為術，而不知術中有數，則術多不應。且詭謀權術，原在事理之中，人情之內。倘事出不經，是詭異立見，詫世惑俗，而機謀泄矣。或曰：三十六計中，每六計成為一套。第一套為勝戰計，第二套為敵戰計，第三套為攻戰計，第四套為混戰計，第五套為並戰計，第六套為敗戰計。

| 譯文 | ●

　　六個六是三十六，作戰雙方客觀實際情況的發展變化隱含着謀略，謀略運用的依據隱含着對戰爭局勢發展變化的分析預期。認識了敵我雙方的特點，運用相反相成的規律，調和好雙方的對立統一關係，制勝的機遇就把握在手了。機遇不是憑空設置的，硬性設置就會適得其反。

　　按語：總說的闡釋強調作戰雙方客觀實際的變易情況，不強調變易情況中所隱含的道理。因為道理，標明各計的專門用語淺顯易懂，不必多加解釋就能通曉明白；但是，作戰雙方客觀實際的變易及其發展趨向，卻不是言語文辭所能說清道明的。如果只是了解計謀就是計謀，卻不懂得計謀裏面隱含着對戰爭雙方此消彼長變化情況的了然於心，那麼，這種計謀就不能發揮預期作用。況且詭譎多端的計謀和隨機應變的策略，其來源本身就是自然與社會生活中的普通道理和人們的尋常交往之情。如果計謀不合常理，那麼它馬上就會暴露出欺詐怪誕，讓人詫異莫名，從而行動的奧妙玄機也就會大白於天下。有人說，三十六計全篇，每六個計策組成一套。第一套是勝戰計，第二套是敵戰計，第三套是攻戰計，第四套是混戰計，第五套是並戰計，第六套是敗戰計。

第一套

勝戰計

第一計　瞞天過海

閱讀指津

對於司空見慣的尋常事物，我們難免熟視無睹習焉不察。利用認識的這種負面特性，把真實的軍事目的隱藏在不遮不掩看似尋常的軍事行動中，反覆暴露給敵人，讓它真假難辨，造成感官上的麻痺和思想上的懈怠，然後選擇時機，出其不意，一招克敵。這是本計瞞天過海的根本所在。

原文

備周則意怠，常見則不疑。陰在陽之內，不在陽之對。太陽，太陰。

按：陰謀作為，不能於背時祕處行之。夜半行竊，僻巷殺人，愚俗之行，非謀士之所為也。昔孔融被圍，太史慈將突圍求救。乃帶鞭彎弓，將兩騎自從，各作一的持之。開門出，圍內外觀者並駭，慈竟引馬至城下塹內，植所持的射之。射畢，還。明日復然。圍下人，或起或臥。如是者再，乃無復起者。慈遂嚴行蓐食，鞭馬直突其圍。比敵覺，則馳去數里矣。

譯文

防備嚴密，往往就思想麻痺，鬥志懈怠；司空見慣的事物，往往就忽略了其中的可疑跡象。計謀隱藏在故意暴露給敵人的軍事假象中，表面現象和它所隱含的軍事動機融合統一而不是互為排斥。這就是《周易》太陽、太陰相反相成的辯證思想所表述的道理：毫無遮掩的表面現象蘊藏着非常詭祕的軍事謀略。

按語：隱祕難測的計謀，要選擇適當的時機，不要在陰暗偏僻的地方偷偷摸摸地實施。半夜裏幹樑上君子的勾當，深巷無人的地方行兇殺人，

這是蠢笨粗鄙的做法，不是滿腹韜略的作為。東漢末年，孔融在北海被黃巾軍圍困，太史慈準備衝破包圍請求援兵。突圍前，太史慈就帶着鞭子和弓箭，讓兩名騎兵每人手持一個箭靶子跟着自己，打開城門走了出來，城內的被圍困者和城外的敵軍都大為驚駭。太史慈卻牽馬走到城牆外的護城河邊，讓隨從騎兵插好箭靶子，旁若無人地射了起來。射箭完畢，回城裏去。第二天，還是這樣。圍城的敵人弄不清他的意圖，有的站着觀看，有的躺着不理不睬。太史慈這樣一而再，再而三地重複這個把戲，所有的敵人都不搭理他了。這時候，太史慈在草蓆上急匆匆地吃飯，做好突擊準備，然後上馬揚鞭徑直衝出了包圍圈。等到敵人明白過來時，他已經跑出去好幾里路了。

事例

呂不韋的興亡

　　呂不韋是戰國時期秦國陽翟（今河南省禹縣）人，販賤賣貴，坐地趙國都城邯鄲，成了聞名遐邇的大商人。

　　這時的天下，正是急劇動盪的社會大變革時期，思想活躍，百家爭鳴，學術衝決了官家的獨斷，文化呈現出空前的繁榮，列國爭雄，戰爭頻仍。正是因為這樣的社會文化學術氛圍，波瀾壯闊的歷史所展示的就不僅僅是舉武揚威，更重要的鬥智逞謀。思想的衝撞，時代的動盪，讓處在生產與消費中間環節上的呂不韋，在一買一賣中折騰出了許多處世機謀。

　　陽翟故鄉的生活，往來奔波的見聞，在他精明的商業頭腦裏關於社會人生的串串波瀾，恰似潮漲潮落……

　　呂不韋見慣了達官貴人的奢華風光，也目睹了落魄公子王孫的潦倒放蕩。在趙國做人質的秦國公子異人，就是他所結交的一個厄運纏身的人。

　　秦國懷着吞併天下的虎狼之心，對山東（崤山以東）六國採取遠交近攻的策略，它的近鄰趙國飽受秦軍侵擾，兩國的結盟名存實亡，異人還能受到趙國的歡迎？不僅如此，更面臨着趙國報復的生死威脅；生活上，車馬凋敝，手頭拮据，整天渾渾噩噩地打發日子。

呂不韋早就打起了異人的主意，他心想：奇貨可居，這是可以囤積的天下奇貨！

不過，究竟該怎麼下手，呂不韋一片茫然。為這事，他專門回家跟老父親見了一面，儘管老人家並不完全明白兒子的用意，卻贊成兒子立個國君，經營天下的想法。他說：「那是無法計算利潤的千秋大業！」

呂不韋拜訪異人去了。

有客造訪，對於門庭冷落的異人來說實在難得。來客沒有客套，也沒有投石問路的試探，開門見山就說：「我能夠光大公子您的門庭。」

這句話，讓異人立刻改變了裝模作樣以禮相待的應酬。他先是沒精打采地乜斜了來客一眼，然後少氣無力又不無嘲諷地回答說：「先生，暫且光大您自家的門庭去吧！等您門庭光大了，再來光大在下的門庭，還不遲呢！」

「不，公子。您不明白，我的門庭需要您的門庭光大。」

異人隱隱約約地覺得呂不韋話中有話，就請他到內室說話。幾句話的工夫，他倆就到了推心置腹的火候。二人私語，擘畫起了光大門庭的方略。

「秦王年邁人老，我聽說太子很寵愛華陽夫人，可華陽夫人沒有兒子……這是個千載難逢的機會！」呂不韋說。

「噫？」異人似懂非懂地看了看呂不韋神祕兮兮的面孔，還真沒弄懂他葫蘆裏裝的甚麼藥。

「雖然這樣，可繼承帝位的，只有華陽夫人所生才行啊！公子您兄弟成羣，二十多個兄弟裏，您不大不小，恰恰排行居中，何況長期在國外做人質，更不受寵愛，就是秦王駕崩了，太子安國君繼承了王位，您還是沒希望撈到太子的名分！」

異人恍然大悟，點了兩下頭，着急地問道：「那，那該怎麼辦？」

　　呂不韋兩眼一直盯着異人，他察言觀色，時時準備着調整自己的措辭，沒想到只三言兩語異人就給說得急不可待了。他不慌不忙地喘了一口氣，然後慢條斯理地從頭到腳把異人打量了一遍，又緩緩地拿目光掃視了異人簡陋的一屋窮酸，這才壓低聲音，關切而狡詐地說：「公子很窮，又是客居他國，沒有甚麼東西奉獻討好至親，也沒有金銀結交賓客。我雖然只是一個小小商人，可是願意拿出千金家產，為您遊說安國君和華陽夫人，爭取立您為太子。」

　　異人撲通一聲，跪倒在呂不韋腳下：「果真如先生所言，事情一旦成功，異人我願意列土封疆，跟先生共享秦國。」

　　呂不韋一分千金為二，五百金給異人用作結交賓客的日常開銷，五百金用於購買奇珍異寶。

　　一切都準備停當後，呂不韋披掛上陣赴秦遊說。

　　幾經周折，呂不韋買通了求見華陽夫人姐姐的關節，把一應珍寶傾囊獻給了華陽夫人。

　　呂不韋拜見華陽夫人，特別以子楚的名字指稱異人，因為華陽夫人是楚國人，這樣能討得她的歡心：「子楚把夫人當做上天，日日夜夜想念父親和夫人，常常悲傷得淚流滿面。」

　　這話讓華陽夫人聽了高興。

　　呂不韋拜託華陽夫人姐姐勸華陽夫人：「我聽說，憑美色侍奉人，一旦年老色衰，寵愛會與日俱減。如今夫人甚得太子寵愛，但夫人畢竟沒有兒子。不如乘受寵的機會，在非嫡子兄弟中選個賢能孝順的，當自己的兒子，舉薦給太子，立為嫡嗣。這樣，太子健在，自己威重尊崇；太子百年以後，自己也不會失去正宗夫人的權勢。」

　　姐姐的話，不能不引起華陽夫人為未來的打算。姐姐似乎看出了妹妹的心思，嘴巴湊到妹妹耳根邊，笑嘻嘻地說：「不在月貌花容繁花似錦的時候，樹木立本，到了色衰愛減，怕是連個說話的機會都撈不着了！」

緊接着她給妹妹提出了子楚這個人選：「子楚賢能，並且他明白自己排行居中的地位，按長幼順序是不可能立為嫡嗣的，還有他母親又不受寵幸，他自己想依附於夫人，夫人何不順水推舟呢？」

姐姐的話很有道理，華陽夫人承奉太子時提出了這事，並且把呂不韋販賣給她姐姐關於子楚的好話原原本本地說了一遍。

說着說着，華陽夫人聳着雙肩，嬌柔地哭訴道：「妾有幸得到恩寵，陪伴在太子身邊，不幸沒有兒子，希望能立子楚為嫡嗣，寄託妾的一生。」

看着夫人嬌美的體態，聽着她教人心疼的傾訴，安國君早已是六神無主。他怎能忍心傷害自己的所寵所愛呢？雖然後宮妃嬪成羣，但哪個能取代她在自己心目中的位置？安國君連忙又哄又親地勸呀說呀，還貓臉狗臉地賣乖。可不管太子如何地使盡了渾身解數，華陽夫人依舊雙手掩了香腮，不停地扭動着腰肢低低哭泣。

立嫡子事小，哭壞了心上人事大。子楚也好，子甚麼也罷，反正都是我的兒子，安國君想，立誰還不都是一樣，只要夫人高興，更何況夫人說子楚又懂事又聰明，她還喜歡他呢！

「好，好，依你還不行了嗎？」安國君對夫人說。

華陽夫人這才眼淚巴巴地偎在安國君懷裏，又嬌滴滴地說，不要日久生變，請太子刻玉符為信物吧！

安國君一切都依從了她。

異人做了太子，自然是今非昔比。

富有的呂不韋，娶了傾城傾國能歌善舞的趙國女子趙姬，很快這個嬌羞無比的小女子就有了身孕。有一天，異人來呂不韋商號，只一眼就看上了楚楚動人的趙姬，渾身立馬湧起了按捺不住的衝動。

異人立起身子，五臟六腑的血液都湧上了頭頂，充了血的臉熱辣辣的，給呂不韋敬酒的雙手哆哆嗦嗦，他身不由己地向呂不韋提出了大膽而冒昧的要求。

他請求恩人呂不韋割愛趙姬，賞給自己。

愛美之心，人心所同。呂不韋娶美麗可人的趙姬不久，就已催生了生命的萌芽，情愛正濃，怎能容忍異人這小子得寸進尺的非禮！

呂不韋勃然大怒。

但是，憤怒中的呂不韋畢竟是個商人，商人的頭腦裏永遠打的是成本與利潤的算盤。精明的呂不韋眼皮一眨，計上心頭：我已經破費了千金家產，目的不就是要釣這個奇貨嗎？不妨再成全他一把，乾脆獻上趙姬，給這筆買賣再壓上個重重的賭注！

十月懷胎，一朝分娩。趙姬生了日後統一四海，開創中國二千多年傳統的秦始皇帝嬴政。於是異人立她為夫人。後來在呂不韋幫助下，異人逃回秦國，立為太子，不久又繼承王位，在位三年而死。

嬴政繼承王位的時候還是個不諳世事的少年，尊奉呂不韋為丞相，稱他為「仲父」，一應朝政都聽憑料理。但是嬴政很快成長為奮發有為的帝王，自己定名號為始皇帝，雄心勃勃地要奠定一個萬古不易的自家江山。

人總是欣賞自己的滿腹韜略，而很難記取盛極而衰的教訓。呂不韋由販賤賣貴的商人，一路瞞天過海登上了權傾天下的丞相寶座，但他最終沒能逃脫聰明反被聰明誤的魔圈。

後來，呂不韋因為受事件牽連被罷免了相職。他自知難逃殺身之禍，一杯鴆酒上了西天……

安祿山謀反

安祿山是唐代營州（今遼寧省朝陽）胡人，生性狡猾，善於揣摩別人的心思，並且作戰勇猛無所畏懼，所以很得上司喜歡。

有一次，奉命討伐北方少數民族奚和契丹叛亂，安祿山自以為勇武強悍，輕敵冒進，結果被打得一敗塗地。按照軍法，該當斬首。因

為幽州節度使張守珪對他非常賞識，就動了惻隱之心，奏請皇上重新裁斷。

宰相張九齡奏文說：「春秋時，齊國大將孫武為吳王演練兵法，斬了不聽命令的吳王寵妃。張守珪沒有收回成命的道理，安祿山不應該免於一死。」

唐玄宗愛惜安祿山的軍事才能，御准免去他的官職，讓他不帶官銜統領部眾。

張九齡堅持自己的主張，進諫唐玄宗說：「安祿山違犯軍法，部隊損傷慘重，依法行事，不能不殺。再說，據我的觀察，這個人長得一副叛臣賊子的反相，今日不殺，來日必將遺患朝廷！」

「愛卿，人不可貌相。你不要像晉人王夷甫，看見十四歲的石勒，就憑那乳臭未乾毛孩子的一聲吶喊，說他將來是天下的禍殃！」唐玄宗不以為然地答道。就這樣，安祿山得到了赦免。

開元二十九年（公元 741 年），已經升任平盧兵馬使的安祿山因為看風行事，左右逢源，受到上上下下的很多讚譽。朝廷派往平盧的人，都能得到十分豐厚的賄賂，唐玄宗自然也聽到了不少關於安祿山的美言，留下了他品性敦厚才能出眾的深刻印象。安祿山很快躋身高官行列，並且一身多任，范陽、平盧節度使雙職一肩挑；連朝廷對各級官吏進行監督制約的御史台長官御史大夫，他也捏在了手中，職位的尊崇讓同倫豔羨。

唐玄宗的寵愛，連安祿山自己都驚喜過望。

安祿山身體肥碩，大腹便便，肚皮直垂到膝蓋下邊，宣稱肚皮重三百斤。但是當着皇上，他花言巧語，應對敏捷，還不時說些詼諧幽默令人捧腹的蹊蹺話。唐玄宗曾經開玩笑地指着安祿山的肚皮說：「你這個胡人，肚子裏裝的是甚麼東西，竟然大到這個樣子！」「沒有半點多餘的東西，只是對皇上的赤子之心！」回答絕妙，龍顏大悅。

　　皇上對安祿山越是親信寵愛，安祿山在皇上面前就越加憨態可掬。唐玄宗吩咐他去拜見太子。見了太子，他故意不施跪拜。隨從們催促，安祿山也只是挺着腰桿，非常隨便地抱拳施禮，嘴裏還嘟嘟囔囔地說：「我是胡人，不懂得朝廷禮儀，哪知道太子是個甚麼官！」唐玄宗告訴他：「太子就是將來的皇上。朕一旦山陵崩，你的新君王便是他。」安祿山假痴不癲地說：「臣愚笨，只知道天下惟陛下獨尊，哪裏知道還有個太子！」折騰了好大一陣子，他才很不情願地施了跪拜禮。

　　唐玄宗卻把裝憨賣傻當做赤誠可嘉，更加寵愛他了。

　　一次，唐玄宗勤政樓設宴，文武百官列坐樓下，惟獨為安祿山在御座東邊的房間設席，並命令捲起畫有金雞的簾子，表示自己的恩寵和安祿山的榮耀。安祿山可以自由出入宮禁，還奏請皇上允許，做了貴妃的兒子。玄宗與貴妃同在一起時，安祿山進見，總先拜貴妃，皇上問其中的緣由。「我們胡人的規矩，是先母親後父親。」安祿山這個回答親切得體，皇上感到了身在高處的難得溫馨。

　　安祿山表面上忠誠不二，暗地裏卻做着別開龍廷稱尊天下的帝王夢。他以抵禦北方少數民族侵犯邊關的名義，在范陽城北築起了雄武城，貯藏了大量的兵器。為了壯大自己的力量，以築城的名義，奏請隴右、朔方、河東、河西節度使王忠嗣率兵前來支援，企圖乘機扣留下王忠嗣的精兵強將。王忠嗣看穿了他的狼子野心，故意在約定之日前到達，在沒有見到安祿山的情況下率軍折返。王忠嗣多次上奏提醒皇上，說安祿山必定反叛。

　　安祿山豢養了同羅、奚和契丹投降士兵八千多人，這些降兵人人都是壯士，所以他用胡語稱他們為「曳落河」；他還蓄養了百多名家奴，個個驍勇善戰，人人一以當百。安祿山戰馬之多數以萬計，武器不可勝數。幕府之中既有文學之士為心腹，更有智勇雙全的武將做爪牙。

　　李林甫做宰相時，安祿山十分畏服他的狡猾陰險口蜜腹劍，每當上朝，即使隆冬臘月也總是汗流浹背。

　　到了楊國忠做宰相，安祿山羽翼豐滿，根本不把他放在眼裏，他們之間也就有了矛盾。

　　天寶十三年（公元 754 年）正月初三，安祿山入朝。楊國忠進言，說安祿山要謀反：「陛下如果不信，不妨讓他上朝，他肯定不來。」恰恰相反，安祿山接到敕命，第二天就立刻來朝了。一見皇上，他就聲淚俱下地訴起了委屈：「微臣原本胡人，承蒙陛下寵愛才有了今天，卻不想遭到了楊國忠的嫉恨，恐怕我死到臨頭了！」

　　一個叱咤風雲的將軍，在唐玄宗面前哭哭啼啼像給至親傾訴委屈，安祿山又一次得到了憐愛，皇上甚至有些同情他了。唐玄宗賞賜累萬，安祿山的哭訴更讓皇上覺得貴妃的這個兒子非常值得信賴親近。國舅爺宰相楊國忠的進言，從此而後變作了耳旁風。

　　太子也風聞安祿山謀反，多次上奏。唐玄宗充耳不聞。

　　安祿山發現皇上對自己不僅沒有絲毫的猜忌，而且恩寵有加，就變本加厲地搜羅叛亂的政治資本。正月二十四日，安祿山得到了請求兼任閑廄使、隴右羣牧使等職務的任命。僅隔一天，二十六日玄宗又滿足了他提出的新要求，兼任羣牧總監。一個月後，安祿山利用職權之便，奏請玄宗安置黨羽，僅此一次，他的部屬五百多人被授予將軍，二千多人被授予中郎將。

　　安祿山以封官許願收買人心，網羅拉攏了眾多死心塌地的效死將士。

　　三月初一，安祿山在撈足了政治上的好處後，要告別京師返回范陽，一直給蒙在鼓裏的唐玄宗駕臨望春亭為他餞行。席間，皇上脫下御衣相賜，安祿山受寵若驚。

　　席散後，安祿山擔心楊國忠奏請皇上把他滯留朝中，火速離京趕赴潼關，而後乘船，日夜兼程沿黃河而下。雖然是順流，他仍然命令船夫疾行。

　　安祿山惟恐逃之不及，唐玄宗卻執迷於對他的信賴。這之後，凡是說安祿山謀反的人，皇上一概吩咐繩捆索綁送交安祿山，聽任處置。也正是從這時開始，滿朝文武上上下下都知道安祿山將要叛亂，卻沒有誰敢漏半點口風了。

　　天寶十四年（公元 755 年）八月，安祿山有部將從朝廷奏事返回軍中，利用這個時機，他造了假詔書，召來眾將領，一邊手揚假詔書，一邊聲色俱厲地說：「皇上密詔，命令我入朝討伐楊國忠，各位應該馬上率軍出征！」將領們非常震驚，左顧右盼，但就是明知是假的人也沒有膽敢出聲的。

　　十一月九日，安祿山率軍十五萬眾，號稱二十萬大軍，煙塵千里，鼓號震天，揮師進京，所經過的一路州縣官吏有的打開城門受降，有的聞風逃竄。直到太原受降的消息報告到朝廷，唐玄宗還認為是嫉恨安祿山的人捏造事實來誣陷他，根本不相信安祿山會謀反。

　　沒過幾天，唐玄宗得到了安祿山叛亂的確鑿消息，但是朝廷上下各有私心，已經回天無力。而安祿山宣佈叛亂以來，所向披靡，十二月十三日，就攻陷了東都洛陽。

　　「漁陽鼙鼓動起來，驚破霓裳羽衣曲」，政亂刑淫，沉湎聲色的唐玄宗這才大夢初醒，可憐為時晚矣。從此，唐王朝一蹶不振，開始了持續近百年的戰亂沒落史。

第二計　**圍魏救趙**

| 閱讀指津 | •

　　作為人生哲學，圍魏救趙給我們的啟發是，遇到棘手的矛盾，應當避開糾葛而尋找緩和或解決矛盾的關鍵點，避開鋒芒，挖其根基。一旦動搖了支撐矛盾的基礎，矛盾就會發生質的變化，從而悄然冰釋。作為當代語境中的成語，圍魏救趙的意思是不直指其事，而採取迂迴曲折的辦法處理問題或含蓄委婉地表達某種思想意圖，甚至還有點顧左右而言他的意味。

原文

　　共敵不如分敵，敵陽不如敵陰。

　　按：治兵如治水：銳者避其鋒，如導流；弱者塞其虛，如築堰。如當齊救趙時，孫子謂田忌曰：「夫解雜亂糾紛者不控拳，救鬥者不搏撠。批亢搗虛，形格勢禁，則自為解耳。」

| 譯文 | •

　　使敵人兵力集中，不如使敵人兵力分散；與強大的敵軍正面對抗，不如攻擊它的薄弱環節。

　　按語：用兵之道正像治理河川：來勢強勁之敵應該避開它的鋒芒所向，就像治理巨流不能攔截而要用疏導的辦法；對於弱小的敵人要插入它的虛空之處進行打擊，就像截流築堤要在水勢緩衝的地方。例如齊國救援趙國，孫臏對田忌說：「解開糾纏不清一團亂絲般的東西，得用手慢慢理出個頭緒，而不是攢緊拳頭一錘砸去就能奏效的，勸止別人打鬥無須參與進去。解圍的訣竅是，抓住敵人關鍵的地方，避實就虛，擊其要害，這樣就能控制住局面，激烈複雜的戰爭衝突自然也就迎刃而解了。」

孫臏和龐涓

　　孫臏是齊國著名的軍事指揮家和理論家，春秋時期偉大的軍事學家、《孫子兵法》作者孫武的後世子孫。孫臏秉承家學，早年師從鬼谷子學習兵法，龐涓就是這時的同學。

　　後來，龐涓輟學到魏國從政，很受魏惠王的賞識，當上了將軍；而孫臏則心無旁騖繼續跟老師研究學問。龐涓清楚，本來學問就高出自己的孫臏一旦學業結束走上齊國政壇，對於魏國和他自己都非常不利。因此，他設下圈套把孫臏請到魏國，企圖斷絕他效忠齊國的後路。

　　孫臏來到魏國後，龐涓更嫉妒他的才學智慧，惟恐他奪走了魏王對自己的專寵。於是，龐涓陷害孫臏，依法用刑砍斷了他的雙腿。殘忍的龐涓心想：當今之世，誰還能跟我爭高論低呢！

　　後來，孫臏設法拜見了出使魏國的齊國使臣，傾訴了自己的不幸和抱負，請求搭救回國。齊國使臣深為同情，就把他藏在車中，帶回了齊國。

　　回國後，使臣把他推薦給了齊國大將田忌。

　　田忌喜歡賽馬，經常跟齊國宗室的公子王孫們押重金賭輸贏。孫臏看了賽事，對田忌說：「下次，您只管重下賭金吧！我讓您取勝。」

　　沒過幾天，他們又賽馬了。孫臏給田忌面授機宜：「這次，您先用下等馬跟他們的上等馬周旋；然後，上等馬跟中等馬比試；最後一場，拿中等馬跟下等馬較量。」三場下來，田忌一負二勝，贏得了齊王的千金賭注。

　　賽馬場還是原來的地方，馬也還是先前的那幾匹，為甚麼比賽的結果顛倒了？齊威王莫名其妙，問田忌哪弄來的制勝法寶。田忌說破了孫臏傳授的賽法，並且把孫臏引薦給了齊威王。孫臏的學識一下子征服了齊威王，當下就被拜為軍師。

　　公元前 354 年，趙國出兵攻打毗鄰的小國衛。衛是魏國的附屬國，趙國掠走了衛，就意味着魏國軍事、外交、經濟等方面蒙受了損失，魏國當然不能坐視不管。

　　魏惠王揮師伐趙，包圍了趙國的都城邯鄲；陷入重圍的趙王向齊國求救。

　　齊國雖然漸漸強大了起來，但跟魏國相比，國力還嫌不足，而且曾經吃過魏國的敗仗。趙國求救，齊王不得不慎重對待。齊威王問朝臣們：「救好呢，還是不救好呢？」大臣們也意見不一。可是，一旦趙國敗亡，魏國的勢力就會更加強大，這又是齊國的後患。齊威王決定答應趙國的請求。

　　齊國組建了由田忌擔任大將軍，孫臏為軍師的援軍。趙國危急日甚一日，田忌準備直奔邯鄲，以解燃眉之急。

　　孫臏給田忌分析戰局說：「趙魏兩國陳兵對陣，竭力廝殺，魏國的精兵勁旅肯定是傾巢而出，留守國內的不過是些老弱病殘。您不如統帥大軍直搗魏國都城大梁（今河南省開封市），佔據它的交通要道，襲擊它守備空虛的薄弱環節。這樣，它必定放棄邯鄲之圍，回救大梁。」

　　田忌聽從了孫臏的這番謀劃。齊軍浩浩蕩蕩，順利地形成了對大梁的進攻威脅。

　　魏國出兵經年，這時候剛好攻破了邯鄲，三軍將士也早已是精疲力竭，可還沒來得及喘息，就傳來了齊軍進犯大梁的戰報。魏將龐涓立即拔營回師，疾走大梁準備跟來犯的齊軍交戰。

　　孫臏在魏國軍隊撤退的必經之地桂陵（今河南省長垣縣西南）埋下伏兵，以逸待勞。長途跋涉人困馬乏的龐涓兵馬，與士氣旺盛的齊軍剛一交鋒，就被打得落花流水。不堪一擊的龐涓收拾殘兵敗將，灰溜溜地逃回了大梁。

　　十二年後，魏國又挾持趙國挑起了侵略韓國的戰爭。出征韓國的魏將仍是龐涓。韓國抵擋不住魏國的強大攻勢，向齊國告急。

是不是救韓，朝臣們仍然各執一詞。孫臏說：「韓魏戰爭才剛剛開始，雙方都沒甚麼大的損傷。這時出兵相救，等於我們抵禦了魏國的強勁攻勢，又好像我們是聽從韓國的調遣。況且魏國有傾其國力不敗韓國決不罷休的來勢，韓國不會眼睜睜地看着自己淪陷敵國，肯定得再三求救。」

那到底是救還是不救呢？齊王看着孫臏，一臉的不知所措。「我們應當私下裏許諾相救，從而使齊韓雙邊關係密切，但卻不必馬上出兵。韓國有了救助的指望，必定增強戰鬥信念；魏國軍隊遭遇了韓國的拼命抵抗，實力也一定會有相當的消耗。等形成了這種兩敗俱傷的局面，我們再舉兵赴戰，打敗魏國可以說是穩操勝券！」孫臏接着說。

「妙！」齊威王連聲稱妙！

韓國得到救援承諾，果然對侵略者連續五次猛烈反攻。雖然五戰五敗，但魏國軍隊卻遭受了重創，而這時的韓國也到了力量不支的時候。

韓國使臣又一次來到齊國，只好把自己的國家託付給齊國，請求趕快出兵。

齊威王見時機成熟，決定出兵救韓。像十三年前的圍魏救趙一樣，齊威王仍拜孫臏為軍師，任命田忌為主將。

田忌根據孫臏「批亢搗虛」的戰略思想，又鋪排了一次「圍魏救趙」的拿手好戲。

田忌揮師向魏國都城大梁進發。

魏將龐涓立刻放棄了攻韓的一系列戰略計劃，撤軍回國。這時，齊國的軍隊已開出國門，長驅直入踏上了魏國疆域。

孫臏對田忌說：「魏軍一向自以為強悍勇敢，根本瞧不起我們，齊軍因而被稱為膽小懦弱。善於作戰的將領應該利用目前的情況，因勢利導。」

　　田忌覺得，孫臏的話正是自己想說而沒能說出來的。他請教說：「當此關頭，我們該怎樣對付勞師襲遠的龐涓？」

　　「將計就計，故意裝出膽怯懦弱的樣子，驕縱龐涓，誘使他輕敵冒進。」接著，孫臏提出了具體的作戰步驟：「現在，我軍立刻掉頭撤退。撤退過程中，第一天宿營時築起可供十萬人馬燒飯用的炊灶，第二天減少到五萬灶，第三天減為三萬灶。給敵人造成錯覺，進一步助長它輕敵麻痺的思想。」

　　龐涓尾隨三天，發現齊軍宿營用餐的炊灶一天比一天少，高興得眉飛色舞：「我早就知道齊軍是些膽小怕死的可憐蟲，進入我國才三天，將士就逃亡過半了！」

　　得意忘形的龐涓認為，雪洗桂陵戰敗恥辱的時刻到來了。根據自己的錯誤判斷，他命令丟棄步兵和輜重，只帶領了一支精選的勁健輕騎，以一天趕兩天路程的速度拼命追趕齊軍。

　　依謀而撤的齊軍，這時已退至本國境內。孫臏計算龐涓的行程，當晚應當抵達馬陵（今河北省大名縣東南）。

　　馬陵路狹道窄，是條蜿蜒於高丘中的小路，兩旁林木叢生，佈滿天然險阻，是設置伏兵襲擊敵人的上選之地。再加上漆黑一團的夜色，也是出奇制勝的最佳天時。

　　孫臏決定選在此地此時消滅龐涓。他讓田忌命令士兵砍倒路旁的樹木阻塞龐涓的去路，並選擇了一棵特別高挺的大樹，削去一大塊樹皮，在光滑的樹幹上寫下「龐涓死於此樹之下」幾個大字。

　　孫臏親自挑選了一萬名善射的弓弩手，埋伏在道路兩旁，吩咐他們：「一旦看到火光，就萬箭齊發！」

　　當晚，龐涓果然趕到了這棵大樹下。陰沉漆黑的夜空，只能讓他影影綽綽地看到樹幹上模模糊糊的一行字跡。

　　龐涓命令點亮火把，照明看字。

　　夜幕下的曠野，一炬火把彷彿熊熊燃燒的火球。火苗劈劈啪啪，儘管聲音十分微弱，但寂靜的夜空裏卻顯得撼人心魄。

　　隨着火把的點亮，「龐涓死於此樹之下」八個大字，像一把鋒利的匕首刺向龐涓的雙眼。

　　龐涓還沒來得及做出任何反應，埋伏路旁的齊軍萬弩競射，箭矢雨點般落入龐涓的人馬中。中箭的哀號，驚恐的慘叫，左衝右突的躲閃，再加上腳下橫七豎八的樹木碰撞⋯⋯頃刻間，龐涓的精銳輕騎只胡亂掙扎了幾下，便全軍覆沒了。

　　智窮兵敗的龐涓自料插翅難逃，沮喪地拔出佩劍，橫向自己的脖子，絕望地仰天長歎：「竟然成就了孫臏這小子的美名！」

　　大獲全勝的齊軍乘勝追擊魏國的後續部隊。

　　喪失了精兵強將的魏國軍隊，因襲着馬陵重創的心理負擔，又遭遇了齊軍來勢迅猛的突然襲擊，倉促應戰。常言說，兵敗如山倒，勢如破竹的齊軍很快全部殲滅了魏國的軍事力量，並且俘獲了魏太子申。

　　孫臏從此名揚天下，他的兵法著作流傳後世。

第三計　借刀殺人

|閱讀指津|••

　　借刀殺人的「刀」，比喻可以利用的外部條件；「殺人」，未必字面意義的確指，而是泛指所要達到的軍事目的。借，是一種為了保存實力巧妙地借力使力充分利用各種矛盾的藝術，是為了撬起成功的槓桿而尋覓的良好支點。弄懂借刀殺人的謀略，有助於在日常生活中識破邪惡勢力的伎倆，防範被心術不正的人利用。

　　敵已明，友未定，引友殺敵，不自出力，以損推演。

　　按：敵象已露，而另一勢力更張，將有所為；便應借此力以毀敵人。如鄭桓公將襲鄶，先問鄶之豪傑、良臣、辨智、果敢之士，盡與姓名，擇鄶之良田賂之，為官爵之名而書之；因為設壇場郭門之外而埋之，釁之以雞，若盟狀。鄶君以為內難也，而盡殺其良臣。桓公襲鄶，遂取之。諸葛亮之和吳拒魏及關羽圍樊、襄，曹欲徙都，懿及蔣濟說曹曰：「劉備、孫權外親內疏，關羽得志，權必不願也。可遣人勸躡其後，許割江南以封權，則樊圍自解。」曹從之，羽遂見擒。

|譯文|••

　　敵方的情況已經明確，而友軍的態度尚不明朗，要引導友軍出擊敵人，而沒有必要自己付出力量進攻敵方。這是運用《周易‧損卦》關於減損與增益互為對立轉化的原理推演出的道理。

　　按語：敵方的徵兆已經顯示出來，並且另一股力量跟敵人離心離德，表現出了擴展的勢頭和另有所謀的跡象，就要利用這股力量來摧毀敵軍。

例如，春秋時期，鄭桓公想要襲擊鄶國，發兵前，他打聽好了鄶國豪傑、賢良大臣、智謀之士和英勇善斷武將的姓氏名字，選擇鄶國上等的田地賄賂他們，並且封官許願把被封的官名爵位寫在他們的姓名之下。為鄭重其事，鄭桓公在城外高築祭壇，把分送田戶和官爵的名單埋在壇下，殺雞宰豬，舉行盛大儀式表明決不負約，就像設盟立誓。鄶國國君得知，認為這是臣子的背叛所致，就把他的這些辨智果敢的文臣武將統統斬盡殺絕了。這時，鄭桓公乘機而入，輕取鄶國。三國時，諸葛亮聯絡孫吳抵禦曹魏；關羽圍困樊城、襄陽，曹操竟要遷都避開關羽，而司馬懿、蔣濟勸說曹操：「蜀漢劉備和東吳孫權表面上親和，而骨子裏卻三心二意，實際上是疏遠的，關羽志得意滿一派威風，也是孫權所不甘心情願的。可以派遣使者遊說孫權攻擊關羽的後方，允諾割讓長江以南的魏國土地給予孫權。那麼，樊城的關羽圍兵就不擊自破了。」曹操採納了這個計策，於是關羽被孫吳俘獲。

二桃殺三士

晏嬰是春秋末期齊國的著名政治家，曾經在齊靈公、莊公、景公三朝做官，齊景公時，擔任了丞相。

公孫捷、田開疆和古冶子，是齊景公蓄養的三位勇士，人人力大無比，勇武強悍，能夠赤手空拳搏擊猛獸，一時間天下無人匹敵。他們對身高不過六尺的晏子不怎麼看在眼裏，認為僅僅以口舌之功居於丞相的要職，沒甚麼大不了的。所以，不管甚麼時候，也不管甚麼地方，跟丞相晏嬰相見，公孫捷他們總是趾高氣揚，旁若無人地擦肩而過，更別提甚麼躬身施禮了。

儘管這樣，晏嬰每當遇上三位勇士，仍然以禮相待，總是快走幾步打招呼，但是公孫捷他們依然故我，對丞相的禮遇不理不睬，一副威風凜凜豈奈我何的樣子。

晏嬰想，勇敢兇猛固然是勇士必備的稟性，但更為重要的還必須講究武德，具有禮義廉恥之心，如果只憑炫耀膂力就可以成全一個天下無雙的勇士，對於國家來說，就意味着潛在的危險。於是，晏嬰上

朝時跟景公談了這個想法。他說：「聖明的君主所蓄養的勇士，對上必須恪守君君臣臣的大義，對下應該維護長幼有序的人倫；對內可以除亂禁暴，對外可以威懾敵國；君主可以得到他們憑藉勇武威猛對國家的報效，朝臣和百姓因為他們盡忠國家而佩服他們的義勇堅強。有了這些，才能獲得尊崇的地位，享受豐厚的俸祿。但是公孫捷他們三個，既不恪守君臣之義，又不懂得長幼之序，對內有負朝野的期望，對外不能樹立國家的尊嚴，是國家的隱患。我看，還是把他們除掉為妙！」

丞相的話固然不無道理，齊景公對他們的驕橫跋扈時有耳聞，不過，真要下手，他覺得很為難。

所以，就猶猶豫豫地對晏嬰說：「除掉這三個人，找不到跟他們搏鬥的對手；暗中行刺，恐怕也很難刺中。要想降服他們，幾乎是不可能的，天下哪裏能找到他們的對手呢！」

齊景公說這番話時瞧着晏嬰，那無可奈何的心情，自然不難看得出來。

晏嬰點頭稱是：「憑着勇敢和力氣搏擊強敵，他們確實沒有問題，可是不能因此就姑息放縱他們。不講仁義，恃勇逞強，一旦國家遭遇危難，怎麼能指望他們為國效命，血灑疆場！」

晏嬰說到這裏，稍微停頓了一下，看看景公作何態度。齊景公一頭霧水地瞧了瞧晏嬰，等待着下文。

「對於不懂君臣之義長幼之序的人，恐怕也只好利用他們的這種德性，讓他們自己對付自己，自己收拾自己好了！」晏嬰進一步說道。

「愛卿的意思是……」齊景公並沒有明白晏嬰話中的機巧。

晏嬰沉思片刻，以一口徵詢的語氣獻上了自己的計策：「如果主上派一個使臣，帶上兩隻桃子賞給他們三人，吩咐他們計功吃桃，問題不就解決了嗎。」晏嬰的話暗含着必勝無疑的殺機。

於是，齊景公派使臣送去了兩隻桃子。

桃子吃不吃事小，名聲榮譽事大。桃子面前，三位勇士沒有誰甘拜下風。

公孫捷不屑一顧地瞥了田開疆和古冶子一眼，仰天長歎：「晏嬰這小子，還真是個人物！了不得啊！他讓主上吩咐我們計功而食！」他一副聰明絕頂自鳴得意的臉色，好像只有他看破了其中的玄機。於是，裝腔作勢地舉手拍了拍腦門：「不吃吧，就是沒有勇武；吃吧，兩隻桃子三個勇士，桃少人多啊……」

像公孫捷一樣，田開疆、古冶子心中也感喟良多，明知賞桃不善，一時間也拿不出甚麼辦法。

三個人只好照着使臣的傳話，讓晏嬰牽着鼻子走上了不歸之路。

公孫捷依舊高昂頭顱，對兩位說：「看來，得量功嚐嚐！」他說話時，始終沒正眼看田開疆和古冶子，好像他倆不在他身邊似的。

「我公孫捷曾徒手制服了野豬，空拳捉住了老虎，這樣的功績吃上隻桃子，恐怕二位沒有甚麼異詞吧！」話音一落，公孫捷隨手取了一隻。

田開疆也當仁不讓，高聲叫嚷着說：「我田開疆手持一柄長矛，隻身一人，曾經兩次趕跑了大隊的敵人軍馬，這種勇敢剽悍，吃隻桃子，還是配得上的吧！」像公孫捷一樣他也隨手取了僅剩的另一隻桃子。

古冶子見兩位同道大言不慚，如此無禮，頓時火冒三丈。他盯着已經空空如也的盤子，兩隻眼睛瞪成了漏斗，惡聲惡氣地說：「我，隨主上橫渡黃河，巨黿一口咬住了我左邊拉車的駿馬，轉眼間連黿帶馬沒入水中，沒了蹤影。我潛入水底，逆流而上一百步，又順流而下九里路，找到了那隻巨黿，把牠宰了。我左手拽住馬尾巴，右手提着巨黿頭，像一隻仙鶴，一個雀躍騰出水面。岸上的人見了都驚呼是河伯再現。等他們醒過神來，仔細一看，才發現是我提來了巨黿頭，救回了拉車的馬！」

古冶子像在講述一個神話故事，說到得意處，自然是眉飛色舞，先前的憤怒被滿臉的驕傲遮掩得一乾二淨。最後，他洋洋得意地挑戰

道：「像我古冶子如此這般的功勛，才是配得上桃子的！二位為甚麼還不把桃子放回盤中！」說着，他拔劍而起。

其實，恃勇傲物的公孫捷、田開疆只是勇武有餘，考慮不周而已，並不是那種寡廉鮮恥的趄趄武夫，聽了古冶子的話，他們深感慚愧。二人面面相覷，不約而同地對古冶子說：「我們兩個不如你勇武，也不如你功高，卻在你面前班門弄斧，真的是羞煞人也！取桃子不講究禮讓，這是貪婪；貪婪成性而活在世上，就是行屍走肉，還有甚麼臉面談論勇武不勇武呢！」說罷，他們二人都放回了桃子，隨即就引頸自刎了。

兩隻桃子斷送了兩位勇士的性命。這血腥的一幕，讓齊景公的使者渾身直打哆嗦，像篩糠一般。

眼看着兩位同好殺身成就了勇武，形單影隻的古冶子，心裏一陣冷一陣熱地泛起說不出的悲涼。他來回踱了幾步，自言自語地唸叨着：「因為兩隻桃子，公孫捷、田開疆死了，惟獨我還活着，這是不仁！自吹自擂，羞辱別人，這是不義！憎惡自己的言行，卻不以死雪恥，這是不勇！如果他們倆同吃一隻，我自己也吃上一隻，倒也罷了，可是現在，這一切都無可挽回了……」

古冶子越想越內疚，陷入了無限的自責中。他神色恍惚地看着使臣托盤裏的兩隻桃子，像公孫捷、田開疆一樣拔劍自刎了。

兩隻桃子在托盤裏從這邊滾到那邊，又從那邊搖搖晃晃地盪到這邊，忽然噹啷一聲，盤子從使臣哆哆嗦嗦的手裏跌落摔碎在了腳下。

使臣嚇得連腿都不聽使喚了，跌跌撞撞，一路驚魂未定，面如土色地稟報了齊景公。

二桃殺三士，晏嬰借刀殺人，除掉了公孫捷、田開疆和古冶子三位勇士。

袁崇煥之死

袁崇煥是明崇禎年間鎮守東北疆域的將領，像一堵無法逾越的「長城」，橫亙在金（史稱後金）兵入關的道路上。金人對他又恨又怕，想方設法要搬倒這座障礙。

天啟二年（公元 1622 年）初，袁崇煥奉例朝覲，御史侯恂慧眼識珠，破格推薦任命他為兵部職方主事。這時，廣寧（今遼寧省北鎮縣）失守，朝廷上下驚魂未定，束手無策，袁崇煥主動請纓，萬般無奈的朝廷就越級提拔他擔任了山東按察司僉事，監督關外軍務。

袁崇煥到任駐軍寧遠（今遼寧省興城縣），堅守關外，很快就訓練了兵士十一萬，製造甲冑炮石及各種兵器數百萬，構築城堡數十處，把明王朝的邊防從寧遠向前推進了二百里。

這時，以魏忠賢為首的閹黨獨攬朝政，支持袁崇煥的兵部尚書孫承宗被罷免，閹黨分子高第取而代之。高第命令撤除山海關以外的防務。

袁崇煥堅決反對，義正辭嚴地對高第說：「我是寧遠、前屯的守衛官，職責在此，應當以死據守陣地！將軍與陣地共存亡，我堅決不撤離！」

天啟六年（公元 1626 年）正月，努爾哈赤利用高第主持邊防的混亂，率軍渡過遼河，直抵寧遠城下。

後金軍旌旗招展，劍戟如林。努爾哈赤以咄咄逼人的氣勢，派人勸降袁崇煥：「我以二十萬大軍圍攻寧遠，攻破你的城池必定無疑。你如果帶着守城將士投降，我立刻加封高官賞賜爵祿。」

袁崇煥嚴詞拒絕。他召集將領商議對策，誓師全軍，刺破手指，寫血書激勵將士。守城將士連同城中父老為他的壯烈情懷感召，無不義憤填膺同仇敵愾，紛紛表示誓死守城。

袁崇煥命令城外百姓帶着全部糧草轉移城內，堅壁清野，等待來敵。

後金兵發起了對寧遠城的猛烈進攻。

袁崇煥一聲令下，城牆上火炮轟鳴，燃起引線的藥罐、雷石飛一樣直逼敵陣，弓弩競射，箭如雨下，剎那間後金軍一片火海，連他們的戰車也呼啦啦躥起了熊熊火苗，死傷不計其數。

第二天，努爾哈赤捲土重來。袁崇煥率領軍民拼死反擊。

後金軍把裹着生牛皮的戰車推到城牆根下，鑿城穿穴；袁崇煥一邊和士兵肩挑土石堵洞拒敵，一邊命令城上大炮加強火力。後來，他又登上城牆親自組織指揮輪番開炮，並命令用被褥裹上火藥，投向鑿城的敵軍，接着再用點燃的火箭引火，炸藥、炮火遍地開花，敵陣人仰馬翻，連努爾哈赤也被飛來的炮石擊中，受傷墜馬，血流不止。

後金兵狼狽撤軍，袁崇煥取得了寧遠大捷。

退回盛京瀋陽的努爾哈赤，面對眾將領，強打起精神氣急敗壞地感慨道：「我舉兵以來，所向披靡。袁崇煥是甚麼人？孤城弱守竟然獲得了如此戰績！」

努爾哈赤二十五歲起兵以來，身經百戰，馳騁疆場四十二年，戰無不勝，攻無不克。他哪裏料到，寧遠之戰遇上了用兵如神的將軍、氣吞山河的英雄袁崇煥！

大獲全勝的袁崇煥深知努爾哈赤的心理，就置辦了禮物，派使者前往致謝：「老將橫行天下久矣，今天吃敗仗在我這個後生小子手下，難道不是天數所定嗎！」

傷勢日重的努爾哈赤，經袁崇煥這麼一刺激，更加憤恨不已，這年八月在軍中一命嗚呼。

努爾哈赤的八子皇太極繼承了後金主汗位。袁崇煥派使者前往瀋陽弔唁努爾哈赤，祝賀皇太極即位，並且打探後金的虛實。

皇太極當時正準備攻打朝鮮，為了不致兩面樹敵，就熱情接待來使。袁崇煥也需要休整軍隊，恢復被高第放棄的錦州、中左、大凌等城池。於是雙方休戰議和。

次年五月，皇太極從朝鮮班師凱旋，又馬不停蹄地圍攻了錦州。四面遭圍的錦州城飛報袁崇煥請求救援。

皇太極錦州之圍，意在引誘袁崇煥出兵相救，企圖乘虛奔襲寧遠。袁崇煥識破了這個陰謀，立即派將率輕騎四千繞到皇太極大軍後面與錦州守軍形成夾擊之勢，使敵軍腹背受敵。

後金軍連續攻城十天，陣亡士兵屍橫遍野，錦州城依然頑強地抵抗。皇太極便分兵繼續圍城，自己率領主要兵力和新到援軍直撲寧遠。

固若金湯的寧遠城正嚴陣以待。後金將領望而卻步，有人提議放棄進攻寧遠。

皇太極怒不可遏地訓斥：「當初我父汗攻寧遠不下，如今我又攻錦州不下。這樣的野戰，如果連吃敗仗，那還何談張揚國威！」皇太極當即下令：攻取寧遠！

袁崇煥登上城樓，決定充分利用炮火的優勢對付後金軍。炮火齊發，矢石如雨，火力所及敵軍一片片應聲倒地，就連幾個貝勒（後金旗的首領）也身負重傷。

連日攻戰不果，損傷慘重的皇太極像他的父汗努爾哈赤一樣，敗在了袁崇煥手下，悻悻然撤軍北走。

寧錦大捷打擊了皇太極覬覦關內的囂張氣焰，袁崇煥卻因此招來了閹黨魏忠賢的誣陷，朝廷批准了他辭官還鄉的請求。

這年八月，明熹宗駕崩，他的弟弟朱由檢登基，史稱崇禎皇帝。

剛剛即位的崇禎想奮發有為，殺掉了把持朝政的魏忠賢。崇禎元年（公元 1628 年）四月，重新起用袁崇煥為兵部尚書兼右副都御史，督師遼東。

袁崇煥歸鄉一年，遼東邊境固若金湯的局面早已面目全非，更讓他始料未及的是，皇太極治國有方，八旗武裝對付明王朝遼東守軍早已經不在話下。

但是，皇太極深知，進攻關內，袁崇煥不除，仍將一事無成。

於是，皇太極在崇禎二年八月率十萬大軍避開袁崇煥防線，繞道從大安口（今河北省遵化縣西北）龍井關越過長城，攻破遵化，直逼明王朝都城。

袁崇煥得到這個消息，立即揮師入關保衛京城。皇太極抵達薊州城下，發現袁崇煥已駐軍城中，十分佩服和驚訝他調動軍隊的神速。

皇太極還是避開袁崇煥鋒芒，馬不停蹄，率軍西進，直達北京城郊。

袁崇煥晝夜兼程三百里，趕往京城廣渠門外抵禦皇太極。

崇禎皇帝聽說袁崇煥率軍到達北京，即刻召見，除了表示殷切的慰問，還迫不及待地垂詢戰守計策，並設御宴招待袁崇煥，還賜給了他貂皮大衣。

袁崇煥部隊從關外趕到京師，兵馬疲憊，他請求讓部隊進入城中休息。當此危難關頭，崇禎皇帝頓生疑心，不予應允；而此時的袁崇煥由於倉促調動軍隊，再加上行軍急速，部眾所剩不過精兵九千人馬了。儘管如此，袁崇煥與數以萬計的皇太極大軍鏖戰猶酣，不分勝負，互有死傷。

後金軍進軍北京，所破關隘屬於薊遼總理劉策所轄防地，袁崇煥風聞戰況就千里赴救，自認為有功無罪。但是突然遭受了侵襲的京城街巷和朝廷上下，一時間誹謗四起，怨聲連天，袁崇煥放縱敵人擁兵震主的謠言四處流傳。那些以往跟他有裂隙的朝臣乘機誣陷說，袁崇煥早就通敵媾和，現在又引誘皇太極入關，城下之盟指日可待，京城就要拱手獻給皇太極了！

生性多疑的崇禎皇帝聽了這滾滾而來的流言飛語，禁不住疑寶橫生。

聰明的皇太極，利用崇禎皇帝對袁崇煥將信將疑猶豫不決的心態和朝廷內外蜂起的謠傳，將計就計，順水推舟，佈下了一招借刀殺人的毒計。

原來，後金軍剛開到北京城下時，曾活捉了兩名宦官。皇太極利用關押在軍營中的宦官，部署副將高鴻中、參將鮑承先按計行事。

高、鮑二人夜間回到營寨，經過關押宦官的地方時，故意神祕兮兮地竊竊私語：「今天撤兵是計謀，我們主上早就跟袁督師有祕密約定，大事馬上就要成功了！」

賊頭鼠腦的兩名宦官不知是計，被後金軍故意放走後，一口氣跑回朝中，爭着向皇帝邀功，連忙報告了被俘的見聞。本來就半信半疑的崇禎皇帝，幾天來正為這事折騰得坐臥不寧。這下他信假為真，認定京城之圍，癥結在袁崇煥叛變通敵。

當袁崇煥再一次應召入朝時，不容分說，被莫名其妙地捆綁起來，投入了監獄。

得到袁崇煥以叛國罪被捕的消息，皇太極立刻班師盛京瀋陽，坐等明朝廷為他日後入關掃清障礙去了。

崇禎四年（公元 1630 年）八月，袁崇煥死在了崇禎皇帝刀下。袁崇煥死後，遼東邊關更加無人鎮守。明王朝日暮途窮的徵兆暴露無遺了。

第四計　以逸待勞

│閱讀指津│

以逸待勞，強調充分弄清敵軍兵力兵情，對敵我雙方主客觀條件進行正確的分析把握，也就是根據政治、經濟、軍事、外交條件，憑藉地形、地貌、距離等地理狀況，陰陽寒暑的天氣情況和白天黑夜的時間因素等，採取一邊防禦一邊養精蓄銳，等待敵方勞頓疲憊、士氣大傷之時，再轉守為攻，從而爭取作戰的最大主動權。

原文

困敵之勢，不以戰；損剛益柔。

按：此即致敵之法也。兵書云：「凡先處戰地而待敵者佚，後處戰地而趨戰者勞。故善戰者，致人而不致於人。」兵書論敵，此為論勢，則其旨非擇地以待敵，而在以簡馭繁，以不變應變，以小變應大變，以不動應動，以小動應大動，以樞應環也。如管仲寓軍令於內政，實而備之；孫臏於馬陵道伏擊龐涓；李牧守雁門，久而不戰，而實備之，戰而大破匈奴。

│譯文│

迫使敵人處於困窘疲憊狀態，不必採用直接交戰；根據剛強柔弱相互轉化的道理，以積極防禦牽制敵人，消耗其軍力，疲憊其精神，以柔克剛，掌握先機。

按語：這是調動敵人的策略。《孫子兵法》說：「凡是先抵達戰地等待敵軍的就主動從容，遲到的一方則被動疲憊。所以善於指揮作戰者，調動敵人而不被敵人調動。」兵書上談的是如何對付敵人，本計則討論怎樣形成有利的局面，那麼以逸待勞的目的不是選擇了戰場就坐待來敵，而在於

用簡單便捷的方法駕馭紛繁多變的戰局，用不變化對付變化，用小變化對付大變化；用冷靜對付躁動，用小的軍事行動對付大的軍事動作，這就是所謂掌握樞紐控制全局。例如，管仲把治理軍事與治理國家政治經濟結合在一起，使國家充實並且做好了戰備；孫臏在馬陵道埋伏軍隊大敗龐涓；趙將李牧鎮守雁門關，堅持不與匈奴交戰，而實際上是對敵大有防範，一旦交火就徹底戰敗了匈奴。

楚漢滎陽、成皋拉鋸戰

榮陽、成皋是關東重鎮，東臨六國，背依函谷關，北面還有秦朝遺留下的糧庫敖倉，進可攻，退可守；劉邦、項羽你爭我奪，展開了曠日持久的拉鋸戰。

公元前 204 年（漢高帝三年），處境危險的漢王劉邦提出議和，請求以滎陽為界，西邊為漢，東邊歸楚。

楚王項羽也厭倦了沒完沒了的兵戈廝殺，打算接受和議。但是軍師范增勸項羽說：「現在，漢軍還容易對付，錯過了這個機會，將來就只有後悔了！」

項羽猶豫不決，劉邦憂心忡忡。

正在這個節骨眼上，項羽派遣的使者恰巧來到了漢營，陳平佈置了一桌豐盛的酒菜。可他入席一見楚王使臣，故意表現出驚訝和不耐煩的樣子：「我還以為是亞父范增的使者呢，怎麼是項王的！」說着就不屑一顧地示意撤下已經擺好的酒席，換上了一桌特別粗劣的飯菜。

楚使者回去後，把所見所聞和盤托給了項羽。陳平反間計用心良苦，項王果然懷疑范增和劉邦真的暗中勾結了起來。

從此以後，范增的話項王一概置之不理。

范增壓抑着一腔無奈和無限遺憾告辭項羽：「天下大事已成定局，大王自己好好地幹吧！我這個老朽派不上甚麼用場了，請允許我把這副老骨頭帶回故鄉吧！」

項王不置可否。踏上東歸之路的范增半路上抑鬱病發，結果骸骨就野，一命嗚呼了。

這年的五月，整整給困了一年的漢軍很快就要用盡吃光糧草，繼續固守滎陽只有死路一條。漢將紀信對劉邦說：「形勢急迫，請允許我去誆騙楚軍。大王您乘機逃出城去。」

於是陳平設計，趁夜色把二千多名婦女放出城東門；楚軍認為是漢兵突圍出城，就四面圍攻。這時，紀信乘坐漢王劉邦的黃屋車，豎着大纛旗，讓衛士向楚軍喊話：「漢王前來求降！」

圍城的楚軍一聽說是劉邦投降，都興奮地高呼萬歲，爭先恐後地跑向城東去看熱鬧。

劉邦趁着一片混亂，帶了幾十個騎兵從西門逃出了圍城。

上當受騙的項羽惱羞成怒，活活燒死了紀信。

劉邦撤退到了成皋。不久成皋被楚軍攻破，劉邦再次撤退，進入函谷關。入關後，他收攏了些人馬，準備再次跟項羽爭鋒。

這時，劉邦的謀士轅生進獻了一個打破相持局面的計策：「楚漢相持了一年多，我們總擺脫不了困境，我看大王最好從武關（今陝西省商南縣東南）出兵，項羽必定南下應戰。大王深溝高壘，固守不戰，牽制住項羽的主力，滎陽、成皋一帶的軍隊就能得到休息。與此同時，派韓信安撫黃河以北的趙地軍民，聯合燕齊兩國，大王您再揮師滎陽。如此一來，楚軍腹背受敵，應付的方面多，拉開的戰線長，兵力就會分散而且疲憊不堪。我們卻從中得到了一個休整的機會。以逸待勞，擊破楚軍可以穩操勝券！」

劉邦依計而行，從武關出兵，開赴到宛（今河南省南陽市）、葉（今河南省葉縣）一帶，會合黥布，收攏聚集人馬。

項羽聽說劉邦調兵赴宛，果然率軍南下。

就在這時，項羽後方的下邳被秦末農民起義將領彭越攻破，守將遭斬。消息傳來，項羽留下終公守衛成皋，驅兵東討彭越。

劉邦乘機引軍北上，打敗了終公，又奪回了成皋。

六月，項羽打跑了彭越，也接到了成皋失守的消息。項羽東奔西突，撲滅了這裏的戰火，那邊又冒起了狼煙，他不假思索，揮師西進，又一舉攻克了滎陽，活捉了漢軍守將周苛。

項羽雖然拔掉了滎陽這顆釘子，但怒氣難消。他想，張良、陳平、韓信，還有很多的漢軍將領，在我手下平平庸庸，可一到漢營，如魚得水。於是，當周苛被帶到自己帳下時，項羽很想表現一下自己的寬容大度，心裏唸叨說：不要叫天下恥笑我不愛惜人才，不懂得用人。

項羽儘管費了不少腦筋，可就是演不出文戲。他單刀直入地對周苛說：「投降吧！為楚軍帶兵打仗，我拜你為上將軍，再給你三萬戶的封地！」

周苛冷笑一聲，罵道：「還不趕快投降漢王，你馬上就成為漢軍的俘虜！呸！你怎麼配做漢王的敵手！」

項王無言以對，立即把周苛投入了沸騰的鼎鑊之中，暴跳如雷地命令重兵包圍成皋。劉邦抵擋不了這猛烈的進攻，單身一人與夏侯嬰乘坐一輛車子，從成皋北門偷偷地逃了出去。

成皋再一次落入楚軍手中。

這時，韓信和張耳已經從黃河北凱旋而歸。逃出成皋的劉邦來到小修武（今河南省獲嘉縣），收回了韓信和張耳的軍隊，士氣重新振作起來。

劉邦準備與楚軍再次交鋒。郎中鄭忠建議漢王深溝高壘固守不戰，消耗疲憊楚軍。這又是個以逸待勞的主意。於是，劉邦派兵渡過白馬津，與楚國境內的彭越協同作戰，縱火焚燒楚軍後方的糧草輜重，破壞楚軍的運糧交通，使前方的項王無法獲得軍事補給。

項王腹背受敵。他要扭轉局面，就必須東征彭越，拔掉插在脊背上的這把利刃。於是，他很不放心地叮嚀將軍曹咎：「謹謹慎慎地給

我把守好成皋！劉邦挑戰，你可千萬不要應戰，只是死守，能擋住他向東擴展就行！」

劉邦抓住了這個機會，率領小修武的漢軍渡過黃河，會同鞏縣的守軍，向成皋開來。

自從上次撤出成皋，漢軍在武關和滎陽、成皋之間把楚軍調動得南跑北奔；項羽不得不拉長戰線，這樣就分散了兵力，再加上抽出精兵東征彭越，成皋可謂兵疲守弱。漢軍不僅準備充分，而且已經得到了長達四個月的休整。

漢軍圍住成皋，接連挑戰。曹咎固守城池，避而不戰。

一計不成，再生一計，劉邦利用曹咎性情暴躁的弱點，派兵罵陣！曹咎嚥不下羞辱，率領人馬莽莽撞撞地衝出了營壘。曹咎中計，漢軍佯裝抵擋不了進攻，邊打邊撤，一直退到成皋近郊的汜水對岸。

曹咎不問三七二十一，指揮軍隊搶渡汜水。

汜水對岸，明眼處是張張皇皇剛爬上岸的罵陣兵馬，可楚軍渡河追擊才到河心，對岸埋伏的漢軍主力突然發起襲擊。漢軍以逸待勞，採用半渡而擊的戰術，把楚軍殺得落花流水。

力不能支的曹咎趕忙帶着殘兵敗將扭頭潰逃；漢軍乘勝追擊，一舉全殲了守城楚軍，繳獲了項羽囤積在成皋的全部軍需和金銀玉器。

成皋失守給楚軍整個戰略部署構成了無法挽回的惡劣影響，曹咎和司馬欣心知肚明，哪裏還敢跟項王見面。所以，當汜水戰鬥鏖戰猶酣時，就乘亂自殺了。

劉邦再次收復成皋後，駐軍廣武山，就近取用敖倉的糧食供應軍需。

東征彭越的楚軍勢如破竹，接連收復了好幾座城池，不料想這時候傳來了成皋失陷，曹咎自殺的消息。本來就心掛兩頭的項羽，趕忙火急火燎地掉頭撲救成皋。

項羽吸取曹咎莽撞出擊的教訓，這一回，在廣武山漢軍的對面紮下了營寨。

一道天然深澗相隔，形成了劉項相持的新一輪對峙。

項王身在廣武山，牽掛着大後方。能征慣戰的彭越對楚國內地的威脅，他始終不能擺脫，項羽想快刀斬亂麻，儘快結束對峙局面。

劉邦懂得項羽此時此地的心情，他要把項羽給牢牢地拖累在這裏。

楚軍欲戰不能，欲退不得；漢軍深溝高壘，恃險固守。就這樣，項羽被劉邦一步步逼上了垓下自刎的英雄末路。

第五計　趁火打劫

| 閱讀指津 |

趁火打劫，是乘人之危的同義語。從戰略意義上說，「火」指的是造成敵方殃禍危難的各種因素，因而高明的兵家除了發現敵人的「火」，利用敵人的「火」之外，還應有「放火」的招數，即運用自然因素和人為手段給敵人製造麻煩，讓它逆境難脫，厄運纏身。如此則趁火打劫，大有利圖了。

原文

敵之害大，就勢取利。剛決柔也。

按：敵害在內，則劫其地；敵害在外，則劫其民；內外交害，則劫其國。如越王乘吳國內蟹稻不遺種而謀攻之，後卒乘吳北會諸侯於黃池之際，國內空虛，因而搗之，大獲全勝。

| 譯文 |

敵人處在嚴重的危機之中，應抓住戰機出擊，獲取利益。這就是剛強戰勝柔弱，趁機挫敗敵人的策略。

按語：敵方的禍患來自國內，就掠奪它的土地；來自國外，就搶奪它的百姓和財產；內憂外患接踵而來，就吞併它的國家。例如，越王勾踐乘吳國旱災螃蟹水稻死絕之時，謀攻吳國；後來，終於在吳王夫差北上黃池與諸侯結盟，國內軍事空虛之際，乘機發兵，直搗敵巢，一舉滅吳，大獲全勝。

曹操平定河北

官渡之戰失敗後，袁紹的身心受到了巨大創痛。一年後，病重吐血，抱恨死去。

袁紹有三個兒子：長子，袁譚；次子，袁熙；幼子，袁尚。他的後妻劉氏喜歡小兒子，經常在他面前誇獎袁尚。這也難怪，小兒子一表人才，風度翩翩，連袁紹也為他不同尋常的相貌稱奇，再加上劉氏溺愛，所以他很想立幼子袁尚為嗣，只是沒有明說罷了。不過，為了這事，他生前就把長子袁譚過繼給了自己早已死去的兄長，並且還讓袁譚做了青州刺史（官名，職掌一州的軍政大權）。

這無疑違背了長子嫡傳的世襲傳統，也埋下了兄弟相殘的禍根。

漢獻帝建安七年（公元 202 年）九月，曹操渡過黃河攻打袁譚。危在旦夕的袁譚請求袁尚救助。袁尚擔心袁譚乘此機會侵吞自己的力量，就親自帶兵去救助袁譚。

黎陽城下，袁曹兩軍殺得天昏地暗。多次交鋒，袁氏兄弟接連潰敗，只好退回營寨固守不戰。

翌年二月，曹操對黎陽發起了更為迅猛的進攻，袁氏兄弟吃敗，退守鄴城。

曹操窮追猛打，一直追到鄴城近郊。曹軍將士紛紛要求乘勝拿下鄴城，郭嘉提出了不同的看法：「袁紹生前沒來得及明確繼承人。現在，兩個兒子袁譚、袁尚實力不相上下。情況危急了就互相救助，局面和緩了就互相攻訐，甚至同室操戈。我們不如先南下攻打荊州劉表，等袁氏兄弟禍起蕭牆，我們再乘亂舉兵，趁火打劫。這樣一來，平定河北可望一舉得勝！」

曹操連聲稱好。

五月，曹操留下部將屯紮黎陽，班師許都。

袁譚對袁尚說：「我被曹操打敗，是因為裝備不好，鎧甲殘破，軍備不整。現在趁曹操撤退，曹軍人心思歸，我們出兵進擊，定能叫他全軍覆沒。這是不容錯過的大好戰機！」

袁尚懷疑袁譚的動機，既不給他增加兵力，也不為他更新裝備。結果可想而知，袁譚又吃了敗仗。

不能維持長子之尊，反倒處處受袁尚的挾制，袁譚既委屈又惱火。一不做二不休，乾脆對袁尚興師問罪。

鄴城城門外，袁氏兄弟擺開了戰場。兵力的懸殊和裝備的粗劣，袁譚還是吃了敗仗。他憋着一肚皮怒氣，萬般無奈地退回了南皮。

這時，袁譚的另一股力量從青州趕來增援。添了人馬，袁譚重整旗鼓準備再找袁尚算帳。

這一年的八月，袁氏兄弟再一次拉開了戰局。

曹操為了激化袁氏兄弟內訌，率軍攻打劉表。曹軍將領大都認為袁氏兄弟自相殘殺，不足憂慮；而劉表兵力強壯，又雄踞荊州這麼個戰略要地，必須先把他平定了。

軍師荀攸對此不以為然。他說：「天下正是英雄爭霸之時，劉表滿足於盤踞荊州，也就沒有圖謀四方的高遠志向。袁氏佔據着冀、青、幽、并四州土地，擁有幾十萬人馬的軍隊，他們的父親袁紹為人寬厚，很得民心。如果袁氏兄弟和睦相處，同仇敵愾，那才是天下難以平息的大禍患。而今，他們兄弟反目，不共戴天，如果其中一人吞併了另一個，他們的力量就會凝聚到一起；凝聚到一起的力量，是很難對付的。如果乘他們相殘自危，我們趁火打劫，剷除袁氏則易如反掌！」

曹操力排眾議，贊同荀攸。

真是無巧不成書，受袁譚指派前來求救的辛毗不早不遲，就在這節骨眼上到了曹營。像袁譚的大多數部將一樣，辛毗認為袁譚不識大體，他也下定了決心不再為袁氏兄弟效力了。

　　細心的曹操馬上召見來使，想摸清辛毗此行的確切意圖。

　　曹操直言不諱地問辛毗：「袁譚向我求救是否有詐？袁尚肯定能一舉挫敗？」

　　「明公無須談誠信或者欺詐，只應當弄清楚他們兄弟禍起蕭牆的內在原因。袁家兄弟窩裏鬥，根本問題是他們自以為一統天下非袁氏莫屬，只是鹿死誰手，兄弟二人要一決雌雄。在下奉命出使，這問題不就顯而易見了嘛！袁譚陷入困境不能自拔，袁尚對此了然於心，想乘虛制勝卻又無能為力。就是說，袁尚也到了智窮力竭的境地了。消滅袁氏，現在是上天恩賜的絕好時機！」

　　聽了辛毗入木三分的分析，曹操更關心出兵的前景。辛毗非常明白曹操的顧慮，接着說：「如今明公應袁譚之請，攻打鄴城，正圍攻平原的袁尚不撤兵回救，鄴城勢在難保；回救呢，袁譚會跟在後面窮追猛打。明公，以您的神威，對付窮途末路的敵人，簡直是迅疾秋風掃除枯木落葉。唾手可得的獵物您不理不睬，卻要啃荊州劉表這塊難以下口的硬骨頭。再說，您平定天下，還有比袁氏更強的敵人嗎？這仗打下來，意味軍威大振，天下響應！」

　　「好！」曹操決定，抓住戰機，就勢取利，趁火打劫。

　　十月，曹操應邀發兵進駐黎陽。袁尚趕忙撤下平原之圍，退守鄴城。袁尚的部將呂曠、高翔逃歸曹操；袁譚自作聰明，私下裏刻製了將軍印信送給呂、高二人，企圖作為來日攻曹的內應。曹操因此知道了袁譚的欺詐，但他將計就計，娶了袁譚的女兒作兒媳，暫時穩住袁譚，自己班師回朝坐山觀虎鬥去了。

　　沒有外亂侵擾的袁氏兄弟又在平原拉開了戰局。曹操乘機揮師鄴城。袁軍大敗，袁尚丟棄了全部輜重，倉皇逃竄。

　　袁譚乘曹操討伐袁尚，背叛了曹操，攻取了幾座城池。隨後，又進擊剛剛逃到中山的袁尚。袁尚招架不住，灰溜溜地敗走故安，投奔了他的二哥幽州刺史袁熙。

袁譚總算出了一口惡氣，他收編了袁尚的殘兵敗將，得勝回師，駐紮在了龍湊。

曹操也騰出了手腳，發信給袁譚，斥責他背棄約定，並且為兒子退了婚，發起了對袁譚的進攻。

袁軍抵擋不住曹軍志在必得的凌厲攻勢，南皮城很快失陷。袁譚官兵像無頭的蒼蠅亂衝亂撞，袁譚本人混雜在潰散的人羣裏，奪路逃出了城外，被追殺過來的曹軍斬殺。

袁熙受到部將的倒戈進攻，跟投奔他的袁尚一起逃到遼西郡，歸附了那裏的烏桓部落。

建安十二年（公元 207 年）夏，曹操舉兵征伐烏桓。部隊輕裝兼程，日夜急行軍，出其不意地掩殺過去。

龐大的烏桓敵軍面對曹軍的突然襲擊，頓時亂作一團，蹋頓和各部落的頭領亂中斃命，二十多萬人馬的烏桓部眾全部投降。袁尚、袁熙亡命投奔遼東太守公孫康。

大獲全勝的曹軍將領要乘勝追殺袁氏兄弟。曹操對他們說：「我正要讓公孫康把袁尚、袁熙的頭顱送到帳下。不必再勞駕諸位勞師襲遠了。」

九月，曹操從柳城班師回朝，公孫康果然殺掉袁氏兄弟，送來了他們的頭顱。

曹軍將領人人稱奇，非常感佩主帥曹操的妙算如神。曹操親切而隨和地解釋說：「公孫康向來懼怕袁尚、袁熙，如果我軍窮追猛打，他們就會聯手抵抗；我們放他一把，來個緩兵之計，他們就會自相火併。這是情理之中的事啊！妙算如神？我可沒那麼神通廣大！」

曹操爽朗地大笑起來，他的將士臉上洋溢着勝利的喜悅。

第六計　聲東擊西

| 閱讀指津 |

　　聲東擊西，就是用假象迷惑敵人，給它造成錯覺，以假亂真，從而掩蓋住真實的動機。本計的關鍵在於運用靈活機動的小股兵力擾亂敵人，忽左忽右，忽前忽後，忽近忽遠，忽隱忽現，讓敵人捉摸不定，窮於應付，亂其方寸，從而為自己創造主動選擇戰機的條件。

原文

　　敵志亂萃，不虞，坤下兌上之象。利其不自主而取之。

　　按：西漢，七國反，周亞夫堅壁不戰。吳兵奔壁之東南陬，亞夫使備西北；已而，吳王精兵果攻西北，遂不得入。此敵志不亂，能自主也。漢末，朱雋圍黃巾於宛。起土山以臨城內，鳴鼓攻其西南，黃巾悉眾赴之；雋自將精兵五千，掩東北，遂乘城虛而入。此敵志亂萃，不虞也。然則聲東擊西之策，須視敵志亂否為定。亂則勝，不亂將自取敗亡。險策也！

| 譯文 |

　　目標不一，軍心混亂，敵人像亂作一團的野草，不能防備突然事變。這是《周易‧萃卦》所兆示的水漫四野，敵軍指揮人員喪失判斷指揮能力的徵象，要利用敵人不能自主的失控狀態拿下敵軍。

　　按語：西漢景帝時七個諸侯王叛亂，周亞夫固守城池，拒不應戰。吳王劉濞的軍隊跑到城東南角發起佯攻，周亞夫傳令加強城西北角的防守。稍後，吳王果然派去精兵強將進攻西北城池，結果沒能攻破城防。這是與敵人鬥爭頭腦清醒，不為假象所惑的戰例。東漢末年，將軍朱雋在宛城圍殲農民起義武裝黃巾軍，堆起土山站在山頂高處觀察城內軍情，擊鼓發令

佯攻城西南角，黃巾軍全部兵力趕忙奔赴西南；這時，朱雋親率五千名精銳士兵，突襲東北，於是乘東北角城防空虛之際一舉破敵入城。這是因為敵人軍心混亂，不能應對突然事變。這樣看來，聲東擊西的計策，必須觀察研究敵人是否意志混亂而作出抉擇。敵人亂了方寸，聲東擊西就能獲得勝利；敵人將帥冷靜清醒，軍心統一，採取此計就是自取滅亡。本計是冒險之策。

岑彭剷除秦豐

漢光武帝劉秀為了統一全國，在獲得了對綠林、赤眉農民起義的戰爭果實後，立即開始了對地主階級內部地方割據勢力的鎮壓。

建武二年（公元 26 年），劉秀命令大將軍岑彭平定荊州。這時的荊州，社會動盪，一片混亂，其中最頑固的割據勢力就是秦豐。

秦豐曾做過縣官，自封為楚黎王，盤踞黎丘（今湖北省宜城西北），佔據了宜城、臨沮、新野、穰縣、湖陽等十二個縣。

岑彭率領將軍傅俊、臧宮、劉宏等部眾共三萬人馬發起了對秦豐的進攻，一舉拔掉了秦豐的前沿據點新野縣黃郵聚。

初戰失利的秦豐和他的大將蔡宏集結主力堅守鄧縣抵禦漢軍。岑彭等漢將與秦豐僵持了好幾個月，戰爭形勢沒有新的進展。漢光武帝很不滿意，派人督促岑彭。

平定秦豐直接影響着統一全國的進程，岑彭認識到了責任重大。當夜，他撤下圍攻鄧縣的兵馬，部署將士第二天一大早舉兵西進，攻打山都（今湖北省光化縣南）。並且責令放鬆對俘獲的幾名秦豐部屬的監管，故意給他們逃脫的機會。

逃回營襄的幾名俘虜，趕忙討好地向秦豐報告了岑彭的動向。秦豐立即糾集了所有兵眾西赴山都，攔擊岑彭。

岑彭帶領部隊佯裝進攻山都，待哨兵偵察到敵軍正向山都急行軍時，他命令部隊掉頭東行，暗中渡過沔水，向秦豐部將張楊駐守的阿頭山發起了突襲。

阿頭山與岑彭等漢將的營地相隔着秦豐把守的鄧縣，整天高枕無憂的張楊面對突然出現的漢軍，陣腳大亂，連防守的陣勢也沒來得及佈置，就倉皇逃竄了。

攻下阿頭山，岑彭率領軍隊順着山谷乘勝奔襲黎丘。一路上，伐木開路披荊斬棘，接連拔掉了秦豐的十幾個據點。

早已抵達山都的秦豐，一開始還以為自己創下了以逸待勞的戰機而洋洋自得，可直等到太陽偏西還不見個漢軍的人影，這才意識到中了岑彭聲東擊西的計謀。

正是這時，漢軍攻佔阿頭山，端掉秦豐的後方據點，直奔黎丘的戰報傳來，秦豐大驚失色，連呼上當，趕緊帶領人眾火速救援黎丘。

漢軍在黎丘東山安營紮寨。

黎丘，是秦豐的軍事重鎮。黎丘存亡關係着秦豐的前途命運。秦豐惟恐岑彭奪去了黎丘，顧不得一整天東奔西突的兵馬勞頓，火急火燎地命令突襲漢軍。

岑彭早已做好了對付夜襲的充分準備。秦豐接連兩次進攻，都被打退，士氣大衰。岑彭乘機發起反攻，秦豐的疲憊之師不堪一擊，大敗而逃，他的大將蔡宏被漢軍斬殺。

秦豐領着殘兵敗將龜縮到了黎丘城中。他的相官趙京獻出了所據守的宜城，投降岑彭。

荊州地區的另一割據勢力田戎聽說趙京降漢、黎丘被圍，十分擔心自己的下場，認為早晚有一天漢軍也會把自己圍困在夷陵城中。到那時，豈不就只有死路一條了！所以，他打算投降。

但是，他的內兄辛臣另有所圖。辛臣勸諫田戎說：「如今天下豪傑各佔一方，劉秀的洛陽不過巴掌大的一塊地盤，倉促投降不如按兵不動，看看形勢的發展再作計議。」

田戎不接受內兄的勸諫：「秦豐那樣強大，尚且被岑彭圍逼得走投無路，更何況我呢！」投降的打算就這樣決定了。

　　第二年春天，田戎留下辛臣駐守夷陵，自己率軍逆江而上經沔水到達黎丘城下，準備選擇個吉利日子投降。不料，後方辛臣偷盜了田戎的珍寶，抄小道搶先投降了岑彭，並且派遣使者拿着自己的書信招降田戎。田戎看了書信，懷疑辛臣出賣了自己，掉過頭來投奔了秦豐。

　　岑彭發兵攻打田戎。田戎不僅精於審時度勢，用兵也有些個招法，所以相持數月後才被岑彭打敗。

　　岑彭圍攻秦豐三年，消滅了敵軍九萬多人馬。這時秦豐僅剩下幾千名人眾了，並且供給中斷，城中糧食吃了上頓沒下頓。朝不慮夕的秦豐，已是甕中之鱉。

　　秦豐不足為慮，漢光武帝劉秀讓朱祐圍黎丘城，命令岑彭率領傅俊等將士南下追擊田戎的殘餘勢力。

　　岑彭大軍所向，田戎望風披靡。夷陵城被攻克後，田戎夥同幾十名親信騎馬逃入蜀地，他的妻子兒女和幾萬人馬被漢軍俘虜。

　　隨後，漢軍攻克黎丘，秦豐出城投降，被押到洛陽斬首。

第二套

敵戰計

第七計　無中生有

| 閱讀指津 | •

　　「無中生有」的關鍵，是給敵人以「無」的假象。「無」不是真的甚麼也沒有，而是「無」中有「有」並且生「有」，只是這個「有」不能讓敵人摸清。以「無」瞞騙欺詐，以「有」奇襲攻殲，重要的是處理好「虛」與「實」的關係。

原文

　　誑也，非誑也，實其所誑也。少陰、太陰、太陽。

　　按：無而示有，誑也。誑不可久而易覺，故無不可以終無。無中生有，則由誑而真，由虛而實矣。無不可以敗敵，生有則敗敵矣。如令狐潮圍雍丘，張巡縛稾為人千餘，披黑衣，夜縋城下，潮兵爭射之，得箭數十萬。其後復夜縋人，潮兵笑，不設備。乃以死士五百斫潮營，焚壘幕，追奔十餘里。

| 譯文 | •

　　欺騙敵人，表面上看來又不是欺騙，或者說似騙非騙，但最終要使欺騙變為欺詐敵人的真實舉措。這就是由小虛假發展到虛假之極，而後實現克敵制勝真實目的的寓真於假之計。

　　按語：沒有，卻作出有的做派，這就是欺騙。欺騙不能長遠下去，否則就容易被敵人識破，所以沒有不能自始至終都是個沒有。在沒有中製造出有，這就是從欺騙發展到真實，從虛假演變為實在的計謀。沒有任何軍事實力的「無」，是不能戰勝任何敵人的；從「無」中推出智謀，生出實力，形成「有」，就能夠克敵制勝。例如，令狐潮圍困雍丘（今河南省杞縣）城，張巡讓士兵紮了一千多個草人，給披上黑色衣裳，拴上繩子乘夜色從城牆上吊下來，令狐潮的士兵以為守城軍隊要墜下突圍，爭先恐後亂

箭齊發，張巡獲得了幾十萬桿箭支的補給。這之後，反反覆覆地夜間從城牆上吊草人，令狐潮士兵遠遠地望着嘲笑張巡「草船借箭」故伎重演，不再設防。於是，張巡吊下五百名敢死隊員砍殺過去，一把火燒了敵軍營帳壁壘，追殺逃兵十多里路程。

戾太子喪命

戾太子劉據仁愛寬厚，漢武帝因而嫌他不夠精明幹練，甚至認為他簡直不像自己的兒子。

水衡都尉江充奉命督察皇親國戚和朝中近臣，曾經遇到戾太子使臣的車馬在皇上專用的馳道上奔跑，就當場沒收了車馬，並且逮捕了太子使臣。太子派人向江充求情說：「我不是捨不得車馬，是怕皇上知道了，認為我平常沒有管教好下人。希望江先生寬恕！」

江充知道，漢武帝喜歡趙婕妤所生的王子劉弗陵，所以對太子的求情根本不買帳，故意奏報了皇上。漢武帝對江充大加讚揚，說做臣子的，就應當這樣無私無畏。

但是皇上畢竟年邁體衰，江充對自己的前途命運不能不有所考慮。他心想，一旦皇上有了不測，太子不把我宰了才怪呢！

漢武帝有次白天小睡休息，夢見了數不清的木偶拿着棍棒要杖擊他，驚嚇出一身冷汗；醒來後精神恍惚，連記憶力也大不如從前了。

江充借題發揮，謀劃了個無中生有的奸計，說皇上是遭了巫蠱的禍害，並且進而嫁禍太子，要置太子於死地，從而避免後顧之憂。

本來就迷信巫術邪方的漢武帝，立即任命江充為專門使者，負責查處巫蠱案件。

江充鴨子蹚水試着來，他把握住了皇上的心思，竟然把剷除巫蠱的事折騰到了宮禁深處，搜尋進了皇后和太子的宮室，橫七豎八地掘地翻土，弄得太子和皇后連擺放牀鋪都沒有了地方。

江充放出風聲說：「太子宮中挖出了很多木偶人，並且還有寫着文字的帛書，上面都是些大逆不道的言辭。我要奏明皇上。」

儘管太子明白江充是無中生有的一派胡言，但他不能不怕。太子恐慌地向少傅石德討教辦法。

石德也擔心作為太子的老師受株連被殺，就對太子說：「上至丞相公主王侯，下到各郡國，因為巫蠱之禍殺了幾萬人。眼下江充的證據，不管是不是確有其事，我們都沒辦法澄清。」他建議太子假託皇上詔命把江充等人收捕下獄，戳穿他們的陰謀詭計。太子猶猶豫豫地說：「我是兒子，怎麼能擅自謀殺皇上的使者！還不如向皇上請罪，或許能僥倖免了這場禍害。」

江充抓住太子埋木偶人詛咒皇上的巫蠱事件，大肆宣揚；太子無計可施，不得不依照少傅石德的計策行事。

太子讓門客假冒皇上的使臣，奉命拘捕江充。江充的同夥按道侯韓說看穿了假託詔命，不肯接受詔書，被太子門客當即砍下了腦袋。太子又親自監刑斬殺了江充。

隨後，太子派門客向皇后報告了情況，並且調動了皇家車馬運載弓箭射手，動用了倉庫裏的武器和長樂宮守衛士卒。

朝廷內外因此謠言四起，說太子要造反，京城長安隨即陷入了一片混亂中。

江充的死黨蘇文逃到甘泉宮，向漢武帝報告太子大逆不道，極盡誣衊詆毀之能事。漢武帝倒是沒有完全被蘇文所蒙蔽，派使臣召太子，想問明情況，平息事端。

貪生怕死的使臣，根本不敢進長安城，鬼鬼祟祟地溜出甘泉宮呆了一個時辰就回去報告說：「太子造反木已成舟。他要殺掉微臣，微臣撿了條小命逃了回來。」

不明真相的漢武帝龍顏大怒，緊接着又聽到了來自丞相劉屈氂使臣的報告。

漢武帝問來人說：「丞相是怎麼處理的啊？」

「丞相不讓張揚，也沒敢發兵鎮壓。」

「事情給鬧得沸沸揚揚，整個長安城還有不知道的嗎？甚麼張揚不張揚的，到了這種地步，遮遮掩掩還有甚麼用處！丞相沒有一點周公遺風，周公不是殺了管叔和蔡叔嗎！」漢武帝一臉怒氣，詔命丞相捕殺叛逆者。

丞相劉屈氂的軍隊與太子臨時拼湊的人馬在長樂宮遭遇，雙方會戰五天五夜，死傷累萬，鮮血像水一樣灌進城內的水溝。由於民間傳言「太子謀反」，所以不管是官家還是民家依附太子的人少，而歸順丞相的人馬卻不斷增多。

失去了政治優勢的太子，也就無力抵抗丞相的大軍，不得不逃出城外。

漢武帝下詔書收回了皇后的印璽和綬帶，太子生母衛皇后自殺；太子的門客和追隨他的朝中官吏一律遭斬。由於太子逃亡在外，皇上又命令長安各城門都屯重兵把守。

壺關三老令狐茂上書皇上，力陳大義：「我聽說，父親猶如上天，母親彷彿大地，兒子就是天地間的萬物。只有上天太平，大地安詳，萬物才能繁榮；只有父親慈祥，母親博愛，兒子才能孝順。皇太子是朝廷的繼承人，擔當着弘揚漢室萬世基業的大任。江充，一個微不足道的下賤奴才，因為陛下的重用，才得以挾天子之命迫害太子。江充栽贓陷害，玩弄無中生有的詭詐伎倆，挑撥離間皇上和太子的骨肉之情。太子不能拜見皇上，又被江充陷害誣告，蒙冤受屈，呼天天不應，叫地地不靈，申訴無門，懷着一腔悲憤，起兵殺了江充，卻又畏懼父皇降罪，被迫逃出京城。兒子盜用了父親的軍隊和人馬，不過是為了擺脫危難，以避免遭陷害死於非命。臣私下認為太子沒有甚麼居心叵測的圖謀。再說，江充過去在趙國進讒言，害死了趙太子劉丹，天下無人不知。而如今，陛下不弄清楚太子起兵的原因，就加罪太子，以至於朝中明眼人不敢說出真相，明白事理的人不敢評論是非，臣下為此萬分痛心啊！」

令狐茂的奏章最後說：「我以一片赤誠之心奉上此書，如果因此冒犯了龍顏，我正等在建章宮外聽候降罪懲處，隨時準備獻出自己的生命。」

漢武帝看了這封奏章，深深為其大義至情所感動，並且終於省悟了自己的過失，只是沒有當即宣佈赦免太子。

太子出長安城南門一路東行逃到湖縣，隱藏在泉鳩里。主人生活拮据，平常靠編織草鞋的買賣接濟奉養太子。太子被家境貧寒的主人感動，十分歉疚在生活上給主人帶來的連累。忽然有一天，他想起湖縣有個舊相識，聽說是個非常富有的人家，為了緩解主人的負擔，就派人去找他。不料，這位故人得到消息，卻故意走漏了太子避難的風聲。

地方官得到了太子的下落，迅速組織人馬圍捕太子。孤獨無助的太子以為，就是插上翅膀也逃不脫他們的圍攻逼迫，關上門房自縊身亡了。

圍攻太子的人馬中有一個叫做張富昌的山陽男子，他飛腳踹開房門，與新安縣令史李壽急忙跑過去抱住太子，把他從上吊的繩套上解了下來。太子早已停止了呼吸。主人跟搜捕太子的官軍格鬥而死，兩位皇孫也同時遇害。

漢武帝對太子之死不勝悲傷，為寄託哀思，封李壽為侯，張富昌為題侯。

後來，朝廷調查證實因巫蠱害人而捕殺的案件大都是捏造的冤案。漢武帝更加清楚了戾太子劉據起兵，實在是被江充栽贓逼出的無奈之舉。他下令，滿門抄斬了江充。

痛惜太子無辜遇害的漢武帝，特地修建了思子宮，又在湖縣築起了歸來望思之台。

錦囊妙計

宋太祖趙匡胤「杯酒釋兵權」，鞏固和穩定了朝廷內部的政治基礎。但是，五代十國的分裂割據並沒有徹底結束。削平割據政權，成了他統一天下的當務之急。自從大宋立國，南唐政權就臣附宋朝廷，趙匡胤一直想找個藉口消滅它，只是苦於師出無名。

開寶七年（公元 974 年）九月，趙匡胤派遣使臣召南唐後主李煜來朝，李煜託辭患病不肯奉詔。

李煜對宋朝廷一直採取卑躬屈膝的態度，每年都進貢大量的金銀珠玉、古董珍玩、茶葉絲綢，每逢宋朝廷出師告捷或喜慶喪葬等大事，他都花錢買宴犒勞三軍或慶賀或致哀，為的是討取朝廷上下的歡心。不過，李煜私下裏也有另一手準備，他整軍修武，從來就沒有停止戰備。

李煜明裏暗裏的所作所為，趙匡胤都心裏有數，考慮到攻取南唐未必輕而易舉，所以他想通過徵召李煜來朝的機會制服他，而心存戒備的李煜對趙匡胤的用意了然於心，他並不上鈎。

「也好。」趙匡胤想，「我何不抓住他李煜的這個把柄，興師問罪呢？」

平定南唐的戰爭以宣徽南院使義成軍節度曹彬為統帥，潘美為監軍，調集了精銳部隊，籌備了充足軍需。不管李煜這塊骨頭多難啃，趙匡胤相信他的寵臣曹彬是不會有負重託的。

出征前，宋太祖趙匡胤在講武殿設宴為曹彬、潘美等將帥餞行。

這是一次盛大而隆重的宴會，酒是皇上一向愛喝的陳年御酒；菜，一道道全是皇上御點的美味。最特別的是，連皇上從來不賜文武百官的一碟家常小菜也鄭重地擺在了山珍海味之中。

面前這桌子酒菜，讓曹彬等將帥懂得了，皇上器重的殊榮是多大的分量：那就是挖掉嵌在大宋版圖上的南唐國，必須戰必勝，攻必取，絕不能辜負聖望。不然的話，就得戰死疆場！打仗是血與火的考

驗，戰場上兩軍交接，刀槍相見，勝敗是效死意志堅定與否的較量。兵家有言：「抗兵相加，哀者勝矣。」南唐將士面臨着亡國滅種，人家也都是血性男兒啊！亡國的悲劇能不激起他們同仇敵愾的義勇？曹彬滿腦子裏充塞着對即將開始的戰爭的考慮。身為統帥，他必須盡可能地考慮細緻些，哪怕是微乎其微的細節。雖然戰略方針毋庸分說地重要，但是小的問題往往左右着整個戰爭的走勢。常言道，千里之堤，潰於蟻穴。小裏面有大啊！

宋太祖趙匡胤春風滿面，他派出了朝廷最精銳的部隊，又親自過問了軍需供給，雖說李煜這個文縐縐的南唐國主唱得一口不錯的小曲，可打仗不是做文章，當着我大宋的精兵強將，他惟一的選擇，還不就是舉國投降！趙匡胤這樣想着。

宴會是熱鬧的，但熱鬧隆重的氣氛中更多的是凝重，是曹彬等將帥掂量肩上擔子感覺出的沉重。

到了酒過三巡的時候了，給皇上敬酒祝福等一應禮數都一個不落地施過了。曹彬站起身來，走出席位，雙膝跪地，叩首請求皇上對出征作最後的指示。

曹彬身後，黑壓壓一片跪伏着的將軍。

趙匡胤只說了幾句勉勵諸將的套話，關於戰爭本身，他甚麼也沒有說。

曹彬心想，戰事成敗將領是關鍵，將軍們有令必行，有禁必止，時時處處為士卒做出表率，勝利那就是不言而喻的。反之，將帥貪生怕死，不能身先士卒，那就只能是死路一條，必敗無疑！

曹彬啟稟皇上說：「微臣這一去，遠離朝廷，沙場之上，血海屍堆，凶險難以逆料。如果微臣左右將官臨陣懼戰，貪生怕死，或者觸犯了軍法，臣來不及稟報，該如何處理？請陛下明示！」

趙匡胤明白曹彬的意思。在前線，將軍面對的敵人已經夠他殫精竭慮的了，如果左右部下再弄出個三長兩短，這種無端的分心，確實

難以招架。敵人難對付，如果自己陣營裏出了心懷鬼胎的左膀右臂，那就更難對付。趙匡胤是後周世宗的侍衛馬軍副都指揮使趙弘殷的兒子，二十二歲從軍，由一個普通士卒成長為將軍，經歷了十二年的軍旅生涯，南征北戰，九死一生，終於把天下打到了自己名下。他的經歷見聞太豐富了，關於打仗用兵、將帥職守的考慮，他更是熟諳不過，所以曹彬的用意他心有靈犀啊！

趙匡胤說：「愛卿，平身吧。朕雖然是大宋天下的人主，帶兵打仗還是很知道些根底的。愛卿的用意良可嘉許，朕不想多說甚麼，也沒有這個必要。作戰用兵的規矩，你們這些將領都久經沙場了，還用朕囉唆嗎？不過，平定南唐的戰役，跟眾愛卿身經百戰的經歷相比，自有特殊的地方。朕對這次戰役也是用心良苦啊！所以，這幾天朕考慮了很多問題。朕以為特別重要的，都寫在了一張紙上，現在已經封存在了這個錦袋裏。愛卿所謂的指示，朕以為盡在其中了。至於節制將領的權限和懲處的原則，上至監軍潘美，下至普通將官，條條款款寫得明明白白。必要的時候，只需拆閱御書，遵旨行事！」

趙匡胤一邊說着一邊打量着眾將領，稍停片刻後，補充似地說道：「古人云，將在外，君命有所不受。總之，千里征戰，不拘常禮！」

趙匡胤的話，讓曹彬更加認識到了千鈞重擔維繫一身的沉重。眾將領則戰戰兢兢，人人心裏都不由得誠惶誠恐，嚴格自律了起來。聖上的錦囊裏，不知裝着甚麼絕招，他們想着想着，手心攥出了兩把汗。

曹彬接過錦袋，連呼萬歲，謝過龍恩，徑直退出了講武殿。他身後的一羣將領，也跟着謝過龍恩走了出來。

南唐後主聽到朝廷舉兵的消息，連忙派人到開封買宴，並且進貢絹綢二十萬匹，茶葉二十萬斤，還有說不清數量的金銀器具、錦衣雕車。李煜通過使者，可憐巴巴地哀求朝廷罷戰退兵。

曹彬大軍威武雄壯，軍紀嚴明，一路秋毫無犯，開到了長江北岸。李煜依靠長江天險，組織抵抗。兩軍對壘，戰爭整整持續了一年多。其間，趙匡胤都動搖了決心，一度打算撤軍停戰，因為朝臣們的諫阻才打消了這個念頭。

開寶八年（公元 975 年）十一月，曹彬率領大軍攻陷金陵城，李煜率領着文武大臣到宮門外迎接拜見曹彬。

南唐以李煜十四年的小皇帝生涯斷送了國祚。

得勝回朝的曹彬，率領着一年前出征時的原班將領上朝稟報。

宋太祖趙匡胤仍在講武殿設宴，一來聽取彙報，二來犒勞將帥。

酒過三巡，曹彬離開坐席，跪在宋太祖趙匡胤御座前，稟奏戰爭情況。他特別提到，消滅南唐一年多艱苦卓絕的大小戰鬥中，三軍將帥無不身先士卒，置生死於度外，為朝廷效死拼命，沒有一個人觸犯軍法。

趙匡胤非常高興，聽了奏報神采煥發。

他問曹彬說：「愛卿，這次出征，最大的收益是甚麼呢？」

曹彬和身後的眾將帥眾口一詞：「陛下的錦囊妙計！」

「怎麼？朕有甚麼錦囊妙計？」趙匡胤得意地朗聲大笑起來。

曹彬奏道：「臣等此役九死一生，終於有幸凱旋，實在是出征前陛下所賜錦袋的功績。」

說着，曹彬從肥大的朝服袖筒裏，拿出錦袋，雙手捧過頭頂：「陛下所賜，微臣不敢私自收藏，請陛下恩准奉還！」

趙匡胤接過了一年前封好的錦袋。

錦袋原來的封口完好如初，趙匡胤十分高興，他親自為眾將領打開了錦袋，輕輕地取出了一張不着一字的白紙。

曹彬等眾將領這才發現，他們一年來用生命奉守着的錦袋，原來只是一張白紙，大家都驚訝得目瞪口呆，好久沒有回過神來。

過了老半天，將領們齊聲高呼：「萬歲！萬歲！萬萬歲！」

講武殿，一派君臣同慶，共享勝利的歡樂。

第八計　暗度陳倉

| 閱讀指津 | ●

常言道，明槍易擋，暗箭難防。以正面佯攻迷惑敵人，以側面突襲制勝，表面一手裏面一套，覆雨翻雲，這就是軍事上的暗度陳倉。暗度陳倉被廣泛運用於政治、經濟和社會生活領域，甚至活用為暗中動作而有所圖謀的一切事體。工作學習中借鑒了這種智慧，當可繞過許多彎路，避開許多矛盾，比較順利地達到預期目的。

示之以動，利其靜而有主，益動而巽。

按：奇出於正，無正則不能出奇。不明修棧道，則不能暗度陳倉。昔鄧艾屯白水之北，姜維遣廖化屯白水之南而結營焉。艾謂諸將曰：「維今卒還，吾軍少，法當來渡而不作橋；此維使化持吾，令不得還，必自東襲洮城矣。」艾即夜潛軍，徑到洮城。維果來渡。而艾先至，據城，得以不破。此則是姜維不善用「暗度陳倉」之計，而艾察知其「聲東擊西」之謀也。

| 譯文 | ●

用佯攻暴露給敵人軍事動向，在他們固守陣地主要對付佯攻時，大軍像風一樣在敵人不加防備的空虛之處飄然而降，打個措手不及，出奇制勝。

按語：出奇制勝的兵法來自於正常用兵的普通原則；就像沒有一般就沒有特殊，沒有用兵的常道，也就無所謂用兵的奇謀。漢王劉邦如果不採納韓信的計策，表面上按常規修復棧道佯裝要走老路殺將出去，也就沒有暗地裏抄小道突襲陳倉的一舉大敗章邯。三國時魏將鄧艾駐軍白水北岸，蜀將姜維派遣廖化進駐白水南岸，並且在那裏安營紮寨。鄧艾對部下將領

說：「姜維現在派兵突然撲來，我軍兵力不強，按常理他應該不架設橋樑就渡過河來進攻我軍。這是姜維讓廖化牽制我軍，使我軍不能還擊別的攻擊目標，而姜維必然率軍從東面襲擊洮城。」於是，鄧艾不動聲色地連夜調兵，直達洮城。姜維果然渡河。不過，鄧艾已先期而至，佔據了洮城，所以城池才沒有被姜維攻陷。這個戰例就說明了姜維不擅長使用「暗度陳倉」的計策，而鄧艾卻識破了他「聲東擊西」的詭計。

智取荊州

荊州，雄踞長江北岸，扼大江咽喉，北望江漢大地。蜀漢進取中原、孫吳據守江東、曹魏南下攻城略地，都必須爭奪這塊地盤。

建安二十四年（公元219年），駐守荊州的關羽乘曹操漢中失利，進攻樊城，與曹軍守將曹仁廝殺開來。

東吳大將呂蒙看中了戰機，上書孫權說：「關羽討伐樊城，卻留守了足夠的防衛兵力，想必是擔心臣下乘虛而入。臣下經常患病，請求允許我以治病為名，率領部分將士返回建業。關羽得到這個消息，肯定會撤下防守，把全部兵力調往樊城前線。到時候，我軍日夜兼程，逆江而上，襲擊空城弱守的荊州，南郡可一鼓而下，甚至可以活捉關羽！」

這之後，呂蒙開始裝病，並對外自稱病重。

孫權心領神會，公開發佈命令，召回呂蒙。君臣二人神不知鬼不覺地開始了智取荊州的行動。

呂蒙大張旗鼓，順江而下。船到蕪湖，定威將軍陸遜前來拜見。

陸遜說：「關羽跟您屯兵相向，您為甚麼遠離邊關東下建業？邊關陸口的安危，叫人擔憂啊！」

「確實如您所言，不過我重病在身，實在是無可奈何！」呂蒙不露聲色地答道。

陸遜分析關羽的為人，向呂蒙獻策說：「關羽以驍勇自許，仗勢欺人，現在又新建了大功，志得意滿狂放不羈，一心只管北進邀功，

對我們沒有疑心，再加上您這一病，他必定更加放鬆戒備。如果出其不意，來個突然襲擊，我看是可以把他生擒到手的。」

陸遜鄭重其事地分析了荊州形勢，請他拜見主公時妥善謀劃。

呂蒙聽了，很賞識陸遜，但他始終沒透露一點口風。

關羽聽說呂蒙患病，被召回建業，就逐步調動防守荊州的兵力，充實前線。

曹軍失利，眼看戰局難以支撐。曹操派于禁等將領率軍前往增援。

呂蒙抵達建業，謁見孫權。孫權問道：「誰能代替你？」

呂蒙回答：「陸遜深謀遠慮，才華出眾，可以擔當這個重任。並且，他名聲尚小，不為關羽顧忌，是個非常合適的人選。如果用他，就要告誡他韜光養晦，觀察形勢，等待便利的時機，出其不意進擊敵人，這樣就可大獲全勝。」

孫權召來陸遜，任命為偏將軍、右都督，接替呂蒙行使職權。

關羽得知東吳派遣陸遜取代呂蒙，更加放鬆了戒備，就調遣了荊州的大部分守兵增援前線。

這時，正值秋雨連綿時節，老天又突降暴雨，漢水決堤，平地盡成汪洋，水深數丈，曹軍將領于禁等七路大軍被困澤國，人像魚鱉一樣泡在了水中。

關羽率眾乘船出擊，于禁不戰而降。

陸遜赴任抵達陸口，寫信給關羽，十分謙恭地說：「將軍軍紀嚴明，一次小小的舉動就獲得了如此大的戰果，何其輝煌！敵人潰敗，我們孫劉聯盟雙方都受益不小。喜訊傳來，我軍無不拍手稱快，我很想跟隨將軍席捲中原，輔佐漢室，共振王綱。陸遜我愚鈍，近日受命西行，很想有機會親聆教誨。」

不久，陸遜又派使者呈上一封書信，語氣更加謙卑。

　　關羽看過兩封來信，覺得陸遜謙虛誠懇，有託付歸順之意，也就不把陸遜放在心邊上了，並且絲毫沒感到來自東鄰的威脅。

　　正好這時的關羽前線捷報頻傳，更助長了他的驕傲自大。關羽不善待部下，將士們稍有不慎，輕則打罵，重則治罪，部下都非常不滿。留守後方的將領糜芳、傅士仁，一向被關羽輕視，二人心裏早就憤憤不平。關羽出兵在外，他倆負責運送軍需又沒討得滿意，關羽揚言：「回去後，要重重懲罰，治罪究辦！」糜芳、傅士仁聽了這個傳言，很害怕，所以就產生了叛逆之心。

　　陸遜掌握了這些情報，認為破蜀的時機更為成熟了。他立即派人把有關情況向孫權作了詳細彙報。

　　孫權立即批覆，命令呂蒙、陸遜為前部，攻打荊州，他自己率領主力部隊向西挺進，作為增援。

　　呂蒙、陸遜兵分兩路，直撲關羽後方。

　　呂蒙到達尋陽，把精兵埋伏在船艙中，偽裝成商人船隻，晝夜兼程，把關羽設置在沿江的守望將士全給捉了起來，一帆風順地駛入了南郡防區，關羽竟然一點風聲也沒聽到。呂蒙讓人寫信勸降傅士仁，立即奏效。於是，呂蒙帶着傅士仁來到南郡。守城的將軍是糜芳，呂蒙讓傅士仁出面會見糜芳，糜芳大開城門，獻城投降。

　　呂蒙到了江陵，釋放了關在囚籠中的于禁，逐一慰問被俘的關羽將士家屬，又下令軍中：「不得擾亂百姓，不得勒索百姓財物！」

　　關羽聽說南郡失陷，立即撤軍南返，多次派使者與呂蒙聯繫。呂蒙總是以優厚的禮遇招待來使，請來使在城中遊覽，到關羽部屬家中慰問，有人還寫信託使者帶交前線親人。關羽使者回到營中，有同僚私下打聽家人情況，都得到了家中平安的口信，並且還知道了家人享受到了比以前更為優厚的待遇。這樣，將士們也就更加無心戀戰了。

　　正在這時，孫權到達了江陵，荊州的文官武將都歸附了孫吳。

十一月，陸遜所率部隊一路西進，所向披靡，勢如破竹。劉備設置的宜都太守樊友放棄職守落荒而逃，各城的官長和少數民族的部落酋長都聞風歸降了陸遜。

陸遜請求批准，以金、銀、銅質的三種官印授予新降附的劉備官吏。

關羽孤軍寡卒，自知已是窮途末路，於是向西退卻，想固守麥城。孫權派人前往誘降。關羽偽裝投降，用旗幟紮了個布人插在城牆上，然後趁機逃跑了。他的士卒七零八落，各自像鳥獸一樣散去，身邊僅剩下了十來名騎兵。

孫權派兵切斷關羽西逃的去路。這年十二月，東吳部將馬忠在臨沮縣章鄉活捉了關羽和他的兒子關平。

關羽父子人頭落地，孫權以陸遜、呂蒙「暗度陳倉」的策略收取了荊州。

第九計　隔岸觀火

| 閱讀指津 | ••

　　就社會生活而言，隔岸觀火提醒我們要強化憂患意識。人往往熱衷於計較眼前的蠅頭小利，而忽視了當下得失對於未來的利害攸關。塞翁失馬，焉知禍福，任何事物都隱含着正反兩個方面的因素，明智的抉擇，洞幽察微，可望挽狂瀾於既倒，扶大廈於將傾；反之則利令智昏，天有不測風雲，眼看着一派勝利在望的大好前景，轉瞬間就化作了泡影。這是務必應當引以為戒的。

原文

　　陽乖序亂，陰以待逆。暴戾恣睢，其勢自斃。順以動豫，豫順以動。

　　按：乖氣浮張，逼則受擊，退而遠之，則亂自起。昔袁尚、袁熙奔遼東，眾尚有數千騎。初，遼東太守公孫康，恃遠不服。及曹操破烏丸，或說曹遂征之，尚兄弟可擒也。操曰：「吾方使康斬送尚、熙首來，不煩兵矣。」九月，操引兵自柳城還，康即斬尚、熙，傳其首。諸將問其故，操曰：「彼素畏尚等，吾急之，則并力；緩之，則相圖，其勢然也。」

　　或曰：此兵書火攻之道也。按兵書火攻篇，前段言火攻之法，後段言慎動之理，與隔岸觀火之意，亦相吻合。

| 譯文 | ••

　　敵人內部矛盾公然激化，秩序混亂，我方則靜觀其變，等待發生暴亂。敵人內部反目仇殺，窮兇極惡，勢必導致自取滅亡。這就是《周易·豫卦》所說的以柔的方式，坐等愉快的結果。

按語：敵人內部自相殘暴人心相背，這時如果進逼攻打，對方會停止傾軋而聯合反擊；我方有意識地退出，遠遠地觀看，那麼內亂自然會發生。過去，袁紹的兩個兒子袁尚、袁熙逃亡遼東，這時他們還殘存幾千兵馬。當初，遼東太守公孫康憑藉着地處偏遠，曹操鞭長莫及，不肯臣服。曹軍征服烏桓（我國古民族名，東胡別支）後，有人勸他乘勝征討公孫康，同時還能把袁氏兄弟捉拿到手。曹操答道：「我正要教公孫康砍下袁尚、袁熙的頭顱送上門來，用不着勞頓兵馬了。」九月，曹操率軍從柳城（今遼寧朝陽西南）班師回朝，公孫康斬殺了袁氏兄弟，送來了他們的首級。眾將領請教其中的原委，曹操說：「公孫康向來害怕袁氏兄弟，二袁投奔了他，如果我軍急於用兵，公孫康與袁氏就會合力反擊。暫緩用武，他們會自相圖謀火併，這是他們相處的態勢所致。」

有人說，這是《孫子兵法》「火攻」之計。就《孫子兵法》火攻篇來看，前部分講火攻的方法，後部分講慎戰的思想，與隔岸觀火的寓意有相通之處。

陳軫獻計

陳軫是戰國時期的著名策士，曾經與魏國人張儀同時侍奉秦惠王，為秦國吞併天下出謀劃策，他們都享有非常尊貴的地位。正是這個原因，二人互相嫉妒，都想自己一人獨享秦王的寵愛。

張儀在秦王面前詆毀說：「陳軫帶着貴重國禮，穿梭於秦楚之間，卻不見秦楚關係有甚麼改善，楚王對陳軫倒是特別看重。我看，陳軫他為一己私利打算的多，為大王您考慮的少。並且，有傳言說陳軫就要投奔楚國了，大王為甚麼還不讓他去從自便呢！」

這話讓秦惠王對陳軫有了些看法，不過他想搞清楚真實情況後再作處理。於是召來陳軫談話。

「寡人聽說你打算離開秦國投奔楚王，不知是不是真有這個想法。」秦惠王直截了當地問道。

「的確是這樣。」陳軫直言不諱。

「張儀的話果然一點也不假啊！」秦惠王一絲陰雲浮過眼底，情不自禁地脫口而出。

陳軫毫不遲疑地接下去說：「不僅張儀的話絕非虛言，我要投奔楚王，路人皆知啊！」

秦惠王剛才還覺得，張儀這個人多麼可靠，連外交使臣的祕密都向我及時報告。不料陳軫一點也不拐彎抹角，他頓時大惑不解了。

秦王的疑惑，陳軫當然看了出來，不過他不動聲色。像所有的策士一樣，陳軫講了兩個小小的歷史掌故：

「伍子胥盡忠於國君吳王夫差，天下各諸侯國都爭相聘用他這樣的人作大臣；曾參侍奉父母極盡孝道，天下人都希望自己的兒子是這樣的孝子。同樣的道理，賣出去的僕人和侍妾，還沒走出巷口就被街坊鄰居買走了，那是非常好的奴才；被拋棄的女子，而被鄉鄰迎娶，那是賢良端淑的女人。我如果不忠於大王您，楚王又怎麼能相信我能盡忠於他呢？竭忠盡智反遭猜忌遺棄，不投奔楚國，我又能到哪裏去呢！」

說者有意，聽者有心。秦惠王認為陳軫沒甚麼過錯，話又說得實實在在，所以也就一如既往地善待他，不讓他跟張儀比較覺得受到了甚麼冷落。

可是，一年後秦惠王還是任命張儀為丞相，陳軫只好投奔楚國去了。

在楚國，陳軫仍然不受重用，更為尷尬的是，他居然被派遣出使秦國。

赴秦途中，陳軫路過魏國，他打算拜訪下魏將公孫衍。公孫衍也正遭受魏王冷落，所以懶得多管閒事，閉門謝客。

陳軫讓公孫衍門人傳話：「我來這裏是有要事商談的。他不見，我就要走了，不能待這兒磨蹭時日嘍！」

公孫衍聽了傳話，醉醺醺地接見了陳軫。

陳軫也沒寒暄客套，不以為然地說：「將軍怎麼如此喜歡飲酒？」

「飽食終日，無所用心呢！」

「我讓將軍整天事務纏身，窮於應付。還喝嗎？」

公孫衍見陳軫，不過打個哈哈應酬應酬罷了，不想這個陳軫一語點中了自己的痛處。他這才正眼打量了一番陳軫，馬上改了剛才懶洋洋的口氣，把脖子伸得老長，問道：「怎麼？先生有甚麼妙計！末將願洗耳恭聽呢……」

儘管公孫衍端出了恭敬的姿態，陳軫依舊先前的樣子，不緊不慢地說：「貴國丞相田需跟楚王相約，打算來個合縱的策略對付秦國，楚王懷疑貴國的誠意，不相信田需的遊說。您瞧，機遇不是明擺着的嘛！」

「這跟我有何相干？」公孫衍皺着眉頭，迷惑不解地答道。

「不，相干！將軍不妨告訴魏王，就說，您跟燕趙兩國的國王有老交情，他們多次派人來邀約，說：『閒着沒事，為何不來我這走走看看？』您藉這個名義，請求魏王允許拜訪燕趙，會會兩位國王老朋友。魏王肯定答應您的。不過，將軍不必真的前往，也無需太多的準備，只要把三十輛車馬往宮廷前面的廣場一擺，只是對外宣稱將要訪問燕趙就行了。」

公孫衍還是沒弄懂陳軫葫蘆裏裝的甚麼藥，沒關係，他馬上就明白了。客居魏國都城大梁的燕趙人士聽說公孫衍將要出訪，爭相驅車回國報告他們的國君。燕趙兩國都派來了使者迎接公孫衍。

楚王聽到這個消息，大光其火：「田需跟寡人訂約合縱抗秦，公孫衍卻被派出使燕趙，這不是在作弄寡人嗎！」

從此，楚王根本就不再聽信田需所謂合縱的鼓吹了，並且立即派人拜訪公孫衍，好說歹說地請求他接受為楚國籌劃國事。公孫衍因此又作齊國之行。就這樣，燕、趙、齊三個國家的宰相職掌都捏在了公孫衍的手裏。

公孫衍大獲成功後，陳軫才離魏赴秦辦理楚王的使命。

秦的鄰邦韓國與魏互相攻伐，戰事歷經一年也沒個停火的跡象。秦惠王想出面調停，便徵詢朝中大臣的意見。近侍們各執一詞，有的說調停好；有的堅持不予過問，說讓他們打下去對秦國更有利。兩種意見相持不下，鬧得秦惠王也拿不定主意。

正在這時，陳軫來到了秦國。

秦惠王接見了作為楚國使者的陳軫。問道：「你離開秦國去了楚國，是不是還想起過寡人？」

陳軫也向秦惠王發了一問：「大王聽說過有個名叫莊舄的越國人嗎？」

「沒聽說過！」秦王不解地搖搖頭。

「莊舄在楚國做了爵位是執圭的大臣，不久，他就生了病。楚王說：『莊舄原本是越國一個平民百姓，如今在楚國得了官爵，應該說是尊貴而富有的人了。莊舄還思念他的越國故土嗎？』有個侍御官回答說：『人思念故國舊土，大都在他生病的時候。莊舄思念越國，他病痛的呻吟就是越國的口音，不思念則是楚國的腔調。』楚王派人前往打探，結果聽來的是越國的口音。而今，微臣雖然被拋棄去了楚國，怎麼能不因為思念大王而發出秦人的沉吟之聲呢！」

秦惠王深深地感動了，不住地點頭稱是。

接着，秦惠王跟陳軫說起了正困擾着他的韓魏戰爭問題，請求給拿個主意。他很客氣地說：「希望你在為楚王擘畫方略的百忙中，撥冗見教，也能給寡人想點辦法。」

「卞莊子刺虎的事，大王左右可曾有人講過？」陳軫問道。

秦惠王無奈地抬起右臂，來回揮動着，說從來也沒有聽說過。

陳軫說，卞莊子住進一家旅舍，準備殺掉一隻禍害人畜的猛虎。店裏的跑堂小夥計出言勸阻，認為卞莊子考慮不周，說魯莽行事太危險了。

　　小夥計主動給卞莊子出主意說：「這附近有兩隻老虎，牠們正要捕食一頭牛，等戰果到手，因為爭食肯定得格鬥起來，兩虎相鬥，必有死傷。您不妨先靜觀事變，坐待收成。等到那條弱小的送了命，那條猛虎也就受了傷，這時您再出手，不就一箭雙鵰，一舉兩得了嗎！」

　　旅店小夥計的智慧，卞莊子大為歎服。他依計而行，只等了片刻，兩隻老虎果然就搏鬥起來。結果正是小夥計所預言的情況。

　　陳軫講到這裏，馬上把話題轉到了秦惠王所關心的韓魏戰事，而韓魏對於秦惠王來說，正像卞莊子所面對的兩虎相鬥的局面。有了這麼個勝於雄辯的掌故，秦惠王何去何從，自然是不言自明了。

　　陳軫像是話家常般的侃侃而談：「如今韓魏兩相攻伐，交戰一年不可開交，結局肯定是大國要受損傷，小國自取滅亡。那時候，大王舉強秦之兵討伐大受損傷的殘存者，豈不就一舉兩得，坐收吞併韓魏的戰果了嗎！這與卞莊子刺虎的道理毫無二致。大王認為，我為楚王擘畫方略，跟為您出謀獻策有甚麼不同嗎？」

　　秦惠王恍然大悟，被韓魏戰事久困不解的一臉愁容，給陳軫一個小故事說得眉開眼笑。他手拍几案朗聲笑道：「好啊！好！你對待寡人跟你自己的國君沒有甚麼兩樣！」

　　秦惠王採納陳軫的獻策，隔岸觀火。韓魏戰事的結局，與陳軫的預見絲毫不爽。

第十計　笑裏藏刀

|閱讀指津|

笑裏藏刀，關鍵在一個「笑」字，「刀」雖然是目的，但作為手段的「笑」往往比目的更重要。沒有「笑」，磨刀霍霍，「刀」光閃閃，如果不是十分弱小的敵人，只要有所防備，恐怕你那把「刀」耍弄得就不會太輕鬆自如。反之，你口蜜腹劍，不時給敵人來個美人計、糖衣炮彈之類的小恩小惠，就可能使敵人失去警覺。在自己的陰笑和敵人的憨笑聲中單刀直入，剛柔相濟，大功成矣！這就是常言說的，用「心」殺人比用刀殺人，豈止厲害百倍！

原文

信而安之，陰以圖之；備而後動，勿使有變。剛中柔外也。

按：兵書云：「辭卑而益備者，進也……無約而請和者，謀也。」故凡敵人之巧言令色，皆殺機之外露也。宋曹瑋知渭州，號令明肅，西夏人憚之。一日，瑋方招諸將飲，會有叛卒數千，亡奔夏境。堠騎報至，諸將相顧失色，公言笑如平時。徐謂騎曰：「吾命也，汝勿顯言。」西夏人聞之，以為襲己，盡殺之。此臨機應變之用也。若勾踐之事夫差，則竟使其久而安之矣。

|譯文|

作出誠實友好的姿態來穩定敵人，暗中謀取敵人；進行積極充分的備戰之後採取行動，不要讓敵人有所察覺而發生情況變化。這是把殺機隱藏在友好外表下的計策。

按語：《孫子兵法》說：「言辭恭維樣子謙遜，卻更加努力備戰的，意味着進攻……先前沒有約定卻主動請求媾和的，這是計策。」所以但凡敵人做出花言巧語的偽善面孔，都是隱藏着殺機的徵兆。宋朝曹瑋任渭州（今甘肅省平涼）知州，軍紀嚴明，西夏人懼怕他。一天，曹瑋正請部將宴飲，恰巧發生了幾千名士兵叛變，逃竄到西夏。哨兵飛馬前來報告，將領們聽後面面相覷，連臉色都變了，而曹公卻談笑自若一如往常。稍停片刻，才不急不慢地對騎馬哨兵說：「這是我的密令部署，你不要聲張。」西夏人聽說後，認為是假託叛亂來襲擊他們，把叛兵全給殺掉。這就是關鍵時刻隨機應變運用謀略。像越王勾踐忍辱負重侍奉吳王夫差，竟然能讓夫差長期貪圖淫逸，喪失警覺，安於現狀啊！

事例　鄭袖寵冠後宮

楚懷王憐香惜玉，對女色情有獨鍾。後宮裏美女如雲，能歌善舞的南后鄭袖，就是他龐大的美女陣容中的一個。

輕歌曼舞，天生麗質，固然是討取歡心的資本，可要想在美人堆裏佔盡頭籌，鶴立雞羣，恐怕僅此一招遠遠不夠。鄭袖工於心計，教那些宮中同仁望塵莫及！

還是鄭袖剛得寵後，張儀帶着些門客一路顛沛來到了楚國。楚地物華天寶人民富足，那些門客眼界一開，嘀咕着要另謀出路。張儀說：「不要因為暫時的困頓，就想三想四。等我見過楚王，你們再作主張也還來得及。」

張儀遊說天下，四處碰壁，楚懷王很不情願地接見了他。他一眼讀懂了楚王的臉色，沒多說甚麼就識相地起身告辭。

張儀說：「在下既然百無一用，那就請允許我去謁見晉國之君。」

「好啊，您自便吧！」楚懷王不置可否地答曰。

「大王對晉國也一無所求嗎？」張儀不露聲色地說。

楚國土肥水美，物產富庶，黃金、珠璣、犀角、象牙都出產在這裏。楚懷王不以為然地給了他一個肯定的回答。

「大王難道不喜歡美色？」張儀慢條斯理地說。

「甚麼？」張儀話剛脫口，楚王隨即一個愣神。

楚王好色天下風聞，張儀想，果不其然。於是，他不無渲染地描述道：「晉的鄰國鄭和周，小女子薄施朱粉，眼眉如黛，那窈窕的身姿飄然於大街小巷，不知道這裏盛產美女的人見了，以為是天女下凡呢！」

「唔！」楚懷王露出了饞相，嘴角流着口水，「楚國，是一個偏僻的地方。寡人雖為一國之君，中原美人如此教人心動的芳容，可從沒撈到一飽眼福！哪裏是不愛好美色呢！」甫說剛才對張儀的傲慢不屑了，這下連大國之君的形象也顧不得了。為了欣賞中原美女，他竟然討好地送給張儀無數珠寶玉器。

鄭袖聽說後，立刻認識到問題的嚴重性，趕忙派人拜訪張儀，呈上五百斤黃金，請求他千萬別給楚王張羅中原美女。

鄭袖的用意，張儀自然明白。所以，他告別楚王說：「張儀足跡遍佈天下，可從沒見過南后這麼漂亮的夫人！先前的話，不過玩笑罷了，原諒張儀的失禮！」

自己的寵愛受到如此評價，楚懷王樂不可支：「張先生不必介意。啊，不必介意！我本來就覺得，天下姿色，不可能有比得上我夫人的！」

鄭袖擔心爭寵，不偏不倚還是遇上了競爭對手。沒過幾天，魏國國君給送來了楚王夢寐以求的禮品，讓他一見傾心的絕色佳麗。

從此，楚懷王沒日沒夜守着魏美人，連朝廷大事也撂到後腦。

楚懷王喜新厭舊，鄭袖早有領教。當初，她不也是這樣讓他全身心地投入的嗎？

吃醋爭風，是女人的天性。鄭袖絕非世俗女子，她懂得嫉妒應當是打翻在自己肚皮裏的醋罈子，別人連醋意也休想嗅得半點。

鄭袖滿面春風地來到魏美人宮室。初來乍到的新人，對皇室環境不熟悉，對宮廷生活不適應，鄭袖總是滿腔熱忱地給她幫助。新

人許多難以啟齒的問題，鄭袖也總在她最需要的時候給予體貼入微的指點。有了這麼個情同手足的大姐姐關照自己，魏美人避免了許多尷尬。並且，關於妃嬪之間恃寵爭愛明爭暗鬥的擔心，她也全都打消了。

魏美人年輕漂亮，自然對衣料的花色、裙裝的款式都很在意。但她怎麼也不會料到，鄭袖吩咐給裁製的四季服裝、適合於各種場合穿着的內外衣裳，非但合身可體，而且用料考究，做工精細，款式新穎，典雅尊貴，一身靚麗動人。她喜歡甚麼樣的朱粉，甚麼樣的首飾，甚麼樣的珍玩，不管自己想到還是沒想到，鄭袖全為她準備好了。就是宮室裝飾，臥具陳設，鄭袖也給張羅得樣樣周全，事事稱心。魏美人覺得，她的心願彷彿鄭袖的心願，她的好惡彷彿鄭袖的好惡，她的憂樂彷彿鄭袖的憂樂，真不知該怎麼表達自己的一腔感激！而鄭袖呢，所作所為似乎都是那麼心甘情願，好像為新人提供的所有幫助都是自己不容分說的義務。

魏美人日夜承受恩澤，卿卿我我過後，自然也跟大王說些貼心話。她總是情不自禁地誇獎鄭袖的寬闊胸襟和樂善好施的情懷；鄭袖見到楚懷王也總是讚不絕口地說起新人的種種長處，簡直新人的幸福就是自己的幸福。

楚懷王不敢相信，鄭袖如此識大體明大義。新人千嬌百媚，夫人鄭袖對她百般關愛，楚懷王覺得自己不光是楚國至高無上的國君，而且是舉世無與倫比的幸福男人了！所以，當他難得捨下新人上朝料理國事時，竟然不無炫耀地給滿朝文武大臣談起了聖上的情愛感受：「夫人用來侍奉丈夫的，是女色；而妻妾之間爭寵嫉妒，也是情理之中的事。可是，寡人的夫人鄭袖知道寡人喜歡新人，她關照愛護新人勝過了寡人。這讓我明白了，孝子盡孝忠臣盡忠的道理。」

這樣，鄭袖確信，大王再也不會懷疑自己嫉妒魏美人了。一次跟魏美人說話時，她絲毫也不露心跡地說：「大王真是喜歡您，一天到

晚掛嘴邊上，那由衷的高興，我簡直不知道該怎麼給您說！不過，他好像有點美中不足的感覺。」

說者有害人之心，聽者無防人之意。並且，鄭袖說到這裏，好像為了維護新人的尊嚴，欲言又止。魏美人可是知道，夫人向來是無話不說的啊，莫非大王不像夫人說的那麼輕描淡寫？

鄭袖越是不說，魏美人越想弄個清楚明白。

鄭袖又像平常一樣一肚子熱心腸地跟魏美人說：「其實，金無足赤，人無完人，人身都是肉長的，誰能沒一丁點缺憾。何況大王只是對您的鼻子有點嫌棄。」

「啊，鼻子！」魏美人下意識地抬手撫向鼻子。

鄭袖連忙雙手捧住魏美人的腰身：「這，這不是很好嗎？人面桃花半含羞，您更加嫵媚得沒法說了。以後，見大王時，您不妨就現在這個樣子，用手掩住鼻子，不就得了！再說，您一雙纖手，潔白如雪，溫潤如玉，我們大王見了這雙小手，還不早就鑽到您心窩窩裏去了！哪裏還來得及瞧您的鼻子？」

這以後，魏美人只要接受楚懷王寵幸，都輕輕地掩着鼻子。起初，楚懷王並沒在意。常話說事不過三，楚懷王不久就覺得這個新人怎麼有點不對勁！當初承受恩澤的美妙清純，給手掩鼻子的造作弄得全走了樣變了味！

楚懷王跟鄭袖談起了這個感覺，很不耐煩地問道：「那新人見了寡人，總是捂住鼻子，怎麼回事？」

鄭袖似乎毫無芥蒂地說：「我也聽她說起過，不過……」

楚懷王聽了這一半直言一半遮掩的話，覺得夫人鄭袖既對自己坦誠又對新人袒護，而這些，讓他對自己曾經鍾愛過的新舊兩個女人似乎有了全新認識。

楚懷王說：「說下去，甚麼難以啟齒的惡言惡語，也不妨說給寡人聽聽！」

鄭袖感受到了大王久已缺失的親近和信任。可是她還是裝作順從大王的命令，跟維護魏美人的尊嚴兩相衝突，她左右為難。

楚懷王再三地催促，她才很不情願地說道：「新人……她、她討厭大王您，您身體的氣味。」

「這個蠻橫無理的潑婦！」楚懷王頓時惱羞成怒，滿肚子火氣不打一處往外冒：「來人哪！快、快把那個魏國小賤人，她的鼻子、鼻子，給我割下來！」

楚懷王聲嘶力竭的淫威，斷送了魏美人這個年輕女性的生命。

第十一計　李代桃僵

| 閱讀指津 | •

　　再高明的謀略都離不開將士的血浴疆場馬革裹屍，軍事指揮家考慮的是如何把握戰爭態勢，為了爭取戰爭的主動權，或者為了扭轉被動挨打的局面，犧牲點局部的、眼前的利益，是在所不惜的，因為它換取了具有全局戰略意義的長遠利益。而從戰術上看，用小的犧牲贏得大的勝利，也不失為一種明智的抉擇。捨小保大，丟卒保車，這就是李代桃僵的要義。

原文

　　勢必有損，損陰以益陽。

　　按：我敵之情，各有長短。戰爭之事，難得全勝。而勝負之決，即在長短之相較。而長短之相較，乃有以短勝長之祕訣。如以下駟敵上駟，以上駟敵中駟，以中駟敵下駟之類，則誠兵家獨具之詭謀，非常理之可推測也。

| 譯文 |

　　戰局發展必然要作出某些犧牲時，要捨棄局部利益，保全整體利益。

　　按語：敵我雙方的情況各有優劣。戰爭中的事情，很難佔盡優勢，方方面面全都取得勝利。勝敗的關鍵，是雙方優劣長短的較量。不過，在這種較量中，有以短處戰勝長處的巧計妙策。比如孫臏賽馬，用下等馬跟對方上等馬比，再用上等馬跟對方中等馬比，中等馬跟對方下等馬比。這實在是軍事戰略家別出心裁的詭詐之術，不是由尋常事理能夠推而知之的。

李牧戍邊

　　李牧，是戰國末年趙國的良將。趙國的北疆與林胡、樓煩、匈奴等遊牧部落接壤。遊牧民族擅長騎馬射箭，經常旋風般地越過雁門關，侵入趙國，擄掠人口牲畜。

　　李牧駐軍在雁門（治所在今山西省右玉縣南）和代（在今河北省蔚縣）。他把徵收的貨物稅款集中在府庫統一調度，作為軍事開支的儲備，根據民風民情的實際設置官吏，依照邊塞山川地理的防務需要修築營壘。李牧關心體恤士卒，經常殺牛宰羊犒賞三軍，還到三軍營地，親自訓練將士騎馬射箭佈陣演習。主帥與將士同甘共苦，軍隊士氣振奮。但是，李牧卻有了一條軍令：「匈奴等北方部落來犯，要迅速退入營壘自保，有膽敢違令擅自捕擄敵人的，一律斬首！」

　　軍令如山倒，不管敵人甚麼時候入侵，也不管他兵力多少，只要烽火台傳來警報，將士們都立即退回營區，沒有人敢違令抵抗，擅自迎戰。

　　就這樣，一晃就是幾年過去了。雖然防區時常受侵擾，但由於防守嚴密，敵人始終摸不透底細，也就不敢深入境內大肆擄掠。軍隊也就沒有多少人員傷亡，軍民財物損失也是微乎其微。

　　經年累月地避而不戰，連匈奴人都沒有這個耐性了，他們認為李牧膽小懦弱。他的部下將士甚至也覺得：「我們的將領膽小如鼠！」

　　李牧守邊的情況很快傳到了都城邯鄲，趙王派遣使臣責備李牧，命令他要扭轉保守被動的局面，不能懼敵畏戰！李牧依然故我。當北方邊境又傳來了李牧我行我素的口風時，趙王大怒，立即召回了李牧，另外派將接管了邊防重任。

　　新任大將一反李牧固守不戰的策略，只要匈奴來犯，他就迎戰出擊。如此一年多的光景，經常給匈奴打得大敗而回，人馬傷亡慘重，財物損失巨大，邊防地區不僅耽誤了春種秋收的農事，而且畜牧生產

也受到了影響。老百姓和邊防軍將士紛紛上書趙王，請求再次派李牧戍守北疆。

趙國，在各諸侯國中曾經以兵力強大著稱，是秦統一天下的最大障礙。而這時，它正逐漸地走向下坡路，秦國連年加兵於趙國，匈奴人又接二連三地侵擾，再加上國君趙孝成王偏聽偏信，不用廉頗等名將，卻起用了誇誇其談的趙括，國家危機四伏。

李牧認為，以趙國的兵力財力對付強大的北方遊牧民族，應當避其鋒芒，以較小的損失換取養精蓄銳，等待時機，克敵制勝，而不是以自己的短處抗衡敵人的長處，盲目拼殺。因此，趙王雖然召他上朝，他總是以臥病不起為託辭，閉門不出。

北疆形勢嚴峻，國王一再召請，有志報國的李牧接受了再赴北疆的委任，不過他提出了戍邊的戰略思想。他說：「陛下如果一定要派臣防邊，請允許臣下用老法子處理邊防事務。不然不敢奉命！」

「將在外，君命有所不受。就請愛卿相機行事吧！」趙王答應了李牧的請求。

李牧一踏進雁門，眼前的景象已經不是自己離任時的舊觀，營壘殘破不堪，士兵傷殘無數，馬匹瘦骨嶙峋，百姓面如土色……

李牧抵達任所，撫慰將士，重申堅守不戰的軍法。

匈奴人仍舊經常騷擾邊境，李牧還是堅守不出，避而不戰。敵人也不敢深入搶掠。

就這樣，又是一晃幾年過去了。匈奴人堅定了對李牧的認識：懦弱膽怯。李牧採用李代桃僵的戰術，雖然讓匈奴人得到了一些微不足道的戰利，但整個北部邊疆地區卻是一片平安，百姓牛羊肥壯，軍隊也調養得精神十足。

經過十年的養精蓄銳，李牧的守邊部隊已經非常強大。將士們天天都得到殺牛宰羊的賞賜，卻又無仗可打，人人對李牧深懷感激，紛紛表示只要一聲令下，戰死疆場在所不辭！

趙孝成王十六年（公元前 250 年），李牧認為時機已到，決定與匈奴開戰。他精心選配了一千三百輛戰車，一萬三千匹戰騎，五萬名步兵勇士，十萬名百發百中的弓箭手；並且親自組織訓練演習，三軍陣勢威武，個個鬥志昂揚，全軍上下都準備大顯身手，大有一戰而致敵人於死地的氣勢。

李牧白天演兵，夜晚則披星戴月研究兵法，制定戰略戰術。在確信各方面的準備都沒有一點閃失後，李牧開始實施周密的作戰部署。

到了開戰那天，李牧讓牧民一大早就趕出牛羊馬匹四出放牧。

這是一個晴朗的日子。湛藍的天空只有幾絲悠然飄浮的白雲，白雲飄向天邊就融入了一望無際的遼闊草原。雪白的羊羣彷彿由藍天上的白雲點化而來，像白雲一樣緩緩地遊移在藍天綠草間，棕紅色的馬羣恍若綻放在油綠草叢中大片大片不知名的花朵，紅得像火，又像燃燒在戰士們心中的一腔烈焰；只有遠處偶爾傳來哞哞的一兩聲牛叫，才給這美麗的草原點綴了聲音，而當這哞哞的音符被草原無邊的綠色浸潤後，草原就更加寧靜了。

匈奴人已是十年不見如此壯闊的羣牧圖，所以一見饞涎欲滴。

匈奴兵馬像往常一樣，肆無忌憚地飛奔而來，大肆搶掠。

作為試探，李牧將計就計，派出一小股兵馬，只一交戰，假裝無力抵抗扭頭就往後退卻。並且在潰退過程中，他還有意製造了幾千兵馬難以逃脫的假象，敵人更加得意忘形了。

匈奴人把這個多年來沒碰上的特大捷報迅速稟報了單于。大喜過望的單于認為李牧的軍隊實在是不堪一擊，於是傾巢出動，瘋狂地奔襲而來。整個草原讓他的馬蹄踐踏得好似地動山搖一般。

正當單于騎兵無所顧忌地越過邊境，大肆擄掠時，侵略者萬萬沒有料到他們已經陷入了李牧早已佈下的奇陣中。李牧一聲令下，左右兩翼伏兵以迅雷不及掩耳之勢包抄了過來，眨眼間就切斷了敵騎的退路。李牧揮師剿擊，一舉殺掉了十多萬匈奴騎兵。

深知中計的單于嘗到了李牧怯懦的厲害，連忙命令左右拼死殺出一條血路，落荒而逃。

李牧乘勝追擊，消滅了襜國，打敗了東胡部落，林胡部落見大勢已去，投降了李牧。

從此以後的十幾年間，北方遊牧部落再也不敢進犯趙國邊境了。

第十二計　**順手牽羊**

| 閱讀指津 |

順手牽羊就是利用敵人的疏漏給自己帶來的取利之便賺取敵人。「順手」，強調軍事動機施行於不着意時，不用心處。但一個指揮千軍萬馬的將領，需要戰戰兢兢、如履薄冰、審慎敬業的不苟精神。只有這樣，敵人的任何疏忽才逃脫不了他事事洞明的慧眼。當然，戰場上是難以避免疏忽和隙漏的，而隨機應變，把萬一的差池處理好了，也可以變為投給敵人的餌料。運籌勝算，軍備充足，士氣旺盛，打起仗來出神入化，即使出現個把婁子敵人也未必膽敢貿然行動。

原文

微隙在所必乘；微利在所必得。少陰，少陽。

按：大軍動處，其隙甚多，乘間取利，不必以戰。勝固可用，敗亦可用。

| 譯文 |

敵人微小的漏洞，也得及時利用；戰爭中微小的利益，也得努力爭取。敵方些小的疏漏可以轉變為我方可圖的戰果。

按語：大部隊經過的過程中，所暴露的疏漏很多。利用疏漏爭取戰果，不一定採取戰鬥。勝利之時當然可以用這個計策，失敗的時候也可以運用。

息媯和她的丈夫與姐夫

　　周初天子所分封的一千八百個國家，到了春秋早期，只剩下一百四十八個了。陳國是為數不多的十來個較大國家中的一個。息媯，就是陳國國君的女兒，她還有個姐姐。

　　周王室逐漸衰微，喪失了號令天下的威力。列國爭雄的序幕，這個時候就拉開了。各諸侯國大動干戈，互相兼併，或擴大領土，或搶掠人畜財物，打打殺殺的攻伐一天比一天嚴重，也一天比一天頻繁，其目的只有一個，那就是不斷擴大和鞏固各自的政治、經濟利益。挑起戰爭的原因，最初是千差萬別，有各種名目和藉口，但實質上總能歸結到一點，即消滅敵國，壯大自己。

　　陳國國君的一雙女兒天生麗質，分別嫁給了息、蔡兩個侯國的國君。陳國公萬萬沒有料到因為女兒的美貌惹出了亂子，最終，葬送掉了兩位女婿的國家。

　　對陳國兩位美麗的公主動心思的大有人在，魯莊公十年（公元前684年），蔡國國君蔡哀侯在眾多的競爭對象中勝出，娶來了陳國公的長女為妻。金屋藏嬌，兩個人沒日沒夜地沉浸在燕爾新婚的甜蜜中。蔡哀侯連朝政也不想處理了，整天廝守在妻子的身旁。

　　儘管蔡哀侯妃嬪成羣，自從陳國公的女兒來到了身邊，真是六宮粉黛無顏色！

　　他無時無刻不守着妻子，好像一不小心，她就會飛掉一樣。妻也覺得十分幸福，丈夫那麼多的女人，惟獨寵愛自己一身，先前關於侍奉男人的種種擔心都是多餘的了。於是，夫妻無話不談。

　　不知怎麼，其中就有一回，她給他談起了自己的妹妹。

　　蔡哀侯想，妻如此叫人神魂顛倒，她妹妹，我的小姨子，該是多麼迷人的樣子呢？

　　蔡哀侯裝作坦坦蕩蕩的樣子，朝妻子笑了笑，沒有出聲，笑容裏隱藏着奸邪。

在她看來，像他這樣的高高大大的美男子國君，就是佔盡天下女人的便宜，也不過分的。她這樣想着，還嘀咕道：「反正你沒日沒夜地守在我身旁……」

幸福的時光像離弦的箭，過得飛快。眨眼間就到了蔡哀侯妻子的妹妹息媯出嫁的日子。

息媯嫁到息國，丈夫是國君息侯。

息侯的迎親隊伍得路過蔡國，所以蔡哀侯見到了妻子曾經提起過的這位小姨子。

不見倒也罷了，一見小姨子，蔡哀侯由衷地驚羨：「好個傾城傾國的絕色佳人啊！」

他禁不住脫口說道：「她是我妻的妹妹，留下來會會吧，不太禮貌。不過……」

迎親的隊伍回到息侯的宮中，息侯聽說了這件事，極為惱火！後來，連襟相見，蔡侯又沒大沒小地說些話，讓息侯愈加嚥不下這罈子醋。

息侯決意要報復蔡侯的心懷不軌。於是，他派遣使者前往楚國，對楚文王詳詳細細地說明了來意，然後提出：息國與楚國佯裝開戰，我向蔡國求援……

息楚戰役開始，蔡哀侯一為所愛，二為連襟，不講任何條件，發兵支援。

蔡國軍隊剛剛抵達息楚交戰前線，蔡哀侯立刻發現自己竟然中了息侯的奸計。息侯和楚軍兩面夾擊，一舉殲滅了蔡國全部援軍。

這時正是九月秋高氣爽的季節，本該是成羣結隊的妃嬪搔首弄姿地陪伴着，賞菊飲酒，何等銷魂！何其自在！可恨息侯這個潑皮無賴太歲頭上動土！做了楚國俘虜的蔡哀侯恨在心裏：等着，息侯，有你小子的好果子吃！

蔡哀侯被楚軍押回了楚國。

蔡侯不死，息侯不寧，連襟姐夫也不是吃素的。為了報仇雪恥，蔡哀侯想方設法地討好楚王。五年後，機會終於來了。蔡哀侯與楚王說話，趁着楚王談興甚濃的高興勁，給楚王說起了小姨子息媯的美妙。

楚王愛細腰，蔡哀侯把他對小姨子的愛情解讀暢快淋漓地鋪陳了一番，頓時，楊柳身姿月貌花容的息媯，就裊裊婷婷地走進了楚王的心裏，害得楚王夜不能寐，整整一宿輾轉反側。楚王第二天一大早以狩獵為名趕到了息國。

楚文王設宴招待息侯，息侯盛情難卻，酒席上，對楚文王五年前合作襲擊蔡侯千恩萬謝。楚文王虛與應付，酒過三巡，再也忍不住佔有息媯，下令襲殺了息侯，乘機滅掉了息國。順手牽羊，把那個叫他一夜沒能合眼的美人息媯帶回了楚宮。

息媯和楚文王生了兒子堵敖，就是後來的楚成王。

息媯跟楚文王從來也不主動說話，楚文王覺得美中不足，很遺憾地問她：「怎麼老是不言不語？」

「我一個女人家，伺候了兩個丈夫，即使不能死，又能說甚麼呢？」

楚文王認為，他沒能為夫人報仇雪恨，可能是她不搭理自己的原因。為了討好夫人，楚文王發兵消滅了蔡國。

因為一個女人，息侯、蔡侯斷送了國祚，楚文王雖然順手牽羊地擴大了自己的實力，卻也敗壞了救人危難的名聲。

趙匡胤黃袍加身

顯德六年（公元 959 年）五月，後周世宗柴榮辭世，七歲的毛孩子恭帝宗訓繼位登基。半年後，趕上了顯德七年（公元 960 年）正月春節，滿朝文武簇擁着年幼的新君，沉浸在歡度佳節的喜慶中，突然北方邊境傳來緊急戰報，說北漢和契丹人聯合入侵。

恭帝宗訓正被臣子們逗得樂不可支，再說一個乳臭未乾的小孩子也不懂考慮甚麼，而臣子們文恬武嬉，沉溺於歡樂，對遣將禦敵的事都不想用心思。

就這樣，作為後周軍事統帥的趙匡胤奉命率領禁衛軍出征了。

正月初三，大軍出京城不過幾十里地，趙匡胤就命令停止前進，屯兵黃河南岸的陳橋驛（今河南省封丘南，時在黃河南岸，現在黃河北岸）。一場趙匡胤自編自導的兵變，拉開了北宋王朝行將誕生的序幕。

趙匡胤幕府的方士聲稱看到了奇異的天象，說太陽下面又出了一個太陽，兩個太陽碰撞放射着黑色的光芒，天無二日，人世間要出現新天子了。

方士的話一傳十，十傳百，將士們人人懷揣着一種將要改朝換代的恐慌和迷惘。

當夜五更鼓剛剛敲罷，東方一抹殷紅的魚肚白映襯在殿前都點檢趙匡胤的大帳上空，一羣將士懷着舉大事的衝動從陳橋驛驛站門外朝這裏奔湧。他們胸中那顆嘭嘭作響的心，彷彿泰山極頂滾下一顆巨石，發出了驚天動地的轟鳴。當靠近大帳轅門時，他們不由自主地停下了腳步，大家屏住呼吸，但只一瞬過後，不知誰高聲叫道：「老天爺要策立點檢為天子！」高聲呼叫者身邊一個似乎冷靜些的將官連忙制止喧嘩，恐怕這樣會驚擾了酣睡中的趙匡胤。誰知他非但沒能制止住呼喊，整個人羣都隨聲呼叫了起來，連這位制止喧嘩的將軍也禁不住發自內心的衝動，匯入了沸騰的歡呼中。

黃河邊的黎明是靜謐的，冰封的黃河要待到春暖花開時才能送來解凍的濤聲。這裏冬日的陽光，是伴着人們關於濤聲的記憶睡眼惺忪地走出院落時，才似有似無地爬上樹梢的。今天清早的陳橋驛，如果不是駐軍將校的喧鬧，應該只是幾聲寒鴉或者早醒的不知名小鳥的叫聲。

帳外的喧鬧，絲毫沒影響趙匡胤的酣睡，或許他一夜就沒怎麼入睡。後周的開國者郭威，原來也是利用北上抗遼，順手牽羊，在澶州（今河南省濮陽市）兵變而代替後漢即了帝位的；歷史有驚人的相似之處，自己今天也要披掛上陣扮演主角了。

趙匡胤對這場戲不能不前思後慮，他輾轉反側地躺在大帳中，心裏三番五次地掂量來掂量去。他考慮到了所有的細節，所有的細節不得不讓他再三揣度。直到黎明前的一陣濃重夜色來臨時，他才迷迷糊糊地陷入夢鄉。

開天闢地的大夢，忽而使他聳入五彩雲端，忽而又把他擲入波谷浪底。

正當他在一股渦流中旋轉掙扎時，他的胞弟趙匡義來到他的睡榻旁，把他從夢中推醒。走出夢境的趙匡胤一把拉住弟弟的手，額頭上浸出幾粒冷汗。

這時，大帳外傳來了將校們「策點檢為天子」的呼喊聲，他覺得既熟悉又陌生。趙匡義把他從榻上扶坐起來，小聲地稟告了一整夜的策劃已是萬事俱備。

趙匡胤給整宿的疲勞熬紅了雙眼，他對帳外的歡呼只作滿臉不解的糊糊塗塗的表情，甚至還拿出了想倒頭再睡的樣子。這時，披掛整齊的眾將校一擁而入，齊刷刷地右手按劍肅立榻前，其中兩三個人迅速把一襲黃袍不由分說地披在了慵坐睡榻的趙匡胤身上。

黃袍加身的趙匡胤鬆開了拉着胞弟趙匡義的手，輕輕地撫摩了一下這襲覬覦已久的身上衣，想起身下榻。

趙匡義和榻前的幾個將領連忙拱手勸阻，趙匡胤還沒回過神來，眾將校已經整整齊齊地後退幾步跪在了地上。「萬歲，萬歲，萬萬歲！」的呼聲迅速從大帳中傳出，立刻迴蕩在了整個陳橋驛的上空。

「各路軍馬不能沒有主人，我們奉天意策點檢為天子！」將校們跪伏着說。

在一片歡呼聲中，趙匡胤被將校們簇擁上了坐騎。

趙匡胤攬轡勒馬，對眾部將說：「有句話想給各位說，登基稱帝不是我的心願。眼下，各位強人所難，我又不敢違背大家的心願！不過，從今以後，我如果有個甚麼號令，各位能不能遵從呢？」

剛剛騎上馬背的眾部將翻身下馬，跪地三呼萬歲，齊聲回答：「陛下凡有號令，臣等唯命是從！」

趙匡胤長吁一口氣，然後提高嗓音，嚴肅而有力地宣告：「太后和少帝，我仍然北面以臣禮侍奉，你們不必大驚小怪干預此事；朝廷大臣都是我的同僚，你們不得侵犯他們的利益，凌辱他們的人格，要維護他們的尊嚴；朝廷和國庫的財物或者官員、百姓的家產，你們不能侵吞掠奪！遵守法令的人，重重賞賜；違犯法令的人，要受到滿門抄斬的嚴懲！」

趙匡胤的話雖然嚴厲，部將們卻認為這些要求很有人情味。所以，將領們情緒更加激昂，他們再三地高呼：「遵旨！」

陳橋驛這場改朝換代的序幕，幾十里外的京城還蒙在鼓裏。

當天上午，宿衛禁軍就浩浩蕩蕩地班師回京。趙匡胤的軍隊軍容整齊，軍紀嚴明，無論公私財物，一路秋毫無犯。大軍進入京城，早朝的大臣還沒退朝，侍衛親軍副都指揮使韓通立即跑回家中，準備率軍抵抗；被趙匡胤的內應殿前司散員都指揮使王彥追殺於家中。

趙匡胤由一班子披盔戴甲的武士護送着，從明德門進入朝廷所在地。他吩咐甲士們各自回營，一個人朝着自己先前的殿前司公署走去。

不一會兒，部將們把宰相范質、王溥等大臣團團圍住帶到了殿前司公署，已脫下黃袍的趙匡胤見到先前的眾同僚，嗚嗚咽咽一把鼻涕兩行地哭了起來：「我承蒙世宗厚愛恩深似海，為六軍所迫，眼下落到這步田地，真是慚愧之至啊！我這不是辜負了天地養育之恩嗎！諸公，我該如何是好呢？」

　　誠惶誠恐的范質等一幫後周重臣，從得知兵變的消息到見到他們過去的同僚趙匡胤，彷彿是眨眼間，來殿前司的一路上他們來不及多想甚麼，卻不得不為自身生死存亡的命運撥幾下小算盤，可這突如其來的天翻地覆的變化和眼前的情景，把他們個個都驚呆了，不知何去何從地被推推搡搡地弄到了這裏，他們更不會想到的是，即將登基的新天子還如此顧念君臣之道，又如此地對以前的同僚關照憐憫，不知不覺地，他們也陪着掉起了眼淚。當然，這酸楚的淚水裏，有對後周的悼亡，有對現實的無奈，也許還夾雜着點點對新天子的感激……

　　范質雙目圓睜，兩顆豆大的淚珠直在眼眶裏打轉，眉宇間燃燒着一腔按捺不住的怒火。

　　趙匡胤假戲真演，感動了自己的老同僚，而眼前一堆後周重臣的唏噓啜泣卻引發了他對老同僚們的感激憐憫。勝者王侯敗者賊，眼下這莫名其妙的場景倒讓趙匡胤心境輕鬆了許多。原先他曾設想，通往取代後周政權的路應該是血流成河屍骨如山，因為他清楚，後周的文臣武將中是很有些足智多謀勇武死節之士的，然而現在的情況比他預想的要好得多。他很慶幸。

　　趙匡胤稍微理了理自己忙亂的思緒，努力作出平靜地樣子，逐一掃視着面前每一個人的面部表情，揣測着他們的內心動機。當范質怒目嗆淚，雕像一般的風骨映入眼簾時，他心中不覺一驚，但是他馬上鎮靜了下來，只用輕蔑而摻雜了欽佩，陰險而又狠毒的眼色示意了下殿前司散指揮都虞候羅彥，羅彥一個箭步立在了范質面前，手按佩劍厲聲道：「我輩無主，今天要奉天意策立點檢大人為天子！」

　　羅彥殺氣騰騰的怒吼，聲震殿宇；范質等人不寒而慄，一個個偷偷地用眼角左瞥右瞅，連口大氣也不敢喘。

　　次相王溥早已暗中表示擁立趙匡胤為帝，在空氣凝固得肅殺死寂，他雙手提起朝服下擺，恭恭敬敬地退向殿前司門下的台階前，雙膝跪地頭伏階石長拜稱臣。

　　范質低着頭，盡可能地把眼皮往上翻，想打量一下此時趙匡胤的面容，但是他怎麼也瞧不到這位日前同僚的龍顏，只恍惚地看到趙匡胤朝服的衣襟下擺像是龍騰霧繞地滾動着。他使勁地眨巴了兩下眼皮，再看那衣襟時，並沒有甚麼雲霧繚繞的蛟龍，還是他見慣了的那襲天天上朝時穿着的普通袞服。

　　范質想，這個篡位稱帝的傢伙本來不過一個放牛娃、窮和尚；可是江河日下，後周的天下要轉手給這渾小子了，奈何奈何！向他下跪？昨天本人還是一人之下萬人之上的宰相……不，不能下跪！可是，不下跪稱臣，是能扶後周大廈於將傾，還是能保全自己的身家性命免於一死呢？

　　范質硬着頭皮，很不情願地退向王溥身旁，像王溥一樣屈膝跪地，伏階而拜，口中還十分謙卑地唸叨着：「點檢為天子，臣心所向，眾望所歸，眾望所歸！」

　　殿前司階下，宰相范質和次相王溥的屁股後，黑壓壓一片前朝大臣跪拜下來，齊聲高呼：「萬歲，萬歲，萬萬歲！」呼聲很快傳遍了整個宮廷的角角落落。

　　下午，天子登基儀式在崇元殿隆重舉行。翰林承旨陶從袖筒裏拿出了後周恭帝的禪位制書，趙匡胤面朝北叩拜接受。然後，司禮大臣在兩側掖扶着趙匡胤登上崇元殿皇帝龍墩，穿上了龍袍，戴上了皇冠。

　　次日（正月初五，公元 960 年 2 月 4 日），趙匡胤下了一道詔書，宣佈新建朝廷的國號叫做宋，確定當年為建隆元年。

第三套

攻戰計

第十三計　打草驚蛇

閱讀指津

打草驚蛇，如何「打」，怎樣「驚」，是有訣竅的。「草」、「蛇」是喻體，前者指隱蔽敵人及其軍機的屏障；後者指敵人。「打」的是敵人的隱身之物，並非敵人；「打」的目的是「驚」，驚出受驚之敵的動靜。通過打草驚蛇，觀察敵人的反應，打探敵人的虛實，引蛇出洞。一個「打」字，講究頗多，寓意不淺。「打」，只輕輕拍打下草叢，很隨意的，但一經付諸軍事行動，這招式就會引發出風吹草動，「草」中的「蛇」就要露出蹤跡，「順藤摸瓜」就能發現敵人的馬腳。

原文

疑以叩實，察而後動。復者，陰之媒也。

按：敵力不露，陰謀深沉，未可輕進，應遍探其鋒。兵書云：「軍旁有險阻、潢井葭葦、山林翳薈者，必謹覆索之，此伏姦所藏處也。」

譯文

情況可疑，就要偵察核實，等把情況了解清楚後再行動。反反覆覆地偵察研究，是發現暗藏敵人及其詭計的手段。

按語：敵人把兵力掩蔽起來，陰謀詭計也深藏不露。這種情況下，是不能輕舉妄動冒險進攻的，應該全面偵察敵人兵力及其鋒芒所向。《孫子兵法》說：「行軍途中遇到山險關隘、沼澤蘆蕩、林密蔭蔽、草木深處，必須仔細反覆搜索，因為這是隱藏奸細和埋伏截擊的地方。」

秦晉崤之戰

魯僖公三十二年（公元前 628 年）冬，晉文公去世。

通往曲沃（在今山西省聞喜縣東）的大道上，白幡蔽日，紙錢飄飛，晉文公的靈柩要先送到祖廟朝拜祖宗的靈位，然後才能安葬。忽然，靈柩裏發出了哞哞的牛叫聲。王室貴胄、公卿大夫驚嚇得手足失措，面如土色，送葬的所有人都恐怖得目瞪口呆。這時，走在靈柩旁名叫偃的卜筮官轉過身來，從容鎮定地高聲喊道：「請不要驚慌，不要驚慌！先君惦記國家，惦記臣民！先君顯靈了！」

卜偃的話音一落，送葬隊伍一下子號啕大哭起來，哭聲立刻打破了剛才令人毛骨悚然的死寂。人們一邊痛哭，一邊絮叨對先君的敬重和感激。隊伍緩緩前行，卜偃對靈柩旁的朝廷重臣說：「先君顯靈，是告訴我們，秦軍要越過我國，入侵鄭國；乘機討伐秦軍，必大獲全勝！」

原來，卜偃在此之前刺探到了秦國準備進攻鄭國的密謀，他不過是想通過這個方式引起晉國文臣武將的警惕和重視罷了。

與此同時，秦國正在祕密實施着他們的侵略計劃。

秦國派駐鄭國的大夫杞子派遣使者報告說：「鄭國人讓我把守他們都城的北門，如果祕密派來軍隊，我們可以輕而易舉地拿下鄭國。」

秦穆公得到這個情報後，立即向老臣蹇叔作戰略諮詢。蹇叔回答說：「勞師襲遠，我還不曾聽說過有能達到目的的。自己的軍隊疲憊不堪，而遠方的國家以逸待勞，早有了準備，恐怕不可以吧！」

秦穆公一心想攻城略地，他很不高興地打發走了蹇叔。接着就召來了孟明視、西乞術和白乙丙三位大將，命令他們整軍起程，攻打鄭國。

第二天一大早，大軍齊集秦都城東門外待命出征。孟明視等三位將領全身披掛，立馬軍前，等候國君檢閱發令。

這時，一匹瘦馬拉着一輛破舊的小馬車匆匆忙忙地衝出城門，來到整裝待發的大軍前，車上的老者不像尋常武將虎背熊腰，滿臉殺氣，而是身體瘦削，一臉慈祥，只有那高高的顴骨和稍微凹陷的眼眶中的雙目彷彿難以掩飾他身經百戰的睿智。老者攏韁勒馬，破舊的車子停在了大將孟明視馬前。

「孟將軍，我眼見大軍出征，卻看不到你們回來了！」老者急迫而悲淒地對孟明視呼號着。

話剛落音，秦穆公在儀仗的簇擁下，正好來到軍前，他聽到了這熟悉的聲音，但旗幡遮住了視線，沒看見悲聲長號的人。不過，他知道這是蹇叔！

秦穆公憤怒地努了一下嘴，有個陪臣縱馬一鞭立在了蹇叔眼前：「你懂得甚麼，老東西！中壽而死，你墳墓前的哀椿子都長成合抱粗的大樹了！」

蹇叔眼皮也不翻地頓韁驅馬來到他兒子所在的隊列前，痛哭流涕地為有去無回的兒子送行。蹇叔聲淚俱下，用意是喚取國君和將領們對這次出征的重視，字字句句都是對他們的告誡。

蹇叔說：「晉國肯定要在崤山（在今河南省寧縣西北，地勢極為險要）設伏兵狙擊我軍。那個地方有兩座山陵，南陵是夏天子皋的墳墓；北陵是周文王曾經避風雨的地方。兒子啊，你將葬身於二陵之間，我得到那裏收葬你的屍骨啊！」

蹇叔的話淹沒在喧囂的鐵蹄聲中，大軍朝鄭國開去。

次年春，浩浩蕩蕩的秦軍經過滑國（在今河南省滑縣）邊境地區，大將軍孟明視命令部隊就地休息。

去周地做買賣的鄭國商人弦高和奚施，恰巧路過此地，打聽到了秦軍的來意後，弦高讓奚施火速返回向鄭君報告消息，自己則假託受國君的派遣遠道歡迎犒賞秦軍。弦高先送上了四張熟牛皮，又獻上了十二頭牛。

　　鄭穆公得到報告，馬上派使者去杞子等人的住所察看動靜，幾個秦國大夫和他們的隨從正捆紮行裝，磨礪兵器，拌草餵馬，緊張忙碌地進行着接應準備呢！

　　使者飛馬回報，鄭穆公當機立斷，要求秦國以保衛鄭國名義戍守在這裏的軍隊馬上離開。杞子一幫人知道鄭國已經做好了反侵略的充分準備，就急匆匆地率軍離開了鄭國。

　　孟明視了解了這些情況後，不無歎息地說：「鄭國既然有了防備，我們就不能再抱甚麼幻想了。進攻不能取勝，圍剿不僅兵力不足，而且沒有後續增援，乾脆撤兵回去吧！」

　　就這樣，秦軍乘機用兵打下了他們休息地的滑國，班師回國。

　　秦軍將士自以為得勝回朝，一路上也沒作任何設防的考慮。

　　晉大夫先軫勸晉襄公出兵襲擊秦軍：「秦國不聽從蹇叔的勸諫，勞頓了軍隊和人民，這是上天給予我們打擊它的機會……」

　　先軫的話還沒說完，欒枝就迫不及待地插嘴說：「沒有報答秦國送我們先君回國的恩德，卻要出兵攔擊人家的軍隊，先君屍骨未寒，對得起他嗎！」

　　「秦國對我們的國喪不表示哀悼，卻舉兵攻打和我們同為姬姓諸侯的鄭國和滑國，他對我們施的是甚麼恩德？」先軫把肥大的朝服袖子向左右兩側甩開，聲色俱厲地呵斥欒枝：「常言說得好，一日縱敵，數世之患。如今出兵痛擊無禮的秦軍，是為了千秋萬代考慮，是造福子孫的大事，這難道不是為了剛剛故世的先君！」

　　晉襄公決定狙擊秦軍，他立即發動了和自己友好的部族姜戎出兵配合，對秦軍形成了夾擊之勢。晉軍悄悄趕往預設戰場，並且根據周密的部署把軍隊分佈到預定的埋伏地點。

　　初夏四月的一天，驕縱輕敵的孟明視率軍到達崤山，儘管有蹇叔哭送征師的警告，但是他仍然毫無防患意識，不採取打草驚蛇的策略，在對敵情一無所知的情況下，貿然作出了翻山部署。

正是中午時分，驕陽當頭，軍隊因為幾個月的跋涉已是疲憊不堪，將士們沒精打采地望着亂石林立、草木蔭翳的崤山，人人眉頭皺成一大把。他們明白，這可是兵法要求反覆偵察搜索，大軍才能有所行動的地方啊！孟明視不管這些，他大手一揮，軍隊隨即沒入了崤山的叢林亂石中。

秦軍的一舉一動，埋伏着的晉軍看得一清二楚。當秦軍先頭部隊進入南北二陵夾道中時，晉軍的一小股兵力出現在秦軍的視線中，孟明視這時正被太陽烘烤得火急火燎焦躁難耐，聽了哨兵的報告，不假思索地下令追擊。小股晉軍邊戰邊退，佯裝抵擋不住秦軍的追擊，迅速向崤山深處潰逃。秦軍窮追不捨，卻不想這正中了敵軍的誘兵之計。

孟明視看見晉軍落荒而逃的樣子，心裏頓時暢快了許多，隨即就命令全軍挺進，乘勝追擊。

忽然間，險峯峽谷擋住了秦軍的道路，眼看就要一網打盡的那一股晉軍眨眼間也不見了蹤影，只見得前面的關口處一面「晉」字大旗獵獵飄動，彷彿一團刺眼的火熊熊燃燒着。

孟明視自以為久經沙場，看着這面飄飄蕩蕩的晉軍旗幟，輕蔑地在嗓子眼裏哼了一聲，不屑地嘀咕道：「巴掌大的小晉國，還給我強秦大軍耍甚麼花拳繡腿！」這樣想着，他胳膊一揮命令左右將士：「快，快！快把那面『晉』字破旗給我放倒，就是劈山開路，我們也要衝出崤山二陵！」

孟明視令出旗落。

隨着火一樣的大旗落地，晉軍伏兵四面出擊。頃刻之間，秦軍彷彿陷入了突如其來的森林大火中，驚慌失措的兵馬進退無路，周圍的峭壁絕巖間箭如雨下，亂石鋪天蓋地從天而降，人馬相撞，鬼哭狼嚎。只一會兒工夫，秦軍被殺得片甲不留，全軍覆沒。

孟明視、西乞術和白乙丙三名秦軍主將，被押解到晉國都城。

晉文公夫人是秦繆公的女兒，她設法勸說兒子晉襄公放走了三位秦將。

先軫聽說後，立即上朝詢問晉襄公。

「母后有吩咐，才把他們放走的。」晉襄公解釋道。

先軫犯顏直諫，痛斥朝廷放走俘虜長了敵人氣焰，滅了自家威風。「呸！」他極度不滿，憤怒地吐了一口唾沫。晉襄公馬上醒悟了過來，急忙派將飛馬追索孟明視三人，可惜他們已經離岸，船行駛在黃河之中了。

第十四計　借屍還魂

借屍還魂之計所針對的是戰爭的頹局敗勢，意在挽回江河日下的不利局面。按語說，改朝換代的混亂局面中，常常上演借屍還魂的把戲，原因就是企圖謀取天下的新興勢力需要藉助社會的正統觀念。舊朝氣息奄奄，覬覦天下者多矣，高明的政治家、軍事家總是顧及社會公眾的思維定勢，他們要利用一個民族、一個國家積久成習的對統治者依從馴順和盲目效忠的心理，一方面用以籠絡遺老遺少之類的順民，另一方面「挾天子以令諸侯」，對付和自己一樣圖謀天下的其他政治、軍事勢力。

原文

有用者，不可借；不能用者，求借。借不能用者而用之，匪我求童蒙，童蒙求我。

按：換代之際，紛立亡國之後者，固借屍還魂之意也。凡一切寄兵權於人，而代其攻守者，皆此用也。

| 譯文 |• •

有用武之地並且會有所作為的，不能利用；不能自有作為的，反而會來依附求助。利用無所作為者，並且順勢控制住它，這不是我求助依附於他人，而是他人依附求助於我。

按語：每逢改朝換代之時，紛紛擁立被滅亡國君的後人為主子，其本來的意圖就是利用人們效忠前朝的正統觀念，施展自己圖謀天下的策略。所有把武力借給他方，代替人家攻城守戰的，都是這一計策的運用。

劉淵稱帝

劉淵，字元海，是東漢末年匈奴呼廚泉部族左部帥劉豹的兒子，天資聰敏，俊逸不俗，從小拜師讀儒家經典和歷史，尤其喜歡《左傳》、《孫子兵法》。

劉淵曾經跟同學議論漢朝將相，他說：「讀《漢書》，我常常為隨何、陸賈沒有武功，周勃、灌嬰缺乏文韜而深感遺憾。弘揚漢高祖劉邦開創的基業靠的是人，孤陋寡聞，學識短淺，這是君子的恥辱。隨何、陸賈生逢大漢開國之世不能建立軍功成就封侯的大業，周勃、灌嬰輔佐漢文帝守成治國卻沒能設立學校開創教育，可惜啊！」

劉淵一邊研讀經史諸子，一邊演練武功，文武雙全，武藝出眾，擅長箭術，臂力過人，再加上他相貌堂堂，身材魁梧，身高八尺四寸，鬍鬚三尺多長，當時的許多士大夫和讀書人都樂於跟他結交。

曹魏咸熙年間（公元 264 — 265 年），因為父親劉豹戍守在外，劉淵作為人質留住在都城洛陽，當時輔政的司馬昭對他十分禮遇。

司馬氏篡奪曹魏政權建立西晉後，越騎校尉王渾多次向晉武帝司馬炎推薦劉淵，司馬炎就召來劉淵交談，大喜過望。司馬炎器重劉淵，總是以字相稱不直呼其名，曾讚揚說：「劉元海雍容大度，機智敏捷，就是出謀助秦稱霸西戎的由余和輔佐漢室的金日磾也比不得他啊！」當時在場的驃騎將軍王濟接過話題說：「元海的儀表風度確實像聖上所言，他的文韜武略更是才華出眾，遠遠不是由余、金日磾所能匹敵的！陛下如果委任他討伐東吳，平定江南可以說是易如反掌！」

但有人進言稱：「劉淵確實天下無雙。陛下如果給他的兵力不足則不堪重任；而授以過重的威權，江南蕩平，恐怕他就不再稱臣了。讓劉淵擔任他本部的將帥，尚且令人擔憂；如果把長江天險給了劉淵，豈不是在危險的道路上越走越遠了嗎！」武帝默然不語。

後來，關隴地區樹機能起義，涼州陷落，朝廷多次派兵鎮壓無不以失敗告終。晉武帝徵詢關於將帥人選的建議。上書左僕射上黨人李勸武帝說：「陛下如果能徵發匈奴五部的兵力，授給劉淵一個將軍名號，他擂鼓西行，叛亂可指日平定。」朝臣孔恂不以為然地說：「李公的建言，怕是不能根絕禍患！」李勃然大怒說：「憑着匈奴人的強悍善戰，劉元海的兵法韜略，再加上奉天意宣聖威，剿滅叛賊，難道還有甚麼可說的嗎！」孔恂說：「劉淵平定了涼州，斬掉了樹機能，涼州才真的成了天下大患呢！蛟龍得遇風雲際會，再也不是池中魚鱉之類的東西了！」晉武帝意識到了劉淵的危險性，於是按下此事不提。

此後不久，劉豹去世了。晉武帝命劉淵代為左部帥。

太康十年（公元289年）晉武帝任命劉淵為匈奴北部都尉。劉淵在自己轄區施展抱負，倡明法令，杜絕奸邪，匈奴五部的豪傑之士和幽州、冀州的飽學名儒大都千里迢迢投奔他的幕府。

太熙元年（公元290年），晉武帝司馬炎死，兒子惠帝司馬衷繼位。司馬衷是個白痴，妻子賈皇后卻陰狠毒辣，懷有政治野心。惠帝即位之初，朝廷大權由外戚楊駿和楊太后獨攬。於是，太后與皇后，皇后與太子，朝廷與諸侯王，諸侯王與諸侯王之間，一場爭權奪利的自相殘殺開始了。這場史稱「八王之亂」的戰爭歷時十六年之久。

劉淵的堂祖父右賢王劉宣祕密招集五部上層貴族分析天下形勢，提出了反晉的主張。劉宣說：「我們的祖先跟西漢相約為兄弟，甘苦與共。如今，我們雖然衰落不如當年，但還有兩萬多人眾，怎麼能低眉順眼地做晉人的役夫！現在，司馬氏家族骨肉相殘，天下沸沸揚揚，亂作一團，正是重振先祖遺風，恢復國家大業的難得機遇。左賢王元海才能出眾，氣宇軒昂，如果不是上天要恢弘光大單于的事業，為甚麼要降生劉淵呢！」於是劉宣與眾人密謀，推舉劉淵為大單于，又派呼延攸到鄴城，把密謀報告了劉淵。

劉淵於是佯稱參加葬禮請求返回部落，司馬穎不允許。劉淵讓司馬攸先回去，告訴劉宣糾集五部並招聚宜陽附近的各少數民族部族，聲稱是援助成都王司馬穎，實際上是準備起兵反晉。

這時，司馬穎廢惠帝太子司馬覃，號稱皇太弟、丞相，在鄴城形成了跟擁戴惠帝的東海王司馬越相對峙的政治中心。司馬越勾結同黨安北將軍王浚發兵討伐司馬穎。

司馬穎雖然感覺到了劉淵居心叵測，但大敵當前，只好前怕狼後怕虎地允許劉淵回部落徵調兵馬。劉淵回到左國城，劉宣等匈奴貴族封他為大單于，不到二十天，就招集了五萬多人眾，軍馬會聚於離石（今山西省離石縣）。

王浚派部將祁弘率領由鮮卑人組成的部隊攻打鄴城。司馬穎無心作戰，不堪一擊，只得挾裹了惠帝南逃洛陽。

劉淵聽說後，氣憤地說：「戰事不利一逃了之，司馬穎真是個奴才！雖然如此，我跟他有言在先，不能不去救援。」於是部署部將率領騎兵二萬，討伐鮮卑。

劉宣等上層貴族堅決反對出兵救援。劉宣說：「晉朝廷暴虐殘忍，大逆不道，把我們視作奴隸肆意踐踏。如今司馬氏集團父子兄弟互為魚肉，自相殘殺，這是上天降罪於晉，天厭晉德，把治理天下的大任授給了我們。大單于您積德向善，連晉人也無不欽敬臣服，而今正應當帶領我們部族光復祖先的大業。鮮卑、烏丸可以利用，作為外援，怎麼能舉兵討伐呢！消滅我們的仇敵晉，現在是上天施以援手。正所謂天予不取，反受其咎，請大單于不要再遲疑了！」

在場的所有上層貴族羣情激昂，人人都表示願為恢復呼韓邪的事業捐軀效死。劉淵也被大家感染激動着：「大丈夫生在天地之間，要像巍巍峨峨的崇山峻嶺，怎能做低聲下氣的爬蟲！帝王的尊崇哪裏有一家一姓獨享的道理！大禹出生於西戎，周文王生於東夷，他們稱王是因為具有堪受天命的德行。而今，我有十幾萬人馬，並且都是一以

當十的好漢，擊鼓討晉，必將勢如破竹摧枯拉朽。上可以成就漢高祖劉邦的開國基業，下也能像曹魏一樣擁有半壁江山。不過，我還是擔心晉人未必能擁戴我們這個政權。」

劉淵說到這裏，稍微停了一下。在場的人都清楚魏晉以來門閥士族等級森嚴，尤其晉朝，朝廷用人，從來都是看甚麼人該給甚麼官，而不是甚麼官該取甚麼人。在這麼一種政治環境中，劉淵明白，他作為一個匈奴人是根本不可能具備號令天下的聲威的。但是，飽讀詩書，精通經史的劉淵，腦海裏很快閃出了一個補救的辦法。他說：「劉漢一朝長期統治天下，恩德深入人心。所以，劉備借屍還魂樹漢家旗號，僅據有一個州，在曹魏和孫吳之間竟能成鼎立之勢。而我是漢朝劉氏的外甥，漢高祖劉邦在世時跟我們的單于相約為兄弟。兄長亡故，弟弟繼承光大祖宗基業，難道不是理所當然的嘛！」

於是，劉淵用「漢」命名自己的國家。永興元年（公元 304 年）冬十月定都左國城，設壇南郊，正式登上了漢王王位。劉淵以復漢為名，追尊漢後主劉禪為孝懷皇帝，立漢高祖劉邦、光武帝劉秀、昭烈帝劉備為「三祖」，立漢文帝劉恆、武帝劉徹、宣帝劉詢、明帝劉莊、章帝劉炟為「五宗」；宣告天下祭祀三祖五宗，而不祭祀匈奴單于，以此招撫四海，籠絡人心。對於「亂漢」的黃巾軍、董卓、曹操等人予以口誅筆伐。劉淵的這一系列政治措施收到了明顯的成效，遠遠近近前來歸附的胡人和晉人達數萬人之多。

劉淵的漢政權與晉王朝分庭抗禮，遭到了晉朝廷及其地方武裝的垂死反擊，在戰勝了并州刺史司馬騰及其繼任者劉琨之後，各地的反晉勢力先後依附到了「漢」幟麾下。

晉懷帝永嘉二年（公元 308 年）十月，劉淵即皇帝位。

「挑動黃河天下反」

至順四年（公元 1333 年），元順帝妥懽貼睦爾即帝位。

這時的元帝國面臨着積重難返的政治局面，權臣擅權，吏治腐敗，財政空虛，社會動盪，而貴族官僚統治集團和地主富豪仍然過着窮奢極欲的腐化生活。「貧極江南，富稱塞北」，廣大勞苦大眾被剝削壓榨，沒完沒了的捐稅徭役逼得他們流離失所，民族矛盾、階級矛盾劍拔弩張空前激化。

眼看着大元的天下危機四伏，元朝統治者企圖通過「開河變鈔」挽救江河日下的頹敗局面。

至正十年（公元 1350 年），中書右丞相脫脫決定變更鈔法來搜刮民脂民膏。「變鈔」後，銅錢和鈔票通行，新鈔和舊鈔並存；再加上新鈔印數巨大，造成了物價飛漲，通貨惡性膨脹。

至正十一年（公元 1351 年），元朝廷繼變鈔後又強徵汴梁（今河南省開封市）、大名（今河北省大名南）等十三路十五萬農民，在兩萬名戍軍的監督下，重開黃河故道。

長期以來，政府不修水利。至正四年（公元 1344 年）和至正八年（公元 1348 年），黃河兩度決口，黃河中下游地區土地荒蕪房屋坍塌，鹽場淹沒，旱災、蝗災、瘟疫接踵而來。黃氾區河南、山東等地大批流民湧入長江下游，沿河地區社會混亂；全國各地反元起義此起彼伏，風起雲湧。脫脫「開河」以穩定社會的企圖，事與願違，「開河變鈔」反成了紅巾軍起義的導火線。

當時民間流行一種糅合彌勒教、摩尼教和白蓮教的祕密宗教。從事宗教活動的農民領袖欒城（今河北省欒城縣）人韓山童和他的徒弟潁州（今安徽省阜陽市）人劉福通抓住這個機會，開始了農民起義的準備工作。他們派教徒在治河民工中開展活動，鼓動起義反元，宣傳「彌勒佛下生，明王出世」，意思是說，天下將要大亂，光明就在眼前。

治河開工前，韓山童等人暗地裏雕刻了一尊獨眼石人，背上鐫刻着「莫道石人一隻眼，此物一出天下反」的十四個大字，預先埋在黃陵崗（今河南省蘭考縣東北）附近的黃河故道上。與此同時，他們四處散佈民謠「石人一隻眼，挑動黃河天下反」。

至正十一年（公元 1351 年）四月下旬的一天，治河民工果然挖出了獨眼石人，消息不脛而走。傳說流佈的地區都認為「挑動黃河天下反」的民謠真的要應驗了。

五月初，韓山童、劉福通聚眾三千，在潁州潁上縣（今屬安徽省）白鹿莊殺黑牛白馬，祀拜天地，宣佈起義。韓山童自稱是宋徽宗的八代孫，宋朝滅亡後逃到海外，現在從日本借來精兵，恢復大宋天下。他還宣佈，劉福通是宋朝大將劉光世的後代，輔佐韓山童奪取天下，光復大宋。

起義軍頭裹紅軍，稱為紅巾軍。

白鹿莊會議正進行中，地方官聞訊率兵突襲，韓山童當場犧牲。劉福通衝出重圍，率領起義軍佔領潁州。

元順帝得到起義的奏報，十分驚慌，立即派遣樞密院同知禿赤率領精銳強悍擅長騎射的六千名阿速軍前往鎮壓，並加派各路漢軍，由河南行省徐左丞率領協同作戰。

元朝廷的王牌軍阿速軍長期駐紮在繁華的都市，過着養尊處優的生活，士兵貪生怕死。他們以為大軍一到，光這浩浩蕩蕩的陣勢，還不把一時烏合的草寇嚇破了膽，像一次遊獵，輕輕鬆鬆就把紅巾軍打得鳥獸般散落開去了。

雙方對陣後，起義的農民遇上元軍，真是仇人相見分外眼紅，個個義憤填膺，人人視死如歸，大刀翻飛，長矛狂舞，令阿速軍心驚膽寒。

禿赤一見這陣勢，回頭勒馬加鞭狂奔，帶領着阿速軍狼狽潰逃，操着蒙古語連聲疾呼：「阿卜！阿卜！」（快跑！快跑！）

士兵們見主帥把朝廷大事視如兒戲，當然樂得溜之大吉。

阿速軍臨陣脫逃，各路大軍競相效尤，紛紛奪路逃竄。

一時間戰馬嘶鳴，塵土飛揚，元軍人馬相撞聲，紅巾軍刀劈斧砍的廝殺聲，傷殘元軍的哀號聲，無數種聲音交織一起，讓紅巾軍愈加壯膽，讓元軍愈加喪氣。

元順帝知道了經過層層遮掩的軍情，大為惱怒。倒楣的徐左丞被斬首示眾，做了戰敗的替罪羊。

紅巾軍起義震動了全國，劉福通的隊伍不斷壯大，很快佔領了安徽、河南的一些地方，人馬也發展到了十萬人。

這一年的八月，蕭縣（今屬安徽省）人李二（芝麻李）、趙均用等攻佔徐州，也稱紅巾軍。十二月，王權（布王三）等佔領鄧州（今河南省鄧縣）、南陽，稱「北瑣紅軍」。至正十二年（公元 1352 年）正月，孟海馬佔領襄縣（今屬湖北省），稱「南瑣紅軍」。二月，定遠（今屬安徽省）富豪郭子興等在濠州（今安徽省鳳陽縣東北）起義，次月，貧苦農民出身的朱元璋投奔了郭子興起義軍。

元朝廷一直把劉福通看作「心腹大患」，元順帝多次派軍鎮壓，都沒有達到預期目的。至正十二年（公元 1352 年）八月，元順帝命令兵分兩路，一路由丞相脫脫親自督陣，鎮壓芝麻李起義軍，芝麻李被殺害；另一路先後鎮壓了布王三、孟海馬。北方紅巾軍受到嚴重挫折，劉福通率領的主力紅巾軍被孤立。

北方紅巾軍失利，讓元朝廷一陣狂喜。元順帝趕忙派脫脫率百萬大軍去圍剿高郵（今屬江蘇省）的張士誠起義軍，眾寡懸殊的高郵危在旦夕。恰巧這時元朝統治集團發生內訌，脫脫被撤職，圍城元軍樹倒猢猻散，頓時不戰自潰。劉福通抓住這一有利時機，重新積聚力量，紅巾軍起義又推向了一個新高潮。

至正十五年（公元 1355 年）二月，劉福通迎立韓山童的兒子韓林兒為帝，號「小明王」，在亳州（今屬安徽省）建立北方紅巾軍宋政

權，改元龍鳳。次年九月，劉福通為擴大戰果，開始三路北伐，準備一舉攻克元大都，推翻元朝。可惜三路大軍配合不周，東路毛貴大軍一路勢如破竹，直抵大都近郊。元順帝惶惶不可終日，準備遷都逃跑。無奈其他兩路大軍沒能跟上來，孤木難支，毛貴最後敗退下來。此後，韓林兒、劉福通在元軍的進逼下，退守安豐。至正二十三年（公元1363年）二月，已經降元的張士誠派將軍呂珍攻安豐，朱元璋冒着兩面受敵的危險迎救出了韓林兒和劉福通。至此，北方紅巾軍起義宣告失敗。

南方紅巾軍乘元主力部隊對付北方起義不暇旁顧之時，反元起義洶湧澎湃。

南方白蓮教主彭瑩玉與麻城（今屬湖北省）鐵匠鄒普勝、羅田（今屬湖北省）布販徐壽輝等人在蘄州（今湖北省蘄春市）宣佈起義，建立天完政權，推徐壽輝為帝。至元十三年（公元1353年），彭瑩玉犧牲後，南方紅巾軍在元軍的鎮壓下落入低谷。元軍脫脫高郵大敗後，南方紅巾軍重新振作了起來。漁民出身的倪文俊連戰連捷，重新佔領了漢陽，建立了天完政權的新都。就在這時，起義軍內部發生了變故。倪文俊企圖謀殺徐壽輝篡位，反被他的部將陳友諒殺害。至正二十年（公元1360年），陳友諒殺徐壽輝稱帝，建立漢政權。從此，南方紅巾軍內部失和，天完政權的另一將領明玉珍出走四川，建立夏政權，其他將領或據城自守，或投奔朱元璋而去。

郭子興死後，朱元璋成為所在起義軍的首領。朱元璋採納徽州老儒朱升「高築牆，廣積糧，緩稱王」的戰略，穩紮穩打，一步步擴大勢力，先後消滅了陳友諒、張士誠、明玉珍等人，最後揮師北上，北伐元大都，一舉推翻了元王朝的統治，公元1368年建立了明王朝。朱元璋登上了開國皇帝的寶座。

還在紅巾軍起義爆發之初，民間就流傳着一首正宮醉太平的小令：堂堂大元，奸佞專權，開河變鈔禍根源，惹紅巾萬千。官法濫，

刑法重，黎民怨。人吃人，鈔買鈔，何曾見？賊做官，官做賊，混愚賢。哀哉可憐！

這首無名氏的作品，字字抓住了元末社會的要害，句句說到了元統治者的痛處，是對元王朝罪惡統治的辛辣諷刺。任何自視高明的統治者無論採取甚麼措施，也無論以如何的言詞標榜，只要它違背人民的願望，侵害人民的利益，最終會被歷史大浪淘沙，會被人民唾棄不齒。

「石人一隻眼，挑動黃河天下反」，這是多麼凝重深刻的歷史見證！

第十五計　調虎離山

| 閱讀指津 | ·······················

　　調虎離山的關鍵是「調」，即如何「調」它到虎穴之外。這是個如何掌握和控制主動權的問題，運用此計要特別謹慎，因為你面對的是虎而不是羊。要特別小心調虎不成誤入虎口反遭虎傷。調虎離山還告訴我們，良好的社會環境是邪惡勢力的根本剋星。邪惡勢力有恃無恐，離不了興風作浪的環境；打擊邪惡勢力務須剷除它賴以滋生的土壤。

原文

　　待天以困之，用人以誘之，往蹇來反。

　　按：兵書曰：「下政攻城。」若攻堅，則自取敗亡矣。敵既得地利，則不可以爭其地。且敵有主而勢大。有主，則非利不來趨；勢大，則非天人合用，不能勝。漢末，羌率眾數千，遮虞詡於陳倉崤谷。詡即停軍不進，而宣言上書請兵，須到乃發。羌聞之，乃分抄旁縣。詡因其兵散，日夜進道，兼行百餘里，令軍士各作兩灶，日倍增之，羌不敢逼，遂大破之。兵到乃發者，利誘之也；日夜兼進者，用天時以因之也；倍增其灶者，惑之以人事也。

| 譯文 | ·······················

　　等待自然條件形成有利的時機去圍困它，施計設謀用人為的假象來誘騙它。直接出擊攻打有困難，就想方設法把敵人給調動出來，等它攻打我方時再跟它交戰。

　　按語：《孫子兵法》說，攻城是下策。如果不講究客觀條件是否有利，而強行攻打堅固的城堡，那就無異於自取滅亡。敵人已經得到了有利的地勢，就不應爭奪地盤，更何況敵人佔盡優勢，又有所準備，並且還兵力強

大。這樣的敵人，如果不是有利可圖是不會輕易出城前來交戰的；敵軍兵力強盛，如果不具備有利的天時和良好的士氣等主客觀條件，就不可能取得勝利。東漢末年，羌族叛亂武裝數千人，把平定叛亂的武都太尉虞詡阻逼到陳倉崤谷（今陝西省寶雞市西南）。虞詡就此駐紮下來，沒有進軍，宣佈發信朝廷請求援兵，必須等到援軍抵達再發兵前進。羌族叛亂武裝聽到這個消息，就四散兵馬到附近各縣掠奪財物去了。虞詡乘機日夜兼程，每天行軍百多里路。途中命令士兵各自修造兩個炊灶，逐日加倍增添。羌人看到這種情況，認為朝廷援兵陸續抵達，不敢進逼攻擊，虞詡因而大敗羌敵。虞詡揚言援兵抵達才發兵前進的話，是利用時間來欺騙敵人的計謀；日夜兼程行軍趕路，是利用敵人四散掠奪給自己帶來的時機；逐日加倍增添炊灶，是用援兵已到的假象迷惑敵人。

衛國君位爭奪

周平王十三年（公元前 758 年），在位五十五年的衛國國君武公去世，他的兒子揚繼位，稱為莊公。

五年後，衛莊公娶齊國女子莊姜為夫人。莊姜是位美麗而賢淑的女子，只可惜沒有生育能力。因此，衛莊公又娶了陳侯的女兒厲媯為夫人。

厲媯為衛莊公生了一個兒子，不幸孩子很早就夭亡了。跟厲媯陪嫁來的妹妹戴媯也很受寵幸，她生了兒子完。完被立為太子，她的母親卻早早地去世了。完是由莊姜一手拉扯長大的。

衛莊公還有位備受寵愛的妾，生了兒子州吁。州吁打小喜歡兵器，整天舞劍弄刀，性情暴戾，無所顧忌，莊姜很討厭他，而莊公卻對他十分溺愛。州吁長大後，莊公讓他帶兵為將。

大夫石碏勸諫莊公說：「喜歡兒子，應當以道義教育他，免得他走上邪路。驕傲奢侈，放蕩逸樂，就是走上邪路的開始。這些惡習的根子，是寵愛無度和賜予過分。大王如果準備立州吁做太子，就該早點定下來；不然的話，就會釀出禍亂。受寵而不驕傲，驕傲而能安於低下的地位，地位低下而不怨恨，怨恨而能自我克制不滋生事端，這

樣的人是很少見的。現在太子完和公子州吁,嫡庶尊卑地位失當,這就是禍患的徵兆,君王應該端正太子的名分,設法免災避禍,否則就埋下了禍根!」

莊公不聽石碏勸諫。

衞莊公於在位的第二十三年(公元前735年)去世,太子完繼立為君,史稱桓公。桓公生性懦弱,庶弟州吁不怎麼買帳,而他竟然也束手無策。

大夫石碏曾建言除掉州吁,但桓公膽小怕事,不敢下手。石碏見桓公如此無所作為,料定將來會出亂子。石碏想,既然自己無能為力,索性也就離開這塊是非之地吧!於是,他告老回家了。

衞桓公二年(公元前733年),州吁驕橫奢靡,無惡不作,引起了國人的不滿,桓公才不得不將他罷黜。

州吁逃亡去了國外。

物以類聚,人以羣分,逃亡在外的州吁很快結交上了鄭國國君鄭莊公的弟弟共叔段。共叔段受母親鄭武公夫人武姜溺愛,繼承王位不成,就密謀作亂弒兄篡位,結果被他的同母兄鄭莊公在鄢地戰敗。

衞桓公十六年,州吁糾集了出逃在外的亡命之徒殺害了衞桓公,自立為國君。州吁弒兄篡權,做了衞王以後窮兵黷武,舉國上下都不擁護他,但是石碏的兒子石厚犬馬聲色,跟州吁臭味相投。石厚受到了州吁的重用,成了他的心腹。

為了維護州吁的統治地位,石厚出了不少主意想了不少辦法,可是並沒有改變衞國人對他們的敵對情緒。無計可施的石厚只好硬着頭皮向父親求情,想請這位老臣出山,換取國人對他們的好感。

當初,石碏發現兒子與州吁交遊,曾明確表明了禁止的要求,但好話說盡,兒大不由爺,石厚就是不聽。

石碏對兒子十分反感,而現在兒子又為虎作倀,這尤其讓他不能容忍。他自然不屑為州吁、石厚這兩個惡貫滿盈的敗類出謀劃策,但

是他順水推舟將計就計，讓他倆覺得兒子出面不得不幫忙想想辦法。當兒子知道老父不可能出山時，就向父親詢問治國安邦，特別是安定州吁君位的辦法。

石碏說：「國人反對新君，傳言紛紛揚揚，究其原因無非新君沒有取得合法的地位。所以，新君應該去朝覲周天子，這樣問題就解決了。」

石厚知道，周天子接受了朝覲，就意味着對州吁的承認，所以他連忙問道：「如何才能去朝覲呢？」

石碏說：「陳國跟我們衛國關係不錯，而陳桓公很得周天子的寵信。如果新君去拜訪陳桓公，請他代向周天子請求，一定可以成功。」

石厚得了父親的指點，如獲至寶，一溜煙地跑到州吁跟前，一五一十地作了稟報，州吁立即採納了石碏獻計，通過陳桓公求見周天子。

州吁、石厚二人打點行裝，匆匆忙忙地踏上了訪問陳國、拜見陳桓公的道路。

石碏派人告訴陳桓公說：「衛國地方狹小，我這個老頭子已經七十多了，不能做甚麼事了，現在拜託陛下為敝國除掉州吁和石厚。他倆合謀殺害了我們的國君，請您趁他們訪問貴國的機會，搞掉他們。」

陳桓公受人之託，忠人之事，下令把這兩個人抓了起來，告訴衛國派人來陳國處理。

衛國派右宰醜前往陳國，在濮地殺了州吁；石碏讓自己的管家殺了石厚。

衛國人聽說除掉了舉國痛恨的兩個惡人，紛紛讚揚說：「石碏是個名副其實的忠臣，討伐州吁，反對兒子參與州吁犯上作亂，做到了大義滅親。」

州吁被殺後，衛國人從邢國迎接來桓公的弟弟公子晉為國君，這就是衛宣公。

衛宣公起初寵愛夫人夷姜。夷姜為他生了兒子，立為太子。長大成人，輔佐太子的右公子為他迎來了齊侯的女兒為妻，只是還沒舉行完婚入室儀式。宣公發現將要成為兒子妻室的這個女子美豔絕倫，立刻把她掠為己有，又為太子娶了別的女子。這位齊侯的女兒為宣公生了子壽和子朔兩個兒子。

後來，太子的母親死了，宣公就冊立齊女為正夫人。正夫人和她的兒子子朔經常在宣公面前說太子的壞話，再加上宣公鍾情女色，日子長了，太子在他心目中的地位也就漸漸動搖了。更為重要的是，讓宣公揪心疼愛的意中人是從太子手裏奪來的，只要想到這一點，他都像吃了隻蒼蠅，很倒胃口。

衛宣公越來越討厭太子了，他竟然想廢除掉太子的地位。但是禮法制度是不允許無緣無故地公開廢除太子的，宣公靈機一動，想起自己之所以能登上國君的寶座，不就是大夫石碏調虎離山，除掉州吁的結果嘛！前有車，後有轍，我何不效法前賢，也來個調虎離山，除掉太子呢？

說幹就幹，宣公派遣太子出使齊國，同時又派人在衛齊邊境等候，攔截太子。太子出使時，宣公賜給他一面桿頂裝飾白色犛牛尾旗幟，他事先通知等候在邊境上的殺手們說，見到持有白旄旗幟的人立即殺掉。

子壽知道了這個消息，趕忙告訴太子：「衛齊邊境上，已經埋伏下了兵馬，一旦太子到達，他們看見持白旄旗幟的人就殺掉。太子，您千萬不要出使！」

太子非常感激異母弟子壽的仁義敦厚，但是他不想違抗父王的命令，對子壽說：「違逆父王的意願苟且偷生，不是我的選擇。」

太子義無反顧，率領一行使節辭別衛都趕赴齊國。太子馬車上那面裝飾白色犛牛尾旗幟，在車馬的煙塵裏獵獵飄動着。

子壽知道自己不能勸阻太子，就尾隨着太子的車駕潛行，趁夜色盜走了白旄旗，快馬加鞭趕在太子之前抵達了衛齊邊界。守候在那裏的人，驗明白旄旗確實是宣公所賜，當即斬殺了子壽。

子壽被殺後，太子隨即趕到了邊界，他對謀殺者說：「你們應當斬殺的是我，我弟弟子壽死得冤枉！」

那夥受宣公差遣的人馬明白真相後，又殺了太子。

西風吹來，奉宣公之命守候在這裏的一羣殺手完成了使命，揚鞭催馬，得勝還朝了……

第十六計　欲擒故縱

| 閱讀指津 |

戰爭勝敗，除了實力的較量，還有兵法的作用。高明的軍事家，觸到嘴邊的戰果不食，到手的敵人不捉，其中就有着更深刻的用意和志在必得或勢必多得的謀略。倘若敵人正在銳不可當，你且低一頭，以驕縱對方的凌人盛氣，膨脹對方的自大頭腦，待對方睥睨天下之時，乘機圖之，或許比對方披堅執銳的時候，硬碰硬地較量效果好些。不僅如此，即使自己掌握了先機，也不妨利用敵人的頹敗之勢，讓對方發展到潰不成軍之時，再輕取戰果。這些都是欲擒故縱的題中之意。

原文

逼則反兵，走則減勢。緊隨勿迫，累其氣力，消其鬥志，散而後擒，兵不血刃。需，有孚，光。

按：所謂縱者，非放之也，隨之，而稍鬆之耳。「窮寇勿追」，亦即此意。蓋不追者，非不隨也，不追之而已。武侯之七縱七擒，即縱而躡之，故展轉推進，至於不毛之地。武侯之七縱，其意在拓地，在借孟獲以服諸蠻，非兵法也。若論戰，則擒者不可復縱。

| 譯文 |

逼迫得敵人走投無路，對方會拼命反撲；給敵人一線生路放對方逃跑反而更能挫傷削弱士氣。追擊逃敵得尾隨着，但又不要逼近，這樣能使對方消耗體力，鬥志衰減，等敵人潰不成軍一盤散沙的時候再下手捕捉，無須流血就能夠不戰而勝。根據《周易‧需卦》的原理，等待時機而不逼迫敵人，就能使對方降服歸順，這樣對我方來說十分有利。

按語：解語所說的「縱」，不是釋放了到手的敵人，讓對方隨意逃竄，而是要跟隨在後面，只不過稍微放鬆一下罷了。孫子說的「窮寇勿追」，也是這個意思。而所謂的不近逼，不是不尾隨，只不過不把敵人追逼到走投無路的境地罷了。諸葛亮七次釋放了捉到手的孟獲，又屢次捉住了他，就是釋放了再跟蹤他，反反覆覆曲折推進，把蜀漢的疆域擴展到南方少數民族邊遠地區。諸葛亮的七次釋放，目的就是拓展疆域，並且利用孟獲在邊疆少數民族地區的影響來降服南方各部族，這不是兵家所謂的計謀。倘若從作戰角度考慮，那麼捉拿到手的敵人是不能再釋放回去的。

三家分晉

戰國初期，晉國王室衰落，國家命運完全由幾家卿大夫把持，過去的幾十家卿大夫在春秋末年的兼併中只剩下了智氏、范氏、中行氏和韓、趙、魏六家，即所謂「六卿」。晉出公十七年（公元前458年），智氏和趙、韓、魏四家瓜分了范氏和中行氏兩家的土地，晉國就只有以智伯為首的智氏和趙、韓、魏四家卿大夫碩果僅存了。

智伯等四卿擅自瓜分土地，晉出公非常惱火，卻又無可奈何，就向齊魯兩國求救，想借他們的軍隊討伐四卿。四卿害怕被誅，合謀反攻出公。出公倉皇出逃齊國，結果一命嗚呼在半路上。這時的晉國幾乎為智伯一手遮天，他立晉昭公的曾孫為晉君，稱為哀公。

四卿之間不僅對晉國的公室土地各懷侵吞之心，而且還彼此打着削弱他人壯大自我的如意算盤，智伯尤其貪得無厭。

把哀公控制在了股掌之間，智伯驕橫跋扈，對韓康子、魏桓子和趙襄子等三位大夫更不怎麼放在眼裏。為了擴大自己的領地，他竟然開口索要韓家的土地，韓康子當然不樂意這非分要求。

段規勸諫韓康子說：「智伯見利忘義，不答應，他豈能善罷甘休！與其拒絕，不如給他。吊足了胃口，他必然再索要別人的土地。人家不給，他還不得大動干戈！」段規的話有點謀略的味道，韓康子依計而行，送上了一座人口萬戶的城邑。

智伯大喜過望，又要求魏桓子割地奉送。

像韓康子一樣，魏桓子也不情願拱手獻出土地。他的宰相任章問道：「為甚麼不給？」「無緣無故地索要土地，空口說白話？當然不能給！」魏桓子憤憤不平地答道。

任章認為，智伯在四家大夫中實力最強，無論是政治上還是軍事上，都不應採取針尖對麥芒的辦法，而應韜光養晦。所以，他獻計說：「無緣無故地索要土地，三家大夫必定非常惶恐。我們給了他土地，他肯定會飛揚跋扈目空一切；惶恐不安的我們三家，為了生存就需要聯合起來。以三家精誠團結共禦外侮，他智某人怕是秋後的螞蚱，蹦不了幾下的！《周易》說：『要想打敗他，姑且輔助他；要想奪取他，姑且給予他。』主上不如給他一塊土地，使他驕橫輕敵，然後我們再尋求盟友從容計議，欲擒故縱，何必單槍匹馬跟他作對，替人家做擋箭牌呢？」

魏桓子說：「好！就這麼辦！」

智伯又得到了一塊萬戶城邑。人心不足蛇吞象，他如法炮製，打起了趙襄子的主意。這一次，智伯乾脆指名索要蔡和皋狼兩處土地。

趙襄子斷然拒絕了智伯的無理要求。

還是趙襄子作太子時，智伯討伐鄭國，趙簡子因病不能出征，就讓太子毋恤率軍參戰。智伯用酒罈子砸毋恤，毋恤的隨從臣子要跟智伯拼命雪恥。毋恤阻止說：「主君立我為太子，就是因為我能忍辱負重。」後來攻城，智伯又非常無禮地對毋恤說：「你醜陋不堪又缺乏勇氣，怎麼還成了太子？」毋恤不卑不亢不軟不硬地回答說：「因我能夠忍受恥辱。也許，這對趙氏宗族沒有壞處吧！」

趙襄子沒有忘記智伯的無禮。現在，他又來討便宜了！趙襄子想，我趙家的土地總不是你智伯手中的一張餅吧？豈能隨意切割！

智伯怎麼也料想不到當初那個貌不驚人的毋恤，一旦繼位，居然讓自己碰了一鼻子灰。他惱羞成怒，驅趕着全副武裝的韓魏兩家兵丁

撲向了趙家。

趙襄子帶領着家臣退守到晉陽城中。

智、韓、魏三家兵精糧足，把晉陽鐵桶一般重重圍住。城池內外相持不下，眨眼間一個年頭過去了。智伯採取了一種非常歹毒的戰法，引晉水灌城，水淹晉陽。這一招果然厲害，晉陽城內一片汪洋，房屋鍋灶都給水泡得坍塌淨盡，家家戶戶都得在樹上搭窩築巢居住生活，並且城中糧食和軍需品也面臨着斷絕的危險，軍民患病死亡的人數不斷增加。

趙襄子看在眼裏，急在心裏，不忍心給城中軍民造成更大的災難，就把自己的想法告訴了張孟談：「我們不要死守了吧？」張孟談說：「前人有言，面臨亡國滅種之禍，不能效死保全國家；置身危險多事之秋，不能安定天下百姓，就不能說是了解民心向背，更別說有所作為了。棄城投降，不是明智的選擇！請允許臣下出城去見見韓康子和魏桓子。」

城河外邊，智伯這時正讓魏桓子為他駕車，韓康子在車右作護衛，來到城下視察水情。但見晉陽城牆還差六尺就全給淹沒水底了，智伯得意忘形眉飛色舞：「啊哈！我今天才知道，水是可以亡國滅種的！」

魏桓子和韓康子聽了，臉刷地由灰變白，由白變灰，脊背都浸出了冷汗。魏桓子用胳膊肘搗了一下韓康子，韓康子也挪腳尖碰了一下魏桓子的腳後跟，因為汾水可以灌魏國的都城安邑，絳水可以灌韓國的都城平陽。

智伯的謀臣絺疵對他的主子說：「韓、魏二家肯定會反叛主公的。」智伯問：「你是怎麼知道的？」「人情事理啊！調集韓、魏兩家的兵丁剿滅趙家，趙家覆滅後，同樣的厄運就會降臨他們頭上。再說，主公早就跟他們兩家約定勝利後三家平分趙家版圖，如今晉陽城牆僅差六尺，就全部泡在水中了，城裏缺糧斷炊，破城受降指日可待，可是韓康子和魏桓子悶悶不樂面露憂愁，這不是必反無疑又是甚麼呢？」

　　第二天一大早，韓康子和魏桓子照例前來拜見，智伯把絺疵的話告訴了他們。

　　韓康子和魏桓子聽了，不覺倒吸了一口涼氣，馬上意識到了當下處境的危險。二人靈機一動，幾乎是不約而同地對智伯說：「這話是奸佞小人替趙家遊說，讓主公懷疑我們兩家的忠誠，企圖分化瓦解我們三家的結盟，懈怠對晉陽的必勝信心。我們如果像這讒言說的，豈不就是放下了眼看到手的趙家土地，而去幹萬分冒險卻沒有一分成功可能的事了嗎？」說完他們二人就告辭了。

　　絺疵緊接着走進來說：「主上哪能把我的話告訴韓康子和魏桓子呢？」

　　「你怎麼知道的？」智伯莫名其妙地問道。

　　「他倆看見我打了一個愣怔，就大步流星地走開了。我就知道，他倆明白我看穿了他們的心思。」智伯不聽絺疵的建言，絺疵託故請求出使去了齊國。

　　張孟談祕密出城見到了韓康子和魏桓子，他們二人正像熱鍋上的螞蟻，呆在營帳裏踱來踱去，一籌莫展。

　　張孟談說：「我想，唇亡齒寒的道理二位不會不知道吧？智伯挾持你們兩家圍剿趙家，趙氏滅亡了，二位將重蹈覆轍。二位的明天就是趙家的今天。」

　　「我們也心知肚明，但是沒辦法啊！也不是不想動動手腳，老實說是害怕我們這裏還沒下手，人家那裏已經了如指掌了。事情連個影子還沒有，而陰謀早已敗露，那可不就大禍臨頭了嗎！」

　　張孟談說：「計謀出自兩位主公之口，進入臣下我一個人的耳朵，難道還有甚麼透風的牆不成！」

　　於是，韓康子、魏桓子跟張孟談祕密立下盟約，定下起事日期，並且詳細磋商了一系列相關細節。然後，把張孟談送了回去。

　　約定起事時間很快到了。趙襄子派人殺了智伯守堤的官吏，掘開大堤放水反灌智伯營地。

　　麻痺大意的智家軍隊睡夢中被大水泡醒，整個營寨剎那間就陷入了一片混亂中。正做着順手牽羊的美夢，要一口吃掉趙、韓、魏三家的智伯連忙爬起，沒膝的大水把他的營帳沖得搖搖欲墜，並且水勢還在迅猛上漲。

　　智伯認為是大堤漏水，趕忙命令將士們去堵堤止水，整個軍隊正亂七八糟地尋找堵堤工具，趙襄子率領着人馬迎面衝殺過來。

　　久困城中的趙家軍隊像脫韁的野馬，乘着一瀉而下的水勢，把亂作一團的智家軍隊打得落花流水。智伯見正面作戰不力，連忙指揮軍隊向兩翼疏散，想避過趙軍鋒芒，再組織進攻。不料韓康子和魏桓子各從側翼殺來，智伯像隻落湯雞讓近侍們拖上一隻小船，試圖順水漂去。三家軍隊早把所有的關口把守得滴水不漏，智伯的小船正好落入趙襄子的軍陣，亂箭雨點一樣射來，智伯當場斃命。

　　智家武裝全軍覆沒，智氏被滿門抄斬。趙、韓、魏三家瓜分了智伯的領地。

第十七計　拋磚引玉

| 閱讀指津 | ·····························

　　磚頭，斷壁殘垣處，隨手可撿，沒甚麼稀罕的；玉，石中之美麗者也，藏身山野，既不易尋得，更不易識辨。卞和懷天下之寶，哭訴於荊山腳下，就是這個原因。兵家以代價與戰果比之磚玉，順手拈來，足見攻城略地舉重若輕。扔塊磚頭，小小的誘餌，無足輕重，但引出了價值連城的美玉，很有些策士縱橫捭闔的雄辯之風。

原文

　　類以誘之，擊蒙也。

　　按：誘敵之法甚多，最妙之法，不在疑似之間，而在類同，以固其惑。以旌旗金鼓誘敵者，疑似也；以老弱糧草誘敵者，則類同也。如楚伐絞，軍其南門。屈瑕曰：「絞小而輕，輕則寡謀，請無捍采樵者以誘之。」從之，絞人獲利。明日絞人爭出，驅楚役徒於山中。楚人坐守其北門，而伏諸山下，大敗之，為城下之盟而還。又如孫臏減灶而誘殺龐涓。

| 譯文 | ·····························

　　用十分相似的手段迷惑敵人，從而打擊懵懵懂懂的上鉤之敵。

　　按語：欺騙迷惑敵人的方法很多，最巧妙的方法不是似是而非的手段，而是用看似毫無差別的手段反覆刺激麻痺敵人來強化它的錯覺。插掛軍旗鳴鑼擊鼓虛張聲勢，屬似是而非；用老兵殘卒和缺糧斷草誘騙敵人，是弄假成真的高招。例如，楚國征討絞國（今湖北省鄖縣西北），兩軍在絞國都城南門對陣。楚國大臣屈瑕獻計楚王說：「絞國雖小卻輕狂浮躁，輕狂浮躁就缺少謀略。請允許我用沒有士兵保護的砍柴炊夫來誘騙它。」楚

王採納了這個計策，絞國人得到了一點甜頭；第二天，絞國士兵爭搶着出城，把楚軍的炊夫給驅趕到了大山深處。楚軍預先派出截擊部隊守候埋伏在絞國都城北門外的山下，從而徹底打敗了絞國。絞國在城門下簽訂了投降條約，楚軍凱旋而歸。再一個例子就是孫臏退兵減灶誘敵深入，逼龐涓自刎，全殲魏軍的齊魏馬陵之戰。

趙氏孤兒

晉大夫屠岸賈是晉靈公時的寵臣，晉景公三年（公元前597年），擔任了掌管刑獄的司寇，為了打擊異己勢力，他通告朝中將領說：「當年靈公被謀害，趙盾雖然不在朝廷，但他是犯上作亂的賊首。他已經死了，可他兒子趙朔卻仍然蔭襲着父祖的官爵俸祿，不滅掉趙氏宗族，還談甚麼懲罰犯上，儆戒效尤！」屠岸賈慫恿將軍們舉兵討伐趙氏。

朝臣韓厥勸阻說：「靈公遇刺的時候，趙盾並不在朝中，我們的先君也不認為他有甚麼罪過，所以沒有治罪。現在，要誅殺他的後人，滅絕他的家族，這並非先君意圖，而是妄作主張，濫加殺伐。這麼大的舉動，應當上奏君王。臣有大事不稟明君王，就是目無聖上！」

屠岸賈氣得臉色青紫，仍舊堅持自己的主張，招呼將領們去誅殺趙氏。

趙盾是晉文公的重臣趙衰的兒子，像父親一樣，他也為晉王室樹立了不朽功勳，晉襄公去世，他扶立太子即位為晉靈公，後來只是因為忠言直諫，冒犯了晉靈公。

有一次，晉靈公要吃熊掌，因為燉煮得差了點火候，吃起來不夠熟爛，就下令殺了御廚。拖屍外運時，碰巧遇着了趙盾，晉靈公很擔心他又要沒完沒了地進言諷諫，搞得自己不尷不尬的，就想索性結果了趙盾，讓他也作陪御廚，一了百了，免得他日後惹是生非，麻煩！

趙盾寬厚大度，有仁愛之心，曾經救助過一個躺倒在桑樹下的寒士；當時，那人已經餓得奄奄一息。為了殺人滅口，晉靈公埋伏了武士行刺趙盾，出乎意料的是，行刺時被桑下寒士碰上了，他拼命救助，才使得趙盾虎口逃生，倖免一死。

趙盾逃離朝廷後不久，晉靈公遇刺身亡。趙盾也就返回了朝中，侍奉新君晉成公。

晉景公即位後，趙盾死了，他的兒子趙朔繼承了爵位。

屠岸賈在晉靈公時代很受君王寵愛，他認為靈公的死趙盾脫不了干係，趙盾身為正卿，逃亡不去國外，只是在都城附近轉悠，就是想禍害朝廷；回朝後，又不誅殺弒君的亂臣，這是對君王不忠。雖然趙盾已經作古，他的兒孫難辭其咎！所以，屠岸賈要替天行道，為先君晉靈公嚴懲逆賊。

儘管韓厥坦言相勸，請屠岸賈不要濫開殺戒、株連無辜，趙氏仍然沒能躲過這個滅族之災。勸阻不成，韓厥連忙給趙朔通了個口風，他建議趙朔趕緊逃亡避難。

大禍臨頭，趙朔非常感激韓厥，但是他臨危不懼，拒絕了韓厥出逃避險的建議。趙朔說，死不足懼，如果因為怕死而苟且偷生，那不就是對屠岸賈目無聖上濫殺無辜的妥協屈節嗎！

趙朔這樣想着，更堅定了寧死不屈的信念。他對韓厥說：「您一定不要讓趙家斷絕了香火。我就是死了，也沒有甚麼遺憾的！」

趙朔說過這句話，深情地注視着韓厥，向他輕輕地點了點頭。

韓厥領會了趙朔雙目注視的期望和信任，鄭重地點了點頭，作出了莊嚴承諾，一句話也沒有說。

韓厥作別趙朔，自知沒有甚麼能力解人危難，回家以後就對外稱病，閉門謝客，也不再參與朝政。

屠岸賈沒有向國君稟報請命，就擅自帶着將領驅遣士卒包圍了趙朔的宅院下宮，殺掉了趙朔兄弟，把趙氏滿門抄斬。

趙朔的妻子是晉成公的姐姐，這時已有孕在身，她跑到王宮裏躲藏了起來。

趙朔蒙難後，他的賓客公孫杵臼對他生前的友人程嬰說：「為甚麼不殉難而死呢？朋友生不能同時，死應該同當的啊！」

「趙朔的妻子還懷着遺腹子，如果有幸生個男孩，我要把他培養成人；萬一生個女孩，我再死還來得及啊！」程嬰回答道。

過後不久，趙朔妻子生產了，果然是個男孩。年輕的母親，看着呱呱墜地的嬰孩，悲喜交集，眼裏噙着滾燙的熱淚。

屠岸賈聽到了風聲，馬上帶了人馬來宮中搜索。

產後虛弱的趙朔妻子強撐起身體，把孩子藏在襠裏，默默地禱告道：「要是上天注定趙家香火不繼，你就哭嚎；要是上天不讓趙家香火斷絕，孩子，你就靜靜地安臥，別出聲……」湧到嗓子眼裏的痛楚，她強忍着嚥了下去。她努力控制着自己，盡可能地裝作若無其事的樣子。

真是上天可憐見啊！氣勢洶洶的屠岸賈領着一大幫無惡不作的歹徒，連搶帶砸，就是牆縫裏，梁頭上都不放過，恨不能掘地三尺，不達目的誓不罷休地搜索了老半天，連個嬰孩的影子也沒有發現。

臨走時，屠岸賈咬牙切齒地撂下一句話：「就是插上翅膀也甭想飛了！」接着，他惡狠狠地瞪了趙朔妻子兩眼。

趙氏母子脫離危險後，程嬰對公孫杵臼說：「今天屠岸賈沒搜索到，日後肯定得再找上門來。屠岸賈這傢伙心狠手毒，決不會善罷甘休！」

程嬰和公孫杵臼默默相對，空氣彷彿凝滯了一般。到底該怎麼辦呢？兩人陷入了痛苦的焦慮中。

公孫杵臼打破了沉默，他兩眼發直地盯着程嬰，呆若木雞，好像自言自語似的說：「扶立孤兒長大成人，然後再輔佐他繼承光大趙氏的基業，跟以身殉難，兩者比較，哪件事更困難呢？」

「殉難而死容易，扶立孤兒難哪！」程嬰沉重地回答說。

程嬰答話一出，公孫杵臼上前一步，緊緊地抱住程嬰的雙臂。他壓抑着決斷大事的衝動，盡可能以舒緩的語氣說：「趙氏先君待您不薄，您就勉強從事更為艱難的事業，請允許我先死，我來辦這個容易些的事情。」

公孫杵臼說明了想法。於是，他們想法子在外面覓取了一個嬰兒，抱到了宮中，給他包裹上了錦繡的襁褓後，藏匿在了深山裏。

公孫杵臼留在山中照管嬰兒。

程嬰從山中回來，一副非常沮喪為難的樣子，早朝時故意給將領們散佈迷惑人心的話，逢人就說：「我程嬰既無才能，也沒甚麼德行，趙家先君待我恩重如山，我卻不能扶立遺孤！算了，算了，只要能給我千金財寶，我就帶他到趙氏孤兒藏匿的地方。」

受屠岸賈指使，一心要殺掉趙氏孤兒的將領們，聽了這話大喜過望，非常慷慨地答應了程嬰的條件。他們美滋滋地說：「別說千金，萬金也小菜一碟！」有人還不無揶揄地奚落程嬰說：「老兄，價開得太低嘍！」

屠岸賈驅遣重兵，親自披掛上陣。

程嬰被為虎作倀的將領們挾裹着，為屠岸賈帶路，來到了山中嬰兒藏身的地方。

公孫杵臼裝作識破了程嬰的詭計，破口大罵：「程嬰，你這個小人！下宮之亂，你朋友趙朔遇難，你不殉難而死，託詞說甚麼，要跟我一起撫養趙氏孤兒，現在可好，竟然出賣了我！就是不想扶立遺孤，難道就忍心出賣嬰兒，讓這無辜的孩子慘遭殺戮？」

公孫杵臼痛斥程嬰，兩行熱淚汩汩地流出了眼眶，他萬分憐愛地抱着嬰孩，悲傷地呼號着：「上蒼啊，上蒼！趙氏孤兒有甚麼罪孽？放過這可憐的孩子吧！千刀萬剮，由我杵臼自己承受吧！」

屠岸賈憤憤地看着眼前的這一切，一聲也不吭。

那些想討好屠岸賈的武夫們，根本不理睬公孫杵臼的哭訴，亂劍齊劈。

趙家終於斬盡殺絕了，除掉了禍根，屠岸賈心中好一陣輕鬆。

車馬喧囂，屠岸賈被將領們簇擁着，非常得意地打道回府了。

光陰荏苒，日月輪迴。十五年後，晉景公害了一場大病，占卜的結果是，因為大業的後裔落難，他們的魂靈作祟。

景公垂問韓厥，韓厥知道趙氏孤兒還活在世上，就回稟說：「大業的後人，在晉國斷絕香火的，大概是趙氏吧？趙和嬴是同姓，他們的先祖都是大業，周厲王無道，大業的後人叔帶到了我們晉國，侍奉先君晉文侯，直到晉成公，他們世世代代有功於我們的國家，也正是因為這些，他們趙家的香火才世世代代繁盛不絕。可是，到了如今，君王您的朝臣去滅絕了趙氏宗族，國人哀憐趙家，所以龜策上才顯現了這種跡象。究竟該作如何處理，還得聖上裁斷。」

「趙氏還有沒有子孫？」景公聽了韓厥的話，覺得趙氏確實可憐，就關切地問道。

韓厥把趙朔託孤和公孫杵臼、程嬰拋磚引玉用別人家的嬰兒替換趙氏孤兒的悲劇，詳詳細細地報告了景公。

景公決定扶立趙氏孤兒，於是，與韓厥謀劃了具體的實施辦法，然後就祕密把趙氏孤兒召進宮中，叫他暫時隱避不出。

朝廷武將們到宮中慰問病中的君王，景公乘機利用韓厥的家兵脅迫眾將領拜見趙氏孤兒趙武。

將領們見了趙武，又驚又怕，個個臉色煞白。十五年前的血腥一幕彷彿又浮現在了他們眼前，亂劍下的孤兒與眼前威武高大的趙武，兩個形象反反覆覆不住地交替出現在他們的面前。

說不清是恐怖，是震驚，是惱怒，還是不安和尷尬，十五年的光陰過後，他們終於見到了真相大白的今天。將領們有的一臉大汗，有的灰頭土面，過了老半天才鎮靜下來，吞吞吐吐地說：「過去，下宮

發難，是屠岸賈假託君王的命令幹的，我們當時都給蒙在了鼓裏。要不然，誰敢作亂！」

接着，幾個詭計多端、善於察言觀色的傢伙又寡廉鮮恥地討好說：「就是君王不說，我們也打算請求立趙氏的後裔了。君王如果有甚麼吩咐，那是微臣們的心願呀！」

景公讓趙武和程嬰一一拜見在場的將領。這些以前跟着屠岸賈圍攻趙氏家宅下宮的武將，見風使舵，當即決定跟着程嬰、趙武前往屠岸賈的府上。

程嬰、趙武以其人之道，還治其人之身。十五年前，屠岸賈一個招呼，趙府眨眼成了斷壁殘垣的肉岸血河，險些根絕種滅；今天，屠岸賈的舊相識們殺氣騰騰地站在了他的面前。

惡有惡報，善有善報。十五年了，屠岸賈明白，是到了算總帳的時候了。他悔恨自己當年的疏忽，他憎恨自己的淺薄，他甚至十分噁心又異常恐懼地看到了亂劍齊劈公孫杵臼和他懷抱着的嬰兒的場面……屠岸賈的家族重蹈了他自己曾經在趙家宅院裏碾出的車轍。

景公恢復了趙氏舊有的田邑和封爵。

又過了五年，趙氏孤兒趙武到了二十歲的年齡。舉行加冠儀式後，作為一個成年男子，他繼承父祖的官爵，開始了光復趙氏的事業。完成了扶孤使命的程嬰辭別朝中大夫，他要踐行二十年前與公孫杵臼的生死約會。

程嬰對趙武說：「過去，遭受下宮變亂時，趙氏的家臣和友人都能殉難，我不是不能捨棄賤體一死了之，我想的是扶立趙氏的遺孤。現在，您已經即位卿大夫，並且也長大成人了，我也該赴九泉之下，向令尊和公孫杵臼報告喜訊去了。」

趙武泣涕漣漣，雙膝跪拜，叩頭至地堅決懇求程嬰：「趙武願意勞筋傷骨終生報答先生，您怎麼能忍心把趙氏孤兒丟下，辭世而去呢！」

「不！」程嬰十分堅定地說，「公孫杵臼認為我能夠成就大事，所以才先我而死；如果我不報告給他現今的情況，他會認為我沒把大事辦成。」就這樣，程嬰自殺了。

趙武悲痛地安葬了程嬰，為他服喪三年，還專門設置了祭祀程嬰的縣邑，每年春秋時節，他必定親自前往祭奠。

狡兔三窟

孟嘗君姓田名文，父親田嬰是齊威王的小兒子。因為生在五月五日，民俗說他跟父親相剋，再加上母親地位低賤，打小就遭父親厭棄。

田文長大成人後，父親因為他訓斥母親，母親嚇得哆哆嗦嗦，連口大氣也不敢喘。田文跪拜說：「人生受命於上天，父母福禍跟孩子五月五日出生有甚麼關係！」

看着已是老大不小的兒子，田嬰也不好再多說甚麼，就讓兒子站起來，惡聲惡氣地說：「好了，沒你的事！快閉上嘴吧！」

田文是個有抱負的人。他曾跟父親直言不諱地談起過自己關於國家政治與父親丞相職位的一些思考，田嬰因此幡然悔悟，這之後他摒棄前嫌，讓田文主持了家政。打那以後，他們家賓客一天比一天多，田文的名聲很快傳遍了各諸侯國。諸侯國使者過往齊國，都紛紛建議薛公田嬰立田文為太子，田嬰很樂意地接受了這個建議。

田嬰逝世後，田文在薛（故城在今山東省滕州市東南）即位，被稱為孟嘗君。孟嘗君不惜家產延攬賓客，天下賢士莫不仰慕，一時間門下聚集了幾千名食客。

齊國人馮諼就是他們中的一個。

馮諼家境貧寒無法維持生計，聽說孟嘗君延攬賓客從不挑剔，人無貴賤皆以禮相待，就託熟人給孟嘗君傳話，希望能到門下做個食客。

　　孟嘗君詢問說：「客人有甚麼愛好？」回答說：「沒有甚麼愛好。」又問：「客人有甚麼一技之長？」回答說：「也沒有甚麼一技之長。」

　　孟嘗君很大度地笑了笑，心想，不就是多一張嘴巴嘛。

　　「好，讓他來吧！」

　　他手下的辦事人員看了主人不以為然的臉色，也就很勢利地瞧不起馮諼，給這位新來的食客安排了吃粗劣飯食的下等待遇。

　　待了不久，馮諼斜倚着屋簷下的廊柱，敲擊着手中的長劍唱道：

　　「長鋏啊！

　　我們還是回去吧！

　　飯食粗劣沒有魚！」

　　孟嘗君聽了手下人員的報告，吩咐說：「給他魚吃，按照一般門客的待遇。」

　　此後不久，吃上魚肉的馮諼又敲擊着長劍唱道：

　　「長鋏啊！

　　我們還是回去吧！

　　出門訪客沒有車！」

　　孟嘗君手下的辦事人員以嘲弄的眼光瞥了馮諼一眼，不以為然地報告了主人。孟嘗君說：「給他準備車馬，享受可以乘車門客的待遇。」

　　馮諼讓御者駕着新配給的車馬，高舉着長劍拜訪他的朋友說：「孟嘗君以賓客之禮款待我。」

　　又過了不長時間，馮諼又彈劍而歌了：

　　「長鋏啊！

　　我們還是回去吧！

　　我衣食無憂，

　　卻無力養家！」

　　孟嘗君的奴才們聽着這一次的彈唱，覺得馮諼非常可惡，暗中罵他是個不知足不識相的傢伙。但是孟嘗君以貴族公子自居，他想讓世人明白自己確實奉行「客無所擇，皆善遇之」的待客之道。於是聽了下人們的報告後，問道：「馮先生家裏有甚麼親人嗎？」「有老母親。」孟嘗君又一次滿足了馮諼的要求，他讓人供給馮諼老母親充足的家用，不讓老人有任何的生活缺憾。此後，人們再也沒有聽到過馮諼的彈劍謳歌。

　　幾千人的食客開銷，對孟嘗君而言不能不說是個相當沉重的經濟負擔，他把封邑的全部收入都用在了門客費用上，仍然捉襟見肘。於是就在自己的封地薛向百姓放貸。事與願違，趕巧碰上年成不好，貸款的本息都不好收回，為此他讓手下辦事人員貼出文告，尋求門下食客中熟悉會計事務的人，問誰能到薛地收債。

　　幾千名賓客人人口若懸河，個個自命不凡，可是文告一出，都鼠頭鼠腦地躲一邊觀望，沒誰想領這種吃力不討好的差事。倒是那個自稱沒有甚麼愛好也沒有甚麼一技之長的馮諼站了出來，在文告上簽字說：「能。」

　　但凡有些個專長或者有着些不俗表現的門客，孟嘗君大都或多或少地有所了解，而這個簽名堪當此任的馮諼，他連一點印象也沒有。孟嘗君好生奇怪地問左右辦事人員說：「這個人是誰呀？」下人們幾乎眾口一腔地齊聲回答說：「就是那個唱『長鋏歸來』的人啊！」

　　「這人不誇誇其談，該是真有能力的！我對不住他，竟然沒有拜見過人家。」

　　孟嘗君請來馮諼，很歉疚地說：「我被一些瑣事搞得暈頭轉向，又叫國事憂慮得心煩意亂，再說我這個人生性懦弱，又沒甚麼才能，整天埋頭事務堆裏，得罪了先生，好在先生能諒解我。先生願意替我到薛地收取債務？」

　　「可以。」馮諼毫無逢迎之意，一個簡單的承諾，就離座而去了。

　　孟嘗君手下的人為馮諼備馬套車，整理行裝，把債券也都安頓到了車上。臨行前，馮諼問孟嘗君說：「收完債務，拿債款買些甚麼回來？」

　　孟嘗君以一貫的貴族口吻答道：「看看我家缺甚麼。先生，您就看着辦吧！」

　　馮諼駕車到了薛，讓地方官吏召集借貸人合驗債券。

　　所有借據都驗證後，馮諼假託主人的命令宣佈：「孟嘗君把債款全部都賜給老百姓了！」說完，他親自點火焚燒了所有債券。正為無力還債愁眉不展的老百姓欣喜若狂，他們連聲高呼萬歲，稱謝孟嘗君。

　　馮諼馬不停蹄，連夜趕回齊都，一大清早就去拜見孟嘗君。孟嘗君對他這麼快就完成收債任務感到非常驚訝，穿好衣服戴好帽子，衣冠楚楚地接見馮諼。

　　「回來得這麼快呀！債務全都辦妥了？」他慢條斯理，一臉笑容地說。

　　「全辦好了。」馮諼答道。

　　孟嘗君迫不及待地問：「買了甚麼帶回來的？」

　　「您說看您家缺甚麼東西。臣私下考慮您宮中珍寶堆積，駿馬籠犬充斥着馬廄犬房，美女成羣結隊；您家裏所缺少的，僅一個『義』字，臣下私自做主給您買了『義』。」

　　孟嘗君大失所望，臉一下子拉長了半尺，很不高興地說：「怎麼樣買義？」

　　馮諼為孟嘗君陳明大義：「您現在擁有薛這麼一塊小小的地盤，就不愛護百姓，不把他們像兒女一樣地對待，卻向他們放貸，這跟用商賈之道牟取暴利有甚麼區別？臣下假託您的命令，把債款賜給百姓，焚燒了所有債券契約，老百姓高呼萬歲稱謝。這就是臣下為您買的『義』。」

　　馮諼為孟嘗君收買民心，是符合貴族統治的長遠利益要求的，因為他了解底層人民的苦難。孟嘗君心裏一團火，不好發作，十分無奈地說：「算了，先生！請回去歇着吧！」

　　一年以後，齊王罷免了孟嘗君的丞相職務。

　　孟嘗君只好前往封邑薛安家落戶。顛顛簸簸的馬車載着憂心忡忡的孟嘗君，踏上了還鄉之路。距離薛邑還有百多里地，老百姓扶老攜幼，聞訊趕來歡迎他。

　　百姓的盛情打消了孟嘗君罷官放逐的抑鬱，他扭頭對馮諼說：「先生為我買的『義』，今天終於見到了！」孟嘗君滿面春風地朝着歡迎的人羣揮手致意。馮諼看到人羣中有不少熟悉的面孔，他只是不動聲色地坐在孟嘗君身旁。

　　撣去一路風塵，安頓下來後，馮諼對十分滿足於現在處境的孟嘗君說：「狡詐的兔子有三個洞穴，只不過才躲過獵人捕獲免於一死。受到薛地老百姓的歡迎，僅僅是得了一個安身的地方，還不能無憂無慮地高枕而臥。請允許我再給您開闢兩處安身立命的地方。」

　　孟嘗君終於明白了馮諼先前棄債買義，拋磚引玉的用心。他不惜重金，支持馮諼遊說魏王，結果魏國千金相聘，孟嘗君堅辭拒絕。消息驚動了齊國朝野，齊王重金謙辭恢復了孟嘗君的丞相職掌。

　　馮諼又給孟嘗君出謀劃策，要求齊王把齊國的宗廟建立在薛。宗廟所在，關係社稷安危，孟嘗君的地位當然就更加鞏固了。

　　狡兔三窟，馮諼為孟嘗君營造了安身立命的三個處所。孟嘗君高枕無憂，居丞相之位幾十年，安然無恙。

第十八計 擒賊擒王

閱讀指津

擒賊擒王是戰爭中的一個環節，一般說來，應當是在自己掌握了主動權，處於勢如破竹、所向披靡的有利時機，才考慮的實踐問題。常言道，除惡務盡、斬草除根，在決勝的殘局中，只顧撿點刀槍劍戟，糧草細軟，而放棄了捉拿敵人的首領，就是不抓根本，就是縱虎歸山，養虎遺患。

原文

摧其堅，奪其魁，以解其體。龍戰於野，其道窮也。

按：攻勝，則利不勝取。取小遺大，卒之利，將之累，帥之害，功之虧也。全勝而不摧堅擒王，是縱虎歸山也。擒王之法，不可徒辨旌旗，而當察其陣中之首動。昔張巡與尹子奇戰，直衝賊營，至子奇麾下，營中大亂，斬賊將五十餘人，殺士卒五千餘人。巡欲射子奇而不識，剡蒿為矢。中者喜，謂巡矢盡，走白子奇，乃得其狀。使霽雲射之，中其左目，幾獲之。子奇乃收軍退還。

譯文

挫敗敵人的主力鋒銳，捉住它的首領，就可以使敵軍四分五裂。正像蛟龍離開滄海在原野上作戰，那就是它的末路窮途了。

按語：攻伐取得了勝利，那就會有取之不盡的戰利品。如果只是拿點不重要的小東西，而丟下了大的戰果，這是士兵們的利益，將領的累贅麻煩，主帥的災害禍殃，整個戰鬥的成功可能因此而毀於一旦。獲得了整體性的勝利，卻沒有擊垮敵人的主力，沒有捉住它的首領，這跟放虎歸山沒甚麼兩樣。捉拿敵人首領的方法，不能只從辨識敵人的帥旗麾旌上着眼，應當注意觀察敵軍陣營行止的趨向所在。唐肅宗時，張巡和尹子奇作戰，隊伍徑直衝殺到賊將尹子奇營帳帥旗之下，敵軍混亂不堪。張巡部隊接連

斬殺敵將五十多個、士兵五千多人。張巡想彎弓射殺尹子奇但辨識不出，便讓士兵削尖蒿稈當箭用。中了蒿稈的士兵非常高興，說張巡部隊箭支用完了，趕忙跑去報告尹子奇。就這樣，張巡得到了敵將的動向，立即命令南霽雲放箭，正射中了尹子奇左眼，差一點擒獲了他。尹子奇草草收兵潰退而去。

李愬擒吳元濟

安史之亂以來，唐王朝屯兵戍邊的節度使和內地的許多節度使集管轄地的軍事、財政、民政大權於一身，割據一方，對抗朝廷，甚而公然起兵反叛。盤踞淮西的吳元濟就是嚴重威脅朝廷的割據勢力之一。

元和十年（公元 815 年），唐憲宗削去了吳元濟的官職和爵位，命令宣武等十六道聯合出擊討伐吳元濟。朝廷用兵九萬，一年過後，前線毫無戰功，甚至出現了卑詞屈節討好吳元濟的醜行。皇上得知這種情況後，立即撤換將領，任命太子詹事李愬為唐、隨、鄧節度使。

唐州的官軍非常害怕吳元濟。李愬赴任到唐州，對前來迎接的人說：「天子知道我柔弱怯懦，能忍辱負重，所以才讓我來撫慰大家。至於對吳戰爭，就不是我的事情了。」唐州的將士聽了這些話，心裏輕鬆了許多。

李愬為人隨和，說話可親，經常看望官兵，慰問傷病員，很受部屬歡迎愛戴。大家覺得他這樣不擺架子，就進言擔心他不能樹立威嚴。李愬回答說：「這點我也知道。只是我的前任袁尚書，專門討好吳元濟，敵人才輕視他。現在我來了，敵人肯定會加強防備，我故意表現得治軍不嚴謹，敵人會認為我是個懦弱卑怯不能盡職守的人。這樣，我就好對付他們了。」

吳元濟認為朝廷以前派遣的主帥都不堪一擊，李愬這個向來官位低微又沒甚麼名望的人更不足掛齒了！

實際上，李愬到任後就謀劃襲擊吳元濟了。他一方面上書朝廷請求增兵，一方面加強巡邏偵察。或戰鬥或招降，陸續把吳元濟的武將

文臣丁士良、陳光洽、吳秀琳、李憲才、李祐等關鍵人物爭取了過來。並且，逐步攻下了淮西割據勢力的一些重要據點。

元和十二年（公元817年）秋，李祐向李愬獻策說：「吳元濟老巢蔡州的精兵強將全都派往洄曲和邊境防線去了，守城的全是老弱殘疾，可以乘他空虛之時揮軍直抵蔡州城下，吳元濟可以生擒到手。」

端掉吳元濟，才能徹底平息了淮西割據。根據李祐的建議，李愬制定了擒賊擒王、突襲蔡州的戰略計劃，祕密呈報給掛帥淮西的宰相裴度，裴度讚賞李愬的智謀忠勇。

李愬安排好留守事宜，命令李祐、李忠義率領三千名士兵作為先頭部隊，自帶三千兵馬作為中軍，命令唐州刺史李進誠率三千名士卒殿後。

時值嚴冬季節，走出文城柵，四野銀裝素裹，道路積雪盈尺，如果不是路旁兀然挺立的樹木，兵馬根本不清楚腳下是田疇荒原還是道路溝坎。刺骨的北風呼嘯着掠過雪原，雪花把軍隊塑造成了遊移銀色世裹的雪人雪馬。直到夜幕四合，部隊才行軍六十里趕到淮西敵軍把守的張柴村，消滅了敵軍守卒和烽火警報人員後，部隊在這裏作了短暫停歇，將士們吃了些乾糧，又餵飽了馬匹。李愬佈置五百名人馬留守下來，以便阻斷可能路過的敵人援軍，又派出人馬扼守通往蔡州的各處橋樑，然後就率領着軍隊走進了風雪肆虐的黑夜。

將領們問進軍目標，李愬告訴大家：「挺進蔡州，活捉吳元濟。」軍隊頂風冒雪已經艱難跋涉了一天，而現在又過了午夜，他們實在是太疲憊了，而大軍所向又是吳元濟的巢穴蔡州，這不是自投虎口嗎？將領們聽了李愬的話，無不驚慌失色。監軍哭着勸阻李愬：「這是中了李祐的奸計了！憑着我們幾千人馬怎麼能奈何吳元濟！自投羅網，有去無回！請您三思啊！」

風雪更加狂虐起來，天冷得連將士們的眉毛鬍子都結了冰，軍旗凍的像塊鐵板似的。一陣狂風吹來，喀嚓一聲，李愬的帥旗應聲撕裂，斷作兩片，不少馬匹和士卒也凍僵撲倒在雪地上。

風彷彿把漫天的鵝毛大雪一股腦捲了過來。雪自天而降，風又把落在冰凍的地面上的雪重新揚起，本來漆黑一團的夜已經把人拋入了難辨你我的混沌中，風雪又越來越迅猛地迎面撲向瑟瑟發抖的將士，更況且他們腳下的道路官軍已經三十多年不曾經過了。將士們人人都知道，這樣走下去是必死無疑，但是因為對李愬的敬畏，沒有人敢違抗軍令。

就這樣，部隊跌跌撞撞地走完了七十里路程，抵達了蔡州城下。城河邊有鵝鴨池，李愬命令士兵驚擾鵝鴨來掩飾人馬腳步和兵器撞擊的聲音。

這一夜的四更時分，三十多年來讓官軍望而卻步的蔡州城，在風雪漫舞中落進了李愬的眼簾。

而城裏睡夢中的敵軍連做夢也沒有料到他們的末日竟然是這麼個天氣惡劣的時刻。

李祐、李忠義率先登上城牆，兵卒迅速跟隨上去，蔡州城守卒還在熟睡之中，就全部給斬殺淨盡了。李祐留下了巡夜打更的士卒沒殺，讓他一如既往地敲梆子報時。

李愬率軍從打開的城門進入了蔡州城，敵人仍然沒有發覺。

當雄雞高唱之時，雪停了下來。這時，李愬已經進入了吳元濟的外宅。吳元濟的侍從報告他：「官軍來到了！」半睡半醒的吳元濟躺在牀上，滿不在乎地說：「大不了幾個被俘的囚徒偷雞摸狗，天亮了給我全斬了！」

正說話時，又有人慌慌張張地報告說：「我們的城池給攻破了！」吳元濟懶洋洋地翻了個身，半瞇着眼睛說：「肯定是洄曲的後生們找我來討棉衣的。」

接二連三的報告，打消了吳元濟的睡意。他穿衣起牀，直出房門，院子裏的雪老厚老厚的，黎明前的黑暗給窗櫺透出的燈火映照得有些刺眼。忽然，他激靈一下警覺起來。

外宅有人宣佈命令：「常侍傳話。」響應號令的士兵數以千計，熟諳軍情的吳元濟馬上意識到情況不妙。

吳元濟氣急敗壞而又驚慌地喝問隨從：「甚麼常侍，竟然到了我宅院裏！」一邊說着，一邊就帶了左右親信登上牙城抵抗。

當時，董重質擁有萬名精兵強將，佔據着洄曲。李愬對隨從將士說：「吳元濟現在只能寄希望於董重質搭救一把了！」

李愬訪求到了董重質的家人，予以真誠而深切的安撫慰問，給他們講明了大義，讓董重質的兒子董傳道帶上自己的親筆信去勸說他父親。董重質看罷李愬言辭懇切的手書，當即單身獨騎來到李愬面前投降。

李愬派李進誠攻打牙城，搗毀了外門，獲取了牙城倉庫裏的武器。這時，天已破曉，李進誠發起了更為猛烈的進攻，放火焚燒了牙城南門，附近的老百姓爭先恐後地背來柴火，火上澆油幫助官軍。官軍射向牙城的箭支像刺蝟毛一樣密密匝匝。陷入絕境的吳元濟在城上請罪投降，李進誠搭上木梯把他接下城牆。

次日，李愬用囚車把吳元濟押送到京城。

生擒吳元濟後，李愬沒有殺戮任何一個降將降卒，吳元濟手下的官吏和將士各復原職。

李愬對俘獲的敵軍將士信而不疑，所以他們願意歸附在李愬旗下。吳元濟被捉的當天，申、光二州和淮西各鎮的敵軍二萬多人前來歸降。

這年的十一月初，唐憲宗駕臨興安門，出席接受戰俘儀式，吳元濟被斬殺。

第四套

混戰計

第十九計 釜底抽薪

閱讀指津

　　釜是做飯的鍋；薪是燒飯的柴火。當滿鍋沸騰的時候，要想不讓鍋裏的水呀粥呀漫溢出來，恐怕沒有比抽出鍋底的柴火再好的辦法了。這是來自於現實生活的常識，我們的前人對生活現象裏隱含着的道理，有許多精闢的文字表述，並且把它作為生活的智慧用之於廣闊的自然和社會領域，不斷總結經驗教訓，不斷豐富它的內涵，不斷賦予新的寓意。實際生活與哲學智慧互為融合互為促進，這就是德國哲學家海德格爾經常引用詩人荷爾德林所謂「人詩意地棲居於這片大地上」的詩情畫意。觸龍說趙太后就是一個頗富詩意的政治掌故。

原文

　　不敵其力，而消其勢，兌下乾上之象。

　　按：水沸者，力也。火之力也，陽中之陽也，銳不可當；薪者，火之魄也，即力之勢也，陽中之陰也，近而無害。故力不可當而勢猶可消。尉繚子曰：「氣實則鬥，氣奪則走。」而奪氣之法，則在攻心。昔吳漢為大司馬，有寇夜攻漢營，軍中驚擾，漢堅臥不動。軍中聞漢不動，有頃乃定。乃選精兵反擊，大破之。此即不直當其力，而撲消其勢也。宋，薛長儒為漢、湖、滑三州通判，駐漢州。州兵數百叛，開營門，謀殺知州、兵馬監押，燒營以為亂。有來告者，知州、監押皆不敢出。長儒挺身徒步，自壞垣入其營中，以福禍語亂卒曰：「汝輩皆有父母妻子，何故作此？叛者立於左，脅從者立於右！」於是，不與謀者數百人皆趨立於右，獨主謀者十三人突門而出，散於諸村野，尋捕獲。時謂非長儒，則一城塗炭矣！此即攻心奪氣之用也。或曰：敵與敵對，搗強敵之虛，以敗其將成之功也。

│譯文│ ●

作戰不要跟敵人針鋒相對地拼實力，而是要頓挫它的氣勢。這就是對《周易·履卦》以柔克剛原理的運用。

按語：水沸騰，靠的是一種外部的力量，也就是火。火的力量至剛至強，它蔓延的勢頭沒有甚麼能夠阻擋。柴火，是火的魂靈，是火力量的根本，也是火勢至陽至強的烈焰所掩蓋着的決定火勢的東西，但是靠近它沒有危害。這就是火蔓延的力量不能阻擋，但是它力量的根本卻可以消解的原因。《尉繚子》說：「士氣高昂就鬥志旺盛，士氣消沉就望風而逃。」削弱敵人士氣的方法，就是運用「攻心」的心理戰術。過去，東漢初年的吳漢擔任大司馬時，曾經有敵人黑夜襲擊漢軍兵營。部隊受到侵擾一片驚慌，吳漢躺在營帳裏，堅定沉着安然不動。全軍上下聽說吳漢如此鎮定自安，隨即就安定了下來。這時吳漢挑選了一支精銳的力量連夜還擊，徹底打敗了敵軍。這個戰例就是不在敵人士氣高昂之時跟它正面拼殺，而是撲滅消除敵人的氣勢和力量之本。宋代的薛長儒擔任漢州、湖州、滑州等三個州的通判，駐紮在漢州。防守漢州的幾百名士兵譁變，打開軍營大門，企圖殺掉知州和兵馬監押，放火焚燒軍營為非作亂。有人前來報告這個消息，知州和監押都不敢出來。薛長儒勇敢地站出來，步行前往軍營，從被搗毀的營寨牆垣進入營內，用叛亂造成的吉凶福禍的後果來震撼叛亂士卒的軍心：「你們都有父母妻兒，為甚麼幹這種傻事？真想叛亂的人站在左邊，不想叛亂而被脅迫尾隨的站在右邊。」話音一落，不願參與譁變的幾百名士卒都快步跑出站立在右邊。只有叛亂的主要策劃者十三人奪門逃奔，四散到城外鄉野間，不久都被緝拿回來。當時社會公認，如果不是薛長儒，全城百姓都要生靈塗炭了！這就是運用「攻心」的心理戰術來削弱敵人士氣的計策。也有人說，兩軍對壘，要打擊強大敵人的虛弱部位，從而挫敗它即將獲得的成功。

觸龍說趙太后

公元前265年，趙惠文王去世，太子丹即位，他就是趙孝成王。

孝成王年紀幼小，又剛剛經受了國喪，趙國的西鄰秦國乘人之危，舉兵侵略趙國，接連攻下了三座城池。秦軍揮師直入，大有席捲趙國，乘勝把它吞併的氣勢。趙國朝野一片驚慌。

主持朝政的孝成王母親趙太后，接受羣臣建議，向齊國請求援兵。

使臣火速趕往齊國，返回後稟報說：「齊王要求拿長安君做人質，長安君一旦派送到了齊國，援軍立刻出發。不然的話，齊王說，他就無能為力了！」

長安君是趙太后的小兒子，惠文王死了，太后就更加心疼小兒子，好像對小兒子的憐愛寄託着對辭世不久的惠文王的眷戀和追念。趙太后聽了回話，別提心裏多不是滋味了。幼子寡母，有虎狼之心的秦國刀兵相加，而你齊王明明知道老婦我心疼小兒子，還朝我傷口上撒鹽巴。這樣想着，她眼睛濕潤了起來。

趙太后悲憤地對滿朝文武說，拿長安君做人質，這分明是難為老婦，那就讓齊王死了這份心思吧！

不過，不答應人家的條件，也就甭指望齊國的援兵。

救兵如救火，趙國的那些大臣們惶惶不可終日，可不想因為長安君這個小毛娃攪擾了他們養尊處優平平靜靜的生活。對太后這個婦道人家，他們自然也不像惠文王時代那麼君君臣臣地畏首畏尾，儘管明明知道太后的心思，還是成羣結隊三番五次地強言進諫，聲嘶力竭地要求答應齊王的條件！

趙太后扯破喉嚨大發肝火，明言告誡朝臣：「有誰膽敢再提讓長安君做人質，老婦我要吐他一臉唾沫！」

面對這麼個頑固任性的太后，那些進諫者都噤若寒蟬，躲到了旁邊，沒有誰敢自討沒趣了。

就在這個節骨眼上，左師觸龍要拜見太后。

太后明白觸龍的用意，所以她憋着一肚子火，氣哼哼地等待着觸龍。

觸龍邁着細碎的小步，一邊向着朝堂行走，一邊盤算着該如何說服聽不進諫言的趙太后，他眼前浮現出了不久前太后接見齊使的場面。

那是趙惠文王逝世的噩耗剛剛發出的時候，齊襄王派使者前來慰問。太后接見使者，她不拘常禮，連對齊王的謝意也沒有表達，就開門見山地詢問說：「齊國的年成不錯吧？老百姓的日子不錯吧？」最後，她才問到了齊王的健康狀況。

齊國使者大為不滿，他抗議說：「微臣奉命出使，拜見威后，威后不向敝國國君問好，也不拆閱國書表示謝意，卻先打聽年景收成和牛馬一般的賤民百姓，難道應當本末倒置，把低賤放在尊貴之上嗎！」

觸龍想到這裏，沉重細碎的腳步好像輕快了許多。他覺得，太后很有頭腦。你看，她回答齊王使臣的談吐多麼機警，多麼得體。

「不，尊貴的使者，您說錯了。如果沒有好的收成，哪有老百姓？如果沒有老百姓，哪有國君？過去的慣常問候，不過是些客套話罷了。先問國君，再問收成，最後才問百姓，那才是本末倒置，捨本求末呢！」趙太后的話讓齊國使臣無言以對。

一個把老百姓視作國家根本，把國家利益放在君王利益之上的太后，大敵當前，怎麼能只顧惜自己的小兒子，而不顧惜國家存亡呢！觸龍想，太后不會這樣的，太后對齊國使臣的一番談話，不就說明這些了嘛！觸龍更加堅定了說服太后的信心。

觸龍若無其事地來到太后跟前，謝罪道：「老臣腳上有點毛病，竟然不能快走幾步施禮。好久不曾拜見太后了，心裏老是唸叨着太后，所以，一直想來看望看望。」

　　既然觸龍是專程問候，太后也就不能不理，更不能把憋了許久的火發泄到這個老臣身上。

　　因為觸龍說他腿腳不好，太后也就很不情願地說：「老婦身體也不怎麼樣，行動都得靠車。」

　　「飲食還好？飯量沒有減少吧？」觸龍接着問候說。

　　「只能喝些稀粥。」太后不想多跟他囉唆。

　　「老臣近來也是胃口不好，就只好勉強自己活動活動，每天走個三四里的路程。這樣，就稍微增加了飯量，身體覺着也好了點。」觸龍絮絮叨叨，談了些老年人日常的話題，充滿了對太后的關心體貼。太后也感到了他的真摯忠厚，慢慢地減少了對觸龍前來拜見的敵對情緒，一直繃得緊緊的臉也就舒展了許多，氣色也好了些。

　　太后這些細微的變化，觸龍都看在了眼裏，但是他仍然絕口不提長安君做人質的問題，而是談起了自己疼愛小兒子的心事。

　　觸龍說：「老臣有個兒子名叫舒祺，是老小，又沒甚麼才能；老臣身體一天不如一天了，但是卻越來越憐愛這個小兒子，希望他能得到太后惠允，讓他去充當皇宮裏的衛士。太后寬恕我的冒昧！」

　　「行啊！」愛子之心，人心所同，太后答覆得非常乾脆。接着，她主動跟觸龍搭話說：「孩子多大了？」

　　「十五歲了。雖然年紀小了點，但是希望我這把老骨頭還沒填到山溝溝裏之前，把他託付給太后，好讓他日後有個立身的地方。」

　　觸龍對孩子前途命運的關切溢於言表，同樣愛子心切的太后感同身受，她懷着對孩子心疼的兒女情長，無奈而又不解地問觸龍說：「男子漢大丈夫也憐愛心疼小兒子？」太后問話的口氣，像跟老朋友談起了心事一樣。

　　「比婦道人家疼愛得厲害！」觸龍故意垂頭喪氣，似乎更為無奈。

　　「不！孩子是娘身上的連心肉，女人疼愛得更厲害！」太后爭執道。

男人和女人究竟誰更愛孩子，不是問題關鍵，關鍵是甚麼是愛和怎樣愛。觸龍想，我要化解太后愛子心切，釜底抽薪，讓她走出偏執，喚回她國家利益至上的固有觀念；讓她把孩子的命運與國家的命運聯繫起來，才是為兒女作出的長遠打算。不過，觸龍不明說道理。他拐了彎，說太后愛長安君沒愛女兒燕后那麼深切。

「雖然太后認為婦人更愛小兒子，但是臣以為，太后愛女兒燕后勝過了愛長安君。」觸龍說。

太后終於中了觸龍這位老臣的計謀，她陷入了觸龍設置的談話陷阱，老老實實地說：「你錯了！我愛燕后比愛長安君差得遠啦！」

「父母愛兒女，就要為他們作長遠的打算。太后送燕后出嫁，燕后上了車，您抓住她的腳後跟，哭得淚如雨下，想到女兒要遠嫁異國，心裏是沒法說的痛楚。女兒出門後，您也不是不思念她，可是每逢祭祀上天，您總祈禱許願，希望女兒燕后不要因為遭遇不幸被送回父母之邦。為甚麼這樣？不就是為燕后作長久打算，您希望她的子孫世世相繼，代代為燕國的君王嗎？」

「確實是這樣！」太后不住地點頭。

「可是，從現在往上推算，三世以前曾為王侯的趙王子孫，有沒有現如今還繼續為侯的？」

「沒有。」

「不單單趙國，推而廣之，諸侯各國的王侯子孫，他們的後裔有沒有繼續為侯的？」

「老婦還真是沒有聽到過。」

觸龍的接連反問啟發，終於使太后認識到了為子女作長遠打算的真正意義。他順水推舟，點破了王侯子孫不能繼承父祖基業的根由，那就是王侯們不為子孫作長久打算，一味溺愛子孫，子孫身居高位而對國家沒有甚麼貢獻，享受着豐厚的俸祿卻全都是不勞而獲的，這樣的地位哪裏能保持長久呢！

無情的歷史教訓和嚴酷的現實，擺在了太后面前。

最後觸龍直言不諱地指明了太后的過失：「現在，您把長安君放在尊貴的位置上，封給了他肥沃的土地，賜予了無數珍寶，卻不讓他在年輕有為的時候為國家建功立業。這樣下去，一旦太后您山陵崩塌，長安君憑甚麼託身趙國？又憑甚麼空享高位呢？所以，老臣認為太后對長安君前程的考慮目光短淺啊，對他的疼愛自然也就比不上燕后了！」

「是啊！那就任憑你指派長安君吧！」太后長吁一口氣，如釋重負地說。

太后採納觸龍的諫言，為長安君準備了車馬，讓他到齊國做人質去了。

齊王隆重歡迎長安君的到來，並且立即給趙國派出了救援部隊。

第二十計　**混水摸魚**

|閱讀指津|

有經驗的漁夫不下河攪水，他看人家攪水。攪水的人身在水中，不易通觀河面，即使有大魚出現，因為體力消耗，往往喪失捕撈機會。這提醒兵家，愈是混亂，愈應冷靜。亂中取靜，靜中觀變，伺機張網。

原文

乘其陰亂，利其弱而無主。隨，以向晦入宴息。

按：動盪之際，數力衝撞，弱者依違無主，敵蔽而不察，我隨而取之。《六韜》曰：「三軍數驚，士卒不齊，相恐以敵強，相語以不利，耳目相屬，妖言不止，眾口相惑，不畏法令，不重其將，此弱徵也。」是魚，混戰之際，擇此而取之。如劉備之得荊州、取西川，皆此計也。

|譯文|

趁敵人內部混亂的時機，在它力量虛弱並且又沒有推出公認的首領的情況下，使它歸順我方，就像《周易‧隨卦》所謂時近傍晚人們要準備睡覺休息一樣。

按語：局勢不穩定的時候，多種勢力你爭我鬥，弱小的依附哪派勢力反對哪股勢力無所適從，敵人被這種混亂局面迷惑不能作出正確判斷，我方要就勢把它爭取過來。《六韜》說：「全軍上下多次被驚擾，軍心混亂陣容不整，傳說些敵強我弱的泄氣話來互相恐嚇，拿自己的劣勢作為談資互相泄氣，交頭接耳，蠱惑人心的流言四處傳播，此起彼伏，眾口同聲，軍法喪失尊嚴，士兵不懼怕法令，將帥失去威望，得不到士兵尊重。這些都是虛弱的徵兆。」這樣的敵人就是混水裏的「魚」，要乘混亂之時，選定目標把它爭取過來。例如：劉備輕而易舉地奪取荊州和拿下西川，都是用這個計策。

田單破燕復齊

周赧王三十一年（公元前 284 年），燕昭王為了報殺父之仇，任命樂毅為上將軍，聯合趙國、韓國、魏國和秦國，舉全國之兵力，組成五國聯軍，討伐齊國。

齊湣王得到戰報，調集全國的部隊迎戰五國聯軍。雙方在濟水西岸擺開戰場，剛一交火，齊方就潰不成軍，敗下陣來。

樂毅見齊軍不堪一擊，作出了新的作戰部署，請秦韓二國的軍隊返回本國；讓魏國軍隊就近攻佔齊國侵略的宋國土地；派趙國的軍隊收復與他們國家接壤的齊國北部的河間地區；自己率領本國軍隊乘勝追擊齊軍，長驅直入齊國腹地。

將軍劇辛建議樂毅說：「齊國強大，燕國弱小。我軍之所以獲得出師大捷，靠的是諸侯聯軍的幫助，應該利用眼下的有利時機，攻取齊國邊境地區的城池，壯大我軍的力量，鞏固戰果，這才是長久之計。現在，不掃清齊國的邊城，為了個深入敵國的虛名孤軍深入，對於齊國說來，沒甚麼損傷；對於我們燕國，則不僅沒有收獲，反而跟齊人結下了更深的怨仇。日後將後悔莫及啊！」

樂毅分析敵情說：「齊湣王狂妄自大，獨斷專行，遠賢臣近小人，百姓怨憤，眾叛親離。外患內亂交加，這是上天施恩於燕王，不乘此天賜良機消滅齊國，等到齊王悔過自新，撫恤百姓，齊國就會人心凝聚共禦外侮。那時，再對齊國用兵，不是徒勞無益了嗎！」

將帥統一了思想，燕軍勢如破竹，齊軍望風披靡。齊湣王見大勢已去，帶着幾個幸臣混進落荒而逃的亂軍中，不久被殺死在莒城。

燕軍一舉攻佔了齊國七十多座城池，只剩下莒城和即墨兩城尚未攻陷。

樂毅指揮軍隊鐵桶似的把這兩座城池重重包圍起來，即墨守將率軍出城，在跟燕軍的殊死拼搏中戰敗陣亡。

即墨城裏，老百姓缺柴短糧，軍隊的給養也眼見得朝不保夕，更要命的是，軍隊無將軍，百姓無頭領，一盤散沙怎能對抗士氣旺盛的燕軍！

當此生死存亡關頭，父老們一致推舉田單為將軍。

田單是齊國都城臨淄的一個基層小官。臨淄失陷時，他和族人隨同逃難的人馬來到了即墨。當時出逃的車馬潮水般向城外湧去，道路堵塞，車輛相撞，軸斷輪飛，人仰馬翻的情景隨處可見。田單把自家馬車車軸突出的部分截去，再用鐵皮包上軸頭，就避免了車馬爭道車軸相撞的問題。田單和他的族人以及仿效他鋸斷車軸的人家都順利地脫離了險境，而好些人因為堵車翻車沒來得及逃脫，成了燕軍的俘虜。

即墨城裏爭相傳說他智勇雙全熟悉兵法，所以安平一戰，他整個家族毫髮無損地脫險而出。

田單一向心懷大志愛鄉愛國，父老們的擁戴更讓他堅定了報效國家的信念。大義當前，他擔當起了率眾抗敵的重任。

田單上任伊始，先把家人族人編進軍隊，同城中軍民一起練兵，共同修築工事，他自己也身先士卒，與大家甘苦與共。即墨父老有了田單統領，同心協力誓死堅守，結果燕將樂毅圍城經年，也沒能攻下即墨。

樂毅知道，田單拒不出戰，燕軍就很難拿下即墨，所以他命令部眾向後撤退，在距城九里的地方高築壁壘，困而不打，實行善待齊人的懷柔戰術。

不久後，燕昭王死了，他的兒子惠王即位。惠王還是太子的時候，就跟樂毅不太和睦。

田單聽到這個消息，馬上派情報人員打扮成百姓模樣，混進燕軍駐地，散佈離間燕國君臣的言論：「齊王早就死了，燕軍沒能攻破的

城池只剩了兩座，樂毅害怕拿下齊國回去惠王得殺了他，所以圍而不攻，想跟齊軍聯手南面稱王，只是齊人還沒有完全歸服，故意推延時間等待時機罷了。」他們還散佈謠言說：「齊國現在最擔心的是，燕王撤換樂毅，要是派來個新將領，即墨城頃刻間就完蛋了！」

燕惠王得到田單的反間計信以為真，立刻派遣他的心腹騎劫接替了樂毅。樂毅覺得丟官去職凶多吉少，不敢回國，悄悄地跑到趙國去了。

田單的反間計搞得燕軍人心渙散，使得燕國君臣之間，前方與後方之間情緒抵觸，徹底攪亂了局面。

為了混水摸魚，田單又編造了一套上天幫助齊國消滅燕國的故事。田單揚言：「天神下凡來教導我了。」他命令城裏人每頓飯前必須在庭院裏撒些食物祭祀先祖，所以一日三餐遮天蔽日的飛鳥雲集即墨城覓食。這些飛鳥，就是田單所謂的受天神差遣的使者。

燕軍將士也非常迷信鬼神，望着天空飛來飛去的鳥兒，他們終於幡然醒悟，圍城數年攻佔不果，原因是人家有天神相助。

為了進一步激發即墨城裏居民的義憤，田單又放口風說：「田單最怕燕軍割掉齊國俘虜的鼻子，然後把他們放在前列作戰，齊軍見了這種情形就會嚇得魂飛魄散，即墨城也就不攻自破了！」

騎劫正挖空心思地琢磨不戰而屈人之兵的點子，得了這個傳言，果然這麼做了。

城裏人看到自己的子弟被燕軍如此殘忍地對待，人人怒不可遏，惟恐城陷後自己也會落得這般下場。

田單又派人到燕軍營中獻上了掘墳墓，曝屍焚骨，污辱齊人祖宗的餿主意。騎劫又如計而行。

即墨人看到祖墳不保，個個義憤填膺，紛紛表示就是豁出性命也要報羞辱祖宗的仇恨：「不報仇雪恥，我們這些不肖子孫還有甚麼臉面去地下見祖宗！」

　　兵法說：「抗兵相加，哀者勝。」即墨守軍滿懷悲憤，田單認為，出城反攻的時機到了。他披上盔甲，像普通士卒一樣背上版築、鐵鍬等修築營壘戰壕的工具，投入戰前準備工作。

　　與此同時，他派出使者拜見騎劫，說城裏糧草已盡，兵器斷絕，再也不能支撐下去了，請求上國接受投降。騎劫一聽喜上眉梢，他的將士狂喜得高呼萬歲。

　　為了進一步驕縱燕軍將領，田單搜羅了民間金銀財寶，讓城裏的富豪獻給將領，請求說：「投降後不要搶掠我們的家產和妻妾。」接受賄賂的燕將異口同聲地答應，更加鬆懈戒備。

　　相反，騎劫對田單的軍事動機一無所知，對部隊的軍心也不怎麼了解，對田單攪混了的戰爭局勢更沒有一丁點的察覺。

　　田單混水摸魚的一系列作戰計劃，終於舉綱張網了。

　　田單下令集結來了城裏僅有的一千多頭牛，給牠們披上專門趕製的大紅色衣裝，上面張牙舞爪的龍騰圖案五色斑斕，牛角上綁上鋒利的匕首，再把灌滿了油脂的蘆葦稈繫到牛尾巴上；又讓精挑出的五千名勇士穿上畫着猛獸鬼怪的衣服，塗上五花臉，並且操着怪模怪樣的兵器，讓他們根據部署依計行事。

　　夜半時分，田單一聲令下，將士們把牛趕進事先掏挖的城牆窟窿裏，「轟隆」一聲，十幾個大窟窿同時掘開，一千多頭拖着熊熊燃燒火把的怪獸暴跳如雷，瘋狂地奔進燕軍營寨，頃刻間燕軍營帳變成了一片火海。

　　牛角所向，燕軍非死即傷，僥倖活命的要麼抱頭鼠竄，要麼龜縮一團。五千名勇士口銜木棍不聲不響隨火牛殺入敵陣，他們身後的城牆上男女老少使勁地敲打着鐵鍋銅盆，吶喊助威。

　　騎劫正做着接受田單投降的美夢，鬼哭狼嚎的慘叫把他驚醒了，矇矓睡眼一睜，立刻目瞪口呆六神無主，還沒等醒過神來，一片混亂中給結果了性命。

燕軍面對着從來不曾見過的火牛陣和妖怪一樣的士卒，真以為是天兵下凡。他們哭爹叫娘，惟恐躲避不及，人馬相踐踏而死的，牛角牴死的，大火燒死的，箭射刀劈死的……戰場上燕軍屍體橫七豎八，滿目是四處拋散的輜重細軟。

田單乘勝追擊，所過城池無不倒戈降齊，一舉收復了被燕、趙、秦、韓、魏五國聯軍攻佔的七十餘座城池，光復了齊國。

隨後，田單親赴莒城，把齊襄王迎回了國都臨淄。

田單在齊國大廈將傾的危亡關頭，挺身而出，以其非凡的智慧瓦解了燕國的君臣關係，打亂了燕軍的戰略部署，利用並激化敵人的內部矛盾，一步步削弱敵人，壯大自己，譜寫了中國戰爭史上一曲以弱勝強的壯麗凱歌。

第二十一計　金蟬脫殼

閱讀指津

　　金蟬脫殼，關鍵在一個「脫」字。「脫」的要訣是不露聲色，不着痕跡，也就是本計解語所說的「存其形，完其勢」；「脫」的效果要達到「友不疑，敵不動」；「脫」的目的，是擺脫敵人，扭轉被動挨打受人牽制的局面，開拓更為廣闊的用武之地。在日常生活中，遇到了一些非原則性的問題，或者有些一時難以理清的棘手事情，不妨借鑒金蟬脫殼的思路，表面上應付着，實際上可以騰出身心從事更有意義的工作，避免曠日持久的無謂糾纏。

原文

　　存其形，完其勢，友不疑，敵不動。巽而止蠱。

　　按：共友擊敵，坐觀其勢。倘另有一敵，則須去而存勢。則金蟬脫殼者，非徒走也，蓋為分身之法也。故大軍轉動，而旌旗金鼓，儼然原陣，使敵不敢動，友不生疑。待已摧他敵而返，而友敵始知，或猶且不知。然而金蟬脫殼者，在對敵之際，而抽精銳以襲別陣也。如諸葛亮病卒於軍，司馬懿追焉，姜維令儀反旗鳴鼓，若向懿者。懿退，於是儀結營而去。檀道濟被圍，乃命軍士悉甲，身白服，乘輿徐出外圍。魏懼有伏，不敢逼，乃歸。

譯文

　　保存陣地的本來面目，完好地維持住原來的氣勢，讓友軍不生疑惑，使敵人不敢來犯。這就是由《周易·蠱卦》引申出的，採取隱蔽的方式轉移，避開強敵免遭損傷的計策。

按語：與友軍聯合討伐敵人，應當冷靜沉着地觀察各方面的形勢。如果又出現了另一股敵人，就必須暗中抽出力量應對新情況，而表面上仍是原先的陣勢。那麼，金蟬脫殼的計策並不只是一走了之，而是從原來參戰的部隊裏分離出一部分力量另有圖謀的戰術。所以，我方大部隊轉移了，陣地上卻軍旗飄揚、鑼鼓聲喧，和原先的陣勢沒甚麼兩樣。這就能教敵人不敢輕舉妄動，友軍也不生懷疑之心。等到我軍已經把另一股敵人消滅凱旋而歸，友軍和敵軍才得知了音信，甚至還不明就裏。這樣說來，金蟬脫殼之計就是在兩軍對壘的相持情況下，抽調出精銳兵力去襲擊另外的敵人。例如：諸葛亮病逝於五丈原軍營，司馬懿追擊護靈撤退的蜀軍。姜維根據諸葛亮生前部署，命令楊儀掉轉軍旗，軍隊朝着追敵鳴金擊鼓，彷彿進攻矛頭直指司馬懿。活司馬被死諸葛嚇得收兵退卻，這時楊儀罷陣離去。南朝時宋國將領檀道濟被北魏敵軍圍困，卻命令全軍士卒全都穿上鎧甲，自己着一身白衣服，坐着車子緩緩地走出了敵軍的包圍圈。北魏軍隊害怕他設下了伏兵，不敢逼近，檀道濟就安然地返回了。

死諸葛誑走活仲達

北伐曹魏，統一中國，這是諸葛亮在隆中為劉備分析天下形勢，提出的復興漢室的方略。

建興十二年（公元 234 年）二月，諸葛亮率領十萬大軍，用新設計製作的「流馬」拖運着糧草軍需，穿過斜谷，開始了第五次、也是他生前最後一次北伐戰爭。

三年前的第四次北伐，諸葛亮率領大軍攻入魏境，用一種叫做「木牛」的獨輪車運輸軍需物資，與魏軍統帥司馬懿相持了一個多月，因供給不能及時跟上，不得不以撤軍告退。

養精蓄銳，三年備戰，行前又與吳國相約同時大舉出兵，東西兩路夾擊曹魏，諸葛亮對這次戰役抱有很大的期望。

十萬人馬一路翻山越嶺，披荊斬棘，經過兩個月的跋涉，抵達眉縣。

司馬懿（字仲達）率軍渡過渭水，背靠渭水築起營壘，抵禦諸葛亮。

司馬懿韜光養晦，可稱為中國戰爭史上傑出的戰爭應用心理學家。他根據蜀漢軍隊有備而來、諸葛亮善於統兵指揮若定的具體情況，以及自己的部眾難免畏懼的心理動向，故意對將領說：「諸葛亮如果從武功出兵，依山險而東進，實在是令人擔憂；但是，倘若引軍西行駐紮在五丈原，諸位就沒甚麼可操心的了！」司馬懿的預料簡直是出神入化，不過他有意歪打正着，好緩解將士們的緊張。

諸葛亮果真屯兵五丈原。

天下大亂，時局震蕩，正是武士效力英雄較智的時節。諸葛亮，盛傳有逸羣之才，英霸之氣，而司馬懿及其部將也絕非一班平庸之輩。

雍州刺史郭淮觀察兩軍對壘形勢，指出諸葛亮肯定會進軍爭奪北原，他建議司馬懿派遣部分兵力先往據守。不少人議論紛紛，認為未必就是這樣。

諸葛亮借鑒前幾次北伐的經驗教訓，糧草等軍需供應不繼是半途而廢的關鍵所在，所以他號召部分兵力屯田，開展農業生產，作好打持久戰的準備。

六月，魏明帝增派部隊兩萬人援助前線，命令司馬懿說：「只要加固防線，扼守抵抗，不跟敵軍交鋒，就能挫傷他們的銳氣。諸葛亮進攻無所取，後退不得戰，拖延時日，相持久了糧草耗盡，他無非老路一條：撤軍。到那時，我軍急起直追，這就是大獲全勝的上策。」

曹魏君臣不謀而合。

司馬懿很清楚，諸葛亮整軍備戰三年，這一番出征必有一套周密的部署。但是蜀軍孤軍深入，將士遠道而來，雖然，諸葛亮發明了號稱「流馬」的四輪車，但蜀道險阻，運輸軍需畢竟不是容易的事。魏軍只要據壘堅守，不與爭鋒，以逸待勞，必能獲勝。

八月，秋天來了。

轉眼間，蜀魏對壘已經一百多天。

諸葛亮深知自己的處境：僵持不下，就會重蹈歷次北伐的覆轍！

諸葛亮命令部將百般挑戰，迫不及待地要跟司馬懿見個分曉。

司馬懿任他百般挑鬥，老主意一個：我自堅壁據守。

終於有一天，司馬懿收到了諸葛亮派人送來的一套女人衣服，梳篦頭釵，胭脂口紅，樣樣俱全。

司馬懿見到了禁不住惱羞成怒，恨不得立即出兵，把蜀軍踏做肉泥！然而，他如何不清楚諸葛亮的用意！司馬懿召來帳下將領，把這些女人衣物往地上一摔，氣急敗壞地說：「蜀賊諸葛，竟然這等辱沒於我！我本想即刻出擊，踏平蜀軍，但君王命令在此，不便妄作主張。現在我要立即上奏皇上，請求發兵出擊，活捉諸葛亮！」

魏明帝會意地下了一道批覆，不准出戰。並且派遣辛毗持皇帝符節，擔任軍師，節制司馬懿的軍事行動。

蜀軍護軍姜維對諸葛亮說：「辛毗持節而來，賊軍不會出擊會戰了。」

這是諸葛亮意料中的：「司馬懿本來就無心作戰，之所以做個出擊請求，不過是讓部屬知道他敢於用武舉兵罷了。將在外，君命有所不受，如果他有把握一戰告捷，哪還要千里迢迢請戰！」

為探知敵軍實情，諸葛亮派遣使節前往魏軍。司馬懿接見了來使，他像諸葛亮一樣也想趁機了解一下對方的虛實。

司馬懿詳細詢問了諸葛亮飲食起居等日常生活情況，惟獨不提軍事。

「諸葛公早起晚睡，事必躬親。責罰過二十杖以上的事情無所不問；往來公文，都親自批閱，但是一天吃不過幾兩東西。」使者回答說。

聽了這番話，司馬懿心中寬鬆了，他對部將們說：「孔明先生進餐少而事務繁，我看大限快到了！」

　　先主託孤，蜀漢事無巨細諸葛亮都是親自處理；五次北伐，又讓他積勞成疾。這時，相約呼應北征的孫吳出師不利，已經退回江南。諸葛亮憂心忡忡。他感到了自己力不能支，不久便一病不起了。

　　後主劉禪派尚書僕射李福前來探望問候，並諮詢國家大事。談話後，李福告別離去。幾天後，李福又返回到諸葛亮營帳的病榻旁。

　　諸葛亮說：「我知道您得回來。前幾天，雖然傾談竟日，但意猶未盡啊！有些話還沒有交代。您所要問的，我看蔣琬是合適人選。」

　　李福抱歉地答謝：「幾天前，確實有失詢問，您百年之後，誰能擔當大任呢？現在返回來，就是想請教這些。」

　　臨終的諸葛亮為國事操勞惟恐不周，李福還沒開口，他已經心知其意，並且主動告訴了他。

　　「那麼，蔣琬之後，誰堪重任呢？」李福又問道。

　　「費禕。」

　　李福再問之後的繼任者時，諸葛亮瞻念蜀漢前程，心中悵然心焦。彌留之際的他，已經再也沒有力氣吐露心聲了！

　　鞠躬盡瘁，死而後已。當月，五十四歲的諸葛亮病逝於五丈原軍中。

　　部將楊儀根據諸葛亮生前部署，率軍撤退。司馬懿揮師緊追。姜維命令楊儀調轉軍隊，戰旗獵獵，朝着魏軍追兵一字佈開，戰鼓咚咚，擺出了進攻決戰的架勢。

　　司馬懿一看蜀軍佈下的陣勢，心想，這肯定是諸葛亮的又一計謀。老百姓告訴我他死了，莫非這是諸葛亮以死相誆的詭計？

　　司馬懿連忙收兵退卻。楊儀罷陣離開。

　　這之後，民間盛傳開了一句諺語：「死諸葛誆走活仲達。」

　　當初，司馬懿聽了民諺，頹喪無奈地自我解嘲說：「我能預料到活諸葛的行為節度，卻不能預知死後諸葛亮的偉略奇謀！慚愧，慚愧吶！」

司馬懿巡視了諸葛亮的營壘佈局，由衷地感佩自己的這位對手說：「天下奇才，天下奇才啊！」

等司馬懿覺醒過來，回頭領兵急追，蜀軍早已沒了蹤影。

諸葛亮生前曾上奏後主劉禪：「成都有桑樹八百棵，瘠薄的田地十五頃，足夠孩子們的衣食用度了。至於臣赴任在外，並不曾私自經營積蓄，身上穿的，口中吃的，全都依賴國家。如果臣一旦死去，家中不會有多餘的衣物布帛，外面也不會有因公獲利的產業財貨。」

諸葛亮清廉如此！

諸葛亮晚年得子，名諸葛瞻。父親去世時，年僅八歲。

景耀六年（公元263年），曹魏征西將軍鄧艾自陰平出征，討伐蜀漢。鄧艾行軍七百里，在崇山峻嶺間，遇山險鑿石開道，逢溪谷斬木搭橋，篳路藍縷，糧草眼看不支，瀕臨於絕境。鄧艾置生死於不顧，在險象環生的行軍途中，用毛氈裹上自己的身體，由峯頂順勢滾落而下，將士們得其感召，攀緣着山崖上的樹木藤蔓，前扯後拉，魚貫而行。鄧艾部眾到了江油，蜀漢守將大吃一驚，認為鄧艾是天兵降臨，不戰而降。

諸葛瞻統帥所屬部將抵禦鄧艾，到達涪城，駐紮下來。有人向他建議，應該離開涪城，快速前行據險而守，扼住敵軍進犯我平原的咽喉。但是他猶豫不決。進諫再三，勸諫人痛哭流涕，諸葛瞻竟然不能從善而行。

鄧艾長驅直入，蜀漢前鋒一擊即潰。

諸葛瞻退守綿竹。

鄧艾發信誘降諸葛瞻：「倘若投降，一定上表請封您為瑯琊王。」

瑯琊是諸葛亮的故里。諸葛瞻讀罷來信，深深愧疚自己的無能，竟至辱沒了父祖的尊嚴，一怒之下，憤然斬了來使。

諸葛瞻列陣等待鄧艾，要同他一拼死活。

鄧艾派兒子鄧忠等兵分左右包抄諸葛瞻。

　　兩軍交戰，殺得屍橫遍野，天昏地暗。

　　鄧忠等吃了敗仗，撤軍返營，報告說：「蜀賊是不能打破的！」

　　鄧艾火冒三丈：「生死存亡，在此一舉，怎麼允許有不能戰勝之說！」厲聲呵斥鄧忠等二將，並且要立即斬首示眾，以正軍法。

　　鄧忠等二將趕忙飛赴前線，再一次跟諸葛瞻交戰。魏軍冒死肉搏。諸葛瞻誓死抵抗，終因眾寡懸殊，孤軍奮戰，兵敗身亡。

　　諸葛瞻的兒子諸葛尚，時年十歲，聽到父親陣亡的消息，悲痛萬分，長嘯一聲，縱馬揮劍馳入魏軍陣中，慷慨赴死。

　　鄧艾乘勝進軍，到達距成都八十里的雒地。後主劉禪召來羣臣合議對策。或降或戰，猶豫不決，劉禪最後依光祿大夫譙周之議，投降鄧艾。

　　劉禪投降後，隨即命令與鍾會交戰的姜維束手降敵。姜維的部眾義憤填膺，紛紛拔出刀劍，無奈地向山巖頑石砍去！

　　蜀漢在姜維將士拔劍擊石的金石之聲中，壽終正寢了。

第二十二計　**關門捉賊**

| 閱讀指津 | ·····················

　　關門捉賊，所面對的來犯者可能是精悍勇武、機動詭詐、神出鬼沒的小股敵人，但具有很大破壞性和戰略主動性。僅就膽敢入室做賊而言，就足見其自信有加。所以，關門捉賊要分析賊的來歷和屬性，就是說是小股遊勇打家劫舍的，還是敵人大部隊驅遣出來刺探兵情騷擾疲憊我方的精銳前鋒。根據對來敵的分析判斷，要集中兵力不失時機地一網打盡。因為無論甚麼性質的賊兵，共同屬性就是詭祕難測、破壞殺傷力強大，一旦脫逃，就會造成很大的隱患。

原文

　　小敵困之。剝，不利有攸往。

　　按：捉賊而必關門，非恐其逸也，恐其逸而為他人所得也。且逸者不可復追，恐其誘也。賊者，奇兵也，遊兵也，所以勞我者也。《吳子》曰：「今使一死賊，伏於曠野，千人追之，莫不梟視狼顧。何者？恐其暴起而害己也。是以一人投命，足懼千夫。」追賊者，賊有脫逃之機，勢必死鬥；若斷其去路，則成擒也。故小敵必困之，不能，則放之可也。

| 譯文 | ·····················

　　對於詭詐弱小的敵人，要包圍起來殲滅掉。一旦逃脫了，再窮追遠趕就大為不利了。

　　按語：捉拿入室的竊賊，必須關起門來，不僅因為擔心逃脫漏網，而且還怕跑掉了給別人捉去被人利用。況且逃跑的賊兵是不能追逐的，恐怕中了誘敵深入的詭計。這裏所謂的賊兵，指的是那種戰術狡詐神出鬼沒的

小股敵人，依靠自己的優勢騷擾疲憊我軍。《吳子》說：「假如讓一個亡命之徒躲藏在曠野裏，就是驅趕千人追殺，追兵也沒有一個人不思前顧後東張西望的。原因何在呢？害怕那個亡命之徒突然躥出傷害自己啊！所以，一個人豁出命來以死相搏，足以讓千人心驚膽寒。」追趕敵賊，只要有一線逃脫的活路，情勢所迫肯定要殊死搏鬥。如果切斷了退路，就成了甕中之鱉束手就擒了。所以，弱小的敵人一定要包圍殲滅，如果不能這樣，那暫且放它逃脫吧。

長平之戰

事例　秦昭王四十五年（公元前262年），秦國出兵攻打韓國的野王地區。野王城很快失陷了，韓國國都鄭和上黨地區的道路因此中斷。

鎮守上黨的將軍馮亭與部下謀劃對策，他說：「上黨交通斷絕，危在旦夕，與其坐等秦軍宰割，不如舉上黨之地歸降趙國。趙國如果接受了，秦國肯定痛恨趙國，必然舉兵攻趙。趙國遭遇了秦國侵略，勢必主動跟我們韓國聯合，韓趙共同抗秦，就可望挫敗秦軍。」

上黨軍民都很贊同，馮亭就派人赴趙聯絡。使者拜見趙孝成王說：「秦軍討伐我國，上黨眼看不保。可上黨軍民一致表示歸順趙國，寧死也不投降秦國。」他拿出了上黨地區的地圖，指指畫畫地接着說：「請看，上黨下轄十七座城池，每座城裏都有無數的金銀財寶。」

不費吹灰之力，就擴大了十七座城池版圖，趙孝成王心想，何樂而不為呢！他連忙招來平陽君趙豹和平原君趙勝商議，打算接受馮亭獻城。

「臣下愚見，以不接受為好。接受城池十七座，將惹來數倍於所得的禍患。」平陽君眉頭擰成一把，搖着頭建議。

平原君不同意這個看法：「不費吹灰之力，到手一郡之地，有甚麼不好？」

趙孝成王拍板定案，並且封馮亭為華陽君。

秦昭王四十七年（公元前 260 年），秦將王齕攻佔了上黨地區，老百姓紛紛逃亡去了趙國。

趙孝成王為了安撫上黨難民，派軍隊駐紮上黨郡長平（今山西高平北）。王齕奉命攻打趙國，揮師向長平推進。

趙王派廉頗率二十萬大軍赴長平迎戰。秦軍士氣旺盛，趙軍長途跋涉遠道而來，廉頗知道他不能跟以逸待勞的王齕正面交鋒，他命令將領們各率所部修築工事，堅守陣地，作持久防禦的準備。

兩軍各守陣地，對壘相向。一次，趙軍乘隙襲擊秦軍，結果一名副將陣亡。兩個月後，趙軍又有兩個營壘被攻陷，秦軍俘獲了四個都尉。

趙軍進一步加固堡壘，全力防守。秦軍又發起了新一輪進攻，攻破了趙軍的防線，俘虜了兩名軍官，奪取了趙軍的西邊壁壘。

趙軍接連受創，廉頗重新申明持久防禦，堅壁不出的戰術。無論秦軍如何挑戰，趙軍只是固守工事，不給敵人交火的機會。

前線損兵折將，廉頗懼戰畏敵，謠言很快傳到了趙孝成王那裏。趙王十分惱火，接連派使臣訓斥廉頗。

兩軍久持不決，對秦軍十分不利，糧草供給因為山高水遠困難重重，將士們長期在外也漸漸產生了厭戰情緒。

為了儘快擺脫僵持不下的局面，秦相范雎決定利用趙王對前線戰事的不滿行使反間計。

范雎派遣一位門客，攜千金重禮前往趙國都城邯鄲，賄賂趙孝成王的近侍寵臣，並且乘機在他們中間散佈流言說：「秦軍最懼怕的是趙國大將趙奢的兒子趙括。趙括精通兵法，他要是到長平前線做了將軍，秦軍是聞風喪膽啊！廉頗老了，不中用了，好對付得很，聽說他就要投降秦國了。」

趙王聽了這些流言飛語，不僅對廉頗大為不滿，而且也不像以前那樣信任他了，當即決定派趙括赴前線替代廉頗。

正患重病的藺相如強撐着身體進宮勸諫：「趙括只是讀了幾本他父親的兵書，就口若懸河地到處炫耀。他是紙上談兵，根本不懂得知己知彼，因時因勢，靈活用兵的機變玄要。派他去長平前線，要耽誤國家大事的！」

趙孝成王一意孤行，堅持任用趙括。

趙括從小就學習兵法，自認為有非凡的軍事才能。父親趙奢生前曾跟他說起過行軍佈陣鬥智逞謀的軍事問題，趙括眉飛色舞，侃侃而談，好像他父親也難不住他，可是趙奢卻不認為他兒子有甚麼軍事才能。趙括的母親疼愛孩子，嫌自己的丈夫不說兒子的好話，常常嗔怪丈夫。趙奢說：「打仗，是陷人於死地的大事，我們兒子卻視作兒戲，說得那麼輕鬆容易。將來，趙國不用兒子帶兵倒也罷了，要是他做了將軍，讓軍隊慘敗家破國亡的就必定是趙括！」

趙括的母親聽說兒子要到長平前線擔任將軍，丈夫生前的話轟的一聲回響到了耳畔。她勸阻兒子，可一貫自視甚高的趙括怎麼也聽不進母親的告誡。老太太一氣之下拄着拐杖闖宮進諫。

她對趙王說：「大王，不能讓我兒子擔當將軍的大任啊！」

趙王疑惑不解。

趙括母親情緒激動地說：「當初，我嫁給他的父親趙奢時，身為將軍的丈夫把俸祿都用在了供養師事有才有德的人，幾十位德隆才高的人團結在他身邊；大王及其王室的賞賜，他全都散發給部下將士；領受了軍令就把整個身心撲上去，從來不考慮家庭私事。而犬子才做了將軍，就目空一切，部下將士都得低眉順耳，連正眼看他一眼都不敢；賞賜的金銀幣帛全部帶回家裏收藏起來，天天盯着有沒有合適的田產住宅能買到自己手下。大王您看，犬子怎能跟他父親相提並論呢？老子兒子志趣不同，他不堪國家重任啊！」

趙孝成王覺得老太太說的是個理，可是國難當頭，廉頗那老朽既不中用又不可靠。不用趙括，軍中無人呢！

趙老太太知道她的忠告不可能被採納，就對趙王說：「大王一定要任用犬子，如果日後他辜負了國家的期望，請不要株連我和趙氏家族。」趙王答應了這個請求。

范雎的反間計大獲成功，秦昭王非常高興。他暗中派武安君白起到長平前線任上將軍，讓王齕擔任副將，並且詔告朝廷內外，敢有泄露這個軍事機密的，格殺勿論。

趙括率領着二十萬大軍，耀武揚威地開赴了長平前線，跟廉頗交接兵權符節後，立即廢除了原來的軍令制度，重新制定了一套新規矩，並且還更換了廉頗任用的軍中各級官吏。然後，他就匆匆忙忙地下令出擊了。

秦將白起針對趙括的一系列軍事動向，制定了一套出奇制勝的克敵方略。

好大喜功的趙括急於向世人展現軍事才能，帶了經過精心挑選的萬名精兵強將，主動出擊，挑戰秦軍。

秦軍按照白起的部署，派出幾千人馬迎戰。交戰幾個回合後，秦軍裝作無力抵抗，倉皇潰逃。

趙括自以為高明，立即命令乘勝追擊。故意丟盔棄甲的秦兵遵照命令，一步步把趙軍引入了事先佈控的包圍圈。

等趙括率軍全部進入包圍圈，白起突然加急命令，派出兩支奇兵，一路二萬五千人馬偷偷包抄到趙軍背後，截斷趙軍的糧食補給線，切斷趙軍的退路；另一路五千人馬迅速插入趙軍營壘，把趙括率領的出擊部隊和守營力量分割開來。隨後，白起又命令輕裝騎兵不斷襲擊趙軍，逐漸壓縮包圍圈。

戰局發展對趙軍大為不利，趙括不得已命令修築壁壘堅守不出，等待救援。

秦昭王得到長平前線一連串的捷報，大喜過望，親自來到距前線不遠的河內，慰問前線官兵代表，並且徵調了十五歲以上的青壯年

男丁，發往長平前線，又組織部署力量，徹底阻絕了趙軍的救援和糧草。

趙軍缺乏武器，更沒有糧草，吃光了草根啃盡了樹皮，士卒們為求活命互相殘殺，度日如年地熬過了四十六個無助的日日夜夜。

先前少壯氣盛的趙括，到了垂死掙扎之時，他把部隊分成四路，企圖突破秦軍重圍，爭得一線生存的希望。

趙括又親自挑選組織了一支敢死隊，突圍前殺了幾隻馬匹，讓隊員們飽餐一頓。

隨後，披掛上陣，向包圍圈衝去。

久困趙軍圍而不打的秦軍官兵早就想踏平趙軍營壘，班師回國。趙括四個方向的突圍，被鐵壁銅牆般的秦軍很快圍堵鎮壓了下去。

趙括的敢死隊員左衝右突，像沒頭的蒼蠅，給秦軍箭射刀劈得頃刻間就煙消雲散沒了蹤影。趙括渾身遭受了難以數計的箭支，斃命後，無數箭桿把他打扮成了一具僵死的刺蝟。

趙括斃命的消息，飛一樣傳遍了全軍上下，餓得半死的趙軍將士又氣又恨，沒有了任何反擊的力氣，在秦軍的砍殺叫罵聲中很不情願地解甲投降。

就這樣，四十多萬名趙軍將士連同趙國的前程斷送在了趙括手中。

白起活埋坑殺了四十萬趙軍俘虜，只有二百四十個年幼弱小的士卒給放回了趙國。

第二十三計　遠交近攻

| 閱讀指津 | •

　　范雎悟透了圖謀天下的大目標和分割蠶食天下化整為零，這一整體與局部之間的關係，以近攻戰果的量的積累逐步達到囊括四海的最終目的。近攻以遠敵的配合或默許為前提，吃下一個近敵擴大一塊版圖，壯大一次力量；下一個近敵就輪到了原來遠交對象中的某一個國家。如此不斷地分化瓦解敵人，始終樹近敵交遠敵，天下終於盡入秦國股掌之間了，這就是范雎的智慧。

原文

　　形禁勢格，利以近取，害以遠隔。上火下澤。

　　按：混戰之局，縱橫捭闔之中，各自取利。遠不可攻，而可以利相結；近者交之，反使變生肘腋。范雎之謀，為地理之定則，其理甚明。

| 譯文 | •

　　受地理和軍事力量等主客觀條件的限制，攻取就近地區的敵人便利，跨越近敵到距離遙遠的地方襲擊敵人就會釀造出禍殃。《周易‧睽卦》所謂「上火下澤」，指的就是敵我如水火互不相容，但是我方想聯合遠方的敵人攻打鄰近的敵人，而遠方的敵人也想聯合我方，夾擊雙方共同相鄰地區的敵人。

　　按語：羣雄爭霸的混亂形勢下，各方勢力隨機應變合縱連橫，在明爭暗鬥中謀取各自的利益。遠方的敵人不要攻擊，而應該為了共同的利益互相聯合。結交相鄰地區的敵人，卻容易使變亂發生在自己腋下的關節要害處，給自己帶來禍患。范雎為秦國制定的遠交近攻的謀略，就是根據距離遠近的地理因素確定的不變準則，它所蘊含的道理非常明確。

范雎的智慧

范雎，字叔，戰國晚期魏國人。

范雎遊說諸侯，想在魏國宮廷謀個差事，由於家道貧寒，置辦不起謁見的禮物，就先侍奉魏國大夫須賈。須賈受魏昭王派遣出使齊國，范雎隨行。齊襄王早就聽說范雎口才雄辯，是個人才，將來一定能成大氣候，這回一見，果然不凡，就想跟他套個近乎，拉點關係。齊王差人送給范雎十斤金子和一些牛肉美酒，范雎婉言辭謝不敢接受。不料這事讓須賈知道了，他非常惱怒，認為范雎泄露了魏國的機密，才得到了齊王的禮遇。他叫范雎收下了牛酒，送還金子。

須賈在齊國待了幾個月，沒能完成出使任務，就遷怒於范雎。回國後，還一頭火氣，並且把這件事報告了相國魏齊。

魏齊大動肝火，馬上喝令門人鞭打范雎。門人像一羣獵犬，瘋狂地撲向范雎，鞭起鞭落，直把他抽打得死去活來。當鞭子落到范雎身上，只是條件反射地抽搐一下時，他們才氣喘吁吁地停下手來，其中兩三個人還朝他的胸部狠狠地踢了幾腳，更有一個傢伙臨了向范雎的面部踹了兩腳。范雎肋骨被打斷，牙齒也給踹掉了好幾顆。

范雎昏迷在地上，口吐鮮血，氣息奄奄。

魏齊和他的賓客大擺酒席，觥籌交錯。當山吃海喝的宴飲者斗酒作樂，一個個酩酊大醉之時，范雎直覺得兩眼烏黑，天旋地轉地甦醒了過來，但他立刻意識到魏齊是不會放他一條活命的：「將計就計，只有採取金蟬脫殼的辦法，讓魏齊認為我真的死了，才能僥倖逃生。」這個想法在心裏只一個閃念，他微微抽動了一下，就又裝作人事不省地死死躺在了那裏。

果然，餘怒未消的魏齊吩咐門人拿蓆子把范雎捲起來，丟進廁所裏。那些醉作爛泥的賓客三三兩兩互相扶將着來廁所方便，朝着范雎連吐帶尿。

「有誰膽敢出賣國家機密，這就是他的下場！」魏齊氣急敗壞地說。

范雎在蓆筒裏偷偷地對看守人說：「您能放我出去，有朝一日，我一定重重地報答您！」看守人請求魏齊允許，把捲在蓆筒裏的死人扔出去。魏齊醉醺醺地說：「死了？死了就扔出去吧！」范雎因此從死神門口撿回了一條小命。

魏齊猛然覺得事情有點蹊蹺，火急火燎地連忙支派人去找回范雎。魏人鄭安平聞訊趕緊把范雎藏了起來。從此以後，范雎隱姓埋名，對外自稱張祿。

這時，秦昭王派王稽出使魏國。鄭安平就喬裝打扮混進侍從中，服侍王稽。王稽知道了他是魏國人，就詢問他說：「魏國有沒有雄才大略的賢士，我想邀請西遊秦國。」鄭安平順水推舟地回答說：「臣下有位鄰里張祿先生，想拜見您，談談他對天下大事的看法。但是他外面結有死仇，不敢白天出門進見。」「那就夜間帶他一起來吧！」王稽說。

當夜，鄭安平引見范雎跟王稽會晤。張祿話不多，可談吐不凡，王稽認為他是個有大智慧的人，就邀請說：「先生人才難得，如果不嫌棄，就請在大梁城西的三亭南面等候我。明天，我回國路過那裏時，先生就可以同車西行了。」

王稽告辭魏王，范雎在三亭南搭車踏上了西去秦國的漫漫長途。

馬車飛馳，進入秦境一個地名叫做湖的關口，遠遠一隊車馬飛塵揚土由西而東駛來。

范雎問道：「這隊人馬如此排場？」「秦丞相穰侯，東來巡察各縣。」王稽答道。范雎知道穰侯是秦昭王的舅父，獨攬朝政，連秦昭王也讓他三分，於是，請求說：「聽說穰侯對延攬諸侯賓客深惡痛絕。此番相遇，他至少要狠狠地羞辱羞辱我，我暫且藏在車廂裏迴避迴避吧！」

不一會兒，穰侯車馬威風凜凜迎頭擋住了王稽一行。他打了幾句慰問的官腔後，果然注意到了王稽的車廂，不過只是打量了一番，站起身子連馬車也沒下就問道：「關東各諸侯國有甚麼大的變化嗎？」「沒有。」王稽不敢多說，免得節外生枝。「謁者先生該沒有帶六國的賓客來吧？那些滿嘴裏跑舌頭的策士沒甚麼用處，只會給國家製造麻煩，蠱惑人心。」王稽唯唯諾諾地回答說：「臣下不敢。」穰侯又向王稽車子裏掃視了一眼，沒發現甚麼異常情況，隨即命令繼續前行。

穰侯車馬走遠後，范雎才敢露出頭來：「我聽說穰侯是個聰明人，不過處理事情遲鈍了些。剛才已經懷疑車中有人了，只是一時疏忽沒有搜索。」范雎請求下車抄小道步行，接着說：「現在，他肯定後悔了。」車子又行走了十幾里路，穰侯果然派人回來搜索王稽的車子，范雎金蟬脫殼，車子裏當然沒有了關東賓客。

又經過兩天顛簸，范雎總算平安抵達了秦都咸陽。

王稽向秦王報告出使情況，趁便上奏說：「魏國有位張祿先生，是天下少有的辯士，臣下有機會會晤了他。他說：『秦王的國家危如累卵，得到卑人的輔佐就能平安無事。但是卑人的治國之策是不能用文字寫下來的。』所以，臣下就趁便帶來了他。」秦昭王認為策士們遊說天下滔滔不絕，汪洋恣肆，很少有真才實學的，不過憑口舌混碗飯吃罷了，就隨便吩咐把范雎安排在客館裏住下。

范雎吃着下等賓客的飯食，整整呆了一年也沒能得到秦王的接見。

後來，秦國的丞相穰侯為了擴大自己的封地陶，準備越過韓國、魏國去攻掠封地附近齊國的剛（今山東寧陽西北）、壽（今山東東平東南）兩個地方。范雎抓住這個機會上書秦昭王，請求接見。

秦昭王在離宮接見范雎。范雎到達時，秦昭王出庭迎接，很客氣地說：「寡人早就應當聆聽你的教誨了，不巧碰上了匈奴人義渠作亂的麻煩，整天跟太后商量對策。現在事情平息了，寡人才得以承受教

導，真是抱歉！寡人私下以為自己愚鈍昏昧，所以恭敬地執守賓主的
禮節。」范雎也言辭得體地謙讓着。

　　朝臣們看着大王如此恭敬地接見一個普通賓客，人人肅然起敬，
驚訝得連臉色都改變了。

　　秦昭王讓左右近侍退下迴避，宮中除了范雎他們兩個，別無
一人。

　　秦王恭敬地說：「先生怎麼教誨寡人？」范雎只嗯嗯地答應着，
並不說甚麼話。秦王再次挺起腰來，雙膝支起上身，長跪着請求道：
「先生怎樣教誨寡人呢？」

　　范雎說：「不敢說教誨。我聽說呂尚遇見周文王時，是個在渭河
岸邊垂釣的漁父，這時兩人的交情還很疏遠。等到文王很賞識他了，
就拜他做了太師；當文王駕車將他帶回周的都城，呂尚就無所不談
了，並且言詞深刻毫無顧慮。文王之所以取得了天下，就是因為呂尚
的輔佐。如果文王疏遠呂尚而不互相深切交流，那麼周朝也就不具備
求賢的美德，周文王、周武王也就不能成就稱王天下的大業。眼下，
我不過是寄居貴國的過客，跟大王沒有深厚的交情，所要談論的卻
又是匡正天下的大事。談涉及大王骨肉之親的話題卻不了解大王的想
法，這就是大王再三詢問，我不敢作答的原因。不說，並不是因為害
怕甚麼，即使今天說了明天就遭殺身之禍，我也不想閉口不談。人總
免不了一死，我所擔憂的是，天下賢士看到我的下場，就望而卻步，
再也沒有人敢竭忠盡智地為秦國效力了。」

　　秦王感激地說：「秦國偏僻而遠離中原文明地區，寡人又愚昧缺
乏才能，幸而承蒙先生降尊紆貴來到此地，這是上天要我打擾先生，
使先王的宗廟能夠不絕祭祀，寡人的國家不致毀滅啊！寡人有幸聆聽
先生的教誨，是上天寵愛先生而不拋棄寡人。凡是先生願意說的，事
情無論大小，上至太后，下到大臣，不管牽涉甚麼人，直言不諱，不
必有任何顧慮，也無須懷疑寡人。」

范雎直起腰身，將坐姿改為長跪，雙手拱合，俯頭至手，向秦王致敬。秦王像范雎一樣回敬。

范雎說：「大王的國家四面有險要的關塞可以固守，北方有甘泉山和九嵕山西的谷口為屏障；南方涇水、渭水蜿蜒如帶；右邊是隴山、蜀郡；左邊是函谷關和商阪。精兵強將百萬之眾，戰車千乘，形勢有利就出擊克敵，不利就退還防守，這是可以成就霸業的土地啊！人民不願為私利爭鬥卻奮勇為國家赴義，這是稱王天下的君王才能擁有的人民！大王兼有地利人和，卻閉關自守十五年，不敢出擊函谷關以東的諸侯國，原因就是大王沒有臣子竭盡職守，丞相穰侯為國家謀劃不盡忠盡力，而大王的立國之策也有所缺失啊！」

秦王說：「寡人願意請教失策的地方。」

秦王雖然讓左右近侍的臣子們退下迴避，但是他們還是避在隱蔽的地方偷聽。

范雎害怕牆外有耳，不敢談涉及朝廷內部的問題，而先說涉及關東六國的事，也是為了觀察一下秦王對進諫的態度。

范雎說：「穰侯越過韓、魏兩國去攻打齊國的剛和壽兩個地方，這就是失策之計。出兵少了不能傷齊國的毫毛；出兵多了，就會給秦國本土帶來莫大的隱患。我猜想，大王是打算自己少出兵而讓韓國、魏國傾巢出動，然而這不合道義呀。如今跟鄰國的關係尚且不夠友善，卻要越過鄰國去討伐遙遠的國家，計策疏忽，考慮不周啊。歷史的經驗值得鑒戒，大王難道要重蹈齊湣王的覆轍嗎？齊湣王打敗了楚國，殺掉了楚軍將領，開拓出了千里土地，結果連一寸土地也沒到手，難道是他不想佔有土地嗎？不，他想，連做夢都想擴大地盤，但是形勢不允許啊！各諸侯國看到齊國遠征的疲憊，君臣上下又矛盾重重，就乘機興兵討伐齊國，得勝的齊國轉眼吃了敗仗。為甚麼失敗的呢？很簡單，就因為越過韓魏兩國攻打楚國。常言所說的『借武器給敵人，送糧食給盜賊』，不就是指的齊湣王伐楚這樣的教訓嗎！」

范雎用歷史的教訓說明了穰侯打算舉兵伐齊的失策，接着向秦昭王獻上了自己的計策，這是一條跟穰侯跨越鄰國襲擊遠方國家完全相反的謀略：遠交近攻。

范雎說：「大王不如結交遠方的國家，攻打近鄰的國家。這樣，攻下一寸土地，就有一寸的收獲；攻下一尺土地，就有一尺的戰果。如果反其道而行之，那將是非常荒謬的。而且歷史上不乏成功的先例：趙國一口吞下了五百里土地的中山國，功成名就，天下諸侯誰能奈何它？眼下，韓魏兩國地處中原，是聯絡天下的交通樞紐和軍事要衝；大王要想稱霸天下，就必須結交中原國家，把韓魏作為聯繫關東諸侯的中心，從而威脅楚趙兩個覬覦天下的大國。對於楚國和趙國，則應採取扶持弱小克制強大的策略：楚國強盛，就親附趙國；趙國強盛，就親附楚國。楚趙兩國都親附了，齊國就孤立起來了，它自然會覺得危機四伏。齊國要想擺脫孤立，它還不得謙恭地奉上厚禮來侍奉秦國嗎！齊國臣服了，韓魏兩國不就輕而易舉地到手了嗎！」

秦昭王聽得眼睛一亮，面前彷彿呈現出一幅響往已久的稱霸圖。他急切地端出了心中盤算多時的擴張計劃：「我很早就想聯絡魏國，可是這個國家朝令夕改，靠不住。請問先生，怎樣才能親近魏國呢？」

范雎答道：「大王先禮後兵，通過友好的外交手段結交它，行不通就割地賄賂它，還不行，那就舉兵攻打它！」

「寡人敬聽尊命！」秦昭王很讚賞范雎的主張，當即決定把遠交近攻作為強國之策，並且封范雎為客卿。從此以後，秦昭王經常向他請教國是，商討軍事謀略問題。

關於對韓國的策略，范雎進言說：「秦韓兩國地理交錯，像刺繡圖案。韓國的存在對於秦國來說，就像樹幹裏的蛀蟲，是塊心病。天下形勢穩定便也罷了，一旦天下動亂，構成秦國禍患的還有哪個比得上韓國！大王不如先收服韓國。」

「我本來就想收服韓國，可韓國不懾服啊！」秦昭王無可奈何地說。「哪裏還容得韓國自作主張。大王舉兵攻打滎陽，鞏縣和成皋就會阻斷交通而成為孤城；截斷通往太行山的道路，韓國上黨郡駐軍就不能下太行山救援。再攻打滎陽，它韓國的全境就會被截為三個部分，韓國岌岌可危，怎麼能不聽命於大王呢！韓國聽命，大王的霸業就可以考慮了。」秦昭王拍手稱好，隨即就派遣使臣出使韓國。

秦王對范雎越來越信任。幾年後范雎利用一次進言的機會對秦王說：「臣下居住在關東時，只聽說齊國有孟嘗君，沒聽說過齊王；只聽說秦國有太后、穰侯、華陽君、高陵君和涇陽君，沒聽說過有秦王。總攬國家政治，決定國家大事，掌握生殺予奪，這樣的國家首腦才可以稱之為國王。而今太后擅權不顧忌大王；穰侯行政不彙報大王；華陽君、涇陽君濫施刑罰蔑視大王；高陵君賞罰進退不請示大王。國家出了這麼四個顯貴，而能避免危機，簡直是不可能的事！臣下認為，善於治理國家的君王應該對內樹立自己的威望，對外強化自己的權力。崔杼、淖齒二人專權齊國，結果是崔杼箭射齊莊公的大腿，淖齒抽掉了齊湣王的筋；李兌獨攬趙國大權，把趙武靈王囚禁起來，活活地餓死。眼下秦國四位顯貴當權，怕是崔杼、淖齒、李兌的舊戲要重演了！如今秦國上下各級官吏都是穰侯的親信，大王您反倒成了孤家寡人，臣下我為大王惶恐不安啊！萬世以後，擁有秦國天下的，恐怕不會是大王的子孫了！」

秦昭王聽了，大為恐懼，說：「先生的話句句都切中了要害啊！提醒得好，太好了！」於是他廢掉太后，罷免了穰侯的相位，任命范雎為相，封為應侯；把穰侯、高陵君等四位顯貴驅逐出關中。穰侯離開都城前往封地陶時，用一千多輛車子和牛運載家產，經過函谷關，守將檢查他的財物，奇珍異寶比王室貯藏的還要多。

秦國奉「遠交近攻」為基本國策，秦昭王三十九年（公元前268年）派五大夫綰討伐魏國，攻陷了懷（今河南省武陟縣西南），四十一

年（公元前 266 年）又攻下了魏國邢丘（今河南温縣東）；四十三年（公元前 264 年），秦揮師攻打韓國；四十七年（公元前 260 年）秦昭王用范雎反間計，結束了秦趙在長平的三年僵持，坑殺趙降卒四十萬，獲得了長平之戰的重大勝利，趙國從此一蹶不振。就這樣，秦一個個地滅掉了山東六國，秦始皇帝二十六年（公元前 221 年）齊王田建被俘，齊國滅亡，秦終於完成了統一海內的大業。

第二十四計 假道伐虢

閱讀指津

假道伐虢，涉及三方：舉兵借路者、被借者和被討伐者。這是主動者一舉兩得、被動者兩敗俱傷或併力抗敵的策略。兵法而言，被借者和被討伐者並非坐等滅亡，應當作出明智抉擇：聯合起來共抗強敵。

原文

兩大之間，敵脅以從，我假以勢。困，有言不信。

按語：假地用兵之舉，非巧言可誑，必其勢不受一方之脅從，則將受雙方之夾擊。如此境況之際，敵必迫之以威，我則誑之以不害，利其幸存之心，速得全勢。彼將不能自陣，故不戰而滅之矣。如晉侯假道於虞以伐虢。晉滅虢，虢公醜奔京師，師還，襲虞滅之。

譯文

在敵我兩個大國之間的弱小國家，受到敵方脅迫而屈從時，我方要趁此機會出兵救援，以便滲透擴大自己的勢力。這就是由《周易·困卦》推演出來的道理：對於處在敵人脅迫下的國家，只作口頭的救援承諾，卻沒有舉兵踐行諾言的行動，就不會得到信任。

按語：借道鄰國攻打敵國，這不是花言巧語就能誑騙來的，必定是被借方不受相鄰的一個國家威逼脅迫，就要受到相鄰雙方國家的兩面夾擊。面臨這種情況的時候，敵方肯定用武力脅迫，我方就應當以不損傷利益作為哄騙；利用它希望生存的僥倖心理，迅速擴展滲透力量，控制住整個局面。這樣，它就沒能力自我守衛了，所以，無需用兵就可以消滅掉它。例如，晉侯向虞國借道討伐虢國，消滅了虢國，那位名字叫醜的虢國公逃亡到周王朝的京城洛陽去了。晉侯班師凱旋，中途順便襲擊虞國，滅掉了它。

唇亡齒寒

晉獻公是個英明能幹的君主，即位之初就採納了大夫士的建議，對眾多的公子王孫實行誅殺驅逐政策，因為他們是國家分裂的隱患。許多公子王孫逃亡去了晉的鄰國虢（在今山西省平陸縣東南），不自量力的虢國國君因此起兵攻打晉國，結果被晉軍打得丟盔棄甲，狼狽不堪。

晉獻公十年（公元前667年），晉獻公要舉兵討伐虢國，士認為時機還不夠成熟，建議說：「等虢國內部發生叛亂時，再攻打它吧！」

九年後（公元前658年），晉獻公還是嚥不下這口氣，彈丸之地的虢國居然膽敢侵犯我強大的晉國。想起這事，他就氣不打一處來。他說：「從前，我的祖先莊伯、武公平定國內叛亂時，虢國經常幫助叛亂分子。現在，他們又接納藏匿了不少晉國的公子王孫，不誅殺了這些人，說不定哪會兒他們要犯上作亂，這豈不就為子孫後代留下了無窮無盡的禍患了嗎！」為了打虢國個措手不及，他決定向虞國借路，從虞國向虢國發起突襲。

晉獻公派大夫荀息給虞國公送去了一匹寶馬。

熱衷玩樂，好佔便宜，尤其對寶馬雕車愛不釋手的虞國公一見荀息身旁的馬，兩眼放光。他顧不得國君的尊嚴，像廄房的馬夫一樣，圍着豎起耳朵嘶鳴不已的馬轉了好幾圈，不住地誇讚：「好馬，好馬！一匹千里馬啊！」又轉了一圈，停下腳步，若有所思地問道：「貴國國君如此慷慨，大概是有求於敝國吧？」

「不！」荀息回答說，「敝國國君久仰陛下大名，很想高攀結交陛下，委派在下獻上名馬。禮品雖薄，情誼不菲。敬請陛下笑納……」

虞國公打斷了荀息的辭令：「貴國國君的美意，孤就領受了。有甚麼事情，儘管直說，凡是敝國能效勞的，還有甚麼問題呢！」

「在下奉命前來時，敝國國君吩咐，請求向貴國借路，讓敝國軍隊走上一趟。因為，虢國多次侵犯騷擾敝國，敝國想給它點顏色瞧

瞧。」荀息說着，慢慢地停了下來，骨碌轉的小眼珠瞅了下虞國公，看他作何反應。

虞國公正要開口，大夫宮之奇示意他拒絕借道。有了宮之奇的示意，虞國公不好表態，他閃爍其詞，支支吾吾了老半天，最終也沒說出個所以然。

荀息看出了其中的關節，連忙加重語氣補充道：「如果敝國僥倖取勝，所有繳獲，都奉送陛下。」

虞國公得了這個許諾，強烈的佔有慾促使他當即作出了允諾：「好吧，不就是在敝國走一趟嗎？沒問題！」

荀息完成了使命，告辭回國。

晉國軍隊穿過虞國，開赴到了虞虢兩國的邊境地區，毫無防範的虢國軍隊不堪一擊，晉軍一舉攻克了虢國的城邑下陽。

晉獻公二十二年（公元前 655 年），晉國再次向虞國借路攻打虢國，這一回晉獻公的胃口更大了，他想拿下虢國後，順手牽羊，連虞國也一起吞下。

晉使者帶來了美女、寶玉。晉國美人一個個如出水芙蓉，婀娜多姿，嬌羞可人，虞國公連眼睛都看直了，早已是魂不守舍，不住地吸溜着：「哎呀！晉侯啊，太客氣了！三年前，我們兩國不是合作得很愉快嗎？借路就借路，幹嗎還送來如此豐厚的禮物，這讓孤如何消受得了！啊⋯⋯這個這個，晉侯太客氣，太見外了⋯⋯」

宮之奇一眼看穿了晉獻公的狼子野心，他力諫勸阻：「虢國是虞國的外圍，虢國滅亡了，虞國的末日還會遠嗎？晉國的貪心不能再縱容了，假道伐虢，我們不可掉以輕心！上次借路就夠過分的了，難道還能答應他第二次嗎！俗語說，輔車相依，唇亡齒寒，臉頰和牙牀骨皮肉相連互為依存，嘴唇有了豁口牙齒便受寒冷，這話說的就是虞國和虢國存亡與共的道理。」

虞國公說：「晉國是我國的同姓宗族，難道會害我們嗎？」

「虢仲、虢叔，是王季的兒子，做過文王卿士，功勳在王室，受勳的記錄現在還藏在盟府裏，在同宗關係上，虢的地位比我們虞高，虢和晉的關係比我們虞和晉的關係親，儘管這樣，晉國卻要消滅虢國，對我國又有甚麼值得顧念愛惜的呢？」

宗族關係既然不是允諾借路晉國的理由，虞國公又拿自己誠心敬神的遁詞搪塞宮之奇：「我祭祀的祭品又豐盛又清潔，神明必定保佑我。」

宮之奇回答說：「臣下聽說，鬼神並不親近某一個人，而只是依從有德行的人。所以《周書》說，上天對於人沒有親疏遠近，只保佑有德行的人。祭祀用的黍稷等五穀並不芳香，人的美德才芳香。人們拿來祭祀的物品都一樣，只是有美好德行的人供奉的祭品才是真正的祭品。這就是說，神明所憑依的，是德行。如果晉國佔領了虞國，發揚美德用來作為芳香的祭品奉獻給神明，神明難道會拒絕晉國的祭祀？這樣看來，祭祀的豐盛清潔並不能保證虞國倖免於難。」

宮之奇的話頭頭是道，句句在理，但虞國公捨不得到了手的美女，怎麼說都聽不進宮之奇的勸諫。

宮之奇一腔怒火，他還想據理力爭，再多說幾句，卻被站在身旁的大夫百里奚止住了。

退朝後，宮之奇責怪百里奚：「朝奏時，你不以國家存亡為重，替我幫腔說上幾句，怎麼反倒勸阻我？」

「咳！給不辨是非不明大義的人出主意想辦法，是徒費口舌！說得多了，豈不是明珠暗投。國君既然聽不進去了，你再勸，說不定會招來殺身之禍！」百里奚開導執迷不悟的宮之奇說。

百里奚的話有道理啊，宮之奇想。

虞國公答應了晉國使者。

當晉國軍隊將要踏進虞國時，宮之奇帶領着他的整個家族悄悄地離開虞國，出走國外去了。

臨行前，宮之奇滿懷故國憂思，悲憤而無奈地說：「虞國到不了年終的臘祭就要完蛋了！晉國消滅了虢國，肯定乘勝吞併虞國，他用不着興師動眾，再次勞頓兵馬了！」

晉國大將里克和荀息率領着陣容龐大的軍隊來到虞國。虞國公對荀息說：「為了報答貴國，敝國願意發兵助戰。」

有了虞國公的為虎作倀，晉國侵略軍更是如虎添翼。這一年的十二月初一，晉國滅掉了虢國。

里克把俘獲的虢國宮女和搶來的財寶隨便分了一些給虞國公。

虞國公高興極了，他吩咐朝臣對得勝回國的晉國軍隊大加犒勞。里克乘機提出，讓軍隊就地駐紮在虞國都城之外，說將士們和戰馬都太疲憊了，暫且休息幾天再回去。虞國公不假思索，一口答應了下來。

兩天後，一名驚慌失措的朝臣忽然稟報虞國公，說晉獻公來了，車駕眼下已經到了都城門外。

虞國公趕忙備車，出城歡迎。

晉獻公邀虞國公到城外箕山打獵。晉國隨駕的車馬儀仗，豪華氣派，虞國公甫說見識，連想都沒敢想過。但是，好大喜功的虞國公不甘示弱，命令都城裏的兵馬傾城出動，跟他去陪晉侯打獵。

頓時，整個箕山人歡馬叫，山裏的禽獸們遭遇到了空前的圍獵，盛大的場面直把虞國公樂得心花怒放。

這時，百里奚氣喘吁吁地跑來，說京城出事了，國君趕快回駕。

還沒等虞國公靠近城門，城樓上早有一員大將哈哈大笑道：「陛下，承蒙兩次惠允借路，現在又把貴國借給了我們，末將這廂有禮了！」說着，這位將軍雙手抱拳向虞國公施起了禮數。

虞國公如夢初醒，悔恨交加，命令將領立即組織軍隊攻城。可惜，他還沒收拾好人馬，城上早已亂箭齊射，如雨的箭矢朝他飛來。

「晉獻公率大軍到！」這時又傳來一聲呼喊。

虞國公驚嚇得出了一身虛汗。

晉獻公不屑一顧地立馬虞國公面前。虞國公無奈地僵挺着身子，他和他的臣子百里奚眨眼間成了晉軍的俘虜。

先前作為借路禮物送給虞國公的名馬，荀息又牽來奉獻給了晉獻公。

晉獻公走近分別多時的寶馬，輕拍着馬背，愛撫地端詳了好久，不無感慨地說：「馬還是我的馬，只是牙口老了些啊！」

第五套

並戰計

第二十五計　偷梁換柱

| 閱讀指津 | •

　　偷梁換柱是爾虞我詐、乘機控制敵人的權術。戰爭中敵我雙方是一個矛盾共同體的兩個對立面，取勝是作戰的目標。為了實現這個目標，必須利用機動靈活的戰術調遣敵人，使他在我方變幻無常的戰術壓力下頻繁變更陣容，暴露薄弱環節，然後伺機搗弱，克敵制勝。

原文

　　頻更其陣，抽其勁旅，待其自敗，而後乘之。曳其輪也。

　　按：陣有縱橫，天衡為梁，地軸為柱，梁柱以精兵為之。故觀其陣，則知其精兵之所在。共戰他敵時，頻更其陣，暗中更換其精兵，或竟代其為梁柱，勢成陣塌，遂兼其兵。並此敵以擊他敵之首策也。

| 譯文 | •

　　不斷變動敵人的陣勢，暗中抽換強勁兵力，等它自行衰敗，然後乘勢控制兼併。這就像《周易·既濟卦》所說的，拖住了車輪，車就不能前行了。

　　按語：陣勢含有縱、橫兩個部分，天衡是首尾相對的部分，可稱為梁；地軸縱貫中央，可叫做柱；這兩個部位都是用精銳兵力部署的。所以，觀察陣容，就掌握了其主力所在。與友軍協同作戰時，屢屢變動對方的陣形，暗中撤換對方的精銳力量，或者乾脆用自己的部隊取代對方梁柱位置的主力，形成我方取而代之的陣勢，對方的陣勢也就隨之坍塌了。這樣，我方就可以乘機賺取兼併對方的部隊。這是兼併敵人壯大自己力量後再攻取第三方敵人的首要計策。

趙高的帝王夢

秦始皇為了尋找長生不老的仙藥，在他即位後的第三十七年（公元前210年）十月，第五次出巡到了瑯琊。結果顯而易見，仍然一無所獲，心灰意冷的他返回途中得了重病。

秦始皇感到這一病凶多吉少，不得不託付國事。他有二十多個兒子，長子扶蘇，少子胡亥，扶蘇義勇忠厚，深受國人推重，只因為勸阻焚書坑儒，被派到上郡監督蒙恬修長城去了；而胡亥是個花花公子，成不了甚麼大器。

這些，他非常清楚。病一天比一天惡化，本想咬咬牙撐到咸陽再安排後事的，可病來如山倒，他懷着對人世的萬分眷戀，無可奈何地召來趙高，口授了一道詔書，讓扶蘇火速趕回咸陽，主持葬禮。詔書還沒送出，秦始皇就一命嗚呼，溘然長逝了。

當初，秦始皇很尊重信任蒙恬、蒙毅兄弟。蒙恬在外帶兵戍邊，蒙毅朝中參與國事，兄弟二人以忠信聞名於朝廷內外。身為宦官的趙高，因為善於察言觀色曲意逢迎，博取了皇上的歡喜，再加上他通曉獄法，所以就當上了中車府令。

趙高曾犯過罪，蒙毅奉命審理，依法判處趙高死刑，可是秦始皇赦免了他，還給恢復了官職。趙高因此懷恨蒙氏兄弟。秦始皇的大兒子公子扶蘇為人剛正，向來不把趙高這號閹人放在眼裏，並且跟蒙氏兄弟交好，所以，趙高對他也恨之入骨。

秦始皇一死，趙高心裏盤算出了許多非分的想法。他慶幸報仇雪恨的時候到了，於是就背着丞相李斯扣留了遺詔，私下裏去見胡亥。

趙高說：「先帝駕崩的時候，只給扶蘇立了詔書。扶蘇回到咸陽，就是新即位的皇帝了，而您卻沒有尺寸土地，這該怎麼辦呢？」胡亥哭喪着臉說：「既然是先帝的遺命，除了惟命是聽，我還能怎麼辦呢！」

「不！」趙高壓低嗓音，眨巴了兩下陰險狡詐的小眼睛，把頭伏在胡亥的耳邊說：「公子這樣說話就差池了！當今，天下存亡權柄攥在公子您、我趙高和丞相李斯的手裏。不怕做不到，只怕想不到，公子請三思而行。只要有坐天下的想法，還愁帝王寶座不在公子的屁股下？況且君臨天下和為人臣子，一個天上一個地下，真所謂天壤之別啊！」

趙高猙獰的老臉掠過一絲奸笑，慫恿說：「成就大事，不必顧及細枝末節的小禮小讓！當此緊要關頭，公子得快刀斬亂麻，拿個主張。不然，來日後悔都沒這個份了！」

享有天下的窮奢極欲的誘惑，胡亥連夢中都垂涎欲滴，現在又有了趙高的唆使，他心裏頭立刻樂不可支起來，但他並不明確地表明態度，只是端着架子遮遮掩掩半推半就地暗許了趙高。

趙高找到李斯，提出讓胡亥繼承帝位的問題。李斯拍案而起，怒斥道：「膽敢口出亡國之言！帝位繼承應當尊奉先帝遺詔，為人臣子豈能議論這個話題！」

詭計多端的趙高一眼就看出了李斯的色厲內荏。「丞相的才幹、韜略、功勛，還有與扶蘇的交情，跟蒙恬比，兩位誰佔上風呢？」他皮笑肉不笑地嘲諷說。

李斯聽出了趙高的話外之音，但還是沒好氣地甩過去一句：「我哪能跟蒙將軍比……」可話才說了半截，滿肚子的氣憤早泄出了八九分。

「這還不就得了！公子扶蘇登基後必定重用蒙恬。到那時，丞相的上選去路是解印還鄉，萬一出點閃失就不是丞相一人所能擔待的了，禍及子孫也不可逆料啊！胡亥扶蘇，取捨之間，怕得煩丞相掂量掂量呢！」

趙高的話不軟不硬，可句句砸人。

李斯愁眉苦臉地尋思了老半天，最後唉聲歎氣地答應了趙高。

就這樣，趙高偷梁換柱，胡亥做起了皇帝。

二十一歲的胡亥登基後的第一件大事，就是巡遊天下，東至大海，南抵會稽，北到遼東。一路上旗幡蔽日，車馬喧囂，秦二世少年氣盛出盡了風頭。

回到朝中，滿腦子還折騰着越來越濃的遊興。他對趙高說：「人生短促，白駒過隙，真的恍如馳騁駿馬飛過一條狹窄的裂縫。朕既然君臨天下，何不好好地享受一把人生，痛痛快快地玩玩樂樂呢！愛卿，朕作如此設想，你以為如何？」

趙高因為他即位不久，還沒完全摸透他治理朝政的路數。聽了這番話，趙高心中暗喜，連忙討好地回答說：「賢明君主固然可以如此，而昏弱的君主就不能這樣了。陛下雖然聖明，但眼下的情況還不允許極盡聲色之娛樂，坐享身心之喜好……

趙高在胡亥面前一向察言觀色，話說得是聲聲悅耳，句句順意。所以，秦二世不等他說完，就打斷了話茬：「愛卿今天是怎麼了？朕正高興呢，幹嗎說那掃興的話！」

趙高沉下臉，詭祕地說：「陛下奪權篡位，諸公子和文武百官都心懷疑竇；陛下登基，他們又快快不樂，心中不服。臣終日戰戰兢兢，惟恐他們鬧出亂子。現在怎能不顧國家安危，苟且偷樂呢！」

趙高的話把秦二世嚇出一身冷汗，他六神無主地問道：「那該怎麼辦？」

「實行嚴厲的法律，苛刻的刑罰，一人犯罪株連他人；再誅殺了先帝寵信的舊臣和皇室宗親。然後，舉用流落民間不得志的人，讓貧困者富有起來，讓卑賤者尊貴起來；把先帝的臣子們清除乾淨，朝廷重臣全換上陛下的親信。這樣，所有的大臣無不感恩戴德，陛下不就可以高枕無憂，縱情享樂了嘛！」

這才是愛卿竭忠盡智的一貫作風，秦二世一洗驚嚇，滿面春風。於是，朝廷大事全部委任給了趙高。秦二世的兄弟姐妹們一個個被斬

首示眾；朝廷上趙高不順眼的大臣，輕則撤職，重則處死，進行了秦
始皇焚書坑儒後的又一次血腥屠殺，連丞相李斯也沒能倖免，被腰斬
身亡。

接着，秦二世下令重新營造阿房宮，徵調五萬名壯年差夫充軍
駐守咸陽。宮廷裏豢養的狗馬禽獸，阿房宮建築和駐軍需要的糧食供
應，二世下令規定運輸人員自帶口糧。

天下百姓被秦王朝殘酷苛刻的法律和入不敷出的繁重賦稅逼迫得
度日如年，男人們或者充軍，或者被抓差去服沒完沒了的徭役，官逼
民反，陳勝、吳廣在蘄縣起兵造反，天下雲集響應。農民起義的熊熊
烈火，呼啦啦四海之內迅速燃遍，項梁、項羽和劉邦等人率領的起義
軍把反秦鬥爭推向了一個又一個新高潮。

秦二世二年（公元前208年）冬，擁有二十萬大軍的秦將章邯巨
鹿之戰吃敗，投降了項羽。而這時劉邦率領的農民起義軍已經攻佔了
武關，打開了通往咸陽的東大門。

耽於享樂的秦二世得到這些消息，嚇得像熱鍋上的螞蟻，派人責
問已擔任了丞相的趙高。

趙高怕二世發怒，招來殺身之禍，不敢上朝，託病不出。一不做
二不休，稱病在家的趙高想利用天下動盪、秦王朝風雨飄搖的時機，
殺了秦二世，自己取而代之，再立新朝。為了試探大臣們是否順從，
趙高決定先使一計，觀察觀察政治氣候。

這一天，趙高上朝牽來一隻鹿，獻給二世說：「臣獻給陛下一匹
寶馬。」

秦二世覺得趙高不是無知就是耍甚麼鬼點子，笑着點破了他的把
戲：「丞相錯了！怎麼把鹿說成馬了呢？」

「不，陛下。是馬，怎麼能把馬說成鹿呢？請陛下問問大臣們，
看看究竟是鹿還是馬？」趙高說着用他奸邪的雙眼威逼似地掃視了一
遍羣臣，那意思非常明白。

　　大臣們雖然得了二世的吩咐，但是圍着鹿轉來轉去甚麼話也不敢說。時間像凝固了一般，整個大殿除了朝中君臣和僅此一隻鹿的喘息，一片靜寂。

　　終於，幾個無恥之徒阿諛趙高說：「是馬，是馬，一匹寶馬！哪裏是鹿！」而幾個正直的大臣忍無可忍，義憤填膺地斥責道：「是鹿！明明是鹿，怎麼能說成馬！」

　　後來，趙高暗中捏造罪名，把說真話的大臣通通關進了監獄。這麼一來，朝廷內外莫不對趙高畏首畏尾。

　　趙高一手遮天，更加有恃無恐了。一切準備停當後，趙高召來了他的女婿咸陽令閻樂和他的弟弟趙成。

　　趙高說：「皇上不聽勸諫，舉國沸反盈天。現在情況十分危急，他要把禍患栽到我頭上。我打算廢除秦二世，改立二世兄長的兒子子嬰為皇帝。只有這樣，我們才能免遭滅族之災。」

　　他們三人密謀讓郎中令作為內應，詐稱有強盜闖進了皇宮，閻樂帶着一千多號人馬來到二世居住的望夷宮，把胡亥送上了不歸之路。

　　趙高接過閻樂、趙成雙手捧上的傳國玉璽，先前改立子嬰的話題一下子甩到了九霄雲外，他心中一個閃念，日思夜想的帝王夢這不眼見成真了嘛！

　　趙高拉得老長的賊臉一會兒青一會兒紅。他立即召集文武百官，要馬上舉行即位儀式，可是，左右大臣都遠遠地躲在一邊，沉默不語。偌大一個空闊高大的殿宇只他和閻樂、趙成孤零零地立在其中，登基的衝動，百官的反對，強大的心理反差一起襲上趙高心頭，彷彿殿塌地崩的感覺，他只好無可奈何地改變了主意。

　　趙高向羣臣和諸公子通告了秦二世被誅的情況，然後說：「秦本來是個諸侯國，始皇帝統一了天下，才稱帝。現今六國重新封王獨立，秦國的地盤越來越小，如果仍沿襲帝王的空名，不合適。我看，應該恢復舊稱。我以為子嬰仁愛簡樸，可以讓他繼承王位。」

子嬰對趙高的這個恩賜惶恐不安。他知道，殘忍陰狠的趙高一枕黃粱破滅，他送出來的秦王桂冠，無非一個歹毒至極的權宜之計。

趙高讓子嬰戒齋五天，再到宗廟接受傳國玉璽，舉行即位儀式。

齋戒期間，子嬰找來了心腹韓談和自己的兩個兒子商議對策。子嬰說：「趙高弒殺二世，目的是自己取而代之。只是因為不得人心，事出無奈才立我為王。聽說趙高跟楚軍有約定，他消滅了秦宗室就可以得到稱王關中的報償。趙高不死，普天之下就別想安生！我們得好好地想想辦法。」

韓談說：「先下手為強，後下手遭殃。這婦孺皆知的俗話，不就是最好的辦法嗎！」

「好！」子嬰得了韓談的啟發，忽然靈機一動：「趙高要我齋戒後拜祭祖廟，他是想藉機在祖廟裏下毒手。到時候，我託病在家，閉門不出，他肯定會來催促。這就是宰殺趙高的天賜良機！」

五天後，趙高率領眾朝臣一大早趕到秦宗廟，迎立子嬰。可左等右等，待了老半天，還是不見子嬰的影子，趙高就派人去請子嬰，三番五次請駕，子嬰總是稱病不行。

趙高非常生氣，心想，那就老身親自去請。他沒好氣地責備子嬰說：「公子怎麼如此不明事理！祭拜宗廟的大事，也能這樣怠慢？拖拖拉拉的，怎麼還遲遲不肯起駕！」

趙高盛氣凌人，哪裏稀罕子嬰是個甚麼東西。可他萬萬想不到自己話沒落音，子嬰這邊長劍一揮，寒光閃閃，正刺中了胸口。

趙高應聲倒在血泊中。

韓談和子嬰的兩個兒子聽到拔劍之聲，迅速從隱蔽處跳出，一陣亂劍猛刺。

第二十六計　指桑罵槐

|閱讀指津|

指桑罵槐，明指此，暗罵彼。「桑」，是形式，是載體，是表面的東西；「槐」，是內容，是實質，是用意所在。這個計策的妙處，就在於言在此而意在彼。「桑」是特指，是一個個體；而「槐」卻是泛指，是一個羣體，也許罵者意有所指，但他故意不明說。妙就妙在不明說，它的警示作用也就因此更含蓄廣泛，並且其用意也比把話侃明深刻得多。

原文

大凌小者，警以誘之。剛中而應，行險而順。

按：率數未服者以對敵，若策之不行，而利誘之，又反啟其疑。於是故為自誤，責他人之失，以暗警之。警之者，反誘之也，此蓋以剛險驅之也。或曰：此遣將法也。

|譯文|

強大的駕馭弱小的，要用警戒的辦法誘導他。《周易‧師卦》說，剛柔相濟施以威嚴才能得到部屬的響應和擁護，遇到危險就能克服從而順暢無阻。

按語：統領多次不服從指揮的部隊與敵軍對壘，如果做不到令行禁止，就用利益驅動的方式誘使他們，不僅達不到目的，相反會讓他們產生顧慮遲疑。在這種情況下，就要有意地釀造失誤和禍端，並且嫁禍於人責備他們的過失，用這種方式暗中警告部屬。所謂暗中警示告誡，是從反面來教育誘導部屬聽從指揮。這就是用強硬和奸詐的手段來威逼和懾服他們。也許可以說，這是統帥駕馭將領的方法。

燕王靖難之役

　　燕王朱棣是明太祖朱元璋的四兒子，洪武三年被封為燕王，十年後奉命就職來到封地北平（今北京）。朱棣從小就深受父皇喜愛，這時的他已是二十歲的青春年華。

　　洪武二十三年（公元 1390 年），燕王率大將軍傅友德北征沙漠，同時出征的晉王朱畏縮不前，而朱棣長驅直入，出奇制勝，俘獲了元將乃兒不花的全部人馬。朱元璋為有這樣的虎子大為歡心。此後，朱棣多次北征，威名大振，成為鎮守北疆邊塞節制明王朝邊防部隊的領軍人物。

　　洪武三十一年（公元 1398 年），明太祖朱元璋駕崩，建文帝朱允炆登基。

　　建文帝書生氣十足，是個沒有多少主見的人。早先明太祖朱元璋把皇兒們分封在外鎮守一方，如今，這十七個藩王人人擁有重兵，對他們的姪皇帝很不看重。建文帝的號令對這些位尊勢大的叔父們當然也就起不到甚麼節制作用。有鑒於此，他採納了尚書齊泰和太常卿兼翰林學士黃子澄的獻策，着手削除藩王勢力。不到一年，周王、岷王、湘王、齊王和代王等六個藩王先後被廢。

　　燕王朱棣是建文帝的最大威脅，但懾於他的軍事實力和過人智慧，齊泰和黃子澄不敢先拿他開刀，而選擇了朱棣的同母弟周王朱首先下手。建文帝認為，削了周王的封爵既是對燕王殺雞儆猴的告誡，也是對燕王政治勢力和軍事實力的削弱；更重要的是，廢一個周王說不定能牽引出來燕王。

　　嚴酷的政治形勢，怎能不教燕王憂鬱彷徨，他時時為自己的安危捏着一把汗。為了防備朝廷加害的不測之險，燕王加緊了王府護衛軍的建設。他挑選壯士補充為護衛士卒，招攬異人術士，結納地方文武官員，隨時準備應對朝廷的詰難。

建文帝雖然很快就掌握了這些情況，但出於種種顧慮不敢馬上廢除燕王，只好採用齊泰等人的建議，派遣工部侍郎張昺任北平左布政使，謝貴為都指揮史，安排他們赴任後抓緊時機除掉燕王。

建文元年（公元 1399 年）六月，朝廷以圖謀不軌罪將燕王府的兩名官校拘押到京城砍頭正法，並且下詔訓斥燕王。自建文帝開始削藩就謊稱患病的燕王朱棣，為了避開鋒芒，從此對外宣稱病情加重，並且還假裝得了瘋病。

燕王府所在地的北平街市繁華，店鋪興隆，酒肆紅火。一天，車水馬龍的大街上忽然傳來一片喧鬧嘈雜，只見一個身着朝服，蓬頭垢面，滿腮鬍鬚亂得像草窩一樣的壯年漢子，呼呼哧哧地在人羣中竄來竄去；他跑着嚎着，一身新嶄嶄的朝服給他撕得七窟窿八洞，渾身的泥土，所過之處濁臭難聞。見了酒食，他搶奪來就吃，嘴裏還胡言亂語地咕噥着甚麼，吃飽喝足跑到街角的土丘上倒頭便睡，呼嚕天呼嚕地整整在那裏躺了一天一夜。有人認出他是威震邊陲的燕王朱棣，但是誰也不敢上前叫醒他，或者給他身上蓋個衣物甚麼的。

打這以後，整個北平沒有人不知道燕王病成了瘋子。

燕王朱棣知道，稱病裝瘋畢竟不能解決根本問題，而建文帝的心腹張昺、謝貴這時已接到了削奪燕王封爵，逮捕燕府官員僚屬的詔書。

張昺和謝貴加緊了對燕王的監視。六月下旬的一天，張、謝二人來到燕王府，下了轎子走進內宮，兩人熱得已是汗流浹背；而他們眼前的燕王正圍着爐子烤火，不住地打着冷顫，絮絮叨叨地跟來人說：「今天可真冷啊！」

在外人看來，燕王患病時間不長，可把他折磨得大顯蒼老了，就是在王府裏他也得拄着拐棍或者由別人攙扶着，才能跌跌撞撞一步四指地挪騰挪騰。而實際上，燕王早已得到了他的舊部北平都指揮張信祕密透露的朝廷動向。

燕王臨事不亂，他召來謀士僧人道衍，和王府護衛指揮張玉、朱能等人，謀劃對付張昺、謝貴的方略。

燕王部署張玉、朱能率領八百名壯士進駐王府，設伏兵把守在端禮門。

時間進入初秋七月，謝貴、張昺率軍包圍了燕王府，要燕王交出朝廷拘捕的王府官員。燕王這時宣稱疾病痊癒，招待前來慶賀的北平官員和舊部，利用這個時機，暗中又安插混入了一部分壯士。燕王派人把張、謝二人索取的燕府署官名單送上，並邀請他們來王府做客。

高朋滿座，燕王一副大病初癒的樣子，拖着拐棍出席招待宴席。

賓主落座後，燕王一邊吩咐下人上些瓜果，一邊笑呵呵地說：「趕巧新瓜剛獻到王府，請各位先嘗個鮮！」說着就親自捧着瓜盤送給張昺、謝貴。他們二人正要伸手接取，燕王猛地連盤帶瓜摔到地上，滿面笑容頓時化作了一臉咆哮的烏雲，厲聲呵斥道：「平民百姓，尚且知道兄弟親如手足，鄰里親戚相憐；可我朱棣身為親王，乃太祖皇兒，今天竟然危在旦夕！事到如今，我還能顧忌甚麼呢！」

燕王瓜盤擲地，埋伏着的壯士不待斥罵停歇，早已按事先的安排一擁而出，張昺、謝貴給驚嚇得還沒回過神來，就被五花大綁起來。

燕王拐棍一扔，朝向眾人：「我哪裏是甚麼瘋子！這些奸臣，逼得我不得不出此下策！」

燕王當即命令砍下了張昺、謝貴的腦袋。駐守北平的官軍羣龍無首，燕王軍隊連夜佔據了北平。

接着燕王上書朝廷，指出齊泰、黃子澄是大明王朝的奸臣，並且援引開國皇帝朱元璋的《皇明祖訓》說，朝廷如果奸臣當道，沒有匡正扶危的大臣，親王們可以舉兵討伐，清除皇上左右的佞臣賊子。

燕王以清君側為名，矛頭所向是建文帝，實現他覬覦朝廷的夙願。他宣布革除建文年號，仍沿用洪武紀年，稱當年為洪武三十二年。這樣，朱棣指桑罵槐，開始了一場歷時四年的「靖難之役」。

　　以北平為根據地，燕王迅速攻佔了北平周圍的軍事重鎮，一戰得通州（今北京通縣），再戰控制了居庸關，繼而攻克薊州（今河北省薊縣），佔領懷來（今河北省懷來縣東南），奪取密雲，平定遵化，掃平了北京外圍的朝廷駐軍。

　　朝廷命令長興侯耿炳文為大將軍，率領四十萬大軍北伐，軍隊駐紮在真定（今河北正定）。燕王身披鎧甲，率軍到達涿州（今河北涿縣）。兩軍交戰，耿炳文這個碩果僅存的大明王朝開國老將被打得大敗而歸。

　　建文帝撤下耿炳文以曹國公李景隆掛帥，率五十萬大軍出征。

　　李景隆是開國元勳李文忠的兒子，不過一個膏粱子弟，沒有研習過兵法，更沒有佈陣克敵的實戰經驗。

　　燕王得到李景隆取代耿炳文的情報後，哈哈大笑：「李景隆小名九江，是我表哥守九江時出生的。九江這個人徒有其表，色屬內荏。只要他聽說我在這裏，肯定不敢前來交戰。所以我出兵永平，先把那裏的朝廷軍隊趕跑，班師凱旋再與小九江計較。」行前，燕王告訴兒子朱高熾，李景隆來了，要堅守城池，拒不應戰。

　　李景隆偵知燕王東征永平，果然引軍圍攻北平。

　　朱高熾遵照父王吩咐，築牆堵死北平九座城門；王妃徐氏率領城中婦女上城助戰，拋磚擲瓦砸向敵軍，她們還連夜挑水澆向城牆外側，那時正是隆冬，滴水成冰，敵軍無法攀爬冰凍溜滑的城牆。

　　燕王打敗永平守軍，攻克大寧（今遼寧朝陽西），挾迫寧王朱權以其屬下八萬驍勇善戰的蒙古兵同自己結成聯盟。

　　李景隆久攻北平不克，這時燕王又率大軍掩殺回來，他大敗潰逃德州（今山東省德州市）。

　　建文二年（公元 1400 年）四月，李景隆捲土重來。他會合武定侯郭英、安陸侯吳傑等部，總計六十萬人馬，號稱百萬雄師，與燕軍隔白溝河對壘列陣。

　　燕王的坐騎嘶鳴着立在陣前，他勒馬觀望敵陣，只見充當李景隆前鋒的都督平安，正在調集輕騎精兵，準備衝鋒陷陣。白溝河對岸官軍黑壓壓不見首尾，這樣龐大的陣勢，讓燕軍將士意識到他們面臨的將是一場惡戰。

　　燕王若無其事，鼓勵左右將士說：「平安這小子曾跟隨我北征塞外，自以為知道我的用兵之道，所以才膽敢充當先鋒。請諸君拭目以待，我要治一治他的囂張，先把他打垮！」

　　燕王說罷，縱馬揚鞭，揮師向平安殺去。

　　久經沙場的平安絕非等閒之輩，一聲長嘯，揮舞長矛率眾飛奔迎戰，他的友軍都督瞿能父子也勇猛異常。眨眼間南北兩軍就血戰拼殺起來。南軍馬壯兵強，裝備精良，他們還在燕軍可能經過的地帶埋下了大量火器，衝向陣地的燕軍一旦觸動機關，連片的火器或燒或炸，人馬有的炸得血肉橫飛，有的燒得焦頭爛額。但是，受到重創的北軍在燕王身先士卒的感召下，還是愈戰愈勇。

　　夜幕在刀光劍影的閃爍中、在驚天動地的廝殺裏徐徐降臨了。倒地的戰士，鮮血已經給硝煙風沙熏烤遮掩成了暗紅的痕跡。兩軍將士一點也不顧及這些，甚至他們不曾嗅到任何的血腥和戰火的氣味，仍然置身在你死我活的廝殺格鬥裏，直到夜色深沉，實在分辨不出了敵我，雙方才各自收兵。

　　退下陣來的燕王帶着三名騎兵衛士，走在隊伍的最後面。精疲力竭的燕軍在濃重的夜色裏迷失了方向，隊伍頓時出現了混亂。這時，燕王讓三名衛士全都下馬，他走在前面帶路，慢慢地摸索到河邊，伏在水邊用手試探河水的流向，才分辨出了東西，而後組織軍隊渡河回到營中。

　　第二天黎明時分，燕軍渡河重返戰場。燕王剛剛佈陣完畢，瞿能父子已衝殺過來，平安在側翼接應，氣勢大盛的南軍以迅雷不及掩耳之勢衝開了燕軍陣勢，馬過刀飛，幾百名燕軍眨眼間身首異處。

　　燕將張玉目睹此情此景，嚇得面如土色。燕王看在眼裏，勸導說：「勝負乃兵家常事，南軍雖然人多勢眾，但用不到正午，我保證為諸君戰敗它！」說罷率領精銳輕騎向敵軍左翼橫擊過去，兒子朱高煦也帶領張玉等各路大軍呼聲震天地撲向南軍。燕王與七名騎士在敵陣中左衝右突，殺進殺出，連續戰鬥了一百多個回合。敵軍如雨的箭矢射向燕王，燕王揮劍前擋後攔左撥右劈，劍刃砍得豁了口，像根齒牙破損的鋸條；坐騎接連被射死，先後換下三匹戰馬。突然，一支飛箭射中燕王坐騎前胸，受驚的戰馬轉身狂奔，「嗖」地竄向背後的河堤，被堤岸擋住去路。

　　瞿能一眼瞥見，縱馬追襲，奮臂一槍，燕王閃身躲過。衛士們急忙擋住瞿能，混殺起來。燕王跳下馬背，扔掉手中不能再用的戰劍，攀上大堤。這時，李景隆率眾殺來。燕王急中生智，連忙揮舞馬鞭，佯裝指揮堤內兵馬。李景隆怕有埋伏，不敢輕易登上堤岸捉拿燕王。

　　在這萬分危急的關頭，朱高煦縱馬馳援，燕王這才倖免於難。

　　時光很快到了正午時分，鏖戰猶酣的南軍將士大有摧枯拉朽之勢。大將平安一柄大刀寒光凜凜，燕軍右軍主帥陳亨吃他一刀斃命；大將徐忠揮劍擋刀，給平安一刀劈來，兩個指頭劃得僅連着一點皮肉才沒掉落。徐忠順手扯掉兩截斷指，撕下一幅戰袍，纏裹了傷口，又殺入敵陣。瞿能衝破燕王衛士的阻截，領着部將呼喊着「滅燕斬王」，又朝燕王這邊衝殺過來。

　　此時的燕王已是精疲力竭，他上氣不接下氣地喘着粗氣。事實上，燕軍已無力支撐這艱苦卓絕的戰局了。

　　然而，當此生死存亡的緊要關頭，忽然一陣旋風颳來，「喀嚓」一聲，南軍主帥李景隆身後的官軍大旗旗桿吹折，軍隊因為這不祥之兆騷動起來，攻勢頓時銳減。

　　燕王立即抓住時機，帶一股勁騎繞到敵後發動突襲，瞿能父子亂中被斬，平安也喪失了先前的銳氣。

兵敗如山倒，南軍潰敗的車馬聲、驚魂不定的呼喊聲，連同人馬相踐奪路而逃自我殘殺的慘叫哀號，如同炸地驚雷，整個戰場到處充斥着毛骨悚然陰森可怖的氣氛。

燕軍乘勝追擊到南軍大營，順風縱火，南軍營寨一片火海。死傷近二十萬眾的李景隆隻身匹馬，抱頭鼠竄逃亡德州。燕軍緊追不捨，李景隆又逃奔濟南，他不僅丟棄了無數輜重，甚至連天子所賜的節杖斧鉞、綬帶璽書也沒來得及收拾。

燕王靖難之役三年多來，攻下了不少城池，然而一旦部隊離去，立刻又被官軍收復，實際佔有的地盤僅北平、保定、永平三府，北南雙方始終處於拉鋸僵持狀態。不過，燕王舉本府和所聯盟的寧王朱權等不多的軍事力量與朝廷的國家武裝力量對抗，無論怎麼說都是微弱而力不從心的。

建文四年（公元 1402 年），一批被朝廷罷斥的宦官從京師南京前來投奔燕府，燕王因此得知了京師佈防空虛的情況，於是決定避實擊虛，「臨江一決，不復反顧！」

燕王朱棣揮師南下，從館陶（今屬河南）渡過黃河，繞過濟南，攻破徐州，在靈璧（今安徽靈璧）打敗了平安軍的堵截，接着攻下泗州（今江蘇泗洪東南），越過淮河，拿下盱眙（今江蘇盱眙），直抵揚州。左都督盛庸憑藉長江天險抵禦燕軍，多次失利潰敗。朱棣強渡長江，李景隆和谷王朱橞開金川門迎降。

京城陷落，宮中起火，皇后焚身火海，建文帝朱允炆不知所終。

建文四年（公元 1402 年）六月己巳日，燕王朱棣在百官的勸進下，於南京奉天殿即皇帝位，宣佈次年為永樂元年（公元 1403 年），開始了他二十二年的統治。

第二十七計　假痴不癲

閱讀指津

假痴，是真智；不癲，是不傻不瘋，非常克制。假痴不癲，就是一副無能為力、無所作為、無可奈何的樣子。制勝的謀略纏上這種「三無」的裹腳布，敵人便會把你看成任人擺佈的「三寸金蓮」了，你再痴得動機密不透風，一旦時機成熟，先前的「三無」就生出了「六有」：有膽有識、有勇有謀、有作有為。

 原文

寧偽作不知不為，不偽作假知妄為。靜不露機，雲雷屯也。

按：假作不知而實知，假作不為而實不可為，或將有所為。司馬懿之假病昏以誅曹爽，受巾幗、假請命以老蜀兵，所以成功。姜維九伐中原，明知不可為而妄為之，則似痴矣，所以破滅。兵書云：「故善戰者之勝也，無智名，無勇功。」當其機未發時，靜屯似痴；若假癲，則不但露機，且亂動而羣疑。故假痴者勝，假癲者敗。或曰：假痴可以對敵，並可以用兵。宋代，南俗尚鬼。狄青征儂智高時，大兵始出桂林之南，因佯祝曰：「勝負無以為據。」乃取百錢自持，與神約：「果大捷，則投此錢盡錢面也。」左右諫止：「倘不如意，恐沮師。」青不聽，萬眾方聳視，已而揮手一擲，百錢皆面。於是舉兵歡呼，聲振林野。青亦大喜，顧左右，取百釘來，即隨錢疏密，布地而帖釘之，加以青紗籠，手自封焉。曰：「俟凱旋，當酬神取錢。」其後平邕州還師，如言取錢，幕府士大夫共視，乃兩面錢也。

| 譯文 | ••••••••••••••••••••••••••••••••

　　寧可裝作糊塗無所作為，也不自作聰明輕舉妄動。暗中籌劃，表面上一點也不露聲色；就像雲層蘊藏着雷霆，但不到霹靂震天之時它平平靜靜蓄而待發。

　　按語：假裝不了解其實卻非常明白；假裝無所作為，其實是不能作為，或者是等待時機將要有所作為。三國時魏國大將軍司馬懿佯裝年衰病危神志不清，從而誅殺了無所顧忌的曹爽；接到諸葛亮用來羞辱挑戰的女人頭巾首飾，不為所激，假裝要請示朝廷等待命令，其實是拖延時間藉以把蜀軍困頓得疲憊不堪，因此他獲得了勝利。蜀將姜維九次舉兵進攻中原，明明知道不能取勝卻輕率出兵，就像傻瓜一樣，這就是蜀漢滅亡的原因。《孫子兵法》說：「善於作戰的人取得了勝利，既不顯示智謀的聲名，也不張揚勇武的功勞。」當作戰條件不成熟，戰機不到，沉着冷靜，深藏軍機，像個痴呆的傻瓜；反之，如果佯裝癲狂失之沉穩，就不僅會泄露軍機，而且亂了方寸的舉動也會招來軍內外的猜忌。所以，佯裝愚笨呆傻的軍隊勝利，假裝瘋瘋癲癲的軍隊失敗。有人說：「佯裝呆傻不僅能對付敵人，也能用來訓練指揮軍隊。」宋代，南方崇尚鬼神迷信成風。將軍狄青率兵討伐叛軍儂智高時，大軍剛走出桂林城南，就假裝祈禱鬼神：「這次出征，勝敗未卜。」於是拿出一百枚銅錢攢在手裏，禱告神靈說：「果然能一戰告捷，拋擲的這些銅錢就都正面朝天。」隨從將領勸阻說：「如果不能如願，恐怕會挫傷士氣。」狄青不聽勸諫。千軍萬馬提心吊膽瞪大眼睛驚恐萬狀，狄青稍停片刻，揚手一拋，禱告應驗，百枚錢幣全部正面朝天。這時候，全軍上下振臂高呼，沸騰的氣氛震蕩着曠野山林。狄青也非常高興，回頭示意隨從人員拿出一百枚釘子，按銅錢散落稀疏稠密不等的原狀就地用釘子釘上，並且覆蓋上黑紗布，他親手封存在這裏。說：「等到勝利歸來，一定酬謝神靈，然後再收起錢幣。」後來，平定了邕州班師凱旋，按照先前許願收起錢幣，幕僚們湊上去一看，原來是兩面同一個圖案的銅錢啊！

剛峰先生

海瑞，字汝賢，明正德八年出生於廣東瓊州瓊山（今屬海南）。海瑞早年曾給自己起了個別號「剛峰」，把「剛」當做治學從政的人生準則，並且以一生的勤政愛民、剛正不阿實踐着這個準則，所以，世人景仰地稱他「剛峰先生」。在中國歷史上，海瑞是彪炳千秋的「海青天」。

海瑞四歲時父親去世，粗識文墨的母親持家勤謹，方正賢良，節衣縮食地供應孩子讀書。貧寒中成長起來的海瑞，自幼懷有經世濟國立志為民的遠大抱負。

嘉靖二十八年（公元 1549 年），海瑞中舉人。翌年二月利用進京參加會試的機會，向朝廷呈上了《平黎疏》和《上兵部圖說》，陳說自己關於經略瓊州的政治主張和具體措施。他認為治理瓊州最主要的就是「招民、置軍、設里、建學、遷創縣所、屯田、巡司、驛傳」等各項事宜，並表示自己雖然是個讀書人，但對瓊州各方面的情況及治理得失聞見不少，如能被委任以專職，決心恪盡職守，改變瓊州的面貌，把這個黎族人民聚居的地方建設成為一方樂土。朝廷裏的有識之士非常欽佩他以天下為己任的胸懷；《平黎疏》也轉給了兵部研究審核，但最終被擱置而不了了之。

嘉靖三十七年（公元 1558 年），海瑞從一個縣學教諭提升為浙江嚴州府淳安知縣。

淳安縣是新安江下游的山區，土地瘠薄，只出產些茶葉、竹子、杉木之類的東西，糧食嚴重缺乏，而百姓賦稅繁重，貪官污吏搜刮民脂民膏，地主富豪佔地幾百畝，貧苦農民卻家無寸土，百姓流離失所，掙扎在死亡線上。海瑞目睹慘狀，痛心疾首。他說，知縣身為一縣之長，要知一縣之事。哪怕是一個百姓不能安安穩穩地生活，一件事情辦理得不合情合理，都是知縣的罪過。

浙江總督胡宗憲的兒子過路淳安，仗着他父親與權相嚴嵩的依附勾結飛揚跋扈。淳安驛站根據縣衙規定例行接待，他認為這種接待規

格不夠檔次，是對他的冷落怠慢，當場指使隨從爪牙把驛站官吏倒懸起來嚴加拷打。

海瑞得訊後，迅速趕往驛站，下令拘禁了這夥無法無天胡作非為的狂徒，並且讓衙役搜繳胡宗憲兒子隨身攜帶的數千兩銀子，罰沒充庫。海瑞在痛斥了胡宗憲的兒子後，寫信引用胡宗憲曾說過的話，報告平息這一事端的情況。

信中說：「總督大人出外巡視曾經告誡所過州縣，接待務必一律從簡，不要驚擾地方，不要迎來送往，更不許藉機大吃大喝鋪張浪費。可淳安縣剛剛來了個自稱姓胡的人，還竟敢冒充總督公子，毒打驛吏，指斥招待不周。所作所為跟大人的明令相去甚遠，他肯定是假冒的。我已經本着總督大人曾經明令的指示精神，懲辦了這個人，請大人放心。」

兒子出了這檔子事，胡總督沒接到海瑞的信，早已經一清二楚了，他正為海瑞的裝痴賣傻無計可施，不想這一紙報告又是如此叫人有口難言。胡宗憲啪的一聲，把報告甩到地上，又氣又惱，憋得他滿肚子裏咕咕作響，可就是不敢吭聲宣泄張揚，眼睜睜地吃了個啞巴虧。

嘉靖三十九年三月，嚴嵩的黨羽、總理鹽政的都御史鄢懋卿作為欽差大臣來浙江巡查鹽務。鄢懋卿把持了獲利天下的權柄，依仗嚴嵩的靠山賣權受賄，窮奢極欲，不可一世，所過州縣官員雙膝跪地前行迎接。各州縣為討好這位欽差老爺，早在他到達前按照上級的部署進行全面的接待準備工作，下榻的驛站重新修葺裝潢，就餐的山珍海味飛禽走獸應有盡有，禮品除了錢財，玉器珠璣、古玩珍寶、地方名優特產各呈異彩，惟恐出現半點差池。鄢懋卿的牀鋪寢被用的是專供皇宮的文錦，廁所裏的潔具一律用白金鑲飾。外出巡察，鄢懋卿總是帶上成羣的妻妾，妻妾每人一頂五彩轎子，由十二名女子嘻嘻哈哈地抬着招搖過市，沿途行人迴避不及驚嚇得左躲右藏。

鄢懋卿要取道嚴州，知府得信後，立即發佈文件專差通知了包括淳安在內的所屬各縣，要求務必提前做好周到的安排，連擔當各種服務的女性工作人員的遴選培訓都作了部署。

海瑞想，根據上級部署，接待一個鄢欽差，我們淳安縣得加重攤派多少百姓負擔啊！為了不騷擾百姓，他決定擋駕，婉拒鄢懋卿路過淳安縣。

於是，他給都御史鄢欽差寫了一紙稟帖：「卑職很想遵從大人迎送從簡的規定，但風聞大人所過州縣接待工作極盡奢華。敝縣窮山惡水，如果按照傳聞準備，不僅得勞民傷財，更擔心違反大人的憲令；如果按憲令規定辦事，又怕簡單草率得罪了大人，擔當不起。卑職實在是左右為難，謹請大人明示。」

鄢懋卿看後，在肚子裏咕噥了一句，好一個海瑞，等我到了淳安，有你的好果子吃！

為鄢懋卿打前站的旗牌官先期來到淳安，查看接待工作準備情況。淳安縣根本沒有任何接待的動靜，旗牌官很不高興，仗勢欺侮淳安縣有關負責官吏。

海瑞命令衙役狠狠打了旗牌官一頓板子。

第二天，鄢懋卿一行二十多條大船到達淳安，海瑞把他們安排在縣衙，居住的是臨時騰出的辦公用房，吃的也只是兩葷兩素四菜一湯的官方規定用餐標準，其他的各種供應也僅僅是本地土產時鮮等普通的東西。

欽差大人自打出了京師，還從沒遭到過這樣的冷遇，但耳聞目睹的卻是對海瑞的交口讚揚和勤政為民的一樁樁實事，只好把滿腹惱怒憋悶在嗓子眼裏，悻悻地結束了在淳安的巡查。

送行那天，正趕上澆田插秧的農忙時節，海瑞帶着縣衙的一班官吏，親自到江邊給鄢懋卿的船隊拉纖，這一招把欽差大人搞得不尷不尬。他吩咐趕緊起錨，灰溜溜地離開了淳安。

嚴州知府聽說淳安縣怠慢了鄢欽差，誠惶誠恐。他把海瑞叫來，吹鬍子瞪眼睛地破口大罵：「弄丟你自己的烏紗帽，罪有應得！難道還成心連累得我這個知府也丟官還鄉不成！芝麻粒大的官，竟敢欽差頭上動土，也不瞧瞧你幾斤幾兩！」

等知府停下了叫罵，海瑞一聲不吭，拂袖而去。

嘉靖四十一年（公元 1562 年）五月，海瑞因為在淳安政績卓着，擢升為浙江嘉興通判。由於鄢懋卿從中作梗，被彈劾取消任命。時過不久，嚴嵩敗落，鄢懋卿獲罪罷官，海瑞被調任江西贛州府興國縣知縣。

嘉靖四十三年（公元 1564 年）十月，海瑞被調至京師，擔任戶部主事。

這時，嘉靖皇帝迷信道教，整天設壇唸經，不理朝政。朝廷百官阿諛逢迎，爭着報告些子虛烏有的吉祥徵兆，而國事日非，民窮財盡，卻沒有人敢提半個不字。

還是嘉靖二十年（公元 1541 年）的時候，御史楊爵上疏勸阻皇帝信神弄鬼，進言關心國家，體恤百姓，結果遭來了嚴刑拷打，坐牢八年，險些送掉性命。從此以後，二十多年來朝中無人再敢上疏言事。

眼看着朝政荒廢，國家式微，海瑞抱着為國家盡忠盡力的一顆赤子之心，起草奏摺，犯顏直諫，嚴詞抨擊嘉靖皇帝，誠懇地勸告皇上痛改前非，專心致志地治理好國家。

海瑞寫好這篇名為治安疏的奏摺後，許多關心他的友人同僚紛紛勸阻呈遞朝廷，免得招來殺身之禍。

海瑞自己也明白，此書一旦御覽，必然觸怒皇上，獲罪致死在所難免。但是，他義無反顧地選擇了以身許國。

海瑞從僅有的積蓄中拿出二十兩銀子，交給在朝中做官的一位姓王的同鄉，深情地對他說：「看在老鄉的情分上，我死後拜託您把我埋到老家去。我先謝謝您了！」

海瑞又叫來跟隨自己多年的家人，掏出剩餘不多的所有銀兩，大概也只夠置備一口棺材的了，告訴他說：「請你去買口棺材，為我準備好後事，然後就回老家去吧！見了家慈，請你替我多多寬慰她老人家。我打小喪父，孤兒寡母，老母親含辛茹苦把我拉扯大，她老人家真不容易……」

海瑞擦掉滾過臉頰的熱淚，從容自若地拂拭了一下衣冠，鎮定地走向專管接收章奏的通政司，呈上了治安疏，隨後就到朝房席地而坐，聽候降罪處置去了。

治安疏指責皇上事事確鑿，句句入理，說當今的朝廷君道不正，臣職不明；皇上不理朝政，吏貪官橫，民不聊生，天災連年，盜賊四起。所以，人們對陛下改年號為嘉靖，發出了這樣的議論：嘉者，家也；靖者，淨也。嘉靖，就是普天之下家家窮得一乾二淨。

嘉靖皇帝一字字，一行行，從頭到尾，越看越生氣，讀罷全篇，大為震怒，舉手把奏摺摔在地上，氣喘吁吁地說：「快把這個海瑞給我抓起來，別讓他逃走了！」宦官黃錦正侍候在駕旁，他啟稟皇上說：「海瑞素有痴名，聽說上書時自知必死無疑，已買了一口棺材，安排好了後事，並且家人僮僕已經遣走，他沒打算逃跑！」

嘉靖皇帝沉默良久，重新撿起奏摺，又仔仔細細地一連看了幾遍。當天，他多次被海瑞的精誠所感動，不住地喟然長歎。

治安疏留在皇帝身邊幾個月，一次他重讀後，曾自言自語地說：「這傢伙正好像冒死勸諫殷紂王的比干，我可不想當剖心殺死比干的紂王！」不過，他還是以「罵主毀君，悖道不臣」的罪名，把海瑞投入了錦衣衛獄。

次年十二月，嘉靖皇帝病逝，他的第三子穆宗朱載垕繼位，海瑞遇赦獲釋，官復戶部主事。

隆慶四年（公元 1570 年）三月，海瑞因為擔任江南巡撫期間冒犯了吏部尚書高拱等奸臣，受謗毀而辭官返鄉。

十五年後的萬曆十三年（公元1585年）海瑞因眾望所歸，被穆宗的兒子神宗皇帝重新起用，任南京吏部右侍郎，由原正四品升為正三品。這時海瑞已是七十一歲的老翁。

海瑞赴任後，仍老當益壯不減當年，以伸張正義、懲治奸貪、振風肅紀為務，但也因此接二連三地受到統治集團內部腐敗勢力的攻擊和迫害，並且身在官場孤木難支，自己匡正積弊的所有想法都毫無例外地化作了泡影。於是，多次上疏乞歸田里，說：「天下事只好如此而已，不去官返鄉我還能做甚麼呢！」

到了萬曆十五年（公元1587年）九月，他共辭官七次，但是都沒有得到皇上的許可。這年秋天，海瑞病逝於南京都察院右都御史任上，享年七十四歲。

海瑞身後僅有的遺物是，住房中一個隔開內外間的粗葛布布幔，一隻盛放日常用品的破舊竹筐，十幾兩俸金和幾件打了補丁的布袍。

第二十八計　上屋抽梯

|閱讀指津|

　　上屋抽梯的用意是誘敵深入，從而把敵人置入有進無退的絕境。梯子是誘使敵人登梯上屋的利益驅動因素，也就是誘餌，這其中很有講究。搭梯子首先要研究梯子的材料，即用甚麼作誘餌。誘餌得投其所好，這是誘惑力之所在。還得分量適當，少了不起眼，吊不起人家的胃口；多了容易讓人心生疑竇，暴露了其中的詭詐。除此之外，投餌的時機和方式方法都需要相機行事。總之，能否投得好抽得妙，是最可見兵法演繹從容利落水準的。

原文

　　假之以便，唆之使前，斷其援應，陷之死地。遇毒，位不當也。

　　按：唆者，利使之也。利使之，而不先為之便，或猶且不行。故抽梯之局，須先置梯，或示之以梯。如：慕容垂、姚萇諸人慫秦苻堅侵晉，以乘機自起。

|譯文|

　　故意暴露破綻，給敵人以可利用的方便條件，引誘它深入我方陣地，然後再切斷前方照應和後方支援，使它陷入孤軍作戰的絕境。這就像《周易·噬嗑卦》所說的吃堅硬的臘肉遭致牙齒損傷一樣，敵人貪利走進不該去的地方就是落入了絕境。

　　按語：慫恿唆使，是用利益驅動它。僅用利益引誘驅使卻沒有在它取得利益之前給以便利，可能還是達不到目的。所以，要形成上屋抽梯的局面，就得預先設置梯子，或者用梯子引誘它。例如，晉朝時的前秦冠軍將軍慕容垂和龍驤將軍姚萇慫恿他們的君主苻堅入侵晉國，為的是乘機舉兵謀反。

崔杼殺齊莊公

春秋時期，齊國的莊公為靈公夫人魯國公主所生，名字叫光，起初被立為太子。

靈公還有夫人仲姬、戎姬等一大羣美貌爭風的女人。在所有的夫人中，伶牙俐齒的戎姬最受寵愛。因此，仲姬生了兒子牙後，就主動託付在戎姬名下，為的是給兒子找個依靠，投個靠山。戎姬不能生養，也樂得借雞下蛋，但是她想請求靈公把養子牙立為太子，一旦年邁的君王去世，自己也得有個依靠啊！

戎姬十分得意地把這個喜訊告訴了仲姬，本以為她會感激涕零，連高興還來不及呢，出乎意料，仲姬聽了嚇出一身虛汗。整天為兒子的未來提心吊膽的仲姬，這時臉色煞白，神情恍惚地對戎姬說：「那哪成呢！光立為太子，諸侯各國都知道的，再說人家又經常出席諸侯盟會。無緣無故地廢了他的太子地位，難保君王以後不後悔變卦的。更何況，宮廷凶險，因為這事，可別鬧出個不測的亂子來……」

戎姬很快就把仲姬的顧慮捎給了靈公，一面還纏着他說：「君王可不能改了主意，臣妾把身子託付給了君王，君王可得為臣妾作個主張。」說着又是撒嬌又是抹淚，弄得靈公怪心疼的。他連哄帶逗地說：「我的寶貝，有我呢，有我呢！看把你急的，我簡直六神無主了！太子廢立，在我一身，誰說甚麼都沒用，你這是着的哪門子急呢！」

哄好了戎姬，靈公立刻命令把太子光放逐到了東方邊陲。隨後，就讓大夫高厚作公子牙的師傅，牙被立作了太子。

齊靈公二十八年（公元前554年），靈公患病不能自理朝政，大夫崔杼從廢太子的放逐地接回了光，排除種種干擾把他立為了齊君，這就是齊莊公。

莊公來到都城，立馬殺了戎姬，沒多久靈公也就去世了。莊公舉行過即位大典後，抓捕了逃亡在外的太子牙，就地結果了他的性命。

三個月後，崔杼殺了太子牙的師傅高厚。

廢太子光由放逐落難，到一朝美夢成真登基做上國君，崔杼立下了汗馬功勞。莊公即位後，崔杼為他肅清前朝宿敵，鞏固統治，又立下了非同尋常的功績。莊公自然是待他不薄，君臣二人交誼密切，朝中文官武將對崔杼無不恭敬有加。

莊公六年（公元前 548 年），崔杼娶來了已故齊棠邑大夫棠公的妻子。

崔杼的這位妻子綽約多姿，嫵媚動人。因為崔杼有恩於莊公，二人雖為君臣，但過從甚密，莊公與崔夫人暗度陳倉了。

崔杼這時已經年過半百，而莊公血氣方剛英俊風流，崔夫人雖然兩度嫁人，但這會兒也只是剛剛年過二八的妙齡年華。

男歡女愛，情意纏綿，莊公三天兩頭地往崔家跑，搞得崔杼人不是人，鬼不是鬼，一臉的晦氣。更讓他難堪的是，莊公居然當着眾朝臣的面，把崔杼的帽子摘下來，賜給別人。這不是明明在奚落崔杼嘛！崔杼忍無可忍，他憤怒了！

聰明的崔杼懂得，明槍實箭地跟莊公對擂，自己當然不是對手，於是就尋找一切可能的機會報復莊公。

一次，莊公率軍攻打晉國，崔杼想聯絡晉軍，合謀襲擊莊公，但是事情沒能得手。

崔杼又打聽到，莊公曾因為一點提不上的小事濫施淫威，窮兇極惡地鞭笞過宦官賈舉，賈舉也在伺機報復。他們二人取得聯絡後，賈舉利用侍奉莊公的方便，隨時給崔杼提供可以乘隙報復的機遇。

說機遇，機遇就來了。機遇總是青睞有所準備的人。

這一年的五月，莒國公前來朝見，崔杼跟宦官賈舉商定了上屋抽梯的計謀：崔杼謊稱患病，請假在家休息，專等着莊公送上門來。

第二天，耐不得的莊公藉探望病人之名，駕臨崔家，想與情人幽會。

宦官賈舉隨從伺候。等到了崔家，賈舉以人多招搖為藉口，把莊公的一大幫子隨從都擋在了門外。

賈舉關上了崔府的宅院大門。

莊公一進門，早已暗藏待命的崔杼門徒一擁而出，把他鐵桶一般圍了起來。被圍的莊公慌手慌腳地登上院中的高處，先是低三下四地請求和解；再就是提出盟誓簽約，與崔杼分享齊國；最後請求到廟堂自盡。

崔杼的門徒們異口同聲地回絕：「不行！」

崔杼這幫家奴真是了得，他們不僅圓滿地落實了主子的意圖，還不無揶揄地搶白莊公說：「君王您的大臣崔杼患病臥牀，不能聆聽聖諭。請原諒，我們不敢領受別的甚麼吩咐！」

可憐一國之君，就這樣落得個龍威掃地。

莊公三十六計走為上計，他要逃跑。可是他剛翻上牆頭，就被一箭射中屁股，「啪」的一聲，從高大的牆頭上摔落下來。崔杼的家奴們一擁而上，刀斧相加，莊公駕崩了。

第二十九計 樹上開花

閱讀指津

並非所有的樹木都能開花，一株本不開花的樹木卻一身姹紫嫣紅，裏面就必定有些蹊蹺。兵家運用一般現象與特殊現象之間存在着的普遍性和特殊性差異，謀劃了樹上開花的計策。樹上開花，也是政治權術的拿手妙招。李園和他的妹妹利用春申君進身，賺取楚國天下，而後輕鬆除掉了春申君，不就是絕好的例證嗎！

借局布勢，力小勢大。鴻漸於陸，其羽可用為儀也。

按：此樹本無花，而樹則可以有花。剪彩粘之，不細察之不易覺。使花與樹交相輝映，而成玲瓏全局也。此蓋布精兵於友軍之陣，完其勢以威敵也。

譯文

藉人家的局勢擺佈自家的陣容，兵力弱小但氣勢宏大。這就是《周易‧漸卦》所說的，大雁陣羣着陸，那漸近漸強的氣勢，來自於牠豐滿的羽翼形成的鋪天蓋地的陣容。

按語：這棵樹本來就不開花，但是樹通常能夠花枝招展。剪下五彩斑爛的彩帛粘貼到這棵樹上，不認真細緻地觀察就很難察覺其中的蹊蹺。讓這些所謂的花朵跟所粘貼的樹木融為一體互為映襯，就能形成精妙絕倫巧奪天工的完美佈局。這就是說，仿效花木嫁接把自己兵力的精銳部分佈設到友軍的陣勢上，可以形成完美無缺的強大氣勢威懾敵軍。

李園妹妹花開兩家

楚國這個以盛產美女著稱的地方，到了戰國末年，國運一落千丈，而楚考烈王也非常巧合地同他的國運一樣，後嗣不興。美女如雲充斥宮廷，就是不能收獲個龍種，連國相春申君，當時頗負盛名的政治家，也很替自己的國君着急。而這時候，一位名叫李園的趙國人也看出了其中門道，心中竊喜遇上了一展抱負的千載良機。

李園因為自己的妹妹美色絕倫，早就想進獻給楚王，可經過再三再四的打聽，知道了春申君為這事已經忙活了很多年，找了不知多少美貌的育齡女子，雖然楚王也不放過任何一個耕耘的機會，但最終還是沒人能給他屙下個「驢屎蛋」來。

有了這些個前車之鑒，精明的李園決定先投到養士眾多的春申君那裏做門下食客。

李園小眼珠整天盯着主子滴溜溜亂轉，沒用幾天就轉出了個鬼主意。

說幹就幹，李園隨即告假返鄉，並且故意拖延時日不回，耍了個小小的手腕。

春申君問他，怎麼耽擱了時間，拖到今天才回來？

「齊王派使者來我家說媒，想娶我妹妹。我作陪使者，喝了幾天酒，耽擱了歸期。」李園答道。

李園的誘餌一投，不想春申君真的就順竿子爬了上來：「收人家聘禮了嗎？」

「沒有。」

李園話音一落，春申君懸在嗓子眼的那顆心才有了點安穩。

連齊王都有意的李園妹妹，春申君看着風流倜儻的李園，心裏頭不住地琢磨：「李園一個大老爺們尚且如此英俊，他那如花似玉的妹妹該是甚麼樣子呢？」想着想着，春申君不覺臉上熱辣辣的，他這才意識到了自己的失態。

春申君趕忙悄悄地嚥下口水，似乎不知如何是好地說：「啊，這個，我，我能不能，有幸拜見令妹呢？」

李園早就把春申君的五臟六腑看得剔透，難得春申君如此直爽，連忙把他妹妹供奉了上來。

春申君對李園妹妹萬分憐愛，沒多久她就花開有身了。

有其兄必有其妹，這女人經李園稍加點撥，馬上對他老兄的意圖心領神會。

一次，她膀子輕輕蹭着春申君，嬌羞羞地說：「楚王寵幸信賴夫君，勝過他的兄弟。夫君做相國二十多年，而楚王沒有後嗣，他駕崩了，還不是他的兄弟們繼承王位！到時候，人家各親其親，各顧其故。夫君，您哪還會有如今的恩寵。不僅這些，夫君為相日久，還能沒得罪過國君的那些兄弟們？禍殃眼瞧着就到您身邊了啊！」

話說到這裏，李園妹妹打住了話題，她看看春申君作如何反應。

李園妹妹擺佈的政治前景龍門陣，確實讓春申君對身邊的這個女人不能小看，他甚至後怕自己在她身上的放肆發泄，他不能不驚訝於這個女人的非凡識見。沒等春申君開口，李園妹妹又千嬌百媚地依偎着春申君，像是撒嬌又像是說家常，道出了一肚子謀略。她希望用二人共同的成就，即是腹中之物作誘餌。

「您寵愛妾身時日尚淺，妾已經有孕在身，所幸這些還不為人所知。如果仰仗您在楚王身邊的重要地位，割愛妾身進獻給楚王，楚王肯定中意於妾身的。」

「賤妾幸賴上天的恩惠，如果生個男孩，那麼，夫君，您的兒子不就是來日的楚王了嗎？獻出賤妾一個，得到了整個的楚國天下。這跟楚王的兄弟們繼承王位後，您將大難臨頭招來不測之禍相比，兩相選擇孰優孰劣，還不是明擺着的麼！」李園妹妹接着說。

春申君理所當然地選擇了天下，但天下是李園兄妹的。不過，這是後話。

當時春申君深為李園妹妹的遠見卓識折服，也感激她為自己前程考慮得如此細緻周到。於是，他依計而行，把李園妹妹單獨安置在一處館舍裏，然後向楚王稟報推薦了這個女人。

見識過無數女人的楚考烈王來者不拒，立馬召李園妹妹進宮。

楚考烈王人老心不老，在李園妹妹這個新人身上又下起了功夫。

十月懷胎，楚考烈王得了個白白胖胖的兒子，這可把他樂壞了。老年得子，社稷香火有繼，楚考烈王能不高興開懷嗎！他立即下詔，立兒子為太子；太子的母親李園妹妹為皇后。

從此以後，李園受到了非同尋常的重用，楚國的政事不管大小，他都能插嘴過問。

李園得志後，擔心春申君言語泄密，就暗中蓄養亡命之徒，以備來日需要，殺人滅口。

這些，楚國很有些知道內情的人。

春申君做相國二十五年的時候，楚考烈王年老生病。門客朱英對春申君說：「人世間有從來就沒有想到過的好事，會忽然從天而降；也有意想不到的大禍，會撲面而來。主人您現在是生活在生死無常的年代，侍奉喜怒無常的君主，怎麼能不需要逢凶化吉的人呢？」

春申君問道：「甚麼是從來就沒有想到，卻忽然天降的好事？」

「您擔任楚相二十多年，雖名義上是相國，可實際上卻是楚王。如今，楚王患病在身，生死是早晚之間的事。一旦死去，您輔佐少主，乘機代替少主執政當國，就像伊尹、周公一樣，等少主年長，您再把權力交出。或者當機立斷，南面稱孤而享有楚國，這不就是從來就沒有想到，而忽然天降的好事嗎！」

春申君接着又問道：「甚麼是將要撲面而來的意想不到的大禍？」

「李園撈不到掌握國政，把您視作寇仇，好久以來，他蓄意豢養敢死之士。楚王駕崩後，李園一定在您之前進入宮中搶去權柄，把您殺掉，以殺人滅口。」

「這就是您所謂的禍？那麼，誰是逢凶化吉的人呢？」

朱英說：「您安置我做近侍楚王的郎中，楚王死後，李園一旦先行入宮，臣下為您把他殺掉。在下，可否稱得逢凶化吉的人呢？」

春申君很不以為然：「先生，您就別出這些餿主意了！李園，不過一介文弱書生，我又一向待他很好，他怎能做這種傷天害理的事呢！」

朱英明白諫言不會被採納，恐怕殃及自身，就偷偷地逃亡出國了。

十七天後，楚考烈王死了。

李園在妹妹的策應下果然一馬當先闖入宮中，把楚國的傳國玉璽揣到懷裏，並且在棘門內埋伏下敢死之士。

春申君前往宮廷經過棘門，刀斧手們兩面夾擊，一下子就把春申君按在了門下，只聽得一聲慘叫。

當李園妹妹生養的春申君的兒子向着楚王的寶座舉步就駕，成為楚幽王時，李園又派遣吏卒把春申君家滿門抄斬。

嗚呼，花開花落知誰家呢！

第三十計　反客為主

閱讀指津

主，指的是居於本土的、實力強大的、地位主動的、佔有戰略優勢的一方軍事力量；與之相對應的，就是次。反客為主，就是由次而主的轉變。這個過程一以貫之的精神，乃厲兵藏鋒，蓄勢待發。把握住從客到主由量而質的變化規律和特點，居於「客」位時，不可不為，也不可強為，又時時處處無不有為；時機成熟，就大有作為，不給敵人任何喘息的機會。

原文

乘隙插足，扼其主機，漸之進也。

按：為人驅使者為奴，為人尊處者為客；不能立足者為暫客，能立足者為久客；客久而不能主事者為賤客，能主事則可漸握機要，而為主矣。故反客為主之局，第一步需爭客位，第二步需乘隙，第三步需插足，第四步需握機，第五步乃成為主。為主，則並人之軍矣。此漸進之陰謀也。如李淵書尊李密，密卒以敗。漢高祖勢未敵項羽之先，卑事項羽，使其見信，而漸以侵其勢。至垓下一役，一舉亡之。

譯文

乘疏漏之機插腳進去，緊緊地把握住它的首腦機關或者關鍵部位。這就像《周易·漸卦》所說的，循序漸進，則無往不勝。

按語：被主人驅遣使喚的是奴僕，相處一起受主人尊重的是客人，不能在寄居地站穩腳跟的是暫時的客人，能站穩腳跟的是長期的客人。客居時日已深，卻不能主持料理政事，這是地位低下的客人；能夠主持政事就能逐漸掌握他們的權柄命脈，從而變成為主人。所以，形成變客人為主人

的局面，第一步是爭取到客人的位置；第二步是發現疏漏；第三步是見縫插針，插足他們的政事；第四步是掌握權柄命脈；最後，就成了主人。做了主人，就把他們的軍隊兼併過來了。這是循序漸進控制吞食其他勢力的謀略。例如，唐朝開國之君李淵，早先寫信推崇李密，而後來，李密還是被他所消滅。漢高祖劉邦在勢力不能跟項羽匹敵之時，表面上畢恭畢敬非常遜順地奉行項羽的意旨，為的是讓項羽信任自己，但實際上，他是漸漸地削弱侵蝕項羽的勢力。到了垓下決勝的一戰，劉邦一舉消滅了項羽。

商鞅變法

事例

商鞅是戰國時期法家的著名代表人物，因為身為衛國君王的子孫，所以被稱為公孫鞅、衛鞅；又因為商是秦孝公給他的封地，所以也稱為商鞅、商君，後人輯錄他的言論，編成一本書，也因此名為《商君書》。

商鞅少年時代就喜歡鑽研法家所謂的刑名之學。起初，在魏國相國公叔座幕下作家臣，年少才高，很得主人賞識。公叔座打算把他推薦給魏惠王，可還沒來得及，就得了病。

魏惠王前來探望：「你這一病不起，萬一有個三長兩短，國家該怎麼辦呢？」魏惠王關心他的病，擔心他一病大去，國家就失掉了一位得力可靠的重臣。

「我的家臣商鞅，雖然年紀輕輕，卻有奇才大略，希望君王讓他代替我的職位擔任相國……」公叔座話沒說完，病痛又發作了，渾身難受，連哈個聲的力氣也沒有了。

魏王默默地聽着，對公叔座的推薦不置可否。

過了一會兒，魏王將告辭離開，公叔座的陣痛也漸漸緩解了，恢復了說話的能力。公孫座接着剛才的話題，上氣不接下氣地說：「如果君王不採納微臣的謬見，就把商鞅殺掉，無論如何不能讓他離開魏國！」

魏王認為公叔座是在說胡話，敷衍了事地「嗯」了一聲就走了。

公叔座召來商鞅，歉疚地說：「今天，君王向我徵詢相國人選，我推薦了你，可我看君王不以為然。我忠君薦賢不被採納，只好盡臣子職守，建議說，君王如果不重用商鞅，應當把他殺了。君王答應了。你趕快走吧，一旦被朝廷生擒，就在劫難逃了。」

「君王既然不採納您的舉薦，又哪裏會因為您的勸殺就當真除掉臣呢？」商鞅仍跟往常一樣事奉公叔座。

惠王出了公叔座家門，對隨從大臣們說：「公叔座病入膏肓，恐怕不久於人世了，多叫人傷心！他建議把國事託付給個毛頭小伙子，這不是糊塗透頂了嗎！」

公叔座死後，商鞅來到了秦國。剛剛即位的秦孝公非常憤慨於各諸侯國對秦的鄙視小覷，認為這是天下無比的奇恥大辱。他立志扭轉乾坤，所以下令求賢。

商鞅通過孝公的寵臣景監，拜見孝公，二人進行了三次談話。

第一次，商鞅講了夏、商、周三代所實行的「帝道」，孝公聽得直打瞌睡。

第二次，講「王道」，孝公覺得比上次講得好，但是「王道」不能馬上改變秦國的現狀，孝公等不及，還是認為不可用。

第三次，商鞅講「霸道」。所謂「霸道」，就是法家倡導的「強國之術」，孝公大為高興，跪在蓆子上不由自主地朝商鞅挪動，以致雙膝挪騰出了蓆子。這一講，孝公接連聽了三天。

孝公決定任用商鞅，實行變法，革故鼎新，奮發圖強。可是變法，畢竟要觸動貴族既得利益者的特權，會招來國人的議論，甚而非難。於是，孝公發動了一場關於變法改革的大辯論。

商鞅跟反對派朝臣甘龍、杜摯展開了論戰。

商鞅認為，秦國落後了，因為東方各諸侯國發展得很快。要使衰弱的秦國富強起來，必須改革社會政治制度，這是迫在眉睫的嚴峻問題，不解決這個問題，就不能改變秦國積貧積弱受人歧視的地位。

甘龍提出，聖人不改變舊風俗而施行教化，聰明人不變更古法照樣可以治理好國家。

杜摯附和說：「不能斷定有百倍的利益，就不要承擔變法的風險；不能增加十倍的功用，就不要毀壞舊家什，打造新器物。」

商鞅針鋒相對地指出：「古代的政教不同，我們該效法哪個朝代？夏、商、周禮制各不相同，不是都成就王業了嗎？聖明的君主創造制度，昏昧的君主被制度束縛。時代不同了，形勢變化了，就要制定新禮，創立施行新法。」

辯論堅定了孝公變法的決心。公元前 356 年，秦孝公任命商鞅為左庶長，實行第一次變法。

商鞅組織編制民戶，整頓戶籍，加強刑賞；同時，建立了鼓勵農業生產，抑制商賈手工業的一系列制度；制定了給予名位獎勵軍功的標準。變法不久，就收到了初步成效，秦國在對外戰爭中不斷取得勝利。

公元前 352 年，因為變法卓有成效，商鞅升為大良造，這是相當於中原國家相國兼將軍的要職。

公元前 350 年，商鞅推行第二次變法，廢除井田制，開闢阡陌封疆，承認新開墾土地的私人所有權；推行縣制，合並鄉、邑、聚（村落）為縣；統一度量衡；革除殘留的戎狄舊俗，禁止父子兄弟同室居住；遷都咸陽，修建宮殿，奠定了秦國封建地主政權的堅實基礎。

商鞅變法，秦國百姓非常歡迎，路不拾遺，山無盜賊，人民豐衣足食，安居樂業，老百姓樂於為保衛國家參加抗敵鬥爭，很少因為私人利益爭奪打鬥，出現了縣鄉大治的良好局面。

但是，變法遭到了舊貴族的強烈反抗。太子師傅公子虔、公孫賈想方設法阻擋破壞，他們唆使太子犯法。

商鞅對孝公說：「變法的障礙，來自上面，王子犯法，與庶民同罪。不過，太子是國君的繼承人，不便用刑，那就應當由太子的師傅

承擔罪過。」於是，懲罰了公子虔，並且在公孫賈的臉上刺字，執行了黥刑。

公元前 338 年，秦孝公去世。商鞅曾得罪過的太子駟繼承王位，這就是秦惠文王。

先前反對變法的舊貴族終於等到了報復的時機，他們進讒言說：「大臣功高威重，潛伏國家危亡的隱患；近臣親昵隨便，隱藏國王身家性命的危險。如今舉國上下推崇商鞅，連女人和孩子都知國家實行商鞅的法，沒有人說秦王的法。客居秦國的衛國人居然成了秦國主人，秦王反倒成了他名下的臣子，這不是反客為主嗎？何況商鞅不把大王您看在眼裏，早在您還是太子時作亂，治罪太子師傅，向您示威。對這種人，大王該考慮怎麼辦了吧！」

功高震主，惠文王正苦於對商鞅無可奈何，恰巧他師傅公子虔的門徒又來告發商鞅謀反。於是，惠文王命令逮捕商鞅。

商鞅聽到風聲，立即逃出咸陽，傍晚時分來到了函谷關下，想找個客棧投宿。客棧主人不知道他的身份，拒絕說：「商君法令，接納沒有身份證明的旅客投宿，要受株連治罪的。」

商鞅喟然長歎：「唉……制定苛刻法律的流弊，竟然到了這種地步！」

走投無路的商鞅只好連夜趕路，打算到魏國去。

商鞅惶惶然如喪家之犬，也許一時間來不及多想，可是魏國人卻沒有忘記，並且還痛恨着他欺騙魏公子卬，打敗魏國軍隊的舊事呢！那時，商鞅率秦軍侵略魏國，他笑裏藏刀，以邀請老相識魏公子飲酒敍舊為名，設伏兵抓獲了魏公子，乘機打敗了魏國軍隊。所以，商鞅一流露避難的意思，就遭到了斷然回絕。

商鞅碰了一鼻子灰，又打算到別的國家去。魏國人拒絕說：「商先生是秦國逃亡的罪犯。秦國強大，逃犯到了魏國，我們不把他押送回去，那還了得！」

商鞅被押解到秦國境內後，又逃到了封地商邑，他組織徒眾武裝抵抗，但是經過變法強大起來的官兵不費吹灰之力，就鎮壓了商鞅的反擊，並且逮捕了他。

官軍遵照朝廷的命令屠殺了商鞅全家，對他本人則施行了最為殘酷的車裂刑罰。

玄武門之變

唐高祖李淵在晉陽起兵反隋，他的兒子秦王李世民出謀劃策，功勳卓着。所以李淵說：「如果大事成功，那麼李唐天下就是你造就的，應當立你為太子。」李世民拜謝推辭了父親的好意。李世民的長兄太子建成散漫懶惰行為放蕩，貪酒好色，喜歡郊遊打獵。他的三弟早年夭亡。四弟元吉常常惹是生非，很讓父親討厭，所以就追隨太子建成。李世民功勳名望越來越高，唐高祖李淵有讓他取代太子建成的打算，太子建成整天恐慌不安，於是勾結元吉，共同排擠李世民，並且私下裏廣為結交樹立黨羽。

高祖晚年有許多寵幸的妃嬪，生了近二十個小王子，他們的母親出於長遠考慮，競相結交年長的王子來鞏固自己的地位。建成、元吉「曲線救國」，對妃嬪們曲意逢迎，還不時地送點禮物，想通過她們討得皇上的寵愛。更有人說，建成、元吉跟父皇李淵的寵妃張婕妤、尹德妃關係曖昧。不過，宮禁深幽神祕，誰能說得清楚裏邊亂七八糟的事呢！

李世民平定洛陽，高祖讓貴妃帶了人到洛陽隋宮挑選美女，並收取宮廷府庫裏的珍寶。貴妃等人私下裏向李世民索要珍貴的玩物據為己有，又想通過李世民為自己的親戚在朝廷裏弄個一官半職的頭銜。李世民嚴詞拒絕：「珍寶古玩已經登記造冊上報了朝廷，官銜應當授予德賢才高和有功於國家的人。」從此以後妃嬪們更加痛恨他了。李

淵隔三差五，總能聽到些妃嬪們惡意中傷的枕頭風，漸漸地就打消了改立太子的念頭，並且也疏遠了李世民。

武德九年（公元 626 年）六月，太子建成夜召李世民赴宴，用浸泡過鴆羽的毒酒勸飲，李世民喝下，突然心中劇痛，口吐鮮血。一連嘔吐了數升後，才被人攙扶着回到了西宮承乾殿。唐高祖李淵親自來西宮探望病情，敕命太子建成說：「秦王一向不能飲酒，從今以後，不許你夜間邀他喝酒！」

父皇李淵因為這事又一次跟李世民談起了他當初的打算：「首先提出反隋立唐雄韜大略的，是你；消滅敵寇，平定四海的，是你；大唐的江山社稷，是你的功勳所致啊！當初，我立你為大唐天下的繼承人，你堅辭不受。現在好了，建成年齡大，是你的長兄，並且早已立為太子，我怎麼好廢除他更立太子呢！」

李淵攤開雙臂，寬大的兩袖籟籟抖動着。

是啊，該怎麼辦呢？李淵好為難啊！他神情沮喪地說：「我看，你們兄弟幾個，早先還客客氣氣，雖然我清楚那是貌合神離。可如今呢？簡直是勢不兩立，不共戴天了！同處京城，必有紛爭，兄弟相殘，勢所難免！能患難與共，為甚麼就不能分享成功？難道就不能為我們大唐王朝的千秋萬代樹個兄弟相親鼎力相助的楷模？你們的父皇年老了，管不住你們了！你們一個個羽翼豐滿，要各行其是，各奔前程了……」

李淵說着，已經是老淚縱橫。

李世民艱難地支撐起身體，想給年老無助的父皇一些關心體貼，但大量的失血使他不能走下臥榻，又吃力地躺了下來。

李淵看在眼裏，搖手示意兒子不要強撐着坐起來，隨即快步走近兒子，坐在他身邊，緩緩地說：「這樣吧，你到東都洛陽任職居住，陝地以東盡歸你主政，我授權命令你設置天子的旌旗，就像漢代梁孝王開創的先例。」

　　李世民淚流滿面，哭訴衷腸，再三表示不願意離開父皇身邊。「天下都是一家，東都洛陽和西都長安道路不遠，我想你的時候，可以隨時去看你。皇兒，別傷心難過了！父皇心裏也不好受哇……」李淵寬慰他說。

　　就這樣，李世民準備出發前往行台洛陽。

　　太子建成和元吉私下密議：「李世民到了洛陽，既享有土地又擁有軍隊，那可就拿他沒辦法了，不如設法把他留在長安。在長安，他不過一介匹夫，生殺予奪，還不是掌握在我們手心裏！」於是他們極盡誣衊陷害之能事，指使黨羽暗中密奏，說：「秦王府上上下下，這幾天像過節一樣，人們彈冠相慶開赴洛陽；秦王也春風得意，怕是有去無回，要另立山頭了！」

　　李淵聽了近幸大臣接二連三的奏議，權衡利弊，竟然改變了主意。李世民前往洛陽的事就這樣半途而廢了。

　　太子建成和元吉乘機串通高祖寵愛的妃嬪們，沒日沒夜地進讒言。謠言重複一千遍就是真理，皇上聽得多了，自然也就信以為真，他想狠狠地懲治一下李世民。

　　大臣陳叔達進諫說：「秦王為李唐天下建立了卓越的功勳，不能廢黜。況且秦王性情剛烈，如果對他折辱貶斥，恐怕經受不住這種打擊，鬱悒憂傷，一旦惹出個好歹，陛下後悔也來不及了！」李淵這才沒處治他。

　　元吉暗中請求殺掉秦王，李淵說：「秦王擁有平定天下的大功，你們指控的犯罪事實不足，殺人總該有個藉口吧！再說，他畢竟是你的親哥哥呀！」語氣裏對元吉的殘忍歹毒有老大的不滿。

　　「秦王剛剛平定洛陽的時候，觀望形勢，有不還京師之意，他還擅自散發錢財大樹私恩，培養黨徒，這不是作亂謀反又是甚麼！皇兒不肖，只認為應該趕快剷除國家禍患，哪還顧得有沒有藉口！」元吉繼續惡毒攻擊，父皇拒絕了。

形勢發展對李世民愈加不利，秦王府的幕僚和文官武將人人惶恐，不知所措。行台考功郎中房玄齡跟比部郎中長孫無忌說：「眼下，秦王跟太子結下了怨仇，一旦釀成禍端，就不只是秦王府一敗塗地，連社稷安危怕也是讓人憂慮！當此危急關頭，不如勸秦王效法周公平定蔡叔、管叔的故事，以期安定國家。國家存亡在此一舉，勸諫秦王刻不容緩！」

長孫無忌不等房玄齡說完，開言說道：「我早有這想法，只是不敢開口。先生您說了出來，正合乎我的心願。允許我稟報秦王。」

李世民聽了長孫無忌的稟報，傳召房玄齡運籌謀略。

房玄齡說：「大王的豐功偉績與日月同輝，與天地共存，應當繼承皇統弘揚大唐基業。眼下的危難，正是上天降大任的考驗。請大王不要再猶豫了！」房玄齡跟秦王府官員杜如晦又共同勸說李世民當機立斷，誅殺建成、元吉。

太子建成和元吉也加快了謀害李世民的步伐。首先，他們收買拉攏秦王府的眾多能攻善戰的驍勇將領。

太子建成暗中差人拉了一車金銀寶物贈送給左二副護軍尉遲敬德。尉遲敬德不為富貴所屈，太子建成惱羞成怒，斷絕了與他的一切來往。元吉隨機誣陷尉遲敬德，高祖李淵詔命把尉遲敬德關進了大牢，多虧李世民再三擔保才撿回了一條命。接着，他們又誣陷左一馬軍總管程知節，朝廷把程知節外放為康州刺史。

「大王的左膀右臂重臣輔佐就要給人家收拾乾淨了，大王的身家性命還能保全多久！我就是死也不離京赴任，請求大王趕緊做出決斷！」程知節對李世民說。

後來，太子建成又拿金帛珍寶引誘右二護軍段志玄，段志玄拒不從命。

李建成、李元吉一計不成，又生一計，商議說：「秦王府足智多謀之士，最可怕的就是房玄齡、杜如晦，我們要想盡一切辦法，搞垮

這兩個人！」因為他們無所不用其極的誣陷中傷，李淵把房玄齡、杜如晦驅逐出了朝廷。

正在這時，突厥人侵犯唐朝邊境，幾萬兵馬駐紮在黃河南岸，邊關急報飛馬傳抵長安。

抵禦強敵，向來是李世民督軍出征。這一次，太子建成極力舉薦元吉，高祖李淵准許了他的建議。

元吉請求，讓秦王府將軍尉遲敬德、程知節、段志玄和秦王府右三統軍秦叔寶等人隨軍赴戰，並檢閱挑選了秦王軍中大批精兵強將充實自己的軍隊。

太子率更丞王晊把建成、元吉的計劃祕密稟報了李世民，說：「太子抽空您的軍隊，將乘為元吉餞行的時機，邀您赴宴，事先埋伏下勇士，到時候對您下毒手。事後上奏皇上，說您暴病身亡；再把尉遲敬德等秦王將士全部活埋坑殺。太子還對元吉說事成之後，天下還有誰敢不服呢！」

李世民的親信，這時只有長孫無忌在身邊了。長孫無忌勸李世民趕在太子建成和元吉下手前，結果了他們兩個。

「骨肉相殘，遺臭萬年！我雖然明知大禍臨頭，但還是想在事發之後，再以義反擊……」

尉遲敬德說：「人誰不珍惜生命，看重生死！眼下大家置生死於度外，擁戴大王，這是上天對大王的恩惠。人家弓箭在握，立馬就要射來，大王仍然不以為意，就是不把自己的身家性命當做一回事，難道大王對大唐的江山社稷也視作兒戲！敬德的建議，如果不加理會，從此以後我就逃身草野，決不留在大王身邊作繭自縛，任人宰割了！」

「不採納敬德的主張，事情必敗無疑。敬德不再追隨大王，在下也要跟着敬德隱身江湖，無緣侍奉大王了！」長孫無忌接着說。

「我的話未必全對，但總不至於一點也沒有可取之處吧！」

「大王怎麼拖泥帶水的？猶豫不定，不能說是明智；臨難不決，不能稱作義勇。況且，大王的八百名勇士披堅執銳，已經齊集宮中待命，箭在弦上，不得不發啊！」

其實，李世民早已有所準備的，不然何必豢養八百勇士呢！只因為他胸有成竹老謀深算，所以直到現在依然裝作十分無奈的樣子，似乎真的不知該如何是好。最後，他裝模作樣地決定，再徵求下府中僚屬們的意見。

僚屬們說：「齊王元吉與太子合謀誅殺大王。事成後，齊王是不會久居人下的，他曾揚言：『只要除掉秦王，拿下太子簡直易如反掌！』他們得了志，天下恐怕也就不是大唐的天下了。以大王的賢德威望，捉拿這兩個人還不是拔根小草，怎麼能像市井之人徇小節而忘大德呢！」

李世民好像極其無奈地接受了大家的意見。他讓長孫無忌祕密去召房玄齡等人，進一步謀劃對策。

房玄齡對長孫無忌說：「皇上的旨意，不讓我們再侍奉秦王；如果我們私下謁見秦王，肯定是犯下了死罪，請稟告秦王，我們不敢遵命。」

李世民聽了長孫無忌的傳話，火冒三丈，摘下佩刀授予敬德，命令說：「你去看一下，如果他們果真沒有前來的意思，就砍下他們的頭來見我！」

尉遲敬德和長孫無忌把李世民下決心舉大事的情況告訴了房玄齡等人。為了避人耳目，房玄齡、杜如晦換上道士袍服隨長孫無忌趕往秦王府，尉遲敬德另取道路趕來。

第二天，金星白天出現在天空。傅奕祕密上奏說：「金星出現在秦地的分野上，預示着秦王將擁有天下。」高祖李淵將這個祕奏交給了李世民。李世民乘機向高祖密奏太子建成、元吉淫亂後宮妃嬪，並且說：「兄長建成和四弟元吉，我絲毫沒有對不住的地方，可他們卻

絞盡腦汁地要殺害我，好為兒臣擊殺的賊寇報仇雪恨。兒臣如果永別父皇含冤而死，魂歸地府，實在是恥於見到我殺掉的那些賊寇！」

高祖李淵聽了大為驚訝，對李世民說：「明天我就審問這件事，你最好早來上朝。」

第二天一大早，李世民在玄武門埋伏下人馬，帶着長孫無忌等人入朝。

張婕妤暗中得知了李世民昨天祕密上表的大致意圖，慌慌張張地告訴了太子建成。建成立即召來元吉商議，元吉說：「依我看，咱們應當統領好東宮和小弟我的軍隊，託詞有病，不去早朝，觀察秦王有甚麼動作，然後相機行事。」建成說：「兵力部署和防備事宜早已做得相當嚴密了，我們還是入朝參見，乘機打探打探消息吧！不然，豈非心中有鬼，自我暴露？那不就更被動了。」於是二人一起入朝，騎馬向玄武門走去。

這時，高祖李淵已經召來了裴寂、蕭瑀、陳叔達等大臣，準備詢問李世民的密奏。

太子建成和元吉來到臨湖殿附近，發覺有了變故，當即勒馬回返。

李世民就在後面追着喊他們，元吉連忙操箭射向李世民，但一連三次都沒能拉開弓。

李世民拉弓搭箭。「嗖」的一聲，一支飛箭射向建成和元吉逃跑的方向，飛快的馬蹄聲突然伴入「撲通」一聲墜馬的聲音，太子建成應聲斃命。

尉遲敬德率領七十名騎兵驍勇迅速趕到，一陣亂箭，又把元吉射下馬來。

李世民的坐騎脫韁奔入樹林，他被樹枝掛住，落下馬來，重重地摔在地上，一時動彈不得。元吉一個箭步，躍到李世民身邊，奪過李世民手中的弓要把他勒死。

　　尉遲敬德縱馬衝殺過來，一聲怒吼把李元吉嚇得打了個冷顫。元吉慌忙起身，拔腿向武德殿跑去。尉遲敬德策馬追逐，搭箭拉弓，一箭飛出，不偏不倚正射中元吉後心。元吉一聲慘叫，撲倒在地，魂兮歸天。

　　東宮和齊王府得到事變的消息，迅速出動精銳兵馬兩千人，急赴玄武門。李世民手下的猛將張公謹膂力過人，他一個人關閉上了玄武門的大門，擋住了東宮和齊王府的兵馬。玄武門宿衞軍將領雲麾將軍敬君弘挺身出戰，與中郎將呂世衡率領人馬大呼小叫地對尉遲敬德的七十名驍勇反撲過來，雙方白刃肉搏，敬君弘和呂世衡戰死。

　　宿衞軍鼓噪前行，準備進攻秦王府。尉遲敬德提來建成和元吉的頭顱摔在負隅頑抗的宿衞軍面前。宿衞軍、東宮和齊王府的將士見了主子血淋淋的首級大驚失色，呼啦一聲四散逃去。

　　高祖李淵正在內湖海池的船上。李世民讓尉遲敬德前往警衞。敬德身披鎧甲，手持長矛，徑直來到內湖海池邊，李淵極為震驚，慌忙問道：「誰在作亂？你來這裏幹甚麼？」

　　「太子、齊王作亂，秦王起兵誅殺了他們。秦王擔心陛下受驚，派臣下敬德前來警戒護衞。」

　　李淵震怒、惶恐、無奈，所有這些情緒一下子湧上心頭。他臉色慘白地說：「怎麼能料到，會發生這樣的事！」這時裴寂正站在他身邊。他朝着裴寂，十分痛苦地吼叫道：「你說，這該叫我如何是好！」

　　蕭瑀、陳叔達接過話茬，稟告說：「秦王功蓋當世，天下歸心。建成、元吉本來就沒有參與反隋建唐的義舉，對大唐的天下沒有尺寸之功，卻嫉妒秦王威重功高，並且策劃邪惡的陰謀，圖謀不軌。現在，既然他們已經被聲討誅殺，陛下如果上承天意下順民心，立秦王為太子，把國家大事託付給他，四海之內就不會再出現甚麼奸佞異端了！」

　　高祖李淵只好順水推舟地說：「好吧，這也是我向來就有的心願！」

　　這時，玄武門尚且餘戰未消，尉遲敬德請求高祖頒佈手敕，命令各軍一律接受秦王的處置，高祖聽從了這個建議。

　　玄武門交戰雙方得到敕命，隨即安靜了下來。

　　六天後，李世民被立為太子；兩個月後，高祖李淵把皇位傳給了李世民。

　　李世民勵精圖治，開大唐一代新風，成了唐王朝的聖明君主唐太宗。

第六套

敗戰計

第三十一計　美人計

| 閱讀指津 |

　　美人計消磨將帥的意志，將帥耽於女色不理軍機，必然誘發與其下級部屬之間的矛盾。《孟子》中說過：「食色，性也。」愛美之心人皆有之，但戰場上女色是只有將帥帳下才有的，如果上上下下都攜了紅袖與敵軍對壘，那不僅不可思議，其結局也不言自明。正因為將帥有這樣的特權，也就加劇了將領和下級軍官及兵士之間矛盾的質變：部屬怨聲載道，兵士鬥志衰退，軍隊哪裏談得上戰鬥力。

原文

　　兵強者，攻其將；將智者，伐其情。將弱兵頹，其勢自萎。利用禦寇，順相保也。

　　按：兵強將智，不可以敵，勢必事之。事之以土地，以增其勢，如六國之事秦，策之最下者也。事之以幣帛，以增其富，如宋之事遼金，策之下者也。惟事之以美人，以佚其志，以弱其體，以增其下之怨，如勾踐以西施重寶取悅吳王夫差，乃可轉敗為勝。

| 譯文 |

　　面對的敵軍兵力強大，那就得打將領的主意；將領足智多謀，那就想方設法腐蝕精神，頓挫意志。將領意志消沉，部隊士氣萎靡，敵人的氣勢自然就衰落下去了。這就是《周易・漸卦》所說的，利用敵人的弱點瓦解控制敵人，從而保全自己的實力。

　　按語：兵力強大將帥睿智的敵人，不能交鋒，情勢所迫得曲意逢迎討好對方。割讓土地侍奉敵人，就更增強了對方勢力，助長了對方氣焰，像戰國時期的韓、趙、魏、楚、燕、齊等六個國家取悅於秦國，這是最無能低下的策略。進貢金銀布帛侍奉敵人，就增加了對方財物，加強了對方富

有，像宋朝廷討好遼國和金國，也是卑劣低下的策略。只有進獻美女給敵人，讓對方意志消沉耽於淫佚，身體衰弱，從而引起並激化部下的怨恨，像越王勾踐用美女西施和珍玩重寶討好吳王夫差，才能扭轉被動局面，反敗為勝。

勾踐滅吳

　　春秋時期，中原地區各諸侯國角力競武，干戈紛爭，齊、晉、秦、楚等國弓馬馳逐，稱雄爭霸。到了春秋末期，偏居中國東南蠻荒之地的吳越兩國由於學習中原地區先進文化，延攬並重用中原國家及其鄰國的政治和軍事人才，不過短短二十幾年，吳王闔閭大敗鄰國越，西破強楚，大舉北伐，被中原國家輕蔑地稱為「蠻夷之邦」的吳國，竟然取代中原諸侯做了霸主。

　　螳螂捕蟬，黃雀在後。忍辱求和，臥薪嘗膽的越王勾踐經過二十年的生聚籌謀，終於瞄準了吳王夫差黃池爭霸國內空虛的時機，揮師直逼吳國都城姑蘇（今江蘇蘇州），從背後給了吳國致命的一擊，曾一度跋扈飛揚的夫差窮途末路，只有很不情願地伏劍自刎了。

　　故事還得從周敬王二十七年（公元前 493 年）說起。吳王夫差經過三年整軍修武，決定舉兵攻打越國，報檇李之戰父王兵敗命喪的奇恥大辱。

　　檇李之戰勝利後，越王勾踐就滋生了些不可一世的感覺，威振華夏的吳王闔閭尚且死在我的手下，你個乳臭未乾的小吳王夫差當然也就不在話下。這不，當得到吳國即將來犯的情報時，勾踐氣勢凌人地對大臣們說：「吳國，是塊通往中原的絆腳石，我早就想搬掉了！夫差這小子不知深淺，送上門來了，這一仗管叫他死無葬身之地！」

　　勾踐調兵遣將，他要先發制人，給吳軍個迎頭痛擊。范蠡勸阻說：「大王，這樣倉促出擊太草率，太魯莽了。兵法說，兵器就是兇器，作戰是對道德的悖逆，爭鬥是處世的下策。違背道德，動輒用

兵，把自己困在爭強好勝的下策之中，這是上天要求禁絕的！如果違背天意，蠢蠢欲動，必然是自取其咎！」

范蠡話才說到半截，越王勾踐就聽得不耐煩了。但事關國家安危存亡，范蠡不避冒犯龍顏的殺身之禍，還是說了下去：「三年來，吳國君臣不忘兵敗君亡的國恨家仇，上下一心，立志報復，勢不可擋啊！兵家有這樣的話，兩軍勢力相當，悲憤的一方獲得勝利。為今之計，還是不要匆忙出師迎敵，暫且據城堅守為妙。」

「我已經拿定了主意！」剛愎自用的勾踐正是顧盼自雄不可一世之時，根本不想聽異樣的聲音。他命令傾全國之兵，出征吳國。

吳越兩軍在五湖（即今江蘇無錫南蘇州西的太湖）夫椒山下相遇，結果越軍被殺得丟盔棄甲，越王勾踐狼狽逃竄到會稽山下，幾萬精兵僅僅剩下了五千人馬。吳軍乘勝追擊，把越軍逼上了會稽山。

越王勾踐像熱鍋上的螞蟻，而吳王夫差則傳令部隊在會稽山下安營紮寨，圍而不攻，等待着越軍糧草斷絕，自投羅網。

越王勾踐萬萬沒想到會落得這步田地，唉聲歎氣地向范蠡討主意說：「因為不聽您的忠言勸諫，以至陷此絕境，怎麼辦呢？」范蠡答道：「事到如今，只有卑辭屈節向吳王求和的惟一出路了。」

勾踐連忙派大夫文種到吳軍營寨求和。文種屈膝下跪匍匐着來到吳王夫差帳下，磕頭頓首說：「亡臣勾踐派遣臣子文種，冒昧稟報陛下：勾踐請求臣事君王，他的妻子做君王的侍妾。」

伍子胥對吳王說：「上天把越國賜給了我們，決不能答應求和。」

勾踐聽文種說求和不果，就要殺了妻子，焚燒珍寶，率領着五千名殘兵敗將拼死搏鬥，來個魚死網破。

文種勸阻越王說：「吳國的太宰伯嚭貪財好色，可以拿金銀珠寶女色等誘惑利用他。我祕密前往，私下遊說伯嚭。」

伯嚭一見文種帶來了黃燦燦的金子、白花花的銀子和各式各樣的越國珍玩重寶，兩隻黑豆眼滴溜溜地轉個不停，看看這看看那，沒一

樣東西不讓他眼熱心動。利令智昏，滿眼的寶物把個伯嚭驚喜得無以名狀。

這時，文種又獻上了幾名天仙般美麗的越國女子。儘管伯嚭日理萬機，花花草草也沒少招惹，但眼前的這幾個越女，娉娉婷婷如出水芙蓉，白白嫩嫩似二月初蕊，伯嚭的一對小眼睛從頭到腳挨個肆意搜索，伯嚭雖然早已經是老大不小的老頭了，但內心騷動，連十個腳趾頭也跟兩個手心一樣鑽心地瘙癢起來。

伯嚭不停地吸溜着溢出嘴角的口水，美色的吸引調動了他的佔有慾，一滴滴的口水拉着黏乎乎的線條，把他衣服前襟打濕一片。他感到自己失態，先是尷尬地乾咳兩下，接着臉色一沉，拿腔捏調地對文種說：「越國滅亡不過旦夕之間。吳國佔領了越國，不甚麼都是我們的了？文大夫以為，這麼點小伎倆，能收買老夫？」

文種說：「太宰所言極是。不過，不接受投降，對貴國，對太宰又有甚麼好處呢？越王殺了妻妾家小，所有的珍寶重器能燒的燒，不能燒的就拋進江河湖海裏，然後率領敗兵殘將拼死一戰。常言說，困獸猶鬥，到那時，吳國恐怕也會遭受不小的損傷吧！」

伯嚭口稱拒和，本來是為了遮掩失態的尷尬，不想引出了文種的這番話，他順水推舟地說：「大夫說得有道理，有道理！大夫的使命，包在老夫身上了！」

吳王夫差聽了伯嚭的彙報，憤怒的火苗立刻躥出嗓子眼：「我跟越國有殺父之仇亡國之恨，吳越不共戴天。談和，白日做夢！」

伯嚭低聲下氣地伏在吳王夫差耳邊嘀咕了一通，吳王竟然一反常態，同意召見文種。

伍子胥聽到風聲，闖進吳王帳中，正撞上文種跪地求和。他狠狠地瞪了伯嚭一眼，對吳王說：「現在不消滅越國，將來後悔都來不及。勾踐是賢君，文種、范蠡是良臣。放他們回去，就是縱虎歸山！」

夫差接過話茬說：「那就依相國的意見辦，不讓越王勾踐回國，叫他到吳國來做臣僕！」

「大王！斬草除根，除惡務盡……」伍子胥還要說下去，吳王夫差打斷了他的話：「事情，我看就這樣定了。相國說不能放虎歸山，讓勾踐來吳宮當差，不就得了嗎！」

吳越兩國簽約和解，各自撤軍返國。

越王勾踐夫婦由范蠡作陪來到吳宮，又獻上了隨身帶來的珍寶珠玉和一批美女。

吳王的大臣們都分得了美女和一份珠寶，人人樂不可支。只有伍子胥憂心忡忡地說：「只圖眼前蠅頭小利，而不考慮來日亡國之患，越國用十年時間蓄息人口，收聚流散逃亡人員，再用十年恢復生產，訓練百姓，二十年後，吳國的都城就是一片廢墟了！」

勾踐夫婦白天切草搗料，給吳王餵馬，汲水灑掃，只是辛勤地勞作着；夜晚則住在闔閭墳墓旁一間四面透風的石屋裏，度日如年地熬過了三年時光。

其間，夫差多次派人窺探，沒聽到任何怨恨之聲，更沒發現甚麼復國之志；再加上伯嚭從中攛掇鼓動，夫差反倒覺得勾踐范蠡君臣怪可憐的。於是就產生了放他們回國的動議。

伍子胥勸阻說：「夏桀、殷紂的教訓難道還不夠深刻嗎！他們逮住了自己的對手商湯、文王卻不殺掉，結果反倒身死人手。如今，大王的仇人勾踐就攥在手心裏，卻要送他們回國，豈不是要重蹈夏商兩朝亡國之君的覆轍，留下個萬世笑柄嗎！」

伍子胥的話確實讓夫差倒吸了一口涼氣，赦免放行勾踐的話題也就暫且擱置了起來。

眼看着三年忍辱負重，將換回一朝返國之行，伍子胥的諫阻，讓勾踐幾乎破滅了一切幻想。不巧，吳王這幾天又生了病，這就更讓勾踐和范蠡擔憂起來。

范蠡說：「如果不是夫差這樣混帳的君王，哪還有我們的今日！如果夫差一病大去，太子友繼位為君，這個很有頭腦的年輕人，是不會放過我們的！」

勾踐經范蠡這麼一提醒，連臉色都變了：「那，那我們不就完了？」

「不！臣下有一方計策，或許能轉危為安，只是不知當說不當說。」

「時至今日，生死難卜，只要有用就行。愛卿，哪還有甚麼當說不當說的話呢？快快拿出來吧！」

勾踐依計而行，第二天他通過伯嚭去探望吳王。勾踐伏在吳王的牀榻下，一邊磕頭一邊一疊聲地說：「大王龍體欠佳，罪臣聞知，惦記不已……」話還沒說完，夫差揮手示意大家退下迴避，他想大便。

勾踐趁機說：「罪臣少小之時，曾師從一位名醫，學來了由便溺診治疾病的方法，不想今日能為大王略盡愚忠了！請大王恩准罪臣一試吧！」

夫差大便完畢，勾踐揭開便桶，伸手抹來一塊糞便含進嘴裏，裝模作樣地呷吧着，品味辨識了好大一會兒，然後撲通一聲突然跪下說：「恭喜大王，龍體就要痊癒了！」

夫差驚異而高興地從榻上支起身子。

「大王的糞便味苦而酸，正與春夏的時氣相合。順時則吉，逆時則凶，大王的病不過數日就完全好了！」

夫差連連稱讚說：「你，天下難得！品便知病，連我的寵臣愛子也做不到的……」

幾天後，吳王夫差果然病癒康復了。他力排眾議，盛宴歡送勾踐返國。勾踐回到故國，為了不忘會稽山下被圍乞和的恥辱，決定把國都遷到會稽山下。他處心積慮，把一隻動物的苦膽掛在自己睡覺的稻草堆上，每頓飯前先嘗膽。時時提醒自己：「你忘記會稽山的恥辱了

嗎？」為了恢復發展生產，他下田耕地，夫人績麻織布，吃的是和老百姓一樣的粗劣飯菜，穿的是普普通通的粗布衣裳，禮賢下士，扶弱濟貧，越國上上下下都深深地被君王臥薪嘗膽奮發有為的精神感動着。

很快，越國出現了人丁興旺、國家振興的喜人景象。勾踐召來范蠡、文種等親信大臣商討滅吳雪恥的方略。范蠡說：「經過幾年的人口蓄育，田地開闢，我們的庫存正在充實，已經走上了民富國強的正軌。但是，跟吳國相比還嫌不夠，並且夫差那裏還有個具有遠見卓識的伍子胥。看來，現在起兵復仇時機還不成熟。」

勾踐有些着急地說：「時機成熟，要等到何年何月？」

大夫文種說：「時機要等，但時機也可以創造。臣下以為，創造滅吳的時機不外乎這麼幾種方法。我們且稱之為『滅吳九術』吧！」

「大夫請快講，勾踐我洗耳恭聽！」越王勾踐一聽可以創造滅吳的時機，連忙催促道。

文種說：「一是尊天事神，求得神靈保佑，降福消災；二是積累財寶金銀，貢獻吳王，賄賂收買他的臣子；三是高價收購吳國的糧食，讓他庫存空虛，使吳國百姓競相逐利，舉國疲憊；四是挑選美女奉送吳王，讓他沉湎酒色，意志消沉；五是送給吳王能工巧匠和上等木材，讓他大興土木建造宮室殿宇，耗費國家的積蓄；六是扶植吳王身邊阿諛奉承嫉賢妒能的奸佞臣子，教他滿朝文武鈎心鬥角，自我毀滅；七是激化吳王和忠諫之臣的矛盾，使得佞臣當道，忠臣亡命；八是君王要樹立威望，繁榮國家經濟，打造武器，儲備軍需；九是訓練士卒，整飭軍隊，一旦抓住吳國的弱點，乘虛而入，一舉克敵。」

文種的雄韜偉略讓勾踐聽得熱血沸騰，連聲稱好。報仇心切的勾踐問道：「現在，就這會兒，我們該使用九術中的哪一術呢？」

「吳王夫差熱衷於亭台樓閣，聽說他正嫌宮殿狹小，準備修造更加巍峨雄偉的殿宇。我們越國深山老林裏，有的是千年古木，百尺良材，大王不妨選幾根大木頭送給他。」文種答道。

　　勾踐派了三千多名木工開進深山老林，尋找奇異高大的樹木。經過一年的跋涉，終於發現了兩棵絕無僅有的參天古木。這兩棵樹，每棵樹幹二十圍粗，五十尋高。勾踐讓國內一流的工匠巧施雕飾，派文種護送奉獻給了吳王夫差。

　　夫差一見，大喜過望。兩根巨木圓轉光潤，處處合乎繩墨規矩，雕刻精妙，鑲有碧玉，嵌着黃金，丹青描繪如龍騰蛇舞，文彩生輝勝珠寶之光。夫差禁不住滿心的喜悅，用手撫摩起來，那感覺美妙無比。他又用手指輕輕一彈，巨木錚錚作響，乃金玉之聲。得意忘形的吳王哈哈大笑說：「勾踐的忠心，成就了我輝煌的大廈！」

　　夫差決定用這兩棵巨木作棟柱，重修姑蘇台。

　　吳國傾其國力，用了三年時間備料，五年時間施工，才落成了這座壯麗雄偉奢華空前的台殿。因為這項工程，舉國百姓傾家蕩產，更有許多人活活累死在建築工地上。

　　頭一計奏效後，勾踐又採納文種建議實施第二計。

　　勾踐派出許多使臣到民間搜尋美貌女子。范蠡在苧蘿山發現了兩個砍柴人的女兒西施和鄭旦。兩位姑娘生在深山，住在江邊，以浣紗為生。山水的靈氣把她們浸潤得純潔無瑕麗質天成。

　　為了討得夫差的歡心，范蠡用重金聘來兩個姑娘後，對她們進行了專門訓練。舉手投足，笑靨言語，舞步騰挪，琴棋書畫……凡是一個宮女應該具備的技藝，范蠡都耐心細緻地調教。

　　范蠡讓她們穿上綾羅綢緞的衣服，戴金銀珠玉的首飾，讓她們扭扭捏捏地走路，嗲聲嗲氣地說笑……

　　兩個姑娘天生拒絕這些令人作嘔裝模作樣的東西，心中悶悶不樂，無時無刻不思念着苧蘿山下姐妹們浣紗嬉戲的自在生活。范蠡看出了她們的心思，就告訴了請她們來的真實目的。

　　深明大義的西施、鄭旦雖然很不情願做吳王的宮女，但為了洗雪國恥，還是按照范蠡的要求認真刻苦地學習訓練。

幾個月後，范蠡護送她們來到吳國，獻給吳王時，西施強顏歡笑。范蠡退庭離開的剎那間，她雙眼飽噙着惜別的淚水。如此純潔的少女落入荒淫無度的夫差魔爪，范蠡心頭泛起一股難言的痛楚……

伍子胥一眼看穿了越國的美人計，勸諫吳王說：「大王請不要接受越王居心叵測的進獻！五色令人目眩，五音令人耳聾，夏因妹喜而亡，商因妲己而亡，周因褒姒而亡。賢士，是國家的重寶；美女，是國家的禍害。請大王明察秋毫，萬萬不要上當受騙啊！」

西施、鄭旦，夫差才看了一眼，可憐滿宮妃嬪沒了一分顏色。夫差強打起精神想拒絕女色，可是怎麼也控制不了自己，神顛魂倒地右手攬着一個，左手摸着一個，伍子胥的逆耳忠言跑到九霄雲外去了。

西施、鄭旦不忘國家託付，用盡千嬌百媚，吸引吳王沉迷。可惜鄭旦過不慣醉生夢死的日子，鬱鬱寡歡，沒多長時間就悒鬱死去了。

一雙明珠痛失一個，夫差更把西施視作心肝寶貝，為了討好心上人，他又大興土木，專門在靈巖山建築了宛若天宮仙府的館娃宮。從此以後，夫差夜夜笙歌，春宵苦短，整天泡在館娃宮裏，朝政在他心裏已完全沒有了位置。

勾踐的臣服和美女的侍候，大大助長了夫差的驕奢之心。他自以為國富兵強，天下無敵，不僅可以前續父王闔閭的武功，而且要上追齊桓、晉文的霸業，夢想着讓中原國家臣服在自己的腳下。

周敬王三十六年（公元前 484 年），吳王夫差要舉兵伐齊。

伍子胥勸諫：「大王，萬萬不可啊！我聽說越王勾踐粗食單衣，跟百姓同甘共苦，時時刻刻以消滅吳國雪洗恥辱為第一要務。越國才是我們的心腹疾患，齊國不過是皮毛問題。大王放棄伐齊的計劃，先消滅越國。」

吳王對伍子胥動不動就作梗很為惱火，沒好氣地把他呵斥走了。

吳王出征，在艾陵打敗了齊軍，齊王送上大批金銀財寶，請罪求和。夫差得勝返朝後，叫來伍子胥狠狠地訓斥了一通。

看着吳王志得意滿的樣子，伍子胥忍不住內心的悲憤，回敬說：「大王請不要高興得太早了！」

越國大夫文種得知這些情況後，對勾踐說：「依臣下愚見，吳王治國為政已經非常驕縱了。我們趁機向他借糧，看看他會作何反應。」

吳王聽說越國饑饉想借點糧食，不假思索一口答應了下來。伍子胥提出反對意見，吳王置之不理。伍子胥說：「大王不納善言，不出三年，吳國就要滅亡了！」

吳王夫差勃然大怒：「住口！你一向與我作對，顧念你是先王的舊臣，我不忍心殺了你。到如今，你大逆不道，令人髮指！說，為甚麼把兒子託付給齊國？叛國還口口聲聲忠心耿耿，難道這也稱得忠心耿耿？好了，你自己瞧着該定甚麼罪狀，自我量刑，自我裁決吧！」

夫差氣急敗壞地順手把「屬鏤」之劍扔在了伍子胥腳下。

原來，吳王不久前派伍子胥向齊國下戰書，想借刀殺人，用一道滿紙羞辱謾罵的戰書激怒齊王，從而叫伍子胥有去無回。伍子胥料到吳國必亡無疑，就把自己的孩子帶去了齊國。

夫差的話完全撕破了君臣情面，伍子胥怒不可遏地痛斥夫差說：「我棄楚投吳，身受吳王兩世恩祿，即使披肝瀝膽，也當盡忠而死。萬萬沒有想到的是，今天，我死在了你的刀下！真後悔啊，當初我怎麼會向先王力爭，立你為嗣的呢！讓吳國的社稷毀在了你這個不肖子孫的手裏！這，才是我唯一對不住先王的地方！」

說罷，伍子胥撿起腳下的長劍，拔劍自刎身亡。

伍子胥死後，夫差一意孤行。周敬王三十八年，他率領大軍乘龍舟前往黃池，會盟中原諸侯，爭奪盟主。

越王勾踐統帥五萬大軍乘虛而入，直搗吳都，僅用了三天時間就攻陷了姑蘇城，活捉了吳太子。夫差匆忙從黃池趕回，厚禮卑辭地向勾踐求和；勾踐君臣認為吳國兵力尚且強大，就答應了講和退兵。

四年後，越王勾踐在做好了周密的軍事部署和充分的物質準備後，決定舉兵討伐吳國。

吳王夫差率軍在笠澤（今江蘇蘇州南）迎戰。

越軍兵分三路，左右兩路鼓噪聲喧，虛張聲勢；吳王夫差命令兵分兩路左右開弓，吳軍左突右衝，兵力分散。

越王勾踐率三軍主力精兵由中路發起猛攻，吳軍全線崩潰，大敗而逃。

越軍乘勝追擊，吳王夫差被圍困在陽山（今江蘇吳縣西）。走投無路的吳王寄希望於向勾踐求和換回苟且偷生，范蠡、文種堅決不許。

臨死前的夫差追悔莫及，聲淚俱下地哭訴道：「我沒臉面見伍子胥於地下啊！」他反反覆覆地唸叨着這句話，很不情願地伏劍自殺了。

周敬王四十四年（公元前476年），越王勾踐消滅吳國後，率軍北渡長江，跨過淮河，與齊、晉、宋、魯等諸侯會盟，做了中原霸主。

第三十二計　空城計

| 閱讀指津 | ●●●●●●●●●●●●●●●●●●●●●●●●●●●●●●●●●●●●●●

　　空城計是一種掩飾空城弱守，欺騙敵人的策略。《三國演義》裏司馬懿的兒子司馬昭看出了諸葛亮的破綻，對父親說：「莫非諸葛亮無軍，故作此態？父親何故便退兵？」司馬懿答道：「亮平生謹慎，不曾弄險。今大開城門，必有埋伏。我兵若進，中其計也。」這個回答說出了空城計的關鍵，首先擺空城計的人必須是敵人認為平生謹慎而不可能冒險的人；再就是擺了空城計卻必須給敵人以設伏相誘的陣勢；最後一點，就是空城內外兩軍還得是知己知彼的將領。這三者捨其一，空城計肯定就得演砸；如果不是司馬懿，而是司馬昭為主帥，諸葛亮的空城計該是毋庸置疑的另一種結局了吧！

　　虛者虛之，疑中生疑；剛柔之際，奇而復奇。

　　按：虛虛實實，兵無常勢。虛而示虛，諸葛而後，不乏其人。如吐蕃陷瓜州，王君煥死，河西恟懼。以張守珪為瓜州刺史，領餘眾，方復築州城。版幹裁立，敵又暴至，略無守禦之具。城中相顧失色，莫有鬥志。守珪曰：「彼眾我寡，又瘡痍之後，不可以矢石相持，須以權道制之。」乃於城上置酒作樂，以會將士。敵疑城中有備，不敢攻而退。又如齊祖珽為北徐州刺史。至州，會有陳寇，百姓多反。珽不關城門，守陴者皆令下城，靜坐街巷，禁斷行人，雞犬不亂鳴吠。賊無所見聞，不測所以，或疑人走城空，不設警備。珽復令大叫，鼓噪聒天，賊大驚，登時走散。

| **譯文** | •

　　兵力空虛，設防佈陣再顯示給敵人空虛，使敵人滿腹疑惑之中再生疑惑。這就像《周易・解卦》所兆示的，在敵我力量懸殊的危急關頭，使用此計奇妙無比。

　　按語：虛了再虛，實了再實，用兵作戰虛虛實實，沒有甚麼一成不變的模式。兵力空虛卻又故意把空虛的樣子顯示給敵人，諸葛亮之後，使用這種計策的不乏其例。例如，唐玄宗開元年間，吐蕃人攻陷瓜州，大將軍王君煥戰死，河西地區人心震恐，一片混亂。這時，朝廷任命張守珪為瓜州刺史。到任後他率領劫後餘生的人眾重新修復城牆，剛剛樹立好固定築牆夾板的木樁，敵人就突然兵臨城下。這時候抵禦敵人防守城池的設施一點也沒有。城中軍民你瞧瞧我我看看你，面面相覷，嚇得臉色都變了，根本沒有了甚麼鬥志。張守珪說：「敵眾我寡，再加上剛剛經受過戰爭的創傷，我們不能跟敵人較量武力死拼硬打，必須用謀略克敵制勝。」於是就讓在城牆上敲敲打打奏樂擺席，他跟將士們飲酒談笑。吐蕃軍隊看了這番光景，猜疑城內有所防備，沒敢貿然進攻便罷兵而回。再如北齊祖珽任北徐州（治所在今安徽省鳳陽縣東北）刺史，剛一上任就碰上了南朝陳軍來犯，老百姓也大多反叛依附陳軍。祖珽下令大開城門，城牆上的防守士兵都撤下來靜靜地坐在大街小巷裏，禁止過往人等，雞不鳴狗不叫。敵軍看不到人影也聽不到動靜，根本無法逆料其中的奧祕，於是懷疑這是座已放棄了的空城，也就不加戒備設防。祖珽這時突然命令城內大喊大叫，戰鼓聲助威聲震天動地，敵人驚恐萬狀，眨眼間逃散而去。

飛將軍李廣

　　李廣是西漢著名將軍，以善於騎馬射箭聞名當世。李家世代為將，他的先祖李信，就是秦朝時捉拿到燕太子丹的大將軍。李廣一生與匈奴作戰七十餘次，神出鬼沒，箭無虛發，讓敵人聞風喪膽，匈奴人十分敬畏地稱他為「飛將軍」。

　　漢文帝十四年（公元前166年），匈奴大舉入侵蕭關（今甘肅省西北），李廣從此開始了軍旅生涯。李廣騎術出眾，箭法高超，這次戰

鬥中他過關斬將，俘虜了大量敵人，繳獲了大批輜重，因此被選拔進朝廷做了中郎官。

李廣經常侍從漢文帝出行，每當危急關頭，他總是奮不顧身地衝鋒陷陣；遇到猛獸來襲，他奮力格鬥，連虎豹熊羆都難從他手下逃脫。漢文帝深為李廣的義勇所感動，讚歎說：「可惜啊！你沒有碰上建功立業的好機會！倘若生在高祖爭奪天下的時候，做個萬戶侯，也不在話下！」

漢景帝即位後，任命李廣為上郡太守。

上郡的轄地大致是現在的陝西省北部及其相鄰的內蒙古西部的部分地區，仍然是漢王朝抵禦北方少數民族的軍事要衝。

李廣赴任，正趕上匈奴大舉進犯上郡的時候，漢景帝派了一個親近寵幸的宦官到李廣軍中參與軍事，督促作戰。這位中貴人不懂軍事，但儼然一副欽差大臣的派頭，不怎麼看得起李廣。

一天，中貴人不顧李廣的告誡，帶了幾十名輕騎到營外遊玩。中貴人縱馬馳騁，一望無垠的綠草藍天眨眼間就把他帶到草原深處。忽然，他們看到不遠處有三個匈奴人。中貴人自以為人多勢眾，趕緊策馬揚鞭追了過去，想活捉這三個勢單力薄的匈奴人。

匈奴人發現幾十名漢軍騎兵餓虎一樣追撲過來，一邊調轉馬頭朝北方飛奔，一邊搭弓搭箭向追兵發射。中貴人見匈奴人邊戰邊逃，更堅定了活捉這幾個胡虜的念頭。他命令騎兵縱馬窮追，不料這三個敵人個個身手不凡，等中貴人一夥人馬就要追上時，只聽「嗖嗖」幾支飛箭射來，追兵接二連三應聲墜馬斃命，連中貴人也中箭負傷。中貴人這才不得不喝令所剩不多的幾個隨從護送着他往回逃命。

箭傷把膽小如鼠的中貴人驚嚇得魂不附體，回到軍營告知李廣外出遭遇時，他還面如土色，老半天說不出一句話來。

李廣大致了解了情況後，認為中貴人他們肯定是遇上了匈奴的射鵰獵手，就立即帶了一百名騎兵奔去追趕。

三個匈奴人見漢軍追來，自料難以逃脫，丟下坐騎就往附近的山上跑，李廣命令隨從兵分兩路，張開雙翼向三人包抄過去，他獨自一人尾隨其後，連發兩箭，射死了其中二人，活捉了剩下的一人，經審問，果然是匈奴的射鵰高手。

李廣剛剛把活捉的匈奴射鵰手綁上馬背，一抬頭，幾千名匈奴騎兵正鋪天蓋地奔湧過來，馬蹄聲像落地的驚雷在遼闊的草原上滾動，敵騎漸漸逼近。當他們發現自己面前的漢軍，僅僅是李廣率領的百幾號人馬時，個個驚訝得莫名其妙，惟恐中了漢軍誘騙他們上當的疑兵計，就連忙爬上山頭，佈置準備迎戰漢軍後續部隊的陣地。

幾千名匈奴騎兵在山頭上觀察漢軍動靜，東張西望地想發現點李廣率領的漢軍有甚麼蹊蹺。

李廣的百名隨從，見匈奴騎兵盤踞山頭像烏雲壓頂，驚嚇得連心都提到了嗓子眼裏，恨不得馬匹一下子能生出翅膀，立刻脫離險境。

李廣對大家說：「我們離開大部隊幾十里路，眼下情況危急，如果想憑我們的百騎馬匹生還，匈奴追過來，不用放上多少箭把我們射殺完了。反之，假如我們鎮定下來，停在這裏，安之若素，敵人肯定會認為我們在施行誘兵之計，我們乘勢佈個空城計，他們不敢貿然出擊！」

隨從騎兵們見身經百戰的將軍身陷絕境竟然如此從容自若，頓時鎮靜了下來。大家遵照命令，下馬解鞍。這時，有幾個騎兵小聲嘟囔說：「敵我兵力懸殊，距離又這麼近，萬一打過來，怎麼辦？」

李廣說：「那些匈奴兵本來認為我們會撤退的，現在我們卻解下了馬鞍，目的就是讓他們相信我們是在引誘他們。我們故意不走，讓敵人更加堅定地相信我們是在誘騙他們上當。」

匈奴幾千人馬看着李廣的百名騎兵解下馬鞍，放開了馬匹，馬兒自由自在地吃草，並且李廣和他的隨從們還十分悠閒地仰躺在草叢中。恰巧這時又到了晚霞滿天的時光，匈奴人怎麼也弄不懂李廣葫蘆裏賣的甚麼藥，就始終也沒敢出兵追擊。

漢軍將士橫七豎八地躺着，吃飽了草的馬匹撒着歡在他們旁邊溜達，夜幕漸漸降臨了。

就這樣，雙方一直相持到夜半光景。匈奴人認為附近肯定有漢軍大部隊的埋伏，擔心夜間遭受突然襲擊，就悄悄地撤退了。

第二天早晨，百名騎兵一覺醒來，發現幾千騎匈奴人馬已經沒有了蹤影。李廣率領着百名隨從回到了軍中。

漢景帝駕崩後，漢武帝因為李廣在朝廷百官中享有名將的盛譽，把他從上郡太守調動為未央衛尉，這是個掌管未央宮宮門屯兵的長官職位。

元光六年（公元前 129 年），李廣以衛尉的身份擔任將軍，奉命率領所部赴雁門，迎擊匈奴。

李廣到達前線時，匈奴正大肆侵擾上谷，因為敵軍陣容強大，李廣寡不敵眾，戰敗被俘。

匈奴單于早就聽說了李廣的賢能，戰前曾吩咐說：「如果捉到李廣，一定要給我送來活的！」

李廣被匈奴騎兵俘虜時，正是傷病厲害的時候，敵人就把他放在用繩索網成的網袋裏，然後繫在並行的兩匹馬之間，拖行了十多里地。他躺在網中，裝作昏死了過去，以便等待逃脫的時機。

俘獲了李廣的將領揚鞭催馬，急着飛報單于請賞。李廣偷偷地瞥見身旁的一個匈奴青年騎着匹好馬，忽然間縱身躍上馬背，一把把那個匈奴騎手推下馬，奪過他的弓箭，朝馬屁股連揮兩鞭，坐騎飛也似的掉頭朝南奔去。

匈奴幾百名人馬趕忙勒馬回頭追趕，李廣返身張弓，接二連三地射殺許多追兵，一口氣跑回了幾十里路。

李廣逃脫後，率所部取道雁門返回了京師長安。朝廷把他交給法官審問，因為李廣部隊傷亡眾多，他本人又被匈奴俘虜，被依法判決斬首。後來，被贖身出來，削去官職降為平民。

李廣返回原籍，在鄉野間一呆就是幾年。

一次，他去拜訪退職家居的灌彊，灌彊是原潁陰侯灌嬰的孫子，朋友相見分外歡欣，二人就到藍田南山中打了一天獵。

回家經過霸陵，正好守護霸陵亭驛的尉官喝醉了酒，便呵斥李廣，不讓通過。李廣的隨從說：「這是前任李將軍！」

「現任將軍尚且不能違犯宵禁，更何況甚麼前任李將軍！」亭尉酒氣沖天地訓斥道，說着就下令把李廣扣留了一夜。

事後不久，匈奴大舉入侵遼西，殺了遼西太守，打敗了漢將韓安國，掠去了大量邊民和牲畜。良將難求，漢武帝想到了李廣，於是召見起用，任命他為右北平太守，代替韓安國去掃平匈奴的侵略。

臨行前，李廣請求漢武帝，讓霸陵亭尉和他一起前往右北平。一到軍中，李廣就開刀問斬，殺了這個當年羞辱他的亭尉。

匈奴聽說新上任的漢將軍是李廣，連聲驚呼：「飛將軍李廣來了！」匈奴人上上下下惟恐避之不及，也就不敢犯邊滋事了，一連多年北方邊境平安無事。

一次李廣出去打獵，風吹草動，草叢中好像隱藏着一隻兇猛的老虎，他縱馬飛箭，「嗖」的一聲，箭射中了老虎，迸濺出一片火星。李廣走上前去定睛一看，原來是塊酷似老虎的大石頭，那箭鏃也深深地沒入了石頭裏。

李廣為將清廉，得到朝廷的賞賜總是分給部下；和將士生活在一起，飲食標準跟士卒沒甚麼區別。李廣一生為朝廷立了不可勝數的功勛，但是他的待遇卻很差，直到臨終，四十多年一直都是俸祿二千石的官吏。李廣身無長物，家裏除了維持日常生活的必需品，沒有多餘的東西，他一輩子也從來沒有過問家產之類的私事。

李廣身材高大魁偉，左右兩臂可以自由延伸，像猿猴一樣，他口才遲鈍，不善言談，作戰間隙或者行軍駐紮下來時，就跟隨從們在地上畫出軍陣圖，做比賽射箭的遊戲，直到死前都是這樣。

　　李廣帶兵遇到飲水糧食缺乏斷絕的時候，發現了可飲用的水，士卒沒有都喝到，他一滴也不沾；籌措到了吃的，士卒沒有都吃飽，他一口也不嚐。治軍寬鬆不苛刻，得到了士卒的愛戴推崇。

　　郎中令石建死後，漢武帝召見李廣讓他接任郎中令。元朔六年（公元前 123 年），李廣又被任命為後將軍，跟隨大將軍衛青的軍隊，從定襄出塞征討來犯的匈奴。出征歸來，將領們大都因為斬殺敵人首級合乎標準而被論功封侯，然而李廣卻沒能建樹軍功。

　　三年後，李廣以郎中令的身份率四千名騎兵從右北平出發，跟博望侯張騫率領的一萬名騎兵一起出塞，分兩路包抄匈奴。前進了幾百里路後，李廣軍隊迎頭遭遇上了匈奴左賢王的四萬大軍。匈奴以十倍的鐵騎把李廣四千人馬圍了個裏三層外三層，受困的李廣部屬害怕極了。李廣就派兒子李敢縱馬疾馳，闖進敵軍包圍圈中試探虛實。李敢只帶了幾十名騎手，一直穿過匈奴的重圍，攻破敵人的左右兩邊圍堵，然後又回到自己的陣營，報告父親說：「匈奴人馬雖眾，但容易對付，沒甚麼了不起的！」李廣的部屬將士這才安下心來。

　　李廣把四千名騎兵佈置成圓形軍陣，一步步向外圍推進，猛打硬攻。在生死存亡之中，李廣組織軍隊奮勇抵抗堅持到第二天，終於等來了博望侯張騫的軍隊。兩軍裏應外合，形成了對敵人的兩面夾擊，打退了極為猖獗的敵人。

　　又過了兩年，大將軍衛青、驃騎將軍霍去病大舉出擊匈奴，李廣多次奏請隨軍征戰，天子認為他年紀太大，不予准許。李廣請戰心切，終於感動了漢武帝，便任命他為前將軍，隨從大將軍衛青出征。

　　大軍出塞後，衛青從捕獲的匈奴俘兵口中得知了單于的蹤跡，就親自率領精兵追趕，並且把李廣調遣到右將軍所部，讓他們從東部出發，向匈奴的左路進擊。

　　東路行軍路途迂曲遙遠，所經過的地方水源和草料缺乏，軍隊只能單騎行進。李廣就主動向衛青請求：「臣下本來就是前將軍，眼下

大將軍卻讓改行東路，我自從年輕時就跟匈奴交鋒，今天才得到跟單于一決雌雄的機會，請允許我打前鋒，跟單于決一死戰！」

漢武帝曾暗中吩咐衛青，說李廣年紀大了，命運也不怎麼好，不要讓他作前鋒跟單于正面交戰，不然的話，恐怕不僅他得不到所預期的戰績，還可能影響整個戰局。大將軍衛青因此沒有答應李廣的請求。

李廣非常怨憤，沒跟衛青作別就來到自己的軍中，帶兵踏上了東路征程。

李廣的軍隊沒有嚮導，部隊對當地的地理情況一無所知，一路上多次迷失道路，因而延誤了跟大將軍約定的會師時間。衛青跟單于兩軍相遇，經過激烈的戰鬥，單于率師逃竄，衛青沒能取得原定的戰果，也就班師返回。

衛青率領軍隊南歸，越過茫茫沙漠，遇上了前將軍和右將軍。李廣拜見大將軍後，大將軍衛青卻派來長史拿着酒食饋贈李廣，並且趁機訊問東路軍迷路的有關情況，衛青要把詳情上報朝廷。

一肚子委屈的李廣根本不搭理長史的訊問。於是，衛青命令長史催逼李廣的幕府人員前往聽審對質。

李廣面對長史囂張的逼迫，憤怒地說：「臣部下的校尉們沒有甚麼過錯，迷失道路的原因是我指揮不當。我現在就去你們的幕府聽候審訊。」

李廣轉身對他的部下說：「我從軍以來跟匈奴作戰，大大小小打了七十多仗，而今有幸隨從大將軍出征，並且還十分難得地遇上了跟單于直接交戰的機會，卻不想大將軍把我調離前鋒，命令我開赴迂曲遙遠的東路，偏巧我又迷失了道路，這豈不是天意！再說，我也是六十多歲的人了，公堂之上，畢竟受不了那些舞文弄墨的刀筆吏的羞辱了！」

　　說完，李廣深情地掃視了跟隨他南征北戰九死一生的部屬和心愛的士卒，隨後就拔出軍刀，自刎身亡了。

　　李廣的軍中幕僚，部下將士，沒有一個人不為失去他們所愛戴的將領而痛哭流涕。遠遠近近的老百姓聽到李廣的悲慘遭遇，不論熟識的還是不熟識的，也不論年老的還是年輕的，都難過得熱淚盈眶。

　　曾經見過李廣的偉大史學家司馬遷，引用當時的俗語「桃李不言，下自成蹊」稱讚李廣忠厚誠信愛護將士的高尚品格。他說，孔夫子的話「其身正，不令而行；其身不正，雖令不從」，用來說李廣，真是再恰當不過了！

第三十三計　反間計

| 閱讀指津 | •

　　反間計所製造的疑陣，是在敵人疑陣中佈設的疑陣。「疑中之疑，比之自內，不自失也。」前一個「疑」是敵人對我方的佈陣，後一個「疑」是我方「因敵之間而間之」的疑陣。利用來自敵方的間諜傳遞偽詐的情報，這就是反間計。解語引用《周易‧比卦》象辭「比之自內」，說明這種輔助來自敵人內部。比，輔助的意思。敵中有我，我中有敵，這是已為無數事實印證了的至理名言。

原文

　　疑中之疑，比之自內，不自失也。

　　按：間者，使敵自相疑忌也；反間者，因敵之間而間之也。如燕昭王薨，惠王自為太子時，不快於樂毅。田單乃縱反間曰：「樂毅與燕王有隙，畏誅，欲連兵王齊。齊人未附，故且緩攻即墨，以待其事。齊人惟恐他將來，即墨殘矣。」惠王聞之，即使騎劫代將，毅遂奔趙。又如周瑜利用曹操間諜，以間其將。陳平以金縱反間於楚軍，間范增，楚王疑而去之。亦疑中之疑之局也。

| 譯文 | •

　　在敵人疑陣中我方又設置疑陣，藉助於來自敵人內部的諜報輔助，自己就不會有甚麼損失。

　　按語：所謂間諜，就是使敵人內部互相設疑和猜忌；所謂反間諜，就是利用敵人的間諜去離間。例如，燕昭王死後，繼位的燕惠王在做太子時，就跟樂毅有點矛盾。於是，齊將田單就實施反間計挑撥他們的君臣關係，說：「樂毅跟燕惠王有矛盾，害怕被誅殺，所以預謀串通齊國軍方稱

王統治齊國。目前，齊國人還沒有歸順依附他，所以暫且推遲攻打即墨，為的是等待時機。齊國人只擔心燕王撤掉他改派其他將領來前線，那樣即墨城就不復存在了。」燕惠王聽到這個消息，立即派遣騎劫取代將位，於是樂毅逃奔趙國。再如，三國時東吳的周瑜利用曹魏的間諜蔣幹來離間曹操與他的將領的關係；楚漢相爭時的陳平用四萬斤黃金收買項羽部將實施離間計，又挑撥項羽與范增的關係，楚霸王項羽果然滋生了疑心而同意范增告老還鄉。這些都是在敵人疑陣中再佈設疑陣的計謀。

諸葛亮平定南中

　　南中，是蜀漢南部地區，包括現在的四川省南部和雲南省、貴州省。這裏荒僻偏遠，居住着被稱為「西南夷」的少數民族。劉備佔領益州後，諸葛亮派遣安遠將軍鄧芳治理南中地區。公元 222 年，劉備東征孫權，指揮不當，兵敗猇亭，悔恨勞頓交加，一病大去。益州郡（今雲南晉寧東）漢族豪強地主雍闓殺死太守正昂，趁蜀漢國葬處境艱難之時發動叛亂。

　　雍闓歸附吳國後，被任命為永昌太守。當時，永昌郡為蜀漢領土，永昌郡蜀漢官員率兵封鎖邊界，拒絕接納雍闓。不能進城就職的雍闓就派同郡人少數民族首領孟獲誘惑煽動當地的各少數民族叛亂。牂牁郡（今貴州凱里西北）太守朱褒、越郡（今四川西昌西北）部族酋長高定接連起兵響應雍闓。

　　起初，諸葛亮對叛亂採取了克制的態度，他吩咐給雍闓寫信，試圖通過安撫勸阻叛亂，但雍闓回信拒絕說，天無二日，土無二主，如今天下分裂，三國鼎立，我們不知該歸附何方。

　　公元 225 年三月，諸葛亮率軍南征。

　　雍闓得到諸葛亮披掛上陣的消息，馬上跟高定、朱褒謀劃對策。他們決定兵分三路迎戰，高定取中路，雍闓左路，朱褒右路。

　　三路大軍各五六萬人，中路高定的先鋒鄂煥身高九尺，醜陋無比，像個兇神惡煞，手提一枝方天戟，有萬夫不當之勇。

　　諸葛亮的先鋒魏延剛進入益州地盤，迎面就撞上了鄂煥，兩軍對陣，交鋒才幾個回合，魏延佯敗勒馬往回飛奔，不可一世的鄂煥策馬猛追，一口氣追出幾里路。這時，魏延的副將張翼、王平兩軍突然殺去，截斷鄂煥後路，活捉了鄂煥。

　　鄂煥被押解到諸葛亮營帳，諸葛亮趕忙吩咐鬆綁，設酒宴盛情款待。諸葛亮對鄂煥說：「我知道高定是忠義之士，他是受了雍闓的迷惑才走上反叛這條道的。現在放你回去，請勸說高太守棄暗投明，早日歸降。」

　　鄂煥非常感激諸葛亮。高定聽了鄂煥的彙報也很受感動。

　　第二天，雍闓找到高定，問被俘的鄂煥是怎麼回來的。「因為鄂煥義勇無比，諸葛亮把他放回來了。」高定答道。

　　雍闓不以為然地說：「這是諸葛亮的反間計，目的是挑撥我們兩個的關係。」

　　高定對雍闓的話半信半疑。忽然間，戰報傳來，說有蜀將挑戰，雍闓來不及深談，辭別高定，帶了三萬兵馬出迎。雍闓倉促應戰，不幾個回合便敗下陣來，被蜀將魏延一連追殺了二十多里路。

　　次日，雍闓收拾殘兵到蜀漢軍前挑戰，諸葛亮命令拒不出戰。三天後，雍闓、高定兵分兩路發起進攻。諸葛亮料敵如神，令魏延兵分兩路埋下伏兵，把叛軍殺得大敗，生擒了大量敵兵。

　　諸葛亮把押回的俘虜按照雍闓、高定的部眾分別囚禁起來，並且讓將士們放出風聲說，凡是被俘的高定兵一律免死，被俘的雍闓兵一律殺掉。

　　第二天，諸葛亮命令把被俘的雍闓兵帶到帳前，問他們：「你們是誰的部眾？」俘兵們眾口一聲：「奴才們是高定的部眾。」諸葛亮設酒菜招待，赦免放走了他們。

　　諸葛亮又召來被俘的高定兵詢問，他們惟恐被錯當作雍闓的部眾，私下裏嚷嚷說：「我們才是高定的部下呢！」諸葛亮同樣酒肉招待，並且對他

們說：「雍闓今天派人來商議投降，說要把高定和朱褒的頭顱獻上作為禮物，我實在不忍心看到這種局面。你們既然是高定部下，就趕快回去吧！」

高定得知了諸葛亮放回來的俘兵的傳言，就派人到雍闓營寨探聽消息，又派人到蜀漢軍中刺探情報。諸葛亮的伏兵捉住了高定的偵探，諸葛亮故意把他認作雍闓的人，沒好氣地訓斥說：「你們的元帥雍闓既然約定要獻高定、朱褒的首級，為甚麼還拖拖拉拉的？你這小子辦事也是粗枝大葉，怎麼能擔任得了偵探！」

高定的偵探給諸葛亮訓斥得丈二和尚摸不着頭腦，既不想暴露真實身份，又暗自高興意外地從諸葛亮口中得了意外的情報。所以，諸葛亮為他辦的一桌酒席沒怎麼好好吃，就懷揣着諸葛亮寫給雍闓的一封密信，火速回營向高定請賞來了。

偵探說：「諸葛丞相讓我把信交給雍闓，並且讓我傳話，要他趕快下手，不要誤事。」

高定展信讀罷，怒髮衝冠：「我以真心對待他，雍闓這混帳東西反倒加害於我，真是情理難容！」

高定召來鄂煥商議。鄂煥說：「諸葛丞相是個仁義之士，背叛他是不吉祥的。我們叛亂作惡都是因為雍闓，不如殺了這小子，投奔諸葛孔明。」

高定採納了鄂煥的建議，設酒席請雍闓赴宴，雍闓果然不敢應邀赴宴。

當夜，高定出征去攻雍闓營寨。諸葛亮放回的伏兵都很感激高定，乘機反戈，雍闓的人馬不戰自亂。雍闓連忙帶着幾員親信部將沿山路潰逃，快馬加鞭，還沒走出二里路，突然鼓聲大作，鄂煥率一彪人馬殺出，雍闓措手不及，被鄂煥一戟刺下馬來。

高定帶着歸降的雍闓部眾和自己的全部人馬投降蜀漢，並獻上了雍闓的頭顱。

諸葛亮高坐於軍帳中，喝令左右將高定推出斬首。

高定驚呼：「某感激丞相大恩大德，眼下拿來了雍闓的首級歸降，為甚麼還要遭斬首？」

「你來詐降，還敢欺瞞我嗎？」

「丞相憑甚麼說我是詐降？」

「朱褒已經祕密派人送來了投降書，說你跟雍闓是生死之交，怎麼能輕易就殺了他呢！所以，我知道你是來詐降欺騙我的。」

高定連聲叫屈喊冤：「朱褒給您下反間計，丞相千萬不要相信啊！」

「我總不能聽憑你的一面之詞，就相信你吧！」諸葛亮說。

「丞相不要懷疑，我去捉來朱褒見丞相，怎麼樣？」高定為了解除諸葛亮的懷疑，當即率領着鄂煥和本部兵馬向朱褒營寨殺去。半路上，果然遇到了朱褒，朱褒過來招呼高定，卻不防高定破口大罵：「好你個小子，為甚麼寫信給諸葛丞相，施反間計害我！」朱褒不知所以然，頓時目瞪口呆。正在這時，鄂煥一戟刺向朱褒，結果了他的性命。

高定把朱褒的首級獻到諸葛亮帳下，諸葛亮大笑說：「我故意施反間計讓你殺了雍闓、朱褒兩個叛賊，為了成全你的忠貞之心，我看你也隨他們去吧！」左右武士一把把高定推出帳外砍下了頭顱。

收復了越、牂牁後，諸葛亮率軍直逼叛亂中心益州。這時，當地部族首領孟獲糾集叛軍的散兵遊勇繼續與蜀漢抵抗。

孟獲在當地的漢族和少數民族中都享有威望，諸葛亮決定採取攻心為上的戰術對付孟獲。沒過幾天，蜀漢軍隊就活捉了孟獲。

諸葛亮帶孟獲觀看蜀軍的軍營和戰陣，並且對他說道：「這樣威嚴的軍隊，你能打得贏嗎？」

孟獲很不服氣地答道：「先前，我不了解貴軍的虛實，所以才戰敗了。如今蒙您惠允參觀了貴軍的營寨和佈陣，如果貴軍真的只是這個樣子，那我肯定能非常容易地戰勝您。」

　　諸葛亮聽了孟獲的話輕輕地笑了兩聲，吩咐釋放了孟獲，要他回營重整旗鼓再來一戰。

　　就這樣，七次釋放孟獲，七次再戰生擒，最後一次諸葛亮仍然要釋放了他，讓他最後一決雌雄，而孟獲卻說甚麼也不走了。他打心眼裏欽佩諸葛亮，心悅誠服地說：「公有天威，南人不敢再反叛了！」

　　七縱七擒孟獲的佳話在西南邊疆少數民族地區很快傳開，各少數民族首領紛紛表示歸順。諸葛亮率軍一直深入到滇池。

　　南中四郡平定後，諸葛亮仍然任用當地少數民族原來的首領作為地方官吏，推廣漢族地區的先進生產技術，南中地區發展成了蜀漢比較穩定的軍事財政基地。

第三十四計　苦肉計

| 閱讀指津 |

　　苦肉計的前提是自我殘害。自我殘害，是反常現象。如果沒有重大利益驅使，一般說來，誰都不會自己傷害自己。但是，用孟子的話說，「生，亦我所欲也；義，亦我所欲也。二者不可得兼，舍生而取義者也。」苦肉計，只是自殘之苦，跟捨生取義的以生命作代價相比，還很微不足道。所以，苦肉計的施行既有反常理反常規的一面，又有大義當前，不容遲疑的一面。

原文

　　人不自害，受害必真。假真真假，間以得行。童蒙之吉，順以巽也。

　　按：間者，使敵人相疑也；反間者，因敵人之疑，而實其疑也。苦肉計者，蓋假作自間以間人也。凡遣與己有隙者以誘敵人，約為響應，或約為共力者，皆苦肉計之類也。如鄭武公伐胡，而先以女妻胡君，並戮關其思，韓信下齊而酈生遭烹。

| 譯文 |

　　人不會故意殘害自己，受到殘害必然不是自我傷害；我方把自我傷害偽裝得像真的遭受了別人殘害一樣，敵人就會把這種假象當作真相，這樣就能達到離間敵人的目的。正如《周易‧蒙卦》所說的，對於兒童，只要依順着他蒙昧無知的天性，他就會聽從你的指派，非常乖順。

　　按語：離間，就是使敵人內部互相猜忌。反間，就是利用敵人內部彼此疑忌的矛盾，使猜忌得到證實。苦肉計，就是用自己受到殘害的假象離間敵人。凡是派遣跟自己有矛盾有裂隙的人引誘迷惑敵人，要麼約定裏應外合，要麼約定共同致力於某事，都是所謂苦肉計一類的計策。例如，春

秋時期鄭武公征討胡國，先把自己的女兒嫁給胡國國君，並且還殺了主張攻打胡國的大夫關其思；漢將韓信攻破了齊國，漢王劉邦的謀士酈食其卻遭受了齊國國君的烹煮而亡命。

檇李之戰

周敬王十四年（公元前506年），吳王闔閭在謀臣政治家伍子胥和軍事家孫武的輔佐下，傾全國之力，聯合唐、蔡兩國，攻伐楚國，沒想到，楚這個雄踞南天，數百年來虎視中原的大國竟然不堪一擊。吳軍長驅直入所向披靡，直抵楚國郢都的城下，雙方交戰五場，楚軍連連敗北，吳軍攻陷楚都郢，楚昭王夾着尾巴乘亂逃亡到一個叫鄖的小城。

吳國的南鄰越國是個經濟和文化都比較落後的小國，一直受吳國的欺凌挾制。越王允常發現吳王闔閭傾國伐楚，後方守備空虛，就乘機出兵吳國。這時，秦國軍隊應楚國之邀前來救援，吳軍遭遇了秦越兩軍的腹背夾擊，戰爭形勢很快發生逆轉，而貪得無厭的吳王闔閭仍然不願撤軍返回，他擔任大將的弟弟夫概乘機回國，自立為吳王。

前方受挫，後方篡位，慌了手腳的闔閭，這才無可奈何地驅兵歸國。夫概得到闔閭殺回來的消息，不戰而逃，投奔了楚國；越王允常自知不是吳軍的對手，也知趣地鳴金收兵了。

吳王闔閭籌謀了十多年的破楚大計就這樣功敗垂成，這筆帳他記在了越王允常身上。但是，橫掃強楚無論怎麼說在當時的中原諸侯中還是引起了不小的震動，自以為威名遠播的吳王闔閭漸漸地滋生了天下第一的情緒，從此他再也不像從前那樣求賢若渴勵精圖治了，反而熱衷於營造亭台樓閣，要講究一下帝王氣派了。軍師孫武見此情景，認為闔閭不是個志存高遠的人，不辭而別，從此以後就不知了去向。

周敬王二十四年（公元前496年），越王允常一命歸西。吳王闔閭認為太子勾踐繼承王位，立足未穩，這是報十年前越王乘虛偷襲之仇的機會，於是親自率領大軍向越國邊境壓來，

越王勾踐得到戰報立即調兵遣將，決定披掛上陣，親自出征。他率軍渡過錢塘江，在檇李紮下營寨，等待與吳軍決一死戰。

當吳軍進入越軍的視域時，勾踐立刻命令按照預期作戰方案佈下陣勢。他要趁吳軍遠道行軍疲憊勞頓，還來不及佈好陣勢的時機，一鼓作氣打垮闔閭。

勾踐三軍秩序井然，年少氣盛的勾踐一副指揮若定志在必勝的架勢。但老於戰陣的闔閭甚麼樣的陣勢沒見識過，如何激烈的拼殺沒經歷過？他想，對付你這個年少氣盛的小小勾踐，本王還不是綽綽有餘嗎！

越王一聲令下，戰鼓像落地的炸雷滾向吳軍陣地，伴着滾滾而來的戰鼓越軍兵分三路，直向吳軍衝殺過來。

吳王命令各軍堅守陣地，任憑越軍鼓噪衝殺，吳軍穩如泰山巋然不動。

畢竟勾踐初出茅廬，沒有一計不成又生一計的經驗，他接二連三地督促將士們拼死衝殺，但每次進攻都被吳王闔閭以不變應萬變的戰法打得折戟斷戈，掉頭鼠竄。吳軍對遠處的敵人用弓弩射，近處的敵人則揮動長戈大刀砍，直殺得越軍前鋒死傷無數，而尾隨前鋒的部隊在箭如雨下的戰場上也鬼哭狼嚎慘叫不迭。

太陽偏西時分，越軍又發起了更為猛烈的衝擊，大有排山倒海之勢；而對面的吳軍依然銅牆鐵壁一般，越軍卻折了更多的勇士。

勾踐意識到再這樣下去，等待自己的就是孤注一擲的危險，而吳軍依然堅不可摧。如果今天不能挫傷敵人的銳氣，敵人經過一夜的休整，元氣恢復，明天我軍勢必一敗塗地，而本人的下場只有身死國破了。

想到這裏，越王勾踐真是不寒而慄啊！恐懼襲上了心頭，竟至於連事先制定好的戰術也不知怎樣施行了。

這時，勾踐的謀臣看出了他方寸大亂，已經無計可施，趕忙湊到勾踐身邊，提醒說：「大王，我們何不用一用苦肉計呢？」

　　其實，早在吳軍進犯戰報傳來時，越王的謀臣和將領們就預見到他們面臨的是一場嚴酷而血腥的戰役，所以就有人提出，用苦肉計分散敵人注意力削弱敵人鬥志。只是勾踐認為，自己繼位後首次出征，要以勇克敵，而不屑於使用這些旁門左道的詭詐之術。現在，經這麼一提醒，他立刻恍然大悟了。

　　勾踐想出了一招更為殘忍的計謀。原來，越軍帶來了不少死罪囚犯，本打算在關鍵時刻讓他們組成衝鋒陷陣的「敢死隊」，威懾吳軍，以功折罪。勾踐在臣子們原來方案的基礎上大大推進了一步。他命令囚犯排成三列，脫去上衣，手持利劍，袒胸赤膊走向吳軍陣前。吳王闔閭和將領們以為這羣罪犯要以死陷陣，趕忙命令士卒張弓挺戈，準備戰鬥。

　　讓吳軍驚訝的是，戰場上除了罪犯們齊刷刷的腳步聲，越軍並沒有擂鼓催戰，而且三列犯人來到吳軍陣前突然停下了腳步。

　　只見前排居中的犯人高大魁偉，一步跨出隊列，將長劍往脖子上一橫，高聲叫道：「我主越王不自量力，多次冒犯上國，以至煩勞吳王御駕親征，興師問罪。我們這幫人罪該萬死，幸蒙主上寬宏，才能苟延殘喘活在世上。今天惟願一死，代替越王贖罪，請上國君主惠允！」

　　話音剛落，他右手臂一挺，雪一樣寒光四射的長劍劃過脖子，隨着如柱的鮮血噴向藍天，頭顱立刻滾落到吳軍陣前⋯⋯

　　吳王闔閭和他左右身經百戰的將領們一下子為眼前的場景驚呆了。而他們還沒回過神來，緊挨着這個罪人右邊的另一個罪人也一步跨出隊列，高喊着重複了剛才的幾句話後，手臂一挺，人頭剎那間也滾落到地上；然後，左邊一個，右邊一個，右邊一個左邊一個地一個個地依次人頭落地，血濺焦土。

　　一陣南風吹來，鮮血的鐵腥氣味立刻彌漫到吳軍陣列裏，早已被這駭人的悲壯場面驚嚇得魂不附體的吳軍士卒嗅到鐵腥氣，馬上有幾

個人昏厥過去，倒在地上。旁邊的士卒趕緊圍了過來，有把他們攬在懷裏搶救的，有大聲呼姓喊名的；連將領們也被這慘不忍睹的自殘景象軟化了心腸，交頭接耳起來，一時間吳軍籠罩在了一片不大不小的混亂中。

正在這時，越軍戰鼓驟然擂起，兩路精兵從左右兩翼衝殺過來，彷彿離弦之箭，又如兩把匕首從兩側直插吳軍陣中。猝不及防的吳軍立刻亂了陣腳，而陣前的罪人也立刻停止了自殘，揮舞着銅劍，像出籠的猛獸般從正面殺入吳軍陣中。

這突如其來的攻勢，徹底動搖了吳軍巍然屹立的防守佈陣。兩軍廝殺混戰，一場血肉橫飛的拼搏直把戰場殺成了血河屍堆。

越國大夫靈姑浮直衝到吳王闔閭的戰車前，劈戈朝闔閭砍來。靈姑浮左劈右砍，前刺後擊，吳王衞士接連幾個應戈倒地。靈姑浮的隨從勇士也衝殺過來，只一兩個回合就衝破了吳王衞士對靈姑浮的圍殺。靈姑浮閃出身來又驅車衝向吳王闔閭，闔閭慌忙躲向車上執戈武士身後。靈姑浮一戈刺來，正刺中吳王腳掌，砍掉了他的大拇腳趾；又順勢提戈，吳王的一隻鞋子飛一般落到靈姑浮戰車上。

吳軍將領發現吳王遭到靈姑浮的襲擊，趕忙奮力拼殺過來，等把靈姑浮殺退，年老體衰的吳王闔閭因疼痛和失血栽倒在車上，昏死了過去。

吳王受傷，吳軍傷亡嚴重，軍心浮動，各路將領趕緊收兵，殺出戰場撤退。幸好天色已晚，敵我難辨，越軍乘勝追殺一陣後，也奉命收兵。

吳軍撤離檇李後，馬不停蹄，行軍七里地來到了一個叫陘的地方。一路上吳王傷口流血不止，到了這裏就一命嗚呼了。

吳軍趁着夜色，護送着他們國王闔閭的靈柩，倉皇逃回了都城姑蘇。

第三十五計　連環計

閱讀指津

連環計，安排在《三十六計》的第三十五篇，具有很深的用意：就三十六計的邏輯結構而言，壓軸之計是「走為上」，兵家的最高追求「不戰」，而「不戰」的另一端則應是運用連環計的最複雜激烈形態的「戰」，收筆溯源，回應全篇，作者在這種高潮處綴之閉幕的最後一着走為上，可謂戛然而止。始以瞞天過海，天馬行空；終篇走為上策，不戰煞筆，可謂意蘊沉雄，章法勁健，辭章與義理完美統一了。

原文

將多兵眾，不可以敵，使其自累，以殺其勢。在師中吉，承天寵也。

按：龐統使曹操戰艦勾連，而後縱火焚之，使不得脫。則連環計者，其法在使敵自累，而後圖之。蓋一計累敵，一計攻敵，兩計扣用，以摧強勢也。如宋畢再遇，嘗引敵與戰，且前且卻，至於數四。視日已晚，乃以香料煮黑豆，布地上，復前搏戰，佯敗走。敵乘勝追逐，其馬已饑，聞豆香，就食，鞭之不前。遇率師反攻之，遂大勝。皆連環之計也。

譯文

敵人將領眾多兵力強大，不能靠武力拼殺抵抗，而應當施計讓對方相互拖累，彼此鉗制，藉以削弱對方實力頓挫對方氣焰。《周易·師卦》就說了這樣的道理：「指揮軍隊巧妙得當，敵人為我方計謀所左右，就像得到了上天的恩寵協助一樣。」

按語：三國時蜀漢的謀士龐統詐降曹魏，慫恿曹操用鐵索把戰艦連為一體，以便孫吳軍隊以火攻焚燒時，讓他彼此牽累不能逃脫。連環計的使用法則就是讓敵人互相拖累彼此鉗制，然後再設法消滅。也就是說，用一個計策牽制住敵人，再來一計討伐敵人，前後兩計相輔相成連貫周密，就能夠摧垮兵強勢壯的敵人。例如，南宋將領畢再遇曾經引誘敵人作戰。他時進時退，三番五次地折騰敵軍，等到天色已晚，就把用香料煮熟的黑豆撒在陣地上，然後再一次挑逗敵人，剛一交火就假裝敗退。上了當的敵人乘勝追趕過來，他們已勞頓了一天的戰馬這時飢餓難耐，嗅到了拌了香料的黑豆氣味，忙不迭地低頭就吃，鞭子抽打地也不向前衝。畢再遇率軍乘機反攻過來，就獲得了輝煌的戰果。這兩個戰例都是運用的連環計。

赤壁之戰

建安十三年（公元 208 年）八月，割據荊州的劉表病死，他的兒子劉琮繼任荊州牧。

曹操揮師南下。九月，大軍抵達新野，劉琮認為曹軍來勢兇猛，銳不可當，舉荊州之眾投降了曹操。

這時，依附於劉表的劉備屯兵樊城，得到劉琮降曹的消息，便率軍撤向了江陵。

自稱擁有大軍八十萬眾的曹操，臨江陳兵，虎視江東，覬覦巴蜀，大有併吞孫權劉備，一統天下的氣勢。

大敵當前，孫權劉備是戰是降，成了部將們紛紛議論的話題。

魯肅對此自有主張。他主動請求出使荊州，想促成孫劉聯合，一致對付曹操。他對孫權說：「聯合劉備，可望平定天下！」

孫權採納了這個建議。

魯肅日夜兼程，輾轉抵達當陽長阪，會晤了劉備。

二人縱論天下大勢，互相表達了彼此間的深切期望。

「您現在作何打算？」魯肅問道。

劉備心神不寧，面露難色：「蒼梧太守吳巨，跟我有點老交情，想去投奔……」

「孫權將軍智慧仁義，尊敬賢能，禮遇才士，江南英雄豪傑無不風從雲集，並且已經擁有會稽、吳、豫章、盧江、丹陽和新都等六郡，兵精糧多，足以成就一番事業。為您考慮，不如結好孫權共謀大業。吳巨，一個凡夫俗子，蝸居在偏僻邊遠的一個小地方，眼看着要被別人吞併，哪裏還能託身呢！」

劉備聽了，困頓已久的身心似乎有了些輕鬆。

魯肅又對在座的諸葛亮說：「我是尊兄諸葛子瑜的朋友。」

於是雙方愉快地達成共識。劉備根據魯肅的建議，進駐夏口。

曹軍大搞水上作戰訓練，準備從江陵出征，順江而下。

夏口是曹軍的必經之地。諸葛亮對劉備說：「形勢十分危急，請允許我前往江東，向孫將軍求援。」

諸葛亮在柴桑拜見了孫權。他說：「海內兵起，天下大亂，將軍興兵大江之東，劉備招集人馬漢水之南，共同跟曹操爭奪天下。如今，曹操已經削平了呂布、袁紹、袁術等北方割據勢力，消除了後患，進而又攻下了荊州，聲威振動天下。當此曹軍橫行之際，英雄無用武之地，所以劉備才逃遁到夏口，落到這般境地。請求孫將軍量力給予點幫助吧！」

接下來，諸葛亮又分析形勢，勸說孫權跟曹操斷絕關係：「目前，將軍您表面上服從曹操，而心裏頭舉棋不定，當斷不斷，大禍不日就要臨頭！」他還激將說：「擁有江東沃土肥田、長江天險，不能舉吳越之眾同曹操抗衡，那就乾脆讓將士們脫下戰袍、鎧甲，束手北面侍奉曹操算了！」

孫權說：「如果像你說的如此這般，你們的劉備為甚麼還不趕快向曹操投降稱臣？」

「田橫，不過是齊國的一名壯士，尚且堅持道義，不受屈辱，何況劉備是漢室皇家後裔，英才無雙，士人景仰像百川歸海！即使大事不能成功，那是天意，哪裏能再做曹操的奴僕！」諸葛亮激昂慷慨。

孫權猛地舉手示意諸葛亮不必再說下去，隨即拳頭鐵錘般地砸在坐榻前的几案上，憤憤地說：「我不能拿着東吳的土地和十萬部眾，受制於人，我已拿定主意！」

停了好大一會兒，孫權似乎喃喃自語地說：「除非劉備，沒有人能抵擋得了曹操。不過，他剛剛戰敗，怎麼能擔當得起如此大任呢？」

諸葛亮見孫權已作出決斷，只是對破曹信心不足，就進一步分析說：「劉備雖然長阪一戰失利，但現有餘眾和關羽水軍精兵不下萬人，劉琦集結收攏的江夏兵馬又有萬人之多；而曹軍遠道而來，精疲力竭，聽說追擊劉備時，輕騎一日一夜行三百多里，這正是人們常說的『強弩之末勢不能穿魯縞』啊！這是兵家之大忌。」

諸葛亮又為孫權陳說了曹軍的劣勢：一是北方的戰士，不習慣水上作戰；二是荊州民眾歸依曹操，只是出於兵勢所迫，並非自願。

「有鑒於此，如果孫將軍能派一員猛將率幾萬人馬，與劉備併力擊曹，大敗曹軍必定無疑！曹操失敗，肯定撤軍退卻。這樣，荊州和東吳的勢力就強大起來了，三分天下，鼎足而立的局勢何慮不成！」諸葛亮最後強調說，「成敗的關鍵，就看孫將軍的決策了。」

這一席話讓孫權豁然開朗：「說得好，說得好！且容我與部屬們再商議商議。」

正巧，孫權這時收到了曹操發來的一封書信。

曹操信中說：「近來，我奉天子之命，討伐叛逆之徒，大軍南下，劉琮投降。現在，我訓練了八十萬水兵，正想跟孫將軍在江東吳地打打獵，比比高下。」

曹操的這番辭令，既是對孫權的小覷，也是在驕橫跋扈地示威揚武。孫權讀懂了曹操的意思。他把信交給了部下傳閱，將士們個個震恐失色。

長史張昭等人早已嚇破了膽，七嘴八舌地說：「曹公，像是豺狼猛虎，挾持着當今聖上征討八方，動不動就說這是朝廷的旨意。現在

我們抵禦他，豈不是更為有失道義！況且，將軍您可以用來抗拒的主要憑藉，就是長江。而今曹操佔據了荊州，被俘的劉表水軍和數以千計的艨艟鬥艦，曹軍全都沿江陳列，更有無數的步兵，水陸兩軍順江而下。這樣，長江天塹險阻已與我們共同享有了。長江已不再是天賜獨享的險隘，而雙方力量懸殊又不可同日而語，臣以為，為今之計還是迎接曹公，歸順朝廷為好。」

孫權帳下沸沸揚揚，只有魯肅不言不語，他要看張昭這幫人如何表演下去。孫權計有未決，起身向廁所走去。魯肅追到走廊簷下。

孫權明白魯肅的心意，握着魯肅的手說：「你想說甚麼？」

「我看眾人的議論，是要貽誤將軍。跟他們商議國家大事，不值得！」魯肅推心置腹地說，「我魯肅可以投降，將軍您是不行的。我投降，曹操會把我送回鄉里，讓父老們品評舉薦，還少不了幹個州郡的小官吏，坐着牛車，帶着吏卒，跟士大夫們交遊，資歷夠了說不定還能升遷，做個地方長官。將軍您投降曹操，結果是甚麼呢？」孫權當然明白，所以他對魯肅說：「這些人，太讓孤失望了！你闡明了大義，正是我的心聲。」

魯肅又勸諫孫權，召來身在鄱陽的周瑜。

周瑜對孫權說：「曹操雖然打着漢朝丞相的名義，實際上是逆臣賊子。將軍憑着非凡的軍事才能，再加上父兄所建的基業，割據江東，軍隊精幹足夠驅使，帳下英雄們願意為國家建功立業，天賜機遇足以橫行天下，為朝廷剪除殘暴，肅清邪惡；更何況曹操自己上門送死，怎麼能歸降於他！」

周瑜分析戰爭形勢說，北方割據勢力尚未清除淨盡，馬超、韓遂是曹操的後患；步卒騎兵放棄陸戰鞍馬，而搖櫓划槳跟南方水兵爭雄；時當隆冬，曹軍遠來，糧草匱乏；還有士兵不習水土，肯定會疾病流行。有這麼多的兵家大忌，曹操居然貿然舉兵！活捉曹操，指日可待！

周瑜請求率幾萬名精兵，前往夏口安營紮寨，並且說，保證為孫將軍大破曹操！

孫權看着周瑜，其實也是在告誡眾部將，說道：「老賊曹操想廢除漢朝廷，自己登基稱帝，由來已久。只是顧忌袁紹、袁術、呂布、劉表和孤罷了。現在，那幾位英雄都不在了，只剩下孤一人了。孤與老賊不共戴天！你說應當迎戰，正合孤的心願。這是上天把你授給了我！」說着，孫權拔出佩劍，狠狠地砍在面前的奏案上：「各位，有膽敢再說降曹者，這個奏案就是他的下場！」

當晚，周瑜同孫權直談到深夜。孫權告訴周瑜，五萬人馬很難一下子集結好，現在已選出三萬，船隻糧草武器都已置辦齊全。

臨別，孫權語重心長地叮囑周瑜道：「你與子敬（魯肅字）、程公（程普）先出發，孤繼續集結發送人馬，多多運送糧草軍需，做好後援。前方戰事，你全權處理；萬一戰事失利，也毫不猶豫地撤回到我這裏來。」

周瑜、程普作為正副統帥擔任左右都督，魯肅擔任贊軍校尉協助策劃方略，東吳部隊與劉備聯手迎擊曹軍。

孫劉聯軍逆江而上，跟曹軍在赤壁相逢。

這時，曹操軍中已經發生疫情。剛一交戰，曹軍就頗為失利。曹操急忙命令退駐長江北岸拒守。

周瑜等屯兵南岸。兩軍隔江相望。

第二天，周瑜讓收拾樓船，帶上幾個隨從將領去探看曹軍水陸營寨。周瑜一見不由得大吃一驚，連忙問道：「曹軍水軍都督是誰？」隨從回答說：「荊州降將蔡瑁、張允。」周瑜心中琢磨，這兩個人長期在江東，深諳水軍作戰奧妙，人多勢重的曹軍經過他兩個的訓練，就更難對付了，必須用計除掉蔡瑁、張允。正在這時，曹軍發現了周瑜偷窺營寨，曹操命令火速縱船追捉周瑜。周瑜見曹軍營寨快艇飛奔而來，急命轉舵搖櫓，剎那間消逝在江面上。

曹操因為被周瑜偵知了營寨，就想以其人之道還治其人之身，探看探看南岸敵軍的虛實。他帳下賓客蔣幹自告奮勇承擔了這個使命。

周瑜邀請江南英雄豪傑文人雅士作陪，盛宴招待蔣幹。

酒後，周瑜挽着蔣幹的手臂，來到自己營帳，十分親熱地說：「好久不見老學兄了，今夜我們同榻而眠吧！」說着就醉作爛泥一般和衣睡去。半夜時分，蔣幹聽得周瑜鼾聲如雷，就悄悄起身偷看案上的文書，翻着翻着就發現了一封蔡瑁、張允勾結東吳圖謀曹操的書信。

蔣幹自以為獲得了重要情報，連夜逃回報告曹操。

曹操立刻殺了蔡瑁、張允。二人首級落地，曹操馬上省悟過來，悔恨無比地說：「我中了周瑜的反間計！」

周瑜部將黃蓋，這位孫權父親孫堅手下的老將，身經百戰，具有豐富的實戰經驗，一向以忠勇智慧、善待士卒著稱，所以每當遇到征伐拼殺，帳下士卒無不爭先恐後。

黃蓋鬚髮染霜，獨自撫劍立在江岸上，江風拂動着戰袍的下擺，一雙閱盡滄桑的目光掃視着北岸的曹營。黃蓋認為，曹軍水陸營寨相連，進可攻，退可守；老賊曹操又精於戰陣，對付他只宜智取，不應強攻。黃蓋立即返回營帳，報告周瑜說：「如今敵眾我寡，不能硬碰硬地長久相持。我有一計，不知是否可取？」

周瑜聽了，連聲稱妙，立即與黃蓋磋商行動計劃，準備火速執行。黃蓋詐降曹操，老謀深算的曹操將信將疑，差了蔣幹渡江刺探真假。蔣幹不僅給周瑜誘騙，而且還受了隱居山中的龐統的迷惑。

蔣幹把龐統帶入曹營，鳳雛先生（時人對龐統的稱謂）山崩地裂的令名讓求賢若渴的曹操千慮一失，竟然聽信了他所獻的連環計，把大小戰船用鐵索連在一起，左右並列，首尾相接。

黃蓋見曹操一步步上鈎，禁不住大喜過望。他連忙吩咐左右劃來十艘艨艟戰船，裝上乾燥的蘆荻和枯樹枝，澆灌上魚油，外面用帷幕包裹得嚴嚴實實，上面插上旗幟，船尾還繫上了快艇。

一切準備停當後，黃蓋又派人送往曹營一封書信，詐稱要棄暗投明。

這時，東南風一陣緊似一陣。黃蓋把十艘戰船一字橫列，等船隻到了江心，船帆升起，後面尾隨着滿載精兵的戰艦也揚帆北進。

老將黃蓋率眾來降，曹軍上到將軍下到士卒無不又驚又喜，都伸長脖子，瞪大眼睛，要瞧個熱鬧，看個稀罕。

戰船直向北岸飛駛。離曹軍約二里行程時，黃蓋一聲令下，十艘戰船同時點火。乾柴烈火，火上澆油，火藉風勢，風助火威，十艘戰船簡直是十條火龍飛一般駛入曹軍船陣。頃刻間，北半邊長江一片火海，接着，岸上營寨和山巒林木也劈劈啪啪熊熊燃燒了起來。

烈火沖天，濃煙蔽日。曹軍人馬有的溺水而亡，有的葬身火海，江面上浮屍滿目，營內外屍橫遍野。

大敗的曹軍丟盔棄甲，鬼哭狼嚎，抱頭鼠竄。

周瑜率領精銳輕裝部隊，大張旗鼓，緊追不捨。

曹操引領着敗將殘卒取華容道陸路撤退。道路泥濘，車馬難以通過。不巧這時又狂風大作，將領們驅趕老弱病殘的兵卒背來柴草鋪墊道路，倉皇北逃的人馬搶道而行，亂作一團。陷入泥潭和被人馬踐踏而死的不計其數。

周瑜、劉備水路並進，直把曹操追趕到南郡。

赤壁之戰，曹軍死傷過半，損失慘重，大傷元氣。曹操留下一部分兵力防守江陵和襄陽，自己率領着殘兵敗將退到了譙郡。

經過赤壁之戰的挫傷，曹操再也沒有力量大舉南侵了。

第三十六計　走為上

|閱讀指津| ●

走為上策提醒我們，並不是所有的敵人都必須置之死地，也不是任何障礙都必須徹底排除，完全可以採取一種更為超然的姿態：不予理會、視而不見、置若罔聞，讓其自生自滅。世界是多樣性的，因為它是精彩紛呈的，無論是物質形態還是精神領域，都毫無例外地充斥着紛繁多變的固有屬性。存異求同則興，滅異存同則亡，我們應當珍惜人類賴以生存的這個多姿多彩的世界。對於矛盾，即使是最為極端激烈形式的衝突：戰爭，也應當允許各有各的看法，各有各的應對策略。

原文

全師避敵，左次無咎，未失常也。

按：敵勢全勝，我不能戰，則必降、必和、必走。降則全敗，和則半敗，走則未敗。未敗者，勝之轉機也。如宋畢再遇與金人對壘，一夕拔營去，留旗幟於營。豫縛生羊懸之，置前二足於鼓上。羊不堪倒懸，則足擊鼓有聲。金人不覺，相持數日，始覺之，則已遠矣。可謂善走者矣。

|譯文| ●

為了保全自己的實力，應當退卻避開敵人。這就像《周易·師卦》所說的，用退卻的辦法避開危險沒有過錯，並且這也不違背用兵的常規。

按語：敵方具有大獲全勝的實力和凌人態勢，我方不具備抵禦強敵的戰鬥能力。那麼出路只有三種選擇：投降、媾和、退卻。投降，是完全徹底的失敗；媾和，是半個失敗；退卻，是不勝不敗。所謂退卻，並非失敗，是因為它蘊藏着轉敗為勝的契機。例如，南宋畢再遇跟金兵對陣，一天晚上他拔營撤離，只留下了陣地和營壘裏的旗幟，並且事先把羊捆綁吊懸起來，把牠的兩隻前蹄放在鼓上，羊禁不住懸吊的難受滋味，兩隻前蹄

就掙扎亂動，於是把戰鼓擊打得咚咚作響。金兵因此一點也沒有發覺畢再遇的撤退，繼續跟畢再遇的營壘對峙相持，幾天後才知道陣地空空如也。這時想再追擊，畢再遇的部隊早已不見蹤影，遠去他方。這可以說是善於運用「走為上」計策的戰例。

晉公子重耳即位

晉獻公五年（公元前 672 年），晉國攻伐驪戎部族，擄掠來了部族首領的兩個女兒驪姬和她的妹妹。晉獻公如獲至寶，對姐妹倆非常寵愛。

後來，驪姬生了兒子奚齊。奚齊還在襁褓之中，父王就因為對他母親的寵幸而有意廢掉太子申生。

晉獻公對羣臣說：「曲沃（今山西聞喜）是我祖先宗廟的所在地，而蒲邑與強秦接壤，屈邑又跟翟地為鄰，不讓我的幾個兒子守住這些地方，我憂心忡忡，心裏總踏實不下來。」以此為藉口，他把太子申生、公子重耳和夷吾打發了出去，留下奚齊跟他住在都城絳。

從此以後，晉國上上下下都知道太子申生將不再有可能繼承王位了。太子的母親是齊桓公的女兒，名叫齊姜，很早就去世了；申生的同母妹妹是秦穆公的夫人。重耳的母親，是翟國狐氏的女兒。夷吾的母親，是重耳母親的妹妹。晉獻公有八個兒子，其中太子申生和公子重耳、夷吾三人都有賢能的德行，享有美好的名聲，但自從獻公寵幸驪姬，他們都被疏遠了。

終於有一天，獻公對驪姬說：「我準備廢除太子，讓你的兒子奚齊取而代之！」

立兒子為太子，驪姬自從受寵的那一刻起，就不分白天黑夜地做着這個彌天大夢。奚齊出生後，她更是分分秒秒地經營着精心策劃的夢境。兒子已經八歲了，聰明活潑，胖嘟嘟的，像頭健壯的小牛犢。他的父王喜歡他，驪姬更是心肝一樣地寶貝着。

然而，儘管大王多次提起過這個話題，驪姬總認為時機還不夠成熟，不僅朝中大臣會羣起而攻之，而且她覺得大王男歡女愛的即興之

詞，未必是經過深思熟慮的最終抉擇；再說，她自己也沒想好對付各種可能出現情況的應變辦法。現在，經過了八年苦心孤詣的經營，總算有了點眉目，但她還不敢冒險，於是哽哽咽咽地啜泣道：「申生為太子，早已告白於天下，連諸侯各國也都知道的，並且太子多次率兵出征，百姓都親附敬重他，怎麼能因為臣妾的緣故廢掉嫡長子而立庶子呢！大王的話，臣妾死也不從。大王真的要這麼做，我只好自殺，殉身行諫了！」

驪姬一心為國家分憂，為君王考慮，獻公更心疼她了。獻公想，一個年輕的母親以天下為重，這才是晉國千秋大業的所在。驪姬不是只有女色之美，更有女德之美啊！獻公緊緊把她擁入懷中……

以女色打動吸引住大王，使他十幾年不改變寵愛，驪姬活得夠累的。宮女多的是，論相貌，論風姿，論年齡，各有優勢。驪姬這些雖然都有，但時間的河流是一刻也不曾中止東流的。她懂得人老珠黃是眨眼間的事，收住大王的心，惟一不變的東西，是對江山社稷的關愛，這是驪姬不同於宮中那些以女色市寵的美人的地方。所以，就是眼下大王已經拿定主意要廢除太子了，驪姬仍然為太子申生說好話，抱不平，儘管她一肚子虛情假意，但是她假戲真演，又不露任何破綻，晉獻公怎麼能不越陷越深呢！

當著獻公，她甜言蜜語；背著獻公，她唆使親信對太子申生極盡誹謗詆毀之能事，恨不得現在就殺了申生，趕緊讓兒子做上太子。

驪姬在對獻公有了充分的把握後，一如既往地侍奉着大王，又經過兩年的煞費苦心，終於確定了下手的時機。

晉獻公二十一年（公元前 656 年），驪姬對太子申生說：「君王夢見了太子母親齊姜，請太子快去曲沃母親的祀廟祭奠，回來後把祭祀母親的胙肉奉獻給君王。」

太子申生祭奠母親回來，正好父王出去打獵，就把胙肉放在宮中。驪姬暗中派人給胙肉下了毒藥。

兩天後，獻公打獵回宮，用餐時御廚把胙肉獻上來，並且特意稟明是太子申生祭祀母親齊姜的福食。

獻公好長時間沒想起過齊姜了，看到胙肉倒很有點睹物思人的感傷，舉起筷子就夾了塊肉。驪姬一副關心體貼的樣子，伸手奪下了獻公手中的筷子，一塊到了嘴邊的胙肉擦着獻公的衣襟落到了杯盤堆積的几案上。

驪姬抓住獻公的筷子，滿臉嬌態地嗔怪說：「胙肉是遠道帶來的，又存放了兩天，先試試能不能食用，再吃也不遲啊！」

於是，御廚夾起一塊肉放到地上，表示對土地神的祭祀，不料，胙肉下突然隆起了一個小土包；再夾一塊餵狗，狗口吐白沫，當即死掉了；又夾一塊賜給在場的宮人，宮人七竅出血，倒地而亡。

獻公倒吸了一口涼氣，驚出一身冷汗，一句話也沒有說出來。

驪姬一頭撲進獻公的懷裏，眼淚像斷了線的珍珠，剎那間打濕了獻公的衣襟。獻公一邊緊緊地摟住她，一邊不住地用手輕拍着她的肩背：「不怕，不怕……」

「太子怎麼能這樣呢！對生身父親都竟然要謀殺篡位，更何況他人！再說大王您年老了，朝不保夕，就這樣他竟然還迫不及待，卻要謀害您……」驪姬泣不成聲。

驪姬邊說邊哭，獻公不住地安慰，越安慰，她越悲痛，哭了好大一陣子後，她擦了擦鼻涕眼淚，又嗚嗚咽咽地說：「太子這樣做，不過是因為臣妾和咱們的兒子奚齊的緣故。臣妾請您允許，我們娘倆離開這塊是非之地，到別的國家避難去。要不這樣，我們娘倆就早一天自殺身亡，免得有朝一日被太子像魚肉一樣放在砧板上，想殺就殺想剮就剮。想當初，臣妾多看重太子，大王想廢除他，臣妾始終認為那太遺憾了，可不曾想……這都怨臣妾自己識見短淺……」

太子申生哪裏會料到這從天而降的橫禍，如雷轟頂的他一時不知如何是好，倉倉皇皇地逃奔了新城曲沃。

太子不辭而別，無異於給獻公火上澆油。盛怒之下，獻公斬殺了太子的老師。

有人勸申生說：「是驪姬在胙肉中下了毒藥，太子為甚麼不親自去稟明？」太子回答說：「父王年老了，如果沒有驪姬陪侍在身邊，睡覺不香，飯食沒味。如果說明了，又會惹得老人家發怒。不能這樣做。」「那就只有一走了之，逃亡他國吧！」又有人給太子出謀劃策說。太子無可奈何地說：「披上這麼個弒君篡位的惡名，誰會接納我呢？我還是自殺算了！」就這樣，無辜的太子在曲沃新城自殺身亡。

這時，公子重耳和夷吾從他們的封地來朝拜父王。有人對驪姬說：「兩位公子恨你陷害太子。」做賊心虛的驪姬十分害怕他們兩個生出事端，索性進讒言說：「太子申生在胙肉裏下毒，重耳、夷吾兩位公子一清二楚，他們三個合夥謀害大王。」

重耳、夷吾聽說了驪姬進讒陷害的口風，自然十分懼怕，太子申生的前車之鑒是發生在眼前的事啊！重耳逃回蒲城，夷吾逃回屈邑。在封地，他們不約而同地加強了防備，牢牢地死守着城池。

晉獻公二十二年（公元前655年），父王認為重耳、夷吾不上朝告辭就落荒而逃，肯定心中有鬼，於是驅兵攻打蒲城，宦官勃鞮奉命催逼重耳自殺謝罪。重耳接旨後拔腿就跑，勃鞮仗劍猛追。重耳等不得守門官開門，縱身翻上了牆頭；勃鞮揮劍砍向重耳攀住牆頭的手臂，劍落處一截袖口飄然落下。從此，重耳開始了漫長的流亡生涯。

重耳從少年時代就好結交賢士，有五位賢士陪伴左右，他們是：趙衰、狐偃咎犯、賈佗、先軫和魏武子。重耳從宦官勃鞮劍下僥倖逃脫投奔狄國，狄國是重耳母親的祖國。跟隨重耳出逃來狄的除了趙衰、咎犯等五位賢士，還有幾十個不知名的追隨者。狄人討伐他們的別支狄廧咎如，俘獲了兩位公主，狄君把長女嫁給了重耳。

光陰匆匆，轉眼間重耳在狄國度過了五個年頭。晉獻公二十六年（公元前651年）九月，他的父王獻公崩殂。治喪期間，獻公指定的

王位繼承人奚齊被晉大夫里克殺死，他的母親被押解到街市，給鞭子活活抽打而死。

受託孤之命的荀息因為沒能實現獻公的遺囑，打算以死謝罪。有人勸告說：「不如立奚齊的弟弟驪姬妹妹的兒子悼子為王。」荀息採納了這個建議，立悼子後安葬了獻公。十一月，里克上朝刺殺悼子，荀息以身殉難。

里克派使者趕往狄國迎接重耳。使者說：「國家正處在混亂之中，老百姓備受困擾。取得國家在動盪之時，解救百姓在困擾之中，公子為甚麼不趁此大好時機回國即位呢？」

重耳擔心自己會重蹈奚齊和悼子的覆轍，推辭說：「違背父王的命令亡命在外，父王駕崩又沒能以人子之禮守喪盡孝，重耳我豈敢返回故國？請大夫們立其他公子吧！」使者回去後，里克等人就迎立了夷吾為君，稱為晉惠公。

惠公即位後一直認為重耳是他必欲除之的心腹之患，他在位的第七年（公元前644年）派宦官勃鞮率領壯士謀刺重耳。

重耳聞訊後，找趙衰等人商量。重耳說：「當初我逃奔狄國，並不認為這裏是興業發跡的資本，只是覺得它鄰近蒲邑，便於往來，所以住這麼多年。在這住得太久了，我很想離開狄國，搬到大一點的國家去，也是日後發展的依靠。據說齊桓公推行善政，有志於稱霸諸侯，收羅了諸侯國不少賢能之士。最近聽說管仲、隰朋已死，我們正可以利用他期待賢士輔佐的時機。如此說來，我們何不前往齊國看看呢？」

重耳作別妻子說：「請你等我二十五年，如果那時還不回來，你就改嫁吧！」「二十五年後，我墳前的柏樹已鬱鬱參天了！即使這樣，妾依然等待公子回來。」妻微微地笑着回答他，眼睛裏閃爍着晶瑩的淚花。

重耳依依不捨地離開了居住十二年之久的狄國。一行經過衛國，途中乾糧吃盡，飢餓難耐的重耳向鄉野百姓討要食物，有人用瓦盆端

給他一塊泥土，重耳非常生氣。趙衰勸慰說：「泥土，這是上天賜予的啊！」重耳叩頭接受，把泥土放入車子。

　　飢腸轆轆，一身風塵的重耳終於來到了齊國。還好，齊桓公盛禮相待，並將女兒嫁給了重耳，陪嫁二十匹駿馬，重耳過上了安逸的生活。重耳喜歡他的齊國夫人，在那裏一住又是五年，根本沒有圖謀大業的打算。趙衰、咎犯等五位賢士看在眼裏，急在心裏。一天，他們祕密聚集在桑下商議回國的大計，齊夫人的侍從經過這裏無意間聽到了幾句甚麼，就悄悄地告訴了主人。齊夫人擔心走漏了風聲，忍痛殺掉了跟隨她多年的這位忠誠的侍從，極力奉勸重耳回國。

　　重耳理解夫人的情意，但是他不願意再度別妻離子，顛顛簸簸地踏上看不見盡頭的回國之路了。他動情地對夫人說：「人生一世，安安樂樂地過日子也就足夠了，哪還管得了那許多重要不重要的東西！我不能拋下你，拿定主意客死齊國了，不再去想別的勞神費心的事了。」

　　「夫君是一國的貴公子，困頓之中來到齊國，五位賢士託命於你，你不日思夜想地圖謀大計以報答他們的辛勞，卻羈絆於兒女情長，連妾身也為之羞恥。再說，自己不求進取，甚麼時候才能成就國家大計呢？」齊夫人說。

　　深明大義的齊夫人與趙衰等人商量，把重耳灌得酩酊大醉後，架上馬車飛馳而去。等重耳酒醒，馬車早已走出齊國邊境。重耳大怒，揮戈要殺了他的舅父狐偃咎犯。咎犯說：「殺了我，如果能成就公子的大業，倒是咎犯我的心願。」重耳定了定神，怒聲呵斥道：「事情如果不能成功，我就吃了舅父的肉！」「事情不成，老舅的肉已經腥臭難聞，哪裏還能吃呢！」咎犯十幾年來置生死於不顧，一心輔佐重耳，重耳心存感激，他放下了戈矛，頹喪地躺回車上，牽腸掛肚地想着齊夫人，不知她現在是妝樓遠眺，還是臥榻飲泣……重耳迷迷糊糊地翻了個身，頹然地思想着，心裏嘀咕道，聽任馬車把我載往它想去的地方吧！

馬車停下時，重耳已身在曹國。曹共公不以禮相待倒也罷了，居然非常猥褻地要重耳扒下上衣，說想看看晉公子兩條肋骨並生的胸是個甚麼模樣。曹國大夫釐負羈勸他的國君說：「晉公子重耳懿行賢德，跟我國又是同姓，窮困潦倒路過這裏，還是以禮接濟一下吧？」共公不理睬這個勸告，釐負羈就私下饋贈了些食物，並且還暗中裹藏了玉璧。重耳接受了食物，把玉璧歸還了釐負羈。

離開曹國，重耳一行又路過宋國。宋襄公這時泓水之戰剛剛吃了楚國的敗仗，並且自己大腿上還挨了一箭。他久聞重耳令名，又覺得人家是不得志時來到自己的國家，便不顧傷病按國禮接待了重耳。宋國大將公孫固跟咎犯有老交情，他推心置腹地告訴老朋友咎犯說：「宋是個小國，又剛剛遭受了戰爭劫難，沒有能力幫助公子回國，請另尋個力量強大的國家吧！」

重耳車馬西行，經過鄭國，鄭國跟晉國是同姓。鄭文公對重耳不冷不熱，有大臣勸諫應以禮相待，他沒好氣地訓斥道：「諸侯各國逃亡的公子哥兒多了，難道個個都要禮遇三分！」「晉公子是當今賢者，大王如不禮遇，乾脆把他殺掉，以免日後成為我們國家的禍患。」鄭文公卻說，惶惶如喪家之犬，諒他也興不起甚麼風浪來。

重耳垂頭喪氣地離開鄭國趕赴楚國。楚成王以接待諸侯王的禮節隆重接待，重耳婉言推辭不敢領受。

趙衰勸說道：「公子逃亡在外十幾年，連一些小國都瞧不起，更何況大國呢！楚國作為大國，現在如此執着地隆重禮遇，公子還是不要推辭吧！這是上天要成全公子！」

楚成王盛宴款待為重耳接風洗塵。席間，楚成王十分關切地詢問了客人的流亡生活，並表示以後將盡力予以幫助，重耳謙遜地再三道謝。楚成王又跟重耳談到了未來，他還預祝重耳早日成功。賓主開懷暢飲，無所不談。楚成王以玩笑的口吻試探地問道：「公子將來回去做了國君，打算如何報答我呢？」重耳十分誠懇地回答說：「美女、

寶玉和絲綢，您有的是。漂亮的雀翎、名貴的象牙和皮革輕裘，都是楚國的盛產，晉國所有的，不過是君王您享用後剩餘的東西，我還真不知道該用甚麼來報答您的盛情厚意。」

楚成王很佩服公子重耳的辭令。不過他還是追問了一句：「即使像公子說的那樣，有朝一日即位登基，公子怎樣報答寡人呢？」

重耳雙手抱拳舉過頭頂，十分虔敬地說：「如果實在是不得已的話，將來有朝一日不幸跟君王在平原或者大澤兵馬相見，請允許我命令晉軍『退避三舍』。假如這樣還不能得到君王的諒解，那麼，我們就只好一決雌雄了。」

楚將子玉當時陪坐。重耳話音未落，子玉拔劍而起：「大王對晉公子如此厚禮相待，公子竟出言不遜，請允許我把他殺掉！」

楚成王笑了笑，阻止子玉說：「晉公子德賢才高，又多年受困在外，隨從的賢士都是成就國家事業的大器，這是上天的安排。豈可隨意施以斧鉞呢！再說，公子不作如此回答，又該怎麼說呢？」

幾個月後，在秦國作人質的晉太子圉逃離秦國，秦穆公很討厭他，聽說晉公子重耳在楚國，就派遣使者邀請他到秦國來。

楚成王親自到館舍與重耳話別：「楚國遠離晉國，公子回國得經過幾個諸侯國。秦晉毗鄰，秦王賢明，公子赴秦國吧！以後，公子勉力而行！」

臨別，楚成王饋贈了豐厚的禮物。

到了秦國，秦穆公把同宗的五位女子嫁給重耳為妻，晉太子圉以前的妻子也在其中。重耳不想接受，司空季子勸他說：「太子圉的國家就要被攻伐擄掠，接受他的前妻難道比亡國滅種還難堪嗎！況且接受是為了與秦人結親，從而尋求回國的幫助。公子怎麼拘泥於小禮小讓，卻忘記了亡命在外受人鄙視的奇恥大辱了呢！」

重耳接受了秦宗室的五位女子，秦穆公非常高興，設宴款待，與重耳就酒說話，推心置腹地交換了關於晉國政治的看法。

席間，趙衰酒酣，唱起了《詩經·黍苗》的詩句：芃芃黍苗，陰雨膏之。……我行既集，蓋雲歸哉。

生機盎然的黍苗，綿綿陰雨潤澤着它……我們的跋涉已告終，還不歸國更何從！

穆公聽着趙衰蕩氣迴腸的吟唱，哈哈大笑：「我知道公子一行急着回國了！」

趙衰與重耳離座再三拜謝說：「孤臣仰望君王，正如久旱的禾苗期盼甘霖！」

這時是晉惠公十四年（公元前 637 年）秋天。九月，惠公逝世，他的兒子圉被立為晉君，稱為懷公。十一月下葬惠公。

十二月，晉國大夫欒氏、郤氏等人聽說公子重耳在秦國，就暗中前來勸說重耳回國，國內很多人表示願為內應。

秦穆公和重耳都認為時機已經成熟，於是秦軍出征護送重耳歸國。

晉君聽說秦軍入侵，連忙派兵抵抗，他還不知道是重耳回來，但是朝中大臣都知道是重耳返國了。朝中只有惠公時代的舊臣呂省、郤芮等人不願擁立重耳。

出亡十九年後，重耳終於回到了故國。

晉文公元年（公元前 636 年）春，秦軍送重耳到黃河邊。二月丁未日，重耳祭拜了曲沃的祖廟後即位為晉君，稱為文公。

羣臣覲見文公，懷公圉出奔到高梁，隨即被文公派人斬殺。

舊大臣呂省、郤芮本來就不親附文公，文公即位後，他們恐怕被誅殺，所以密謀縱火焚燒文公宮室，想一把火結果了重耳的性命。

當初在蒲城奉命追殺重耳的宦官勃鞮知道了這個密謀，連忙前來報告文公，希望立功贖罪。他求見文公，文公不予接見，並且讓人責備他說：「蒲城斬斷我衣袖的事，你忘記了嗎！後來，我亡命狄國，

你又追來行刺。惠公要你三天到達狄國，你一天就趕到了，怎麼行動如此神速啊？你還是好好反省反省吧！」

勃鞮讓使者傳話說：「臣下是刀鋸之餘的宦官，不敢三心二意服侍主上，違背王命，所以才得罪了君王。君王已經返國即位，難道以後就不會發生蒲城、狄國行刺之類的事件了嗎？況且管仲當初射中了齊桓公的皮帶鉤，齊桓公後來卻因為得到管仲的輔佐而稱霸諸侯。如今，刑餘的宦官有要事來稟告卻不接見，怕是大禍又要臨頭了！」

文公接見了勃鞮，並且想立即召見呂省、郤芮。文公轉而想到呂、郤二人黨羽眾多，擔心自己剛剛回國即位被別人出賣，隨即決定抄小道暗自到王城會見秦穆公，連晉國朝廷大臣都不知道。

幾天後，呂省、郤芮等果然起事謀反，焚燒了宮室。文公的禁衞官兵進行了頑強的抵抗，呂、郤等人發現陰謀落空，就率兵逃跑，秦穆公把他們引誘到黃河邊，消滅了這股叛亂勢力，文公返回宮室。

跋

原文

夫戰爭之事，其道多端。強國、練兵、選將、擇敵、戰前、戰後，一切施為，皆兵道也。惟比比者，大都有一定之規，有陳例可循。而其中變化萬端、詭詭奇譎、光怪陸離、不可捉摸者，厥為對戰之策。三十六計者，對敵之策也，誠大將之要略也。閒嘗論之，勝戰、攻戰、並戰之計，優勢之計也；敵戰、混戰、敗戰之計，劣勢之計也。而每套之中，皆有首尾次第。六套次序，亦可演以陰（以下闕文）……

| 譯文 | ....

關於戰爭問題，它所涵蘊的事理有眾多的頭緒。強盛國力、訓練部隊、擢拔將領、選擇作戰對象、戰前部署、戰場打掃和部隊休整，所有這些都有兵法常理可以遵循，有先例可供參照沿襲。不過，這裏面千變萬化、戲謔詭詐、怪誕奇異、惑人耳目、教人難以逆料的計謀，才是對敵作戰的策略。三十六計，就是對付敵人的策略，並且實在是高級將領的謀略要訣。閒暇之時，曾經對它加以研討，我認為，勝戰計、攻戰計和並戰計等三套計策，是居於優勢時的策略；敵戰計、混戰計和敗戰計等三套計策，是居於劣勢時的策略。三十六計的六套計策，每套都有頭有尾次序井然；而且每套計策，還能夠用（《周易》）陰（陽互為轉變的思想）推演……

解讀

無所不在的智慧

小引

六六三十六，數中有術，術中有數。陰陽燮理，機在其中。機不可設，設則不中。

三十六計　總說

軍事鬥爭中的戰略戰術，是戰爭實踐的產物。三十六計就是中國古代戰略思想和戰術原則的兵家寶藏，是前人關於戰爭及其相關的政治、經濟和日常生活等社會現象的本質特點和內在規律的理性認識；它所張揚的一往無前的進取精神和艱難困苦、玉汝於成的韜略智謀，對於人們當下的工作、學習和生活仍具有借鑒指導意義。它是無所不在的智慧。

《孫子兵法》說：「兵者，詭道也。」用兵作戰是詭詐行為，兵不厭詐，因為促成武力衝突的各種因素和決定戰爭勝負的政治、經濟、軍事、外交、自然等眾多條件，決定了克敵制勝的奇謀妙計千變萬化，不勝枚舉。那麼，《三十六計》為甚麼只列出三十六計，而不是三十五、三十四……或者更多，三十七、三十八……

這與我國古代一部占卜書《周易》的哲學思想有關。

《周易》用「陰陽」解釋天地萬物的產生，它把自然界和人類社會中的一切事物及其屬性都歸屬於陰陽兩個範疇中，比如天地、日月、男女、奇偶……其中天、日、男、奇等為陽，是剛性的；地、月、女、偶等為陰，是柔性的。「剛柔相推而生變化」，「一陰一陽之謂道」，這就是天地萬物產生與變化的原因和規律。與陰陽具有同樣作用的概念，《周易》裏還有個「數」。數不僅僅表示量的多少，奇數和偶數相合就可以發生變化，生成萬物，甚至決定萬事萬物的盛衰消長。一、三、五、七、九，是陽性的；二、四、六、八是陰性的，

其中，九是老陽（至陽）之數，三十六是由四個九組成的，其象徵意義為壯大強盛、無堅不摧；六是老陰（至陰）之數，三十六計是由「勝戰計」、「敵戰計」、「攻戰計」、「混戰計」、「並戰計」、「敗戰計」等六套，每套六種計策組成的；六六三十六，以六計數編纂而成的計策是祕而不宣的軍事謀略，勝算奇謀運籌於帷幄之中，決勝於千里之外，坐收「不戰而屈人之兵」的神功，這就是三十六計的寓意。

　　陰陽、數、術等概念範疇所蘊涵的《周易》辯證法思想，以及關於事物發展變化的法則和為人處世的學問，開啟了智慧的大門，使人們更加聰明了起來，人們遵循智慧的門徑探索世界的奧祕，總是能夠排除軍事、政治、經濟和日常社會生活中的重重障礙立於不敗之地。三十六計之所以被視為戰必勝、攻必取的不二法門，其關鍵所在，也正因為這個道理。

　　用科學的觀點來看，「陰陽」就是事物發展中矛盾着的正反兩個方面；「數」則是客觀存在及其發展變化的規律。總說中還有一個概念「術」，它指的是計謀策略。作戰要做到知己知彼，善於把握和利用敵我雙方的利弊長短，掌握事物發展變化的對立統一、相反相成的規律，這就是所謂的「陰陽爕理」。無論軍事、政治、經濟，還是日常生活，達到了這種境界，毋庸置疑，那就可以說是把握了機遇而勝券在手了，這也就是所謂的「機在其中」。

1. 尋常之中的隱祕

備周則意怠，常見則不疑。陰在陽之內，不在陽之
對。太陽，太陰。

第一計　瞞天過海

　　社會實踐給人類積累了豐富的直接經驗，我們由直接經驗又總結歸納出了門類繁多的理性認識。這些經驗和認識，增強了人類判斷和

把握外部世界的能力，提供了應對紛繁世界的便捷，但同時也掩蓋着許多不利因素，那就是伴隨着直接經驗和理性認識而出現的行為定勢、情緒定勢和思維定勢。比如一條格言說：「條條大路通羅馬」，人們也往往因此忽略了條條大路都可能掩人耳目，有意無意地南轅北轍。

古人云：「智者離路而得道，愚者守道而失路。」（《淮南子·人間訓》）這個「道」，不應該僅僅理解為「路」，而應當是「路是人走出來的」道理，是山窮水盡處，走出柳暗花明的獨闢蹊徑的創造精神。試想，腳下都是一條「道」，為甚麼智者下了路，依然路在腳下，而愚者路在腳下卻歧路迷途了呢？事物總是發展着的，尋常的事物裏往往隱含着生生不息的變化，我們總是因為司空見慣，而重複着熟視無睹習焉不察的簡單錯誤。於是大路朝天，各走一邊，最終就走出了區別：有的柳暗花明，有的山窮水盡。瞞天過海屬於前者，它獨闢蹊徑，以假亂真，以虛克實，利用習以為常的認識負面特性，把真實的軍事目的隱藏在不遮不掩看似尋常的軍事行動中，反覆暴露給敵人，使得它們真假難辨，從而形成感官上的麻痺和思想上的懈怠，然後趁此良機，出其不意，一招克敵。這就是所謂「陰在陽之內，不在陽之對」。「太陽，太陰」，是說非常公開一無遮掩的軍事行動，蘊藏着非常隱祕的軍事圖謀，而愈是想獲得大的軍事勝利，就愈應施行詭祕有加的計謀韜略。

作為疑兵之法，「瞞天過海」相傳出自唐太宗征討遼東的戰事，見之於《永樂大典·薛仁貴征遼事略》。

唐太宗御駕親征，率三十萬兵馬東臨大海，只見水天浩渺，濁浪排空，禁不住心中一片茫然。唐太宗詢問隨從怎樣渡過這一汪橫亙天地間的大水，眾將領面面相覷，一時間沒有誰能說出個子丑寅卯。幾天後，大將張士貴得到薛仁貴渡海的謀劃，上奏道：「有一豪民，近居海上，特來見駕，言三十萬過海軍糧，由他一家全部承擔。」皇上聽了非常高興。薛仁貴請唐太宗進入一處用許多艘大船搭建成的五彩

營帳，隨從文武百官陪宴作樂，笙歌美酒，好不熱鬧。唐太宗酒吃到暢快淋漓之時，忽然聽見帳外濤聲拍舷，連忙吩咐拉開帷幔，但見渡海大軍已經靠近彼岸。薛仁貴以此瞞過天子，避免了唐太宗放棄東征。

　　政治上，瞞天過海的計策遠比刀槍相見的軍事驚心動魄，歷史曾演義了無數令人瞠目歎為觀止的大事件。

　　濮陽商人呂不韋遇上了在趙國做人質的秦國公子異人，儘管落魄的異人無人問津，但呂不韋慧眼獨具，他斷定此人奇貨可居。回到陽翟老家，呂不韋給父親談起了自己的打算：如今種田土裏刨食，一年到頭吃不飽穿不暖；做生意呢，就是販金賣銀倒騰珠寶利潤也不過十倍百倍；可要是興建個國家擁立個君主，那種榮耀和利益就遠遠不是種地或者做買賣能望其項背的了，並且世世承恩，代代相傳。一番話弄得他老父親滿頭霧水；呂不韋則匆忙踏上了通往趙國都城邯鄲的大道，張羅他經營天下的大生意去了。他把自己已懷了身孕的趙姬獻給異人，不惜重金，為異人提供結交賓客、打通太子妃華陽夫人姐姐的錢財珠寶；並且他自己也披掛上陣，前往秦國說服華陽夫人姐姐，通過她做通了華陽夫人和太子安國君立異人為嫡子的思想工作。眼看着水到渠成的時候，秦昭王五十年，秦軍圍攻趙國都城邯鄲，趙國要殺異人，呂不韋賄賂黃金六百斤給邯鄲守城官吏，保住了他生意所押之寶異人的一條活命。異人、華陽夫人姐姐、華陽夫人、安國君、趙姬，面對這道道關隘，呂不韋一路瞞天過海，奇計疊出，成就了他「建國立君」的天下生意千古之最。後來，呂不韋所有的設想都無一例外地美夢成真：他和趙姬短暫同居的輝煌成果嬴政一統海內，成就了開創中國二千多年封建社會歷史的基業；他本人也做上了大秦帝國的丞相。

2. 避實擊虛的制勝法寶

共 敵 不 如 分 敵 ， 敵 陽 不 如 敵 陰 。

第 二 計　 圍 魏 救 趙

「圍魏救趙」的典故源自戰國時期的桂陵之戰，見之於《史記·孫子吳起列傳》。這次戰役發生在公元前353年，是由魏國和趙國之間的戰爭引起的。公元前354年，趙國出兵攻打原來屬於魏國的附庸國衞，脅迫衞國朝見趙國，並繳納賦稅。魏國對此當然不能容忍，於是舉兵伐趙，包圍了趙國都城邯鄲，趙魏雙方相持不下。次年，趙請求齊國出兵救援。

齊國當時還不是魏國的敵手，在此之前曾吃過魏國的敗仗。救援的齊將田忌準備率八萬大軍直奔趙國都城邯鄲，跟來犯魏軍交火。軍師孫臏分析戰爭形勢，提出了「圍魏救趙」的戰略主張。他說，解開糾纏不清一團亂絲般的東西，得用手慢慢理出頭緒，而不是攥緊拳頭一錘砸去能奏效的。這就是所謂「解雜亂糾紛者不控拳」的意思。那麼，應該如何解救邯鄲之圍呢？孫臏認為，要「批亢搗虛」，批，用手擊打；搗，舂、捶，這批、搗二字都是攻擊的意思。亢，咽喉，喻指要害的地方。「批亢搗虛」，就是抓住敵人要害的部位，避實就虛打擊敵人。「救鬥者不搏撠」，孫臏的意思是說，解邯鄲之圍就像勸解兩個人打架，勸解人不能插進一杠子參與打鬥，要「批亢搗虛」，從而形成「形格勢禁」的局面，戰局受到了控制，矛盾就自然而然地化解了。「格」的意思是阻止遏制。

「圍魏救趙」的基本思想是避實擊虛，攻其所必救，趨利避害，出其不意，機動殲敵。魏國雖然強大，由於一年的戰爭拖累，必然造成軍事虛弱和財力不支。孫臏就是抓住了這個要害，直插大梁，把魏國的軍隊從趙國的邯鄲調回國內，並且在桂陵預設伏兵，以逸待勞，一舉殲滅了敵軍。

作為人生哲學，圍魏救趙給我們的啟發是，遇到棘手的矛盾，可以避開糾葛而尋找緩和或解決矛盾的關鍵點，避開鋒芒，挖其根基。一旦動搖了支撐矛盾的基礎，矛盾就會發生質的變化從而悄然冰釋。作為當代語境中的成語，魏圍救趙的意思是不直指其事，而採取迂迴曲折的辦法處理問題或含蓄委婉地表達某種思想意圖，甚至還有點王顧左右而言他的味道；故意避開此話題繞到彼話題，而其意仍然在此話題，這與「項莊舞劍，意在沛公」有異曲同工之妙。

3. 撬起成功的槓桿支點

敵已明，友未定，引友殺敵，不自出力，以損推演。

第三計　借刀殺人

借刀殺人，是民間口語。「刀」，比喻可以利用的外部條件；「殺人」，並非僅是字面意義，泛指所要達到的軍事目的。明代戲劇家汪廷訥《三祝記》有道白說：「恩相明日奏（范）仲淹為環慶路經略招討使以平（趙）元昊，這所謂借刀殺人。」

借刀殺人，比喻形象，文字質樸，但生動傳神，意蘊豐富。不過，處世做人的日常生活中運用借刀殺人的伎倆，爾虞我詐，刻薄尖酸，必置人於死地而後快，則不僅不可取，而且是為人唾棄不齒的。當然，在軍事上、政治上的敵對性質的矛盾中，借刀殺人則未可厚非。

借，就是自己不出面，利用其他力量打擊對方，這是一種為了保存實力巧妙地借力使力充分運用各種矛盾的藝術，是為了撬起成功的槓桿而尋覓的良好支點。借刀殺人雖然難免陰險毒辣，但是政治鬥爭和它的延伸戰場，你死我活無所不用其極，哪還顧及甚麼君子小人之類的褒貶臧否。借刀殺人，正見出謀略的機巧，從敵人內部的矛盾入手，尋其裂隙，挑起事端，分化瓦解敵對勢力，從而一招置敵人於死地。西周末年鄭桓公襲鄶和三國時關羽敗走麥城的著名故事，都說

明了「借刀殺人」不必費太大的代價，就能達到消滅敵人的目的。正義的力量利用反動勢力之間的鈎心鬥角傾軋相殘，則是除惡務盡的良機。一部廿四史，記錄了多少慘不忍睹的借刀殺人的歷史活劇。

在日常社會生活中，弄懂借刀殺人的謀略，有助於識破邪惡勢力的伎倆，防範被心術不正的壞人利用。用句俗話說，就是別叫人當槍使，以便更好地磊落做事，坦蕩做人。如果從更深一層理解，借刀殺人的這把刀，則可看作一切能為我所用的因素和力量，清皇太極和他的謀士范文程利用明末政治的腐敗和崇禎皇帝的猜忌，把他們的敵人一代名將袁崇煥逼上死路；而崇禎皇帝殺袁崇煥的自壞長城之舉，為滿清取代明王朝蕩平了滿人自己難以逾越的障礙。

文中「以損推演」的「損」，指的是《周易・損卦》。「損」是六十四卦的第四十一卦卦名。象辭說：「損，損下益上，其道上行。」意思是，減損與增益相輔相成，利用第三者攻擊敵方，第三者的損傷卻換取了自己力量的增益壯大。

4. 由不動而主動

困敵之勢，不以戰；損剛益柔。

第四計　以逸待勞

以逸待勞，強調充分弄清敵軍兵力兵情，對敵我雙方主客觀條件的實際情況進行正確的分析把握，也就是根據政治、經濟、軍事、外交條件，憑藉地形、地貌、距離等地理狀況、陰陽寒暑的天氣情況和白天黑夜的時間因素等自然條件，採取一邊防禦一邊養精蓄銳，等待敵方勞頓疲憊、士氣大傷之時，再轉守為攻，從而爭取最大的軍事主動權。

從作戰的實際需要出發，以逸待勞強調對於來犯之敵要冷靜觀察，深入研究，發現敵人可以為我方利用驅遣的因素和環節，迫使敵人自我疲憊，自我損虧；我方則應運用靈活多變的戰術抓緊時機乘虛

而入，一舉挫敗敵人。這就是說，「待」不是消極盲目守株待兔式的坐等時機，而是不投入或少投入兵力，充分發揮自己的主觀能動性，利用一切有利因素去擺佈敵人，牽住敵人的牛鼻子，削弱其實力，消耗其銳氣，在這種由不動而主動的過程中發現和創造戰機。

以逸待勞是戰略指導原則，不是具體的戰術計策。至於採取甚麼樣的具體計策來達到以逸待勞的目的，這要根據雙方的軍情和主客觀因素，因勢利導，相機行事，調敵就範，後發制人。

以逸待勞，不能耐不住性子，心急等不得豆煮爛，急於事功，那就會半途而廢或功敗垂成。

公元前341年也就是齊國「圍魏救趙」十二年後，齊魏馬陵之戰就是「以逸待勞」的戰例典範。魏國雖然桂陵之戰打了敗仗，但實力削弱並不明顯，仍保持着中原霸主地位。桂陵之戰後的第十二年，龐涓帶兵進攻韓國。韓國請求齊國救助。齊國仍以田忌為將軍，孫臏為軍師，又一次演繹了「圍魏救趙」的老戲。齊軍直搗魏都大梁，龐涓引兵回救。孫臏根據龐涓驕兵輕敵，急於求戰的心理，制定了退兵減灶、誘敵深入的計策，設伏兵於馬陵，大敗魏軍，連龐涓自己也脫身不得，拔劍自刎而亡。

解語「損剛益柔」，見之於《周易‧損卦》，象辭說：「損剛益柔有時，損益盈虛，與時偕行。」意思是，陰陽二者的減損增益各有其時；增減盈虧，是與事物陰陽屬性對立統一的發展變化和諧統一的。

5. 宋襄公的仁義笑柄

敵之害大，就勢取利。剛決柔也。

第五計　趁火打劫

趁火打劫，是乘人之危的同義語，「劫」，搶劫。它的字面意義是，趁人家失火忙於營救，無力旁顧的時候，或搶掠東西，或劫持生

靈，大發危難之財，屬於落井下石的不義之舉。但在敵對雙方，勢不兩立的戰爭狀態，趁火打劫，無疑是大打出手的難得機遇。敵人處於危難之中，柔弱不能自拔，選擇這種時機亂中克敵，必能穩操勝券，這就是《周易・夬卦》彖辭所謂「剛決柔也」的意思。《孫子兵法・計篇》所說的「亂而取之」，也是這個道理。

但是春秋時期以標榜「仁義」著稱的宋襄公卻不是這樣。

公元前638年，宋襄公與楚成王隔泓水北南兩岸列兵對峙。宋軍陣勢儼然，楚軍亂哄哄地渡河。宋襄公的庶兄目夷提醒他：「敵軍人馬多，我軍人馬少，乘他們渡河時，來個迎頭痛擊，亂中取勝。」宋襄公不僅置之不理，而且還很可愛地說：「不，講仁義的人，哪能乘人之危攻打人家。」等楚軍上岸還沒擺開陣勢，目夷又建議道：「乘他們還沒站穩腳跟，我們馬上發起進攻，打他個措手不及，還有希望打贏。」宋襄公仍舊不許，說：「不，講仁義的人，哪能攻擊不成陣勢的隊伍。」可笑的是，楚軍擺好陣勢，千軍萬馬衝殺過來，宋襄公才下令還擊。楚軍摧枯拉朽，宋軍望風披靡，連宋襄公的衛隊也給一舉殲滅了。宋襄公本人大腿上還挨了致命的一箭，沒撐幾個月，就箭傷發作一命嗚呼了。宋襄公式的仁義是悖逆趁火打劫的兵家之道的，乃兵家的笑談、兵家的教訓、兵家的禁忌。

從戰略意義上說，「火」指的是造成敵軍殃禍危難的各種因素，因而高明的戰略指揮家除了發現敵人的「火」，利用敵人的「火」之外，還應有「放火」的招數，即運用自然因素和人為手段給敵人製造麻煩，逆境難脫，厄運纏身。如此則趁火打劫，大有利圖了。

6. 攻其無備　出其不意

敵志亂萃，不虞，坤下兌上之象。利其不自主而取之。

第六計　聲東擊西

聲東擊西，就是用假象迷惑敵人，給敵人造成錯覺，以假亂真，從而掩蓋住真實的動機。

採用聲東擊西的計策，「敵志亂萃」是必要的前提。因為，這一計與「趁火打劫」必須是敵人處於「火」中的混亂困厄境地是同一個道理。不是「失火」之時，如入無人之境，明火執杖進入敵方營壘行劫掠之實，肯定是異想天開的一廂情願；同樣，將帥韜光養晦，兵強馬壯，軍心穩固，志氣高昂的軍隊，你想以聲東擊西的把戲誘使人家上當受騙，不過是自作聰明的魯莽之舉。《孫子兵法・計篇》所謂的「攻其無備，出其不意。此兵家之勝，不可先傳也」，其中的奧義就是強調制勝要創造敵人的「無備」和「不意」，「聲東」所掩蔽下的「擊西」應當屬於這個範疇。推而廣之，「東」和「西」並不是單純的地理方位：「東」是假象，是虛情，是幌子，是誘餌；「西」是真相，是實情，是被隱蔽了的動機，是軍事圖謀。聲東擊西的關鍵在於運用靈活機動的小股兵力擾亂敵人，忽左忽右，忽前忽後，忽近忽遠，忽隱忽現，讓敵人捉摸不定，窮於應付，亂其方寸，從而為自己創造從容主動地選擇戰機的條件。

從另一個角度分析，對於敵人的軍事動機，也要冷靜深入地觀察研究，力避為敵人虛晃一槍的假象所迷惑。否則，讓敵人給牽住了鼻子，就中了人家聲東擊西的圈套了。常言道，你有關門計，我有跳牆法。又說道高一尺，魔高一丈。兵法是前人戰爭經驗的總結，兵法背得滾瓜爛熟，或者講得頭頭是道，卻未必不像馬謖一樣失守街亭；而企圖打探東吳軍情的蔣幹，也上演了羣英會中計的歷史鬧劇，這都為後人留下了正反兩個方面的經驗教訓。不過，話又說回來，眼下的社

會現實中，明知虛張聲勢，數字使水，政績摻假，欺上瞞下，卻仍可得意於一時者，並不少見。這屬於姜太公釣魚之類，應存而不議或另當別論了。

「敵志亂萃」，萃，草叢生的樣子；亂萃，是野草雜亂叢生，用來比喻敵人步調不一，軍心混亂，指揮員也亂了方寸。「坤下兌上」，是《周易・萃卦》卦畫的文字表述。在八卦推演中，坤象徵地，兌象徵水，水積聚在一起，是會潰決而不可收拾的，文中用以比喻失去正確指揮，亂作一團的敵軍。

7. 老子的哲學

誑也，非誑也，實其所誑也。少陰、太陰、太陽。

第七計　無中生有

「有」、「無」是《老子》中的一對重要哲學範疇。

我國古代哲學家老子認為：「天地萬物生於有，有生於無。」（《老子・四十章》）在他看來，「無」比「有」更重要。所以關於用兵，他主張「不敢為主而為客，不敢進寸而退尺。是謂行無行，攘無臂，執無兵，扔無敵。禍莫大於輕敵，輕敵幾喪我寶。故抗兵相加，哀者勝矣」（《老子・六十九章》）。老子用兵講究以退為進，以弱勝強，以少勝多，這跟孫子先發制人的思想不同。所以如此，與他所代表的奴隸主階級跟新興地主階級的力量對比有關。老子說，他不敢前進一寸而寧可後退一尺；兩軍對壘，總應該擺佈個適當的陣勢，以便打擊敵人，但是他沒有陣勢可以擺；敵人要抓他的胳膊，沒有胳膊；敵人找他對陣交火，找不到他；他也沒有甚麼武器之類的東西。不過，老子認為只要不輕視低估敵人，滿懷悲憤，同仇敵愾，就能勝利。老子的兵法雖然精神保守，但對於兵力弱小或扭轉被動挨打局面還是很可以借鑒的。

　　主張制人而不制於人，以進攻取勝的兵家借鑒老子思想，則特別重視「無」所代表的制勝因素。「無中生有」一計的關鍵，是給敵人以「無」的假象，而「無」不是真的甚麼也沒有，而是「無」中有「有」並且生「有」，只是這個「有」不能讓敵人摸清。用「無」的假象，迷惑敵人，做成一篇貌似空洞無物讓敵人信以為真的表面文章，而真實的東西，即所謂的「有」，則遮掩得密不透風。以「無」瞞騙欺詐，以「有」奇襲攻殲。無中生有，實質就是用一個「騙」字處理好「虛」與「實」的關係。《尉繚子·戰權》有云：「戰權在乎道之所極。有者無之，無者有之，安所信之？」虛虛實實，真真假假，有的給予無的假象，無的作成有的樣子，你是信還是不信呢？庇脱·波格說得更加直言不諱：「只有當一個人了解遊戲規則之後，他才知道如何進行欺騙。贏得勝利的祕密就是欺騙。」

　　哲學是關於如何認識世界的學問自於對自然和社會實踐的認識反思，這種反思也反過來對包括日常生活在內的社會實踐發揮着指導作用。三人成虎、此時無聲勝有聲等耳熟能詳的典故，就蘊涵着無中生有的哲學思想。

　　文中的「少陰、太陰、太陽」，是《靈棋經·發蒙卦》的卦名，意思是由少陰發展為太陰最後陰極變陽，而轉化為太陽，也就是說從製造小的假象開始發展到對敵人的大欺騙，最後才顯露出跟先前的假象截然相反的真實動機，出其不意，殲滅敵人。

8.「明」與「暗」　勝者的妙算

　　示之以動，利其靜而有主，益動而巽。

第八計　暗度陳倉

　　公元前 206 年，劉邦率領農民起義軍大敗秦軍，攻破武關進入咸陽，秦王朝被推翻。當初，楚懷王曾跟反秦的將領們約定：「先入定

關中者王之。」但項羽依仗着力量強大，背信棄約自立為西楚霸王，把巴、蜀、漢中四十一縣劃歸劉邦，封他為漢王。劉邦被迫驅兵進駐漢中，但為了重返關中進而圖謀天下，他採納了張良的計策，放火燒毀了從關中到漢中的棧道，一是讓項羽看到他不思東歸，麻痺項羽；二是防止與漢中為鄰的雍王章邯侵略襲擊。此後不久，劉邦拜韓信為大將，準備東征。韓信一面派遣許多兵馬去修復棧道，佯裝要老路殺回；一面又跟隨劉邦率主力大軍抄小路繞行故道（在今陝西鳳縣西北）出兵，直逼陳倉（今陝西寶雞東），章邯戰敗自刎。劉邦重新收復咸陽，平定三秦。

本計的出典，見之於《史記·高祖本紀》。

明修棧道，暗度陳倉，以正面佯攻為手段迷惑敵人，從側面選取攻擊路線和突破口，這是一種實行突然襲擊的謀略。後來，暗度陳倉被廣泛運用於政治、經濟和社會生活領域，甚至活用為暗中進行動作而有所圖謀的一切事體，連男女間的不正當行為也以此為喻。寫文章或言談話語，用意不便直說，又想讓聽者明白意圖，輕叩鑼鼓餘音灌耳足矣，這也可以叫做「暗度陳倉」。暗度陳倉，運用得體，委婉妥帖，言簡意深，頗得機警風趣之妙。工作學習中倘若借鑒了暗度陳倉的智慧，當可繞過許多彎路，避開許多矛盾，比較容易地達到預期目的，不知這是否可謂庖丁先生「遊刃有餘」的哲學。不過，但凡遇事都「暗度陳倉」，處理得技中肯綮，恰到好處，這是很叫人害怕的，非老奸巨猾即老謀深算。日子久了，人們則敬而遠之，惟恐避之不及了。

文中「益動而巽」，引自《周易·益卦》彖辭：「益動而巽，日進無疆。」根據孔穎達《周易正義》的解釋，意思是：處於低下地位者有求於處於高居上位者，高位者能遜順地接受，那麼他由此獲得的人心所向帶來的利益是沒有窮盡的；高位者滿足低下者，似乎在自己是有所損失，但這個損失能獲得更大的利益。「動」，是低下者的請求期盼。「巽」，是八卦之一，代表風，風的性質是順暢，所以「巽」的意

思是遜順，亦即滿足低下者的請求。在本計的解語中，有兩個「動」字；前一個是表示佯攻假象的「明修棧道」的「動」；後一個則是處在被掩蔽下的「暗度陳倉」的「動」，這個「動」是「陰性」的，與下所求於上者的「動」具有相似的屬性，所以作者引用了《周易・益卦》的象辭作為解語。

明修棧道，暗度陳倉，前者是表，是明；後者是裏，是暗。明暗之間，我們可以從中領略勝者的妙算了。儘管二者表裏不一、異同判然，但是不幸而中計者屢見不鮮。劉邦明修棧道如此的張揚招搖，為甚麼能迷惑住久經沙場的秦將章邯？這是因為劉邦明面一招，暗裏一手，而章邯則只知其一，不知其二。今天，我們應該汲取的教訓就是，當遇到「聰明人」幹傻事時，就要小心他裝憨賣傻掩蓋着的勾當；而從正面來說，不管做人還是做事，我們都應該表裏如一。

本計的按語說：「奇出於正，無正則不能出奇。」奇正，指的是軍隊作戰的變法和常法。《孫子兵法・勢篇》有云：「三軍之眾，可使必受敵而無敗者，奇正是也。」一般認為，先發制人為正，反之為奇；正面強攻為正，偷襲為奇；堂堂佈陣為正，運用遊擊為奇……按語此句的意思是說奇以正為基礎，奇正也是互為轉化的，所以孫子還說：「戰勢不過奇正，奇正之變，不可勝窮也。奇正相生，如循環之無端，孰能窮之？」

9. 觀望的講究

陽乖序亂，陰以待逆。暴戾恣睢，其勢自斃。順以動豫，豫順以動。

第九計　隔岸觀火

任何事物自身都包含着矛盾。軍事上，敵我雙方處在一個戰場上，互為敵手，這是對立；而又互為依存，沒有敵人就無所謂對立的

表現形式：戰爭衝突。就敵與我自身而言，各自的內部也存在着矛盾。隔岸觀火，就是貫穿着哲學思辨精神的戰術策略。任何敵人內部都存在着性質不一、大小不同、激烈化程度不等的矛盾，巧妙地運用這些矛盾，是實現兵不血刃削弱或者消滅對手壯大自我目的的最佳選擇。

隔岸觀火，強調三個因素：首先是距離，要跟處於矛盾狀態中的敵人有一定的空間距離，否則既得防範共同的敵方，又要應付內部的鬥爭，就不能專注於相互傾軋，這就意味着可圖的漁利受到了限制。例如，鷸蚌相爭，如果漁翁不是取「坐山觀虎鬥」靜待事變，而急於獲利，不給鷸蚌以「隔岸」相鬥的自由空間，牠們會給嚇跑，相爭的矛盾衝突就很難演繹出漁翁之利。再就是要「觀」，認真觀察研究，弄清敵人的矛盾性質和對抗狀態，看出其中的蹊蹺。最後，也是最重要的，就是把握敵人矛盾之「火」的火候，以便相機行事，甚至「火」上澆油，在敵人互相殘殺的不可開交之時，主動出擊，趁「火」打劫，這樣敵人內外交困，必然陷入死地。

就一般社會生活層面上講，隔岸觀火提醒我們要有強烈的憂患意識，對當前和未來可能發生的禍患應當時刻保持足夠的警惕，萬萬不可掉以輕心，因為人們總是熱衷於計較眼前的蠅頭小利，而忽視了當下得失對於未來的利害攸關。塞翁失馬，焉知禍福，任何事物都隱含着正反兩個方面的因素，明智的抉擇洞幽察微，可望挽狂瀾於既倒，扶大廈於將傾；反之則利令智昏，天有不測風雲，眼看着一派勝利在望的大好前景，轉瞬間就可能化作了泡影。這是務必應當引以為戒的。

文中所引《周易·豫卦》：「順以動豫，豫順以動」，其意思是說，順應事物的發展而採取行動措施結果就是愉快的。「豫」，孔穎達《周易正義》解釋為逸豫的意思，就是我們今天所謂的愉快。

10. 溫和的面孔與歹毒的心計

信而安之，陰以圖之；備而後動，勿使有變。剛中柔
外也。

第十計　笑裏藏刀

　　笑裏藏刀，典出《舊唐書·李義府傳》。李義府，唐貞觀年間因
對策中旨，任門下省典儀，樣子長得溫和謙恭，與人交往總是喜笑顏
開，但暗地裏卻一肚子壞水，猜疑偏私，陰狠毒辣。李義府位當權
要，總想讓別人遜順自己，稍不合意就大加讒陷。在當時的官場上，
他就留下了笑裏藏刀的惡名，同僚們說，義府笑中有刀。唐高宗時，
因武則天為皇后，多次得到提拔，官至中書令。這個陰柔處世，對人
多所加害的傢伙，時人送給他一個綽號，「李貓」。《新唐書》為他立
傳時，置之奸臣類；宋人李等編《太平廣記》，把他歸入諂佞類。由
此可見，做人笑裏藏刀，必為世人詬病，是萬萬效法不得的。

　　口蜜腹劍是笑裏藏刀的同義語，口頭上甜言蜜語心裏懷着柄寒光
逼人的劍，跟用滿臉的堆笑遮掩住殺人不眨眼的刀，都是以陰柔的外
表包裹上置人於死地的真實動機，無論懷劍持刀者實力強弱，在你
死我活的血腥屠殺中，都不失為一種克敵制勝的錦囊妙計。軍事謀略
上，此計一般是通過政治的、外交的手段偽裝自己，欺騙麻痺敵人，
明裏一招討好敵人，暗中一套以行整軍用武剿殺對手之實。

　　笑裏藏刀，關鍵在一個「笑」字，「刀」雖然是目的，但作為手段
的「笑」有時比目的本身更重要。沒有「笑」，磨刀霍霍，「刀」光閃
閃，如果不是十分弱小的敵人，只要有所防備和抵禦，恐怕你那把
「刀」耍弄得就不會太輕鬆瀟灑。反之，你口蜜腹劍，不時給敵人來
個美人計、糖衣炮彈之類的小恩小惠，就可能叫敵人失去警覺。自己
的陰笑和敵人被蒙騙的憨笑聲中單刀直入，剛柔相濟，大功成矣！這
就是世人常說的，用「心」殺人比用刀殺人，豈止厲害百倍！

11. 關於犧牲精神的兵家解讀

勢必有損，損陰以益陽。

第十一計　李代桃僵

李代桃僵，典出宋人郭茂倩輯《樂府詩集‧相和歌辭‧雞鳴》，這是一首優美的小詩。詩開篇以白描手法鋪陳了一幅兄弟省親圖，由此引出一比，作為草木的桃李尚能互相體貼，患難與共，甚而不惜為同倫犧牲自己。這一比的用意是諷諫人世間的鈎心鬥角、自相殘暴。全詩五言十二句，讀來讓人自愧不若桃李，發人深省。

原詩：兄弟四五人，皆為侍中郎。五日一時來，觀者滿路旁。黃金絡馬頭，熲熲何煌煌。桃生露井上，李樹生桃旁。蟲來嚙桃根，李樹代桃僵。樹木身相代，兄弟還相忘？

譯文：兄弟一輩都是官，人人位居侍中郎。五天一回省雙親，鄰里圍觀擁道旁。金馬銀車紫繡袍，光芒四射生輝煌。桃花灼灼井邊笑，李樹依依葉嫩黃。無奈蟲啃桃樹根，可憐李樹先枯僵。草木猶能共患難，人間兄弟自相戕！

這麼一首勸人向善，頌揚相憐相愛甘苦與共的民歌，兵家一旦受了啟迪，頓生刀光劍影的寒涼。兵家看中的是為了置敵人於死地，哪怕付出點犧牲自己局部利益的小損失，也要成就保全戰爭整體利益的大軍功。當然，他們所謂的小損失毋庸置辯的也是將士們的拋頭顱灑熱血。

戰爭是實力的較量，不付出血的代價，「未戰而廟算勝者」不能說絕無僅有，但說它是兵家炫耀兵法神奇玄妙的辭令，恐怕大致不能算作過頭話。李代桃僵，當初該是比較老實的兵家制定命名的計謀，因為它承認再高明的謀略都不能不付出將士的血浴疆場馬革裹屍的代價，只是「兩利相權從其重，兩害相衡趨其輕」而已。常言道，投桃報李，戰場上沒那麼紳士風度，軍事指揮家考慮的是如何把握戰爭態

勢，為了爭取戰役的主動權，或者為了扭轉被動挨打的局面，犧牲點局部的、眼前的利益，是在所不惜的，因為它換取的是具有全局戰略意義的長遠利益。而從戰術上看，用小的犧牲贏得大的勝利，也不失為一種明智的抉擇。捨小保大，丟卒保車，這就是李代桃僵的要義。

話說到這裏，該提醒下那些執着於以武力解決爭端的政治家、軍事家，樂府詩雞鳴篇的勸諫，製造並掌握了足以滅絕人類自身先進武器的當代人，為了整個人類的前途着想，是否該引起更加深入的思考，更為嚴峻的警覺呢？

12. 量的積累和質的飛躍

微隙在所必乘；微利在所必得。少陰，少陽。

第十二計　順手牽羊

順手牽羊，較早見之於文字的用例是元雜劇。事實上，這種通俗而又生動形象的言詞該是早期遊牧生活的日常用語。牧民們未必專門為一隻或一羣羊費多少腦筋，他們需要照料的事情很多，馬呀牛呀，當然還有一家老小。羊這種個頭不大的小生靈，很溫順，也很乖巧，不需格外照料侍弄的，乘便處理下牠的事情也就夠了，這該是生活中本來意義的順手牽羊。

生活中司空見慣的細節，一經兵家悟出了個中玄機，便全然沒有了它本來的質樸，而賦予了更豐富的含義，即利用敵方疏漏給自己帶來的取利之便賺取敵人，也就是「伺隙搗虛」地製造和捕捉戰機，所以解語破題拈出「微隙」二字。這個「微隙」，就是由於敵人的疏忽造成的漏洞；順手牽羊，就是乘機「鑽空子」，借力使力，順勢而為。「微利」就是由「微隙」帶來的唾手可得的戰利。

「順手」，強調軍事動機施行於不着意時，不用心處。但一個指揮千軍萬馬的將領，需要戰戰兢兢、如履薄冰、審慎敬業的不苟精神。

只有這樣，敵人的任何疏忽才逃脫不了他事事洞明的慧眼。常言說，舉大事，抓大端，硝煙彌漫的戰場上固然以戰局為重，不計較一城一地、一朝一夕的得失，但倘有順手之羊，又何不就勢牽走呢！

《左傳·莊公十四年》記載了一則故事。陳國國君一雙女兒天生麗質，分別嫁給了蔡侯和息侯。妹妹息侯夫人媯是傾城傾國的絕代佳人，讓姐夫蔡侯心儀神往，並且時不時地想佔點小便宜；息侯嚥不下這罈子醋，決意報復。他設計與楚國佯裝一戰，求援於連襟。蔡侯一為所愛，二為親戚，驅軍赴戰，不想中了息侯的奸計，受到息侯和楚軍的腹背夾擊，不僅被俘，還險些淪為楚王的刀下鬼。蔡侯不死，息侯不寧。連襟姐夫也不是吃素的。他效法息侯，以其人之道還治其人之身：借刀殺人。蔡侯只給楚王鋪陳了一下息侯夫人的花容月貌和自己美妙絕倫的愛情解讀，便打動了楚王的纏綿春心，害得他夜不能寐輾轉反側。楚王第二天就以狩獵之名獵獲了息侯，當然，也帶來了叫他一夜沒能合眼的美人。世間有言，女人是禍水。從這個故事來看，禍水不是女人，而是那些能興風作浪貪色掠美的權貴。為一個女人，蔡侯、息侯和楚王大動干戈，可見女人的魅力較之政治的誘惑絲毫也不遜色。蔡、息二侯都懂政治，也熟諳兵法，他們二位不約而同地上演了借刀殺人的鬧劇。楚王受人之托，也忠人之事，只是因為三人共同的愛好：一位絕代佳人。楚王受人之託，也忠人之事，只是因為三人救人危難的令名，一舉消滅了息國，順手牽走了那隻迷人的「羔羊」媯。金屋藏嬌，媯做了楚國王后，給楚王生產了兒子堵敖，還有成了楚王政治種子的另一個兒子楚成王。

順手牽羊，表面看來僅僅是戰果之量的積累，不過，你不要小覷「羊」。今朝三隻，明日五隻，日子久了，必是成羣結隊，「羊羊」大觀。一旦量的積累形成了質的飛躍，整個戰局豈不就受控於我股掌之間了嘛！

順手牽羊告訴我們，戰場上難以避免的疏忽和隙漏既可能導致損失，而隨機應變，處理好了，也可以轉變為投給敵人的餌料。運籌勝算，軍備充足，士氣旺盛，打起仗來出神入化，即使出現個把漏子敵人也未必膽敢貿然乘隙鑽營。

13. 面對着風吹草動

疑以叩實，察而後動。覆者，陰之媒也。

第十三計　打草驚蛇

唐朝人段成式的《酉陽雜俎》說：唐朝當塗縣縣令王魯，聚資斂財，貪贓枉法。上行下效，他的領導班子的一位重要成員，分管幹部監察的主簿也是位抓廉政卻不廉潔的貪官。有一天王魯批閱訴狀，見告發這位主簿的狀子上條條款款與自己都脫不了干係，大吃一驚，於是情不自禁地寫下了八個字的批語：「汝雖打草，吾已驚蛇。」看來，王魯還是個頗有自知之明的人，從羣眾來信中他讀懂了自己的為非作歹，引發了收斂之意。

與本義相反，軍事謀略上的打草驚蛇，指的是通過試探手段，觀察敵人的反應，藉以偵知敵情。當然，它還有另外一層意義，比喻行事不密，引起了敵人戒備，從而招致了自己的被動挨打。

打草驚蛇，如何「打」，怎樣「驚」，是有訣竅的。「草」、「蛇」是喻體，前者指隱蔽敵人及其軍機的屏障；後者指敵人。「打」的是敵人的隱身之物，並非敵人；「打」的目的是「驚」，驚出受驚之敵的動靜。通過打草驚蛇，觀察敵人的反應，打探敵人的虛實，引蛇出洞。一個「打」字，講究頗多，寓意不淺。「打」，只輕輕拍打下草叢，很隨意的，但一經付諸軍事行動，這招式就會引發出風吹草動，「草」中的「蛇」就要露出蹤跡，「順藤摸瓜」就能發現敵人的馬腳。《孫子兵法・虛實篇》說：「策之而知得失之計，作之而知動靜之理，形之

而知死生之地，角之而知有餘不足之處。」這裏說的就是打草驚蛇的道理。

發生在公元前627年的「蹇叔哭師」的著名故事，就是打草驚蛇的經典之作。秦穆公不聽蹇叔的勸諫，勞師襲遠；主將孟明視驕縱輕敵，不以蹇叔告誡為訓，回師途中果然應驗了蹇叔的預料，遭遇到晉軍崤山伏兵。孟明視不能覺察敵人的誘兵之計，大軍直入崤山峽谷之中，不偵察敵情，敵人遍山伏「蛇」，自己卻連一點風吹草動都沒覺察，終於落得個全軍覆沒。

在現實生活中，處世待人不能動輒採取打草驚蛇的方式，但對於那些心術不正的人和圖謀不軌的言行，你旁敲側擊地驚驚他，既不唐突尷尬，又可曲盡其妙，不失為一種柔中有剛的處世哲學。

14. 化腐朽為神奇

有用者，不可借；不能用者，求借。借不能用者而用之，匪我求童蒙，童蒙求我。

第十四計　借屍還魂

魂，古人認為是能夠離開人的身體而獨立存在的精神，《古詩為焦中卿妻作》有「我命絕今日，魂去屍長留」的詩句。借屍還魂，源自道教故事，意思是說人死後魂靈可依附在別人的屍身上，藉以復活。據傳說八仙之一的鐵拐李一次神遊時，肉身誤為弟子焚化，其魂靈便歸附在一個餓殍屍身上，得以還魂再生。

無論從鐵拐李還魂再生的傳說，還是對「借屍還魂」字面意思的理解，此計所針對的戰爭形勢都是頹局敗勢，用意是挽回江河日下的不利局面。按語中指出改朝換代之際，舊朝枯僵新朝未立的混亂局面中，常常上演借屍還魂的把戲，原因就是企圖謀取天下的新興勢力需要藉助社會的正統觀念。舊朝氣息奄奄，覬覦天下者多矣，高明的政

治家、軍事家總是顧及社會公眾的思維定勢，他們要利用一個民族、一個國家積久成習的對統治者依從馴順和盲目效忠的心理，一方面用以籠絡遺老遺少之類的順民，另一方面「挾天子以令諸侯」，對付和自己一樣圖謀天下的其他政治、軍事勢力。

解語說：「有用者，不可借；不能用者，求借。」此乃老謀深算之談。縱覽歷史，橫觀天下，延攬天下英才以共圖大計者固然不乏其例，但更為常見的卻是武大郎開店無出其右。這也難怪，以作戰而論，哪有無敵於天下，集政治家、軍事家於一身的英雄人物率眾尋主，甘居人下，不自立門戶呢？解語由戰爭的實踐和尋常事理引申出道理，不能說放之四海而皆準，但有相當普遍意義：那些獨自不能有作為的散兵游勇小股軍事力量，是可以利用的。可以利用的力量，不是你強求的，而是它找上門來。當然，事情未必如此簡單。但及時捕捉軍事鬥爭中各方力量消長及其心理變化，籠絡暫不得意的力量為我所用，置於自己控制之下，是壯大自己削弱敵人的妙計。如此說來，借屍還魂有點化腐朽為神奇的意思。不過，這並不是牽強附會，或許應當是它的應有之義。

秦末農民起義領袖陳勝、吳廣「詐自稱公子扶蘇、項燕」，揭竿而起，天下響應。他們的「詐稱」就是「借」；所借之「屍」，一個國人心目中享有賢能盛名而已為秦二世胡亥所殺的秦始皇長子扶蘇，一個屢建功勛體恤士卒楚人愛戴的大將項燕。另一股起義軍項梁項羽叔姪也擁立了楚懷王的孫子，一個十三歲的牧童為新的楚懷王，於是項氏旗下聚攏了楚國的大批反秦力量。項氏的主意，來自謀士范增的借屍還魂之策。陳勝、吳廣和項氏叔姪的「魂」就是反秦，反秦而以扶蘇、楚懷王號令天下，就可奏收攏人心之效。天下歸心，自然就會所向披靡。雄視八荒，鞭笞天下的秦王朝，在農民起義的烽火硝煙裏呼啦啦大廈傾，秦始皇帝期許的萬世基業不出二世，便灰飛煙滅。嗚呼！歷史，是否該感慨於借屍還魂的力量呢？

15. 與虎謀皮的招數

待天以困之，用人以誘之，往蹇來返。

第十五計　調虎離山

虎，乃百獸之王。對於老虎，人們敬而遠之，包括明清小說在內的古書裏，這隻大蟲是頗吃了些人的，除非武松之類的英雄，一般說來，沒人想跟老虎一決雌雄。

虎，在漢語的著作裏和口語中，還用來喻指威武勇猛。所以，勇士猛將謂之虎士、虎夫、虎將、虎臣……他們的活動場所和居處，則謂之虎帳、虎踞、虎穴、虎落……而他們的言行舉止，又有這樣的詞藻：虎石、虎步、虎威、虎拜、虎視、虎據……總之，凡是沾上點虎味虎氣的言詞都無不威風凜凜，或者兇相畢露：危險的境地是虎口；調兵的信物叫虎竹、虎符；兇殘毒辣的人是虎冠；惡婦則是母老虎；給壞人幫兇是為虎作倀；依仗惡人為非作歹叫狐假虎威；連貓這個溫順可憐的小生靈也因為長了一副有點像虎的面孔，而做了「虎舅」……世上沒人不知道老虎的屁股摸不得，因為誰都明白，拍馬拍到老虎屁股上，非但討不着好，如果這時牠渴了或者餓了，則可能淪為虎的腹中物。老虎磨牙，塞在牠的牙縫裏，滋味準不好受。如果戰場上遇到虎視眈眈的敵人，肯定也不是好惹的。虎尾春冰，記錄先民生活的我國第一部史料總集《尚書》的作者就明白，那是極為危險的境地，必須十分小心才是。

那麼，有沒有與虎謀皮的辦法呢？兵家的答案是肯定的。兵家受春秋時期齊國稷下學派的一部重要著作《管子》的啟迪，謀劃了調虎離山的計策。

虎是獸中王，敵人和自己一樣，誰都不是天生的常勝將軍。不過，深溝高壘、金城湯池、防守嚴密、士氣高漲、軍心穩固、軍法嚴明、主將有謀，這樣的軍隊便可以謂為「虎」了。很顯然，面對這

種虎狼之師，你輕舉妄動，盲目冒進，是斷然不可的。《管子‧形勢篇》說：「蛟龍得水，而神可立也；虎豹得幽，而威可載也。」兵家反其意而用之，引龍出水則其神頓消；調虎離幽則其威全無。當虎處在深山幽谷密林莽野之中時，那是何等八面威風！常言說得好：「龍遊淺水遭蝦戲，虎臥平陽被犬欺。」戰場上，「虎臥平陽」並不是輕易可得的機會，因此就需要調虎離山。

調虎離山的關鍵是「調」，即如何「調」它到虎穴之外。敵人在其經營的穩如泰山的陣地裏，是虎虎生氣，各種地利的自然條件使得它如虎添翼，但一經被調離「虎踞」之所，就由強變弱了。調虎離山是個掌握和控制主動權的問題，運用此計要特別謹慎，因為你面對的是虎而不是羊。要特別小心調虎不成反被虎調，誤入虎口，陷進虎穴。倘若如此，那就可能全軍覆沒。至於不入虎穴，焉得虎子，那是偵察的需要，或者對付小股潰敗潛逃之敵的戰術。當然，明知山有虎，偏向虎山行，則又是英雄膽壯，實力雄厚、計高一籌的表現。

《後漢書‧虞詡傳》記載了一個很成功的戰例，武都太尉虞詡被羌人圍困在陳倉崤谷，敵眾我寡，虞詡立即停止前進，揚言上書朝廷請求援兵。

與此同時，他還採取增灶退敵的辦法，巧妙地分散了敵人的注意力和武力，不僅擺脫了危險，而且把敵人的優勢變作了自己的優勢，最終一舉殲滅了數千名羌敵。

調虎離山的兵家計策也給了我們的社會生活以許多有益的啟示。比如，壞人在他經營的環境裏可能有恃無恐，而一旦把他興風作浪的環境破壞掉，他就喪失了呼風喚雨的威風。這就是說，良好的社會環境是邪惡勢力的根本剋星。當然，發現了邪惡勢力要嚴加打擊，絕不手軟，更不能放虎歸山。而從正面意義講，一個人要想成功，除了自身的主觀努力，還得有良好的社會環境和理想的工作學習條件，虎嘯林泉才能虎虎生威、虎視羣雄，成就一番利國利民的大事。

16. 樸素現象中的深刻事理

逼則反兵，走則減勢。緊隨勿迫，累其氣力，消其鬥
志，散而後擒，兵不血刃。需，有孚，光。

第十六計　欲擒故縱

　　欲擒故縱，是老子哲學思想的解讀。《老子・三十六章》說：「將
欲歙之，必固張之；將欲弱之，必固強之；將欲廢之，必固興之；將
欲奪之，必固與之。」「歙」，收斂、收縮的意思，以心臟跳動為例，
它要通過舒張和收縮來啟動和維持身體的血液循環。顯然，縮和張是
相輔相成的，沒有張的前提，不可能有縮的血液噴射，反之亦然。縮
是心臟跳動過程的一個環節，收縮之後不能再收縮，必須擴張，這是
生命運動形式的現實和其內在的必然邏輯。這個自然現象包含了深刻
的辯證法思想，所以老子上面的話一口氣鋪陳了四對互為前提相互轉
化的自然與社會共通共同的現象及道理。

　　寓於尋常現象中的道理，一經運用到包括軍事鬥爭在內的社會領
域，就染上了濃重的權術色彩。其實，就社會人事的角度看，欲擒故
縱的老子思想是非常簡單明了樸素直觀的。你要想用網捕魚捉蝦，那
就得先把網撒開去。樸素的生活寓有林林總總的萬變不離其宗的深刻
事理，老子看到的是人類社會廣闊空間裏無不滲透着的哲學，兵家悟
出的則是克敵制勝欲擒故縱的詭計陰謀。

　　戰爭之道，高下勝敗，除了實力的較量外，還有兵法的作用。
高明的軍事家，觸到嘴邊的戰果不食，到手的敵人不捉，其中就有
着更深刻的用意和志在必得或勢必多得的謀略。倘若敵人正在銳不可
當、氣衝霄漢之時，你且低一頭，以驕縱對方凌人盛氣，膨脹對方
自大頭腦，待對方睥睨天下、自以為是、目中無人之時，乘機圖之，
或許比在對方披堅執銳士氣正旺的時候，硬碰硬的較量效果好些。不
僅如此，即使自己掌握了先機，也不妨利用敵人的頹敗之勢，讓對

方發展到潰不成軍一敗塗地之時，再輕取戰果。這些都是欲擒故縱的題中之義。

　　欲擒故縱的謀略需要一定的力量支撐，不然就會是放虎歸山，一旦縱敵，落得數世之患。「縱」是手段，是計策；「擒」是目的，是結果。擒而復縱，或者能擒而不擒，暫且放他一馬，這裏面有更重要的伏筆、更大的可圖之利，比如諸葛亮的七擒孟獲就是這樣。另外，通過「縱」，讓敵人明白對方無論如何也逃脫不了我的掌心，一是讓敵人心悅誠服或無可奈何地就範；再者，也給縱而去之的敵人同夥以某種暗示和威懾的力量。戰局的制控權在我手中，用欲擒故縱昭示敵人，對方就不敢貿然進犯，從而有利於積蓄人力、物力、精力的作戰要素，養精蓄銳，伺機再戰。

　　欲擒故縱的兵法在社會生活領域，是政治鬥爭的拿手好戲。軍事手段貫穿着政治目的，軍事與政治從來就是一對孿生兄弟。沒有脫離政治的軍事，也沒有無視軍事的政治，軍事是為政治服務的。所以，有「槍桿子裏面出政權」的說法。諸葛亮七縱七擒孟獲，是擴展蜀漢疆域的政治舉措。

　　解語「需，有孚，光」，引自《周易‧需卦》。《周易‧雜卦傳》解釋說：「需，不進也」，這裏指不進逼敵人；《六十四卦經解‧需》解釋：「孚，卵孚也……鳥之孚卵，皆如其期不失，故轉訓為信」；「光」，大、廣之義。這句話的大致意思是，等待時機而不逼迫敵人，就能使對方降服歸順，對我方來說，前景光明。

17. 得失的權衡

類以誘之，擊蒙也。

第十七計　拋磚引玉

戰爭是以犧牲為代價的。流血少，代價小，戰果多，謂之勝利；反之，就是失敗。

磚頭，一種泥土燒制砌牆蓋屋的長方體建築材料，斷壁殘垣處，隨手可撿，沒甚麼稀罕的；玉，石中之美麗者也，藏在深山，包裹着石頭，既不容易尋找，更不容易識辨。卞和懷天下之寶卻先被砍了左足，後被砍了右足，哭訴於荊山腳下，就是這個原因。磚和玉貴賤重輕，毋庸贅言。兵家把戰爭的代價與戰果分別比喻為磚和玉，看是順手拈來的尋常之比，實際上表現着攻城略地舉重若輕的氣魄。扔出塊磚頭，不過小小的誘餌，無足重輕，但引出了價值連城的美玉。拋磚引玉，很有些策士縱橫捭闔的雄辯之風。

紙上談兵，筆墨遊戲罷了。戰場相逢，拿甚麼當「磚」，如何「拋」法，又能引出甚麼樣的「玉」來？還有更多始料不及的問題，很費兵家琢磨。相傳唐武宗年間進士趙嘏有詩名，唐玄宗開元年間的進士常建是蘇州頗負盛名的詩歌愛好者，很慕趙的詩才，想求他一首詩。恰巧碰上趙嘏遊蘇州，常建料他必到靈巖寺，就先在壁上題了兩句詩；後來，趙嘏遊覽來到這裏，果然續了兩句，補成一首絕句。此後，文人雅士附會成典，謂常建此舉乃「拋磚引玉」。殊不知常趙二人是相距百年的兩個時代中人。文人騷客們折騰得妙趣橫生的玄談清議尚且不免破綻，更何況用之於硝煙彌漫戰機萬變勝負難測的疆場！

古往今來的任何衝突，包括軍事衝突，起因是利，角逐為利，步武揚威或身敗名裂是利益的歸往。文人把拋磚引玉作為以稚幼淺拙引出高明深刻的謙辭，兵家借了作為計謀，他們看中的還是一個字：「利」。孫子所謂的「利而誘之」，正是這個意思。誘騙是為了迷惑敵

人，當敵人為「磚」之類的蠅頭小利垂涎三尺之際，就是利令智昏之時，也就是解語所說的「蒙」，懵懵懂懂的狀態。顯然，這種利慾薰心的敵人容易對付。問題是，戰場上這種敵人並不是太好碰上。你拋磚，人家也拋磚，要小心你來我往的忙亂中別拋出了「珠」，更要警惕拋磚不成反而砸了自己的腳。

戰爭是殘酷的。為了勝利，一些將士是會被當做「磚」的；同樣，一方的「磚」所引出的對方的「磚」也好，「玉」也罷，都是將士血肉之軀和血肉之軀換來的城池輜重。

戰爭，將士赴死捐軀固然毋庸諱言，但它帶來的更大災難是百姓遭殃，生靈塗炭。詩云：「醉臥沙場君莫笑，古來征戰幾人回。」解決爭端，訴諸武力，要慎之又慎啊！

18. 苟能制侵凌豈在多殺傷

摧其堅，奪其魁，以解其體。龍戰於野，其道窮也。

第十八計　擒賊擒王

擒賊擒王是戰爭中的一個環節，一般說來，應當是在自己掌握了主動權，處於勢如破竹、所向披靡的有利時機，才考慮的實踐問題。如果不是敵人潰不成軍，而是堅不可摧，別說捉拿首領，動人家一根毫毛恐怕都不容易。

作戰越是到了決勝的階段，越要有全局觀念和抓根本的意識。敵人主力被摧毀，鋒芒頓挫，正處在土崩瓦解之中，解語認為這時的要害就是敵人的主心骨：敵軍首領。抓住了敵軍首領，失去組織和指揮的敵人就是一盤散沙，將不堪一擊。擒賊擒王，就是解決這個根本問題的招數。常言道，除惡務盡，斬草除根。在決勝的殘局中，只顧撿點刀槍劍戟，糧草細軟，而放棄了捉拿敵軍首領，就是不抓根本，就是縱虎歸山，養虎貽患。

　　擒賊擒王的真正寓意是甚麼呢？杜甫詩前出塞主人公給出的答案耐人尋思。詩中這位戎馬十年的征夫引用當年的作戰謠諺敍說自己的身世之歎：

　　挽弓當挽強，用箭當用長。

　　射人先射馬，擒賊先擒王。

　　殺人亦有限，列國自有疆。

　　苟能制侵凌，豈在多殺傷。

　　杜甫以第一人稱寫征夫，實際上是寫自己關於戰爭的思考。「射人先射馬」，馬翻人傷，受了傷的士兵又失去了馬這個重要作戰工具，怎能馳騁疆場呢？「擒賊先擒王」，蛇無頭不行，鳥無頭不飛，敵人的首領被捉，敵軍自然亂了陣腳。這些是詩中主人翁征夫的經驗。但是九死一生的征夫並不是炫耀自己的見識，他的目的在於告誡世人：「射馬」和「擒王」是為了「制侵凌」。《淮南子·本經訓》：「兵者，所以討暴，非所以為暴也」，作戰，是為了和平，不是為了「殺傷」。征夫是真正懂得戰爭真諦的，而那些恃強凌弱、窮兵黷武殺人成性的起起武夫，將兵法用之於反人類反和平的殺伐中，這肯定不是兵法智慧的本來用意，是與兵法的精神背道而馳的。

　　解語中的「龍戰於野，其道窮也」，引自《周易·坤卦》的象辭。消滅戰爭，才是人類和平的福祉。理解坤卦象辭的話，就是要動員起來，創造人類和平幸福的藍天碧野，讓那些動輒干戈相見的戰爭狂們找不到戲水之地，和平的世界就永遠是他們的末路窮途。

19. 生活常識的意蘊

不敵其力，而消其勢，兑下乾上之象。

第十九計　釜底抽薪

釜底抽薪，釜是做飯的鍋，薪是燒飯用的柴火，當滿鍋沸騰的時候，要想不讓鍋裏的水呀粥呀漫溢出來，恐怕沒有比抽出鍋底的柴火再好的辦法了。這是來自於現實生活的常識，而這個常識的意蘊卻是豐富而深邃的。

古來就有諺語說：「揚湯止沸，不若釜底抽薪。」《呂氏春秋·盡數》也有類似的話：「夫以湯止沸，沸愈不止；去其火，則止矣。」「去其火」，就是「釜底抽薪」。我們的前人對生活現象裏隱含着的道理，有許多精闢的文字表述，並且把它作為生活的智慧用之於廣闊的自然和社會領域，不斷總結經驗教訓，不斷豐富它的含義，不斷賦予新的寓意。實際生活與哲學智慧互為融合互為促進，這就是德國哲學家海德格爾經常引用詩人荷爾德林所謂「人詩意地棲居於這片大地上」的詩情畫意。釜底抽薪，就鋪陳演繹了一幅幅詩意盎然的社會生活圖卷。

公元前 266 年，趙惠文王卒，年少的太子丹被立為孝成王，趙惠文王王后執掌國政。秦國趁火打劫，出兵伐趙，一舉攻下三座城池。趙太后請求齊國救援，齊國提出得讓太后的小兒子長安君作人質。太后心疼，不肯答應；當然，齊國也就不發援兵。大臣們紛紛進諫，趙太后非常生氣，說有誰敢再提讓長安君作人質，老婦我要吐他一臉唾沫！面對這麼個頑固任性的太后，誰還敢自討沒趣！就在這個節骨眼上，左師觸龍要見太后，太后憋着一肚子火氣。觸龍走着細碎的腳步，緩緩來到太后跟前坐下，不談政治，說老臣腳上有點毛病，好長時間沒見太后了，很惦記太后身體。觸龍的問候讓太后消了些火氣，她很不高興地只吐了幾個字：「老婦恃輦而行。」這位老太太靠坐車

行路，看來，她腿腳也不太好。於是，有了談話雙方的第一個同病相憐處。接下來，觸龍又問了她飲食起居情況，操勞國家大事的太后很少有人給說些體貼的話，尤其是在秦趙戰爭時期。這時，她的臉色也就不那麼難看了。觸龍乘機岔開話題，提出他小兒子的安排問題。這一點，是跟太后的第二個同病相憐處。由對小兒子的愛，觸龍自然而然地引出了對太后的勸諫，真正的愛是為孩子們作出長遠打算，讓他們有功於國家，才能汲取歷史的教訓，避免重蹈「位尊而無功，奉厚而無勞，近者禍其身，遠者及子孫」的覆轍。一番話讓趙太后認識到了溺愛長安君的錯誤。終於，她慷慨地允諾：「那就聽憑您指派長安君吧！」

觸龍採用釜底抽薪的「攻心」計，使趙太后由盛氣拒諫到欣然納諫。因為觸龍明白太后並不是除了母愛甚麼也不懂的老太太。太后新寡，齊王曾派使者前來問候。太后接見使臣，既沒有表示對齊王的謝意，更沒有拆閱齊王的國書，開口就談論齊國的年成和百姓的話題。齊使者很不滿意，抗議說：「微臣奉命出使拜見威后，您不向我們的國君問好，卻先問年成和百姓，難道應該先卑賤而後尊貴嗎？」太后否定了齊國使者，開宗明義地談了自己的政治主張。她說，如果沒有好的年成，哪還會有老百姓？沒有了老百姓，哪還有甚麼國君？所以，過去的問候慣例是捨本而問末吧？趙太后的談吐機警而得體，她是堪稱政治家的。所以，一旦觸龍抽去了她固執而淺薄的母愛之「薪」，為長安君計深遠的大義也就自然而然地立起來了。

解語中的「兌下乾上」，是《周易·履卦》卦畫的文字表述。乾代表天，兌代表澤。象辭說：「柔履剛也。」天是陽性的，澤是陰性的，也就是陰柔戰勝剛強的意思。觸龍說趙太后，兩位老人絮絮而談，太后由盛怒到心悅誠服地接受剛剛還拒不接受的建議，觸龍以柔克剛，這不是國家政治與家常生活融會貫通的一幅詩意棲居的生活圖卷麼？

20. 當局和旁觀的雙相定位

乘其陰亂，利其弱而無主。隨，以向晦入宴息。

第 二 十 計　混 水 摸 魚

水混濁不堪，魚給嗆得昏頭昏腦，既辨不清方向，更無法逃避捕捉，這是漁人大撈一把的時機。

天下大亂，軍閥混戰，從結草為寇佔山為王到圖謀天下稱雄一方，各種勢力如過江之鯽，為着各自的利益拼搏糾纏打打殺殺，一時間局面混亂，是非難辨。勢力強大的軍事政治集團自成一統，而遊勇散兵式的小股武裝則莫衷一是，何去何從，障礙重重。這就是兵家「混水摸魚」的時機了。

有經驗的漁夫不下河攪水，或者他只下去象徵性地比劃一下攪水的動作，就立刻上岸，只看人家攪水。人家把水攪渾了，他也不忙下水，要在水邊觀察整個水面的動靜，一些耐不住渾水的魚兒就會浮出水面，他便唾手可得了；當着大魚搖尾擺鰭的水花和露出水面的脊背，他具有選取何種捕撈手段的從容和方便。當局者迷旁觀者清，攪水的人，身在水中，不易通觀整個水面，即使有大魚在他身邊出現，因為體力精力的消耗，往往也喪失了捕撈的機敏。

這就提醒了兵家，愈是混亂的局勢，愈應沉着冷靜。亂中取靜，靜中觀變，伺機張網。東漢末年，袁紹曹操的官渡之戰中，曹軍烏巢劫糧，就是這樣。

水不會永遠渾下去，兵家的智慧是一計不成又生一計，平靜的水面如能生出波瀾，造成小水面的瞬間混濁，也不失為相機行事的妙手招數。這就是說，高明的軍事家還應具備攪亂局勢的本領，既要做個不落進混水的當局者，又得身兼旁觀和攪水的雙重職責。當局而不迷惑，旁觀而不袖手，這可說是「混水摸魚」的兵家定位。因為，實現「摸魚」的目的，是有待於「混水」的前提為必要條件的。

　　唐玄宗開元年間，契丹族大將可突干屯十萬騎兵於唐北部邊境。唐朝廷派張守珪為幽州節度使，討伐可突干，多次打退了他的進犯。於是，可突干派使者拜見張守珪，詐降唐朝，以便刺探唐軍邊防虛實。張守珪將計就計，次日，派王悔到可突干營中安撫契丹，宣佈接受可突干的投降。王悔根據張守珪的部署，也肩負着打探可突干軍情的使命。他了解到契丹部另一個將帥李過折與可突干爭權不和，就當機立斷利用這一矛盾。王悔特意拜訪了李過折，兩人密謀後，李過折連夜突襲可突干營帳，殺了可突干，率餘眾投降。張守珪乘機發兵，一舉平定了契丹叛亂。

　　解語「隨，以向晦入宴息」，引自《周易・隨卦》象辭。隨，這裏是隨時的意思。隨卦彖辭說：「隨時之義大矣哉。」該卦的象辭說：「隨，君子以向晦入宴息」，意思是：順應時間的變化，君子傍晚就要準備安靜地休息了。夜晚與混水有相通的屬性，那就是暗：前者為昏暗不明，後者是混濁不清。所以，本計命名以混水摸魚。

21. 蟬蛻的玄機

存其形，完其勢，友不疑，敵不動。巽而止蠱。

第二十一計　金蟬脫殼

　　金蟬，蟬的美稱。金蟬脫殼，是蟬生命過程中由幼蟲向成蟲過度的一個生命環節。經過脫殼，牠的幼蟲蛹變為成蟲蟬。蟬蛹，只能爬行，而成蟲蟬兩翼生風，是一種很機警的昆蟲，一遇驚擾，眨眼間就消逝了蹤影。

　　金蟬脫殼，由自然現象的描述演繹為兵家韜略，是很受了些老子無為哲學和道家「蟬蛻」之說啟發的。老子說：「天下之至柔，馳騁於天下之至堅。出於無有入於無間……」（老子・四十三章）這裏就有金蟬脫殼的玄妙，「出於無有入於無間」，「至柔」在「至堅」中「馳騁」，

看！以退為進的無為哲學，何其自在逍遙。蟬蛹脫了殼就是蟬。蟬以飛替代其幼蟲蛹的爬行，並且幼蟲皮蟬蛻還留在原處，形態儼然，勢如初時。兵家由此生出了以「蟬蛻」偽裝惑敵，「蟬」則脫身而去的詭詐之術。

「金蟬脫殼」，妙在一個「脫」字。「脫」的要訣是不露聲色，不着痕跡，也就是本計解語所說的「存其形，完其勢」；「脫」的效果要達到「友不疑，敵不動」；「脫」的目的，是擺脫敵人，扭轉被動挨打受人牽制的局面，開拓更為廣闊的用武之地。這個目的用《周易・蠱卦》象辭來說，就是「蠱，剛上而柔下，巽而止蠱」。蠱，毒害，即遇上了被動而遭毒害的局面。那麼，該怎麼辦呢？要採取表面上陽剛抗敵而暗地裏轉移撤軍的陰柔之策，存其形式，抽去內容，走而示之不走，迷惑敵人，偽裝和掩護真實的行動企圖，乘機脫離險境。這就是「剛上而柔下」的含義，也就是說，避開強敵免遭損傷，達到「巽而止蠱」的目的。

在日常學習和工作中，遇到了一些非原則性的問題，或者有些一時難以理清的棘手事情，我們不妨借鑒金蟬脫殼的處理辦法，表面上應付着，實際上可以騰出身心從事更有意義的工作，避免曠日持久的無謂糾纏。

22. 開與關的機巧

小敵困之。剝，不利有攸往。

第二十二計　關門捉賊

在三十六計中，關門捉賊與欲擒故縱是一對反義計策。

就軍事形勢分析，施用這二計時，自己一方往往都是處在戰局制控權在握之際；欲擒故縱，則更是處在力量強大的主動有利地位。而敵人，一般說來也都是實力不強和勢力不大的武裝。不同之處是，

欲擒故縱是自己享有戰局的絕對優勢，這時的敵人往往已是甕中之鱉了；而就戰略目的來看，欲擒故縱往往比捉而不放有更為玄要的意圖。關門捉賊卻不是這樣，雖然自己對來犯的小股勢力有制勝的把握，但這個敵人並非是頹敗之中的喪家之犬，相反更可能屬於精悍勇武機動詭詐神出鬼沒具有很大破壞性和戰略主動性的小股敵人。這種力量或者散兵遊勇，或者敵軍的別動隊，僅就其膽敢入室作賊而言，就可見自信有加。之所以說我方有優勢可言，就是因為現在正在我們的「室」中，只要關起門來就難以逃脫。這就是為甚麼強調「關門」，而不是別的捉賊方式的緣故。

關門捉賊，要分析賊的來歷和屬性，是小股遊勇打家劫舍的，還是敵人大部隊驅遣出來刺探兵情騷擾疲憊我方的精銳前鋒。《孫子兵法‧謀攻篇》說：「用兵之法，十則圍之，五則攻之，倍則分之。」根據對來敵的情況分析，要集中兵力和精力不失時機地一網打盡，因為無論甚麼性質的賊兵，共同屬性就是詭祕難測、破壞殺傷力強，一旦脫逃，就會造成更大的隱患，如果是大部隊的刺探前鋒，一回老巢，敵人根據對我方虛實的現場觀察制定了有的放矢的戰略戰術，會造成更大的危害，賊兵逃縱後的反擊戰，將是更為慘烈的。

關門捉賊，一般說來是敵人主動送上門來，因為是來入室行竊。自己捉賊則是一種被動態勢下的主動。兵家從這裏得到了啟發，即能否把敵人引入自己預先設置的範圍內，引狼入室，或者叫做請君入甕，然後再關起門來，痛而打之？這一開一關，是很有些機巧的。

戰國時期的秦趙長平之戰，秦將白起就頗得機巧。秦將白起抓住趙國派遣紙上談兵的趙括接替老將廉頗的機遇，利用趙括盛氣凌人的性格特點，指揮軍隊佯裝撤退，在秦壘構成口袋陣地，等趙括率領着大軍追擊進入秦軍設置的口袋裏，白起以兩萬五千奇兵突然出現在趙軍後，切斷了趙括與後方營壘的聯繫和退路；又派遣五千精銳騎兵迅速插入被圍困的趙軍營壘，攔腰將趙軍一分為二，白起再從外圍突擊

壓縮包圍圈；趙軍數戰不利，只好轉攻為守。而這時，白起卻「圍而不打」，被困的趙軍內無糧草，外斷救援。四十多天後，趙括突圍不成，陣亡；四十萬大軍解甲投降。

關門捉賊，是優勢而主動的戰法，它要求不可錯過時機，不能心慈手軟，要一棍子打死，免得貽患來日。如果是自己預設口袋，則應開門巧妙，關門適時，打得乾脆凌厲。

解語「剝，不利有攸往」，見之於《周易‧剝卦》。彖辭說：「剝，剝也；柔變剛也。不利有攸往，小人長也。」「剝」，剝落，解語中是指敵人逃脫；賊一旦逃走，陰柔變為剛強，那就不好對付了；「不利有攸往」，再追擊是不利的。

23. 趨利避害的一致性

形禁勢格，利以近取，害以遠隔。上火下澤。

第二十三計　遠交近攻

公元前403年，以韓趙魏「三家分晉」為標誌，中國歷史進入了七雄爭霸戰亂頻仍的戰國時期。韓、趙、魏與原有的秦、齊、楚、燕等七個諸侯國竭盡所能，相互進行或攻伐或防禦的戰爭，目的是吞併其他國家，統一天下，建立自己的統治政權。

戰國七雄的整體形勢是，燕、趙、韓、魏、齊、楚六國聯合反對秦國，謂之合縱；秦國破壞合縱，結合六國中的任何一國攻擊其他國家，稱為連橫。前者以策士蘇秦遊說天下，後者以策士張儀擷掇六國。秦昭王時，有一個魏國人叫范雎的謀士，進見秦王，分析天下形勢，批評秦國現行政治的利弊得失，獻上了「遠交而近攻」的策略。針對秦國跨越韓魏遠攻東方大國齊的失策，范雎用齊國越過韓、魏討伐楚，戰勝之後因兵疲遭遇韓、魏暗算，勞而無功的歷史教訓，論證自己的主張：「王不如遠交而近攻，得寸，則王之寸；得尺，亦王之

尺也。」秦昭王採納了這個建議，任用范雎為相。奉遠交近攻為秦國攻取天下的基本國策，終於完成了消滅六國，一統海內的帝國大業。

解語「上火下澤」，是《周易‧睽卦》的象辭：「上火下澤，睽。君子以同而異。」孔穎達解釋說：「上火下澤，睽者，動而相背所以為睽也；君子以同而異者，佐王治民其義則同，各有司存職掌則異。」「上火下澤」，是對睽卦卦畫文字表述「離上兌下」的解釋：離，代表火，兌，代表澤。火在下澤（亦即水）在上，為正常情況；反之，就是不正常的，是跟現實相乖異的，所以這卦卦名叫「睽」。「君子以同而異者」，孔穎達用社會人事情況解釋說，輔佐君王治理百姓，整個統治集團的目的是相同的，而統治者所設置的工作機構各部門的職守不同，這又是同中有異。根據這個解釋，本計解語「火上兌下」的意思應該這樣理解：我方與敵方（包括近敵和遠敵）水火不容，但與遠敵是有相通之處的，那就是都想消滅自己的近敵。消滅夾在我方與遠敵之間的共同的近敵，是雙方結交聯合的基礎，也就是「遠交近攻」策略制定產生和得以施行的根本所在。戰國時期羣雄逐鹿的天下大勢，為策士們提供了縱橫捭闔的舞台，包括遠交近攻計謀在內的連橫策略和六國一致抗秦的合縱策略，都是爭奪天下實際鬥爭的產物。這就是常言所謂的時代造就英雄。當然，這些憑三寸不爛之舌遊說天下的策士，也為歷史鋪排了雄辯恣肆的絢爛，通過這些，後人得以感受奔騰千古的歷史長河曾滾湧過多少炫人耳目的波瀾。

范雎悟透了圖謀天下的大目標和分割蠶食天下化整為零，這一整體與局部之間的關係，以近攻戰果的量的積累逐步達到併吞八荒、囊括四海的最終目的。這很像人不能一口吞下整塊臀尖，他得切割開來，一口一口地吃。秦國從鄰居韓國、魏國開始下手，逐一吃下了六國，既避免了樹敵過多可能導致的因噎廢食，形成以天下為敵招致六國合縱抗秦的麻煩，又使得兼併戰爭符合解決矛盾的漸進性原則。近攻以遠敵的配合或默許為前提，吃下一個近敵擴大一塊版圖，壯大一

次力量，下一個近敵就輪到了原來遠交對象中的某一個國家。如此不斷地分化瓦解敵人，始終樹近敵交遠敵，天下終於盡入秦國股掌之間了，這就是范雎的智慧。

從情理上看，相鄰相近的國家和地區往往利害攸關，勢必存在着利益之爭；再加上相鄰相近，雙方的優劣長短彼此容易了解，對方的馬腳容易察覺，把柄容易抓到。這些或者可以作為近攻的口實，或者可以利用為近攻的便利。不僅如此，而且患難與共時不存在利益分配問題，一旦到了分享成功的時候，往往就出現狡兔死走狗烹、飛鳥盡良弓藏的卸磨殺驢現象；而見異思遷、好高騖遠則又是人捨近求遠的天性。這就是政治、軍事、外交和日常生活中遠交近攻的事例為甚麼屢見不鮮不勝枚舉的答案。尤其在政治鬥爭和日常社會生活中，遠交近攻可謂防不勝防，我想這是毋庸贅言的。

24.「一比二」的問題

兩大之間，敵脅以從，我假以勢。困，有言不信。

第二十四計　假道伐虢

假道伐虢，借一方的路去討伐另一方，涉及三方勢力：舉兵借路者，被借者和被討伐者。顯然，這是舉兵討伐敵國並且借路於人者一方佔絕對優勢的主動行為，而其他二者處於被動地位。興兵弄武只跟自己的敵人糾纏拼殺也罷了，但沒那麼簡單，主動興兵者還另有所圖，要就勢打一打借給路的鄰國的算盤，只是借時不說，而一旦「伐虢」事成，乘勝出擊，所借之路便成了通往自家門庭的徑巷了。

假道伐虢與遠交近攻所面對的都是兩個方面的敵人；所不同的是採用前後兩個計謀時，敵我雙方的力量對比有着根本區別，可以說是大相徑庭，或者說是不可同日而語了。借道者已經具有了決定戰爭勝負的最重要的物質力量，軍事實力的絕對優勢，並且控制住了戰爭局

面和發展趨勢。所以，它不必像遠交近攻那樣採取討好聯合遠敵，調
動利用一切有利因素，集中兵力和精力，解決最突出的矛盾環節，消
滅近敵；採用假道伐虢的計策，一把撕下了溫情脈脈的面紗，帶有威
懾性地要借路鄰國去開闢討伐遠敵的戰場。這種局面下的被借者，可
以說已是借道者砧板上的刀下魚肉了，它哪裏還敢還能說甚麼不呢！

　　不過，就戰略戰術的兵法精神而言，被借者和被討伐者並不是就
只有束手待斃或者坐等滅亡，他們完全可以並且也應當作出明智有為
的抉擇，那就是聯合起來抵禦外侮，共抗強敵。這是他們救亡圖存的
唯一希望。

　　總之，假道伐虢是主動者企圖一舉兩得和被動者兩敗俱傷或者併
力抗敵的策略，是個「一比二」的問題。

　　假道伐虢給我們的啟示是，當一方通過第三方圖謀對方時，第三
方應該明白自己為人小覷和被人驅遣的處境，充分認識利用者或盛氣
凌人或巧言令色，或者表面上小恩小惠卻一肚子奸詐詭謀的伎倆，警
醒謹慎，既不要上當受騙為人耍弄，更不要為虎作倀，努力避免落得
與被圖謀者同歸於盡的悲慘下場。一言以蔽之，假道伐虢應當讓我們
聯想起打草驚蛇。向我們借路的人，又何嘗不是在窺探我們的虛實，
以便在假道伐虢成功之後，乘機下手，順手牽羊呢！

　　提到順手牽羊，有必要多說幾句：假道伐虢與順手牽羊的相似之
處是，它們都包含一主一次兩個軍事目標；不同之處在於，前者的兩
個軍事目標都在既定的作戰計劃中，而後者則是完成了既定計劃後，
新發現的可以輕鬆拿下的軍事目標。

25. 控制的權術

頻更其陣，抽其勁旅，待其自敗，而後乘之。曳其輪也。

第二十五計　偷梁換柱

偷梁換柱的典故源於殷紂王「撫梁易柱」的傳說。據《史記·殷本記》的記載，殷紂王勇武有力，可以徒手搏擊猛獸，觀察事物敏銳，才智過人，為人雄辯，善於文過飾非，言語足以拒絕諷諫，連他自己都認為天下沒有比他更有才能的人了。唐朝人張守節為《史記》作注時，引用了《帝王世紀》的話，說紂王能「倒曳九牛，撫梁易柱」，可見其過人之處。就這麼一位帝王，一旦沉迷於酒色，就怎麼也逃脫不了亡國喪家的最終結局，這裏且打住話題，不去說它。

撫梁易柱，本義是說紂王的力氣大，「撫」，是托舉的意思，一隻手托着梁，另一隻手可以更換支撐梁的棟柱。後來，演變為「偷梁換柱」，就不再是本來的意義，而用以比喻玩弄手法，暗中更換事物的內容或改變事物的性質，如狸貓換太子之類。

作為軍事策略，本計傳授的是爾虞我詐、乘機控制敵人的權術。那麼，偷換的梁柱是誰的呢？我們不妨作如下理解：戰爭中敵我雙方是一個矛盾共同體的兩個對立面，取勝是作戰的目標；為了實現這個目標，必須利用機動靈活的戰術調遣敵人，使其在應付我方變幻無常的戰術壓力中頻繁變更陣容，暴露薄弱環節，我方伺機攻其弱點。如此說來，本計所指的對象就是敵軍。但從本計作為並戰計一套中的計策來看，偷梁換柱矛頭所向又是友軍或盟友。就此說來，這個計策是不仁不義沒甚麼道德可言的。雖然戰不言義，但對友軍也動輒暗算，陰險狡詐可以說到了不擇手段無孔不入的地步。

不過，這也難怪。無論是兵戈相見的戰場，還是巧取豪奪的官場，都是明箭易擋暗箭難防。公開的敵人不可怕，居心叵測的自己人或朋友才是最險惡危險的禍根。因為作為一個矛盾統一體，除了與敵

人這個公開的統一體外，自己內部也是一個小統一體，也存在着方方面面的矛盾。從軍事上說，盟友之間的統一體，各種利益糾葛不清，關係更為錯綜複雜，所以沒有不散的宴席的話用在盟友關係上似乎是再恰當不過的，結盟總是暫時的嘛！一山不容二虎，一世不共二王，當共同的敵人消滅後，該輪到盟友們分道揚鑣一決雌雄了。

古代戰爭是冷兵器的，那時打仗大多採用陣地戰。歷代兵家從戰爭實踐中總結歸納出了許多精妙的戰術戰法，本計解語講到的陣容，就是一種最規整最常用的陣法。顯然，梁柱的精銳主力一旦坍塌，整個兵陣必定潰不成軍。偷梁換柱，抓住陣勢的要害，牽制驅遣敵軍，其功效可以說是牽一髮而動全身。

解語中引用《周易·既濟卦》的爻辭「曳其輪」，說明撤換梁柱的破壞性，其寓意是恰切而深刻的。如果把一支能攻善守的部隊比作戰車，那麼，驅動戰車碾過敵陣踏平敵營的車輪就是這個部隊的中堅力量。偷梁換柱，牽制住敵軍的精兵強將，或者乾脆搞癱瘓其主力，那就好比拽住了敵軍這架戰車的車輪。被拖拽住車輪的戰車，像被束縛了手腳的力士，縱有天大本領，也是老牛掉到枯井裏，有勁使不上了。

26. 敲山震虎的力量

大凌小者，警以誘之。剛中而應，行險而順。

第二十六計　指桑罵槐

指桑罵槐，應該是鄉野村婦所為。心裏有點解不開的小疙瘩，不便直說，或者根本就不願挑明，於是莫名其妙地比雞罵狗起來。指桑罵槐，很生活、很原汁原味，淳樸裏夾雜了點刁蠻，一幅道地的鄉風鄉韻畫卷。王婆罵瓜，就是這類故事裏文人雅士和村婦野童盡人皆知的國貨經典。中國地大物博，此地指桑罵槐，他鄉或許就翻版作比雞罵狗、王婆罵瓜。

　　指桑罵槐，明指此，暗罵彼。「桑」，是形式，是載體，是表面的東西；「槐」，是內容，是實質，是用意所在。文學家、政治家、軍事家的許多招數都是從指桑罵槐式的生活中學來的。這個計策的妙處，在於言在此而意在彼。「桑」是特指，是個體；而「槐」卻是泛指，是羣體，也許罵者意有所指，但他故意不明說。妙就妙在不明說，它的警示作用因此更廣泛含蓄，並且其用意也比把話侃明深刻得多。殺一隻雞，猴兒們不僅生怯，更要好好揣摩揣摩主子的意圖。軍事上、政治上，懲罰一個典型作為示眾的樣板，其他人要引以為戒。這是說，指桑罵槐還可收到殺雞嚇猴懲一儆百的效果。

　　作為統治者，「罵槐」不言「槐」，卻指說「桑」，這是旁敲側擊的權術。打擊面最小化，一個「桑」，卻起了敲山震虎的最大化威懾：那些未確指的「槐」們免不了心中嘀咕，自律自省。作用大，是因為統治者指桑罵槐，可不是王婆罵瓜的滿嘴跑舌頭，是以殺或比殺更殘忍卑劣的手段，砍了桑樹給槐樹們看，讓槐樹們明白殺一儆百的寓意。春秋時期軍事理論家齊國將軍司馬穰苴斬了齊景公的寵臣莊賈一人昭示三軍，「三軍之士皆振慄」；但他剛中有柔，與士卒同甘共苦，官兵為之感召，無不爭赴前線。

　　解語「剛中而應，行險而順」，引自《周易・師卦》。師卦強調「師出以律」，律，就是軍法軍紀。行軍用兵要有法紀，有法不依，有紀不守，就得吃敗仗。司馬穰苴因為監軍莊賈拖延時間遲到，開斬問罪，這就是正軍法，就是樹威嚴，就是「剛」；不過他的另一面是體恤士卒，對傷病士兵噓寒問暖，連自己口糧之類的軍需品分配也比照着軍中的最低標準，這又是柔，是「剛中」，而不是毫無人情的強悍兇暴。所以，將士們都順從響應。過去，晉國燕國攻城略地屢屢得手，等到司馬穰苴披掛上陣，他的威嚴聲譽就讓侵略者不寒而慄，這對齊軍而言，就是「行險而順」。晉、燕聯軍聞風喪膽，齊軍所向披靡，司馬穰苴不戰而收復了失地。

27. 大巧若拙

寧偽作不知不為，不偽作假知妄為。靜不露機，雲雷屯也。

第二十七計　假痴不癲

假痴不癲，用於政治生活領域比用之於軍事戰略上更為常見。

政治上十分得勢，呼風喚雨左右逢源，頤指氣使權傾天下，一般說來，是犯不上也用不着裝憨賣傻的。但當大勢已去，處境困頓的時候，落時的鳳凰不如雞，鳳凰們或許才能明白「人怕出名豬怕壯」的道理。老練的政治家，講究韜光養晦，他竭力掩蓋住自己的才名和智慧，等待時機施展抱負。但物極必反，老練到了極端就是稚拙，所以我們的傳統哲學特別講究不偏不倚的中庸之道。木秀於林，風必摧之；行高於人，眾必非之。一個人不高不低，不聰明也不愚魯，芸芸眾生裏的普通一員，便不會有「樹大招風，才大招禍」的擔憂。所以，老子哲學用「大巧若拙」作為掩護保存自己的辦法。「巧」，就是智慧聰明，智慧聰明的人能拿出個愚頑蠢笨的「拙」態，這是一種處世做人的高境界。大概孔夫子也很欣賞這個觀點，他用「大智若愚」加以概括。

「大巧若拙」，我國現代哲學家馮友蘭先生認為這個「若」字的意思是「似乎是而實則不是」。本計的假痴不癲的「痴」字就可以套用馮先生的解釋，理解為似乎痴而實則不痴，因為佯裝呆傻卻不瘋瘋癲癲、不胡言亂語、不行為失措。「痴」是表面現象，以愚蠢呆傻，似乎不具備有所作為能力的外表麻痺敵人，讓對手失去警覺。敵人覺得一個傻瓜笨蛋不足掛齒，無須正視，便會毫無顧忌為所欲為，而敵人的為所欲為也會引發內部的矛盾和周圍社會環境的公憤。那麼，「痴」的實質是甚麼呢？是等待自己被動落難局面的轉機，並且在這個過程中暗地裏主動有所作為，蓄積力量，研究揣摩敵人，制定戰略戰術，以退為進，後發制人。

假痴，是真智；不癲，是不傻不瘋，非常克制。假痴不癲，就是一副無能為力、無所作為、無可奈何的樣子。制勝的謀略纏上這種「三無」的裹腳布，敵人便會把你看成任人擺佈的「三寸金蓮」了，你再痴得憨態可掬點，動機又密不透風，時機一旦成熟，於山重水複的無路之處，便會呈現出柳暗花明的福地洞天。先前的「三無」就生出了「六有」：有膽有識、有勇有謀、有作有為。敵人眼中的你：假痴不癲，似曾相識，但已判若兩人，只有枉自慨歎無可奈何了！

日常生活中，假痴不癲也是一種妙趣橫生的人生智慧。愚頑可笑憨態可掬的痴傻原本很討人歡心的。如果一個異性同倫罵你「傻樣」或者「笨蛋」，沒準她（他）對你情有獨鍾了，不然就是心裏頭萌生了親昵和欣賞的情愫，至少也是在傳達一種區別於其他同倫的彼此關係定位信息。

《孫子兵法・計篇》說：「兵者，詭道也。故能而示之不能，用而示之不用⋯⋯」假痴不癲，其理論的淵藪，就出自這裏吧！

28. 齊莊公的教訓

假之以便，唆之使前，斷其援應，陷之死地。遇毒，
位不當也。

第二十八計　上屋抽梯

《周易・噬嗑卦》講的是吃喝及其相關的問題，它的爻辭中談到了吃臘肉中毒的事。

臘肉是冬天風乾或薰乾的肉，由於製作或保管等方面的原因，弄不好就會中毒。這就是該卦爻辭所謂：「噬臘肉，遇毒。」該卦的象辭引申了這個中毒現象的意義，說吃臘肉中毒是因為不該吃：「遇毒，位不當也。」孔穎達《周易正義》進一步解釋道：「位不當者，謂處位不當也。」於是，我們可以就此理解本計解語引用這句話的意圖

了。敵人拋出一塊臘肉之類的誘餌，你不管該吃不該吃，能吃不能吃，跑過去撿起來便啃，人家趁機斷了你的回頭路，也就是抽了梯子，你不就「遇毒」而遭人暗算了嗎！從另一個角度分析就是，你想吃臘肉，但現在這塊臘肉不是能吃的地方，你卻去硬啃它，當然也是「位不當」了。

解語以引經據典的修辭手法說明上屋抽梯的道理，恰到好處。並且，吃臘肉的比喻也直觀形象，二十二個字的一篇解語，得此一比，文字生動，出神入化，縱然不識文斷字的軍中武夫，也能清楚明白地理解上屋抽梯的要義了，即不該吃的別嘴饞，不該去的別腿賤。

上屋抽梯的用意是誘敵深入，要想把敵人置入有進無退的絕境，其關鍵的招數是搭梯子，因為你要誘敵上屋，就得提供上屋的工具便利；如果你還想斷敵人的退路，抽梯子，那麼，沒有搭梯子的前提，哪裏談得上抽梯子的後話。這裏，梯子是誘使敵人登梯上屋的利益驅動因素，也就是誘餌。搭梯子首先要研究梯子的材料，即用甚麼作誘餌。誘餌得分量適當，少了不起眼，吊不起敵人的胃口；多了吞嚥不方便，卡喉嚨，也容易讓人起疑心，暴露了其中的訛詐。

投餌還得投其所好，有誘惑力。春秋時齊國大臣崔杼的夫人容貌姣好，國君齊莊公看上了她。二人暗度陳倉隱私敗露，崔杼積怒雪恥。公元前 548 年，崔杼乘莒國公朝見莊公的機會，謊稱患病，請假在家休息。第二天，齊莊公藉看望病人之名，駕臨崔家想與情人再度幽會。崔杼跟早就想挾私報復的宦官賈舉合謀，把莊公隨從擋在門外，莊公一進門，早已暗藏待命的崔杼門徒一擁而出，把齊莊公鐵桶一般圍了起來。被圍的莊公登上院中的高處，先請求和解，再提出盟誓簽約與崔杼分享齊國，三請求到廟堂自盡。門徒們異口同聲地回絕：不行！崔杼這幫家奴真是了得，他們不僅圓滿地落實了主子的意圖，還不無揶揄地搶白莊公說：「君王，您的大臣崔杼有病臥牀，不能前來聆聽聖諭。我們主人的宅院跟您的宮殿相鄰，在下這幫子奴

才奉命捉拿奸夫。請原諒，我們不敢領受別的甚麼吩咐！」可憐一國之君，就這樣落了個龍威掃地。齊莊公三十六計走為上計，他要逃跑，剛翻上牆頭就給一箭射中屁股。「啪」的一聲，他從高大的牆頭上摔落下來。刀斧相加，齊莊公死了。崔夫人本是齊國一位士大夫的亡妻，崔杼相中了她，娶了這位二手老婆。不想作為莊公情人的崔夫人，竟然又成了齊國國君一命歸西的鴆酒。

　　崔杼上屋抽梯，誘餌投放得十分得體，一點也不露痕跡。他只佯裝患病，待在家裏守了兩天老婆，齊莊公就送上門來了。崔杼利用了宦官賈舉的情報，所以，他的投餌又把握準了時機。而飢不擇食的齊莊公卻錯誤地估計了自己的臣子。他以為崔杼臥牀養病，自己又趕上了偷情的佳期，結果非但好事不成，反而喪了性命。

　　崔杼殺齊莊公的故事，把個上屋抽梯的兵家謀略演繹得利利落落、從從容容。你看他不僅梯子搭得好，抽得也妙。賈舉大門一關，齊莊公頓時真龍天子化作了甕中之鱉；家奴們的搶白更斷了這位登徒子逃生的奢念；齊莊公狗急跳牆箭中屁股，那一箭是這位沒有梯子下台的國王接受的最後一份贈禮。

　　上屋抽梯的預期目的是讓敵軍孤立無援，進退不得。因而要有充分的準備對付敵人的困獸猶鬥。兵法說，置之死地而後生。上屋抽梯可不是主動設梯一方的專利，敵人陷入絕境的垂死掙扎往往也會給抽了梯子就盲目樂觀的對手以致命的一擊。常言說，兔子急了也咬人。只有死路一條的敵人，比兔子厲害得多吧？

29. 花枝招展與疏花剪枝

借局布勢，力小勢大。鴻漸於陸，其羽可用為儀也。

第二十九計　樹上開花

桂花飄香，楊柳飄絮，桃花灼灼，梅花冷艷……樹上開花，這花團錦簇的自然景觀渲染着世界的繽紛，也吐露着自然的玄機。

樹上開花，再自然不過的現象了，但並非所有的樹木都能開花，倘若一株本不開花的樹木卻一身姹紫嫣紅開遍，裏面就必定有些蹊蹺。兵家正是運用一般現象與特殊現象之間存在着的普遍性和特殊性差異，演義了樹上開花的詭詐。此計的關鍵處在於人們觀察事物考慮問題，總是容易被基於司空見慣的普遍現象形成的思維定勢所左右，而戰爭中真真假假的各種現象很難辨別。況且，跟任何其他的社會現象相比，戰爭具有殘酷性、突發性、不確定性，指揮人員戰略戰術決策的主觀判斷難以擺脫各種現象的影響和迷惑。因此，在戰局不利的情況下，為了扭轉危局創造有利條件，或者為了等待戰機，都需要運用本計設置假情況，擺佈迷魂陣，虛張聲勢，威懾敵人，驅遣敵人，從而達到克敵制勝的目的。

樹上開花，軍事上最為常見的是本計的反其意而用之，即疏花剪枝。因為決定戰爭勝負的根本基礎是強大的軍隊和雄厚的軍需：兵多將廣，武器精良，供應充足。所以，戰場上多數情況下採用的是「有而示之無，多而示之少」的策略，所謂隱蔽自己的兵力，用小股部隊引誘敵人，然後待機發起大部隊的進攻，就是「疏花剪枝」，不張揚，不招搖過市，免得引起敵人的注意，目的就在於麻痺驕縱敵人，以取得軍事上的主動權。伏擊戰、地道戰等戰鬥形式都是樹上開花戰術的反其意應用。

樹上開花，也是政治權術的拿手妙招。戰國末年，李園妹妹花開兩家，她在實現了兄妹宦達美夢的同時也成全了楚考烈王，因為李園

妹妹的腹中物畢竟是楚國政治的衣缽。至於這顆種子的純度，那是史家的筆墨官司，是另一回事，即便如史家的傳說是一顆雜交，這對於楚王又有甚麼損傷呢？畢竟他繼承楚考烈王，完成了楚國政治一個環節的使命，更何況李園妹妹的腹中物楚幽王百年之後，繼承他事業的新楚王，據司馬遷《史記》記載是幽王的同母弟哀王熊猶呢！

李園妹妹妖冶的花朵光彩與否，姑且不論。一部廿四史，黏糊上政治的東西，誰能說清楚有多少不可告人的卑鄙與齷齪？如果能作這樣的思考，史家和世人還有甚麼理由和資格，對一個女人說三道四？李園妹妹到底是成功的政治家，還是不幸為政治玷污了她生兒育女的天性？

如果說李園兄妹的政治權術之花不足為訓，那麼，少年時代的李世民智解隋煬帝突厥之圍則可以說是樹上開花的經典戰例。

隋大業十一年（公元 615 年）八月，荒淫無道好大喜功的暴君隋煬帝楊廣，為了震懾北方少數民族突厥人的入邊侵擾，再次巡遊北方邊塞。不過，他炫耀武力的初衷不僅沒能實現，反而遭到了突厥始畢可汗數十萬騎兵的圍困。楊廣一行狼狽不堪向雁門關奔去，路上遇到大雨，山谷的道路上泥水深達二尺，運載御用品的車輛不能跟上，隨行的朝廷百官陪着楊廣和妃嬪們在大雨中露天坐了一夜，天明時死了不少人；宮人沒有食物充飢，只好央求着向護駕的衛士們借糧做飯。等到抵達雁門關時，雁門郡的四十一座城池突厥人已經佔領了三十九座，隋煬帝一行人人驚恐萬狀。始畢可汗率軍急攻雁門，箭如雨下，竟然射到了御座前面，楊廣嚇得抱着兒子一把鼻涕淚兩行地大哭起來。在大臣們的勸說下，他一面下令把求救的詔書繫到大木頭上投入汩汩湧湧的汾水，盼望沿河有人發現好派兵救援；一面可憐巴巴地親自到軍中慰問，許下種種諾言收買人心。這時，李世民說服所在部隊的將領屯衞將軍雲定興大設疑兵，虛張聲勢，以解雁門之圍。李世民進言說：「始畢膽敢舉兵圍困天子，肯定認為我們倉促之間不能組織部隊增援。因此，我們就白天大張旌旗，數十里不絕於道路；夜晚則

戰鼓相應。這麼一來，突厥人以為救援的大部隊到了，肯定就會望風而逃。」就這樣，隋煬帝才僥倖脫身回來。

李世民時年十六歲，但是他少年勝算，成功地演繹了一場樹上開花的實戰。有趣的是，車駕逶迤旌旗蔽日的隋煬帝本想樹上開花，讓突厥人開開眼界，增加點對天子威儀的敬畏，誰知偷雞不成折把米，反倒留下了貽笑千古的笑柄。

30. 由次而主的轉變

乘隙插足，扼其主機，漸之進也。

第三十計　反客為主

反客為主，最早的用例見《戰國策·秦策》。商鞅為了秦國富國強兵實施變法，損害了舊貴族的利益，又得罪做太子時的秦惠文王，力主變法的秦孝公一死，他因功高震主遭了車裂之刑，並滿門抄斬。

據《戰國策·秦策》記載，有人給秦惠文王進讒言說：「大臣功高威重，潛伏着國家的隱患；國王的近臣太親昵隨便，隱藏着國王的危險。如今秦國連女人和孩子都知道國家實行的是商鞅先生的法，卻不說是秦王的法。一個客居秦國的衛國人居然成了我國的主人，而聖明的秦王反倒變成了附屬於他的臣子，這不是反客為主了嗎？更何況商鞅本來就是大王您的仇人，請大王考慮考慮該怎麼辦吧！」

秦孝公即位時，非常憤慨於各諸侯國對秦的鄙視小覷，認為這是「醜莫大焉」。商鞅就是在這種政治背景下來到秦國的。《史記·商君列傳》記載了商鞅變法的成就：「行之十年，秦民大悅，道不拾遺，山無盜賊，家給人足。民勇於公戰，怯於私鬥，鄉邑大治。」但是變法觸動了舊貴族既得利益者，雖然據王充《論衡·書解》評論：「商鞅相孝公，為秦開帝業」，但是，繼承秦孝公的秦統治集團容不得他們所誣陷的「商君反為主，大王更為臣」的局面。

這故事是反客為主的出典，也揭示主人公商鞅為變法付的代價。

就軍事戰略而言，主客是一對彼此對立的範疇。一般說來，主指的是，居於本土的、實力強大的、地位主動的、佔有戰略優勢的一方軍事力量；與之相對應的，就是次。反客為主，就是由次向主的轉變。轉變不是一蹴而就的，是一個由量的積累到質的飛躍的過程。一般說來，以守為攻，以屈求伸是實現這種轉變的必要策略。

本計按語從生活中的主客取喻，講由客而主轉變的五個環節。按語說：「反客為主之局，第一步須爭客位，第二步須乘隙，第三步須插足，第四步須握機，第五步乃成為主矣。」軍爭中，「爭客位」是處理好自己與「主人」的關係，進而熟悉地形、了解環境；「乘隙」是入鄉隨俗，了解「主人」的特性，利用其弱點；「插足」是在掌握「主人」情況的基礎上，乘隙搗虛，削弱他的力量；「握機」是奪取並掌握大權；最後自己的力量實現質的飛躍，完成反客為主，輕而易舉地兼併吞噬「主人」，壯大自我。

這五個環節一以貫之的精神，乃屬兵藏鋒，蓄勢待發。主客是可以互為轉化的，《紅樓夢》有詩云：「昨憐破襖寒，今嫌紫蟒長；亂哄哄你方唱罷我登場，反認他鄉是故鄉。」你看，昨天破襖冷兮兮，今天蟒袍泛紅光。一個乞丐是怎樣混到了出將入相的袞袞諸公行列的呢？又為甚麼自從盤古開天地，三皇五帝到如今，一家家的皇帝輪流做，不知來朝是誰家呢？這裏面除了一家一姓或一個政治集團統治萬姓萬世為天下所不容、所共誅的不可抗拒的歷史潮流，還有許許多多說得清和道不明的因素。然而，把握住從客到主由量而質的變化規律和特點，居於「客」位時，不可不為，也不可強為，又時時處處無不有為；一俟時機成熟，就大有作為，不給敵人任何喘息，一發克敵，是非常重要的制勝方略。這就是劉邦、項羽併力攻秦，劉邦坐莊天下，項羽烏江自刎；李世民、李密同窺隋朝江山，李唐王朝姓李世民的「李」，而不是李密的「李」的一個重要原因。

31. 智慧的畸形兒

兵強者，攻其將；將智者，伐其情。將弱兵頹，其勢
自萎。利用禦寇，順相保也。

第三十一計　美人計

「戰士軍前半死生，美人帳下猶歌舞」，唐邊塞詩人高適的沉雄詩
句為我們鋪寫了一幅慘烈淒艷的戰爭畫卷，也為我們揭開了戰士「半
死生」的根源：將軍失職。血肉橫飛死生不辨的廝殺，與縱情聲色淫
逸作樂的帳下，這樣截然不同的兩個世界，高適僅用兩句十四個字出
之，對比何其鮮明！

高適的詩是「美人計」的生動詮釋。本計按語說：「事之以美人，
以佚其志，以弱其體，以增其下怨……」士兵將帥，矛盾的尖銳激
烈，又豈止是一個「怨」字呢！將領們把關涉國家前途命運的職責撇
在腦後，陶然於溫柔鄉裏，足見得美人魅力所向無敵。明末農民起義
軍李自成的大將劉宗敏佔有了吳三桂的愛妾陳圓圓，吳三桂為紅顏衝
冠一怒，改變了投降李自成的主張，率軍折返山海關，引清兵入關，
這對於明王朝徹底覆滅和李自成功敗垂成不啻雪上加霜。無怪乎達爾
文在《人類的由來》一書中說：「為了佔有雌性動物而進行戰鬥，這一
法則看來是在整個的哺乳動物大綱裏通行無阻的。」

美人計消磨將帥的意志，將帥耽於女色不理軍機，必然誘發與
其下級部屬及其官兵之間的矛盾。孔子曰：「食色，性也。」愛美之
心人皆有之，但戰場上女色是只有將帥帳下才有的，如果上上下下都
攜了紅袖與敵軍對壘，那不僅不可思議，其結局也不言自明。正因為
將帥有這樣的特權，也就加劇了將領和下級軍官及兵士之間矛盾的質
變，滋生了怨懟。部屬怨聲載道，兵士鬥志衰退，軍隊哪裏還能談
甚麼戰鬥力。美人計搞得敵人危機四伏，不管先前兵力如何強大，將

帥如何智慧，最終結局肯定是不堪一擊。將帥心不在焉，部屬人心渙散，這是美人計的要害所在。

　　美人計的這些危害，大凡兵家莫不一清二楚。我國古代兵書《六韜·文伐》對此早有深刻的論述：「輔其淫樂，以廣其志，厚賂珠玉，娛以美人。卑辭委聽，順命而合，彼將不爭，姦節乃定。」意思是說，誘使敵帥荒淫無度，助長他的縱欲之心；毫不吝嗇地賄賂珠玉珍寶，並且贈送美女使他耽於女色；辭令謙卑，曲意逢迎；這樣他就鬆懈了與我相爭的鬥志，從而放縱自己，為非作歹。美女的迷惑力和帶來的禍害如此之大，像勾踐滅吳、董卓喪命之類的教訓又如此深刻，為甚麼美人計還大行其道呢？這是因為，坐懷不亂的柳下惠先生畢竟不怎麼太為多見。

　　美人計不獨用之於戰場，大至政治、經濟、外交的國家行為，小到蠅營狗苟的跑官場、做買賣，都無孔不入也無所不用其極。拋出個把美人的回報，肯定不是投桃報李的觀念所能大膽設想到的。需要注意的是，那些笑納貢品美人的主兒大多非等閒之輩，賠了夫人又折兵的賠本買賣歷史上並不少見，機警睿智若吳主孫權和謀臣周瑜等尚且未免貽笑後人，有意於此道的諸君須小心從事為妙。

　　美人計悖乎人性和道德，它把人從自然脫胎而來的獸性發揮到了無所不用其極的地步，把政治、經濟、軍事需要或者別的甚麼卑鄙企圖轉嫁於女人的肉體付出，齷齪的靈魂與詭詐的圖謀嫁接，生產了美人計這個智慧的畸形兒。事實上，從古到今作為美人計犧牲品的女人，沒有一個得到過公正的評價和應有的尊重。即使像西施、貂蟬一樣的女性也並不因為她們的獻身於義而贏來比得上花木蘭的英雄美譽，儘管她們二位的貢獻遠非後世的花木蘭能望其項背。常言道，人心都是肉長的，世人有甚麼理由對那些因為美人計糟蹋了純潔善良天性的直接受害者女人橫加非議，又有甚麼理由指責她們感情天平的萬一傾斜呢？

32. 虛實之間

虛者虛之，疑中生疑；剛柔之際，奇而復奇。

第三十二計　空城計

「瑤琴三尺勝雄師，諸葛西城退敵時」，這是小說《三國演義》讚美諸葛亮空城退敵的兩句詩。

蜀將馬謖街亭失守，諸葛亮所駐西城僅剩兩千五百名士卒和一幫子文官；魏軍屢戰屢勝，司馬懿追亡逐北，乘勝襲擊西城。西城蜀軍將士相顧失色，而司馬懿十五萬大軍已兵臨城下。這時的諸葛亮卻一反大敵當前的普通防禦方式，打開城門，攜了兩名童子登上城門敵樓，鶴衣綸巾，焚香撫琴。司馬懿見了，認為其中肯定有詐，便率軍撤去。

這就是空城計，把無中生有的哲學發揮至極致的戰術，一種掩飾力量空虛欺詐敵人的奇策異謀。

司馬懿的兒子司馬昭看出了諸葛亮的破綻，對父親說：「莫非諸葛亮無軍，故作此態？父親何故便退兵？」司馬懿答道：「亮平生謹慎，不曾弄險。今大開城門，必有埋伏。我兵若進，中其計也。」這個回答說出了空城計的要訣，首先擺空城計的人必須是敵人認為平生謹慎而不可能冒險的人；再就是擺了空城計卻必須給敵人以設伏相誘的假象；最後一點，就是空城內外兩軍還得是知己知彼的將領。這三者捨其一，空城計肯定就得演砸。如果不是司馬懿，而是司馬昭為主帥，諸葛亮的空城計該是毋庸置疑的另一種結局吧！

力量空虛再給敵人做出空虛的樣子，如果沒有諸葛亮的平生謹慎不輕易冒險的「實」作為前提條件，沒有敵樓撫琴的從容鎮定，沒有司馬懿的相知甚深，怎麼會有諸葛亮的空城計呢？虛虛，就是用虛否定虛，這就要求必得具備實而又實的基礎，諸葛亮不僅具備了平生的「實」，而且他的空城計也只是在萬不得已的情況下偶一為之的反常之

舉。否則，你隔三差五地唱空城計，那還了得！

　　空城計是心理欺詐之術。諸葛亮對司馬懿知之甚深，司馬懿對諸葛亮又何嘗不了如指掌！司馬懿兵退，諸葛亮的分析，不是跟司馬懿所言如出一轍麼？並且，諸葛亮也坦然相告他的部屬，揭開了他空城計的一層窗戶紙，那是他不得已而為之的無奈之局。

　　有趣的是，《三國演義》所謂「武侯彈琴退仲達」的空城計，據史家考證乃子虛烏有的小說家言。看來，這真的是本計按語「虛虛」之所謂的虛而又虛了！

　　在偵察手段和武器設備高度現代化的今天，演空城計難度越來越大，儘管如此，空城計的香火仍然煙霧繚繞。政治上、軍事上也好，現實生活中也罷，空城計是並不鮮見的，只是它冒的風險較大，當然，較大的風險所帶來的效益可能是翻番，甚而是「驢打滾」般的利滾利。

33. 掌握和運用敵情

疑中之疑，比之自內，不自失也。

第三十三計　反間計

　　「疑中之疑，比之自內，不自失也。」反間計所製造的疑陣，是在敵人疑陣中佈設的疑陣，前一個「疑」是敵人對我方的佈陣，後一個「疑」是我方「因敵之間而間之」的疑陣。利用來自敵方的間諜傳遞偽詐的情報，這就是反間計。解語引用《周易‧比卦》象辭「比之自內」，說明這種輔助來自敵人內部。比，輔助的意思。敵中有我，我中有敵，這是已為無數事實印證了的至理名言。

　　《孫子兵法》特別強調使用間諜：「明君賢將，所以動而勝人，成功出於眾者，先知者也。先知者，不可取於鬼神，不可象於事，不可驗於度，必取於人，知敵之情者也。」（《孫子兵法‧用間》）孫子指

出，聖明的國君和優秀的將帥之所以戰則必勝卓然出眾，是因為他們
具有料敵如神的「先知」。「先知」，不是來自於鬼神、卜筮和天象，
而是來自諜報工作者對敵情的偵察了解。孫子對間諜工作的任務也作
了頗為詳盡的闡述，他說：「凡軍之所欲擊，城之所欲攻，人之所欲
殺，必先知其守將、左右、謁者、門者、舍人之姓名，令吾間必索
知之。」敵人將領和他的幕僚及身邊重要工作人員的情況，都了解得
清楚無遺，這就是孫子所謂的「知己知彼，百戰不殆」。孫子認為，
間諜是用兵的關鍵，所有的軍事行動都要依賴於諜報工作。

　　反間計更是《孫子兵法》尤為推重的。在孫子所謂的鄉間、內
間、反間、死間、生間五種間諜方式中，了解掌握敵情的最重要的諜
報渠道是反間，孫子說：「知之必在於間，故反間不可以不厚也。」

　　諜報工作的目的就是了解敵方的戰略戰術、作戰方案，以便我方在
這個基礎上制定有的放矢的戰略部署。所謂料敵如神，一是根據雙方兵
力及其供給、作戰地點、氣候條件和指揮員心理特點以及對敵軍既往戰
史的分析作出的正確判斷；另一個很重要的，也是更具有根本意義的依
據就是情報工作。反間比普通間諜工作的重要，在於它通過離間敵人將
帥之間的關係，引發其內部矛盾，或鉤心鬥角，或疑忌分裂，或自相殘
殺。我方不必直接訴諸武力卻取得兵戈相見所不可比擬的戰果。還有一
點，通過反間，把虛假的情報傳給敵方，敵人據以作出的軍事行動往往
會自投反間方的羅網，遇到的打擊必定也是毀滅性的。

　　楚漢相爭，劉邦憑着弱小的兵力戰勝了勇武無雙兵強勢壯的項
羽，其關鍵之一就是他的帳下有在敵人疑陣基礎上佈設疑陣的張良、
陳平等反間奇謀之士。公元前 204 年，劉邦被圍困在滎陽，形勢急
迫，危如累卵。劉邦提出割讓滎陽以東土地給項羽求得和平解圍。
范增力勸項羽拒絕和解，火速攻克滎陽。為此，劉邦非常擔心。正
在這時，楚軍派來了刺探漢軍情報的使者。危急關頭，陳平不動聲
色力挽狂瀾。陳平置備盛禮太牢接待來使，等到相見，他故作驚訝：

「我本想來人是亞父范增的使者，原來是項王的使臣！」說着就當面吩咐侍從把酒肉佳餚撤下，換上了粗劣草率的下等飯食。楚使回去，一五一十地彙報給了他的主人項羽。亞父范增從此遭到了項王的更大猜忌，他的話一點也不被採納了。范增壓着一肚子怒氣告別項羽：「天下事大定矣，君王自為之。願賜骸骨！」范增獲准東歸彭城，半路上抑鬱病發，真的是骸骨就野，一病大去了。楚軍師亞父范增，給陳平僅僅用了點口舌之力就斬草除根了，真是得來全不費功夫啊！

殺了范增的陳平，先前在項羽部下做個不怎麼起眼的都尉。殷王城為漢軍攻破，項羽要誅殺包括陳平在內的守將，陳平逃奔劉邦。陳平到了漢軍，官復原職，而且還是劉邦的參乘，職掌監督所有將領的重要工作。這時的陳平已遠非楚軍都尉陳平能比，並且具備了收受金銀賄賂的條件。也正因為這些，周勃、灌嬰告發了他。歷數陳平劣跡，提醒漢王留點神。這頗使劉邦思量，但他並不偏聽偏信，無故猜疑，而是耐心細緻地進行了調查研究。他垂詢引見人魏無知。

魏無知，是個人物，絕非察言觀色之徒，他十分坦然地說：「臣進薦人才，講的是能力；陛下您關心的是操行。沒有轉敗為勝的方略，即使忠信孝義舉世無雙，陛下，您有閒心去理會他？楚漢相持，在下進薦奇謀之士，關鍵在他的計謀是否有利於國家前途。陳平居家時跟他嫂子搞了點曖昧關係，如今又接受了些個想謀求功名利祿的小人賄賂的金銀，這算得了甚麼？」劉邦聽罷，以為不無道理。於是又找來陳平談心。陳平說：「臣投靠陛下，為的是能得到推舉重用。臣先前事奉魏王，魏王不採納臣的計謀；後來，項王又不信任臣效命的誠心。我赤手空拳得忝陛下左右，不收受點銀兩開銷不支。如果臣謀略有益於漢王，請大王採納；如果臣百無一用，金銀俱在，請允許我封存了送繳有關部門。大王恩賜骸骨，允許我另謀去處吧！」劉邦聽得頗生愧疚，心中連連稱賞：陳平果然大行不顧細謹，乃爽快睿智之士。不但不繳回他收的賄賂，反而金銀大加賞賜，還提拔他做了護軍中尉。

　　《孫子兵法》說:「三軍之事,莫親於間。」劉邦久困滎陽,就是得了知遇甚深的陳平之計,才擺脫了楚軍的重重包圍,絕處逢生。劉邦給陳平四萬斤黃金,隨他發派。陳平成功地挑撥離間了項羽跟亞父范增、鍾離昧、龍且、周殷等人的關係,徹底破壞了楚軍的智囊集團。陳平反間計對劉漢轉危為安,一步步走向最終勝利,發揮了無以取代的重要作用。

34. 慘重的代價

人不自害,受害必真。假真真假,間以得行。童蒙之吉,順以巽也。

第三十四計　苦肉計

　　苦肉計的前提是自我殘害。自我殘害,是反常現象。如果沒有重大利益驅使,一般說來,誰都不會自己傷害自己。但是,用孟子的話說,「生,亦我所欲也;義,亦我所欲也。二者不可得兼,舍生而取義者也。」苦肉計,只是自殘之苦,跟舍生取義的以生命作代價相比,還很微不足道。所以,苦肉計的施行既有反常理反常規的一面,又有大義當前,不容遲疑的一面。

　　苦肉計之所以奏效,除了上面說的兩種情理基礎,更有觸目驚心、慘不忍睹的現實基礎。春秋時期,吳王僚被闔閭謀殺篡位後,他的兒子慶忌逃奔衛國。闔閭十分擔心慶忌報殺父之仇,於是跟大臣伍子胥合謀策劃了斬慶忌的苦肉計。伍子胥找來了吳國民間一位智勇雙全的武士要離。但是,闔閭嫌他身材矮瘦,認為不堪此任。要離卻說,只要大王砍了我的右臂,殺了我的老婆,大事就勝券在握了。要離就憑了這殘忍的苦肉計,騙取了慶忌的信任,最後慶忌在伐吳報仇的征戰途中被要離刺殺。

　　苦肉計的形式未必僅僅自殘一種方式，凡是為了克敵制勝而作出的付出，都可謂之苦肉計。戰國時，鄭武公伐胡，先陪上女兒，又殺了主張伐胡的大臣關其思，付出的代價不能說小了，既有自己的寶貝女兒，又開了對得寵大臣的殺戒。就是這樣，凡是重大的圖謀，採用苦肉計，必定要付出一些慘烈沉重的代價的，而且還不能操之過急。要離就是在成為了慶忌的親信之後，才動手實施壯舉行為的。他那刺向慶忌背後穿胸而過的一劍，讓慶忌明白了要離是闔閭苦肉計雙簧戲的主角。但是慶忌仍然不失為英雄，一位悲劇英雄。當他的手下武夫捉拿要離時，他表現出了對他的敵人，另一位斷臂喪妻的悲劇英雄要離的欣賞，指示手下人放過這位勇士。而勇士要離，在成全了自己的美名後，也拔劍壯行色，自刎披肝膽了。

35. 妙算推波瀾

將多兵眾，不可以敵，使其自累，以殺其勢。在師中吉，承天寵也。

第三十五計　連環計

　　連環計是兵家謀略的綜合運用。《兵法圓機》說：「大凡用兵者，非一計之可孤行，必有數計以裹之也。以數計裹一計，由千百計練數計……故善用兵者，行計務實施，運巧必防損，立謀慮中變。」按語指出的「一計累敵，一計攻敵」，是連環計的指導思想，不可生硬地把它理解為拖累和攻殺兩招的簡單相加。拖累而言，為形成敵方的自我拖累，也是大有文章可做，比如誘之以利，使敵人上鈎；疊施一計，引發兩股或多股敵人對利誘產生興趣，進而爭利，這是相牽相鉗、互拖互累；追加一計，使敵人為利而鬥，自相殘殺；再附之以隔岸觀火，一俟時機成熟乘勝出擊，如此計計相隨，招招相牽，步步把敵人逼向絕路。無論如何強大的敵人，怎禁得了這番折騰。

　　連環計產生於慘烈嚴酷複雜多變的政治或軍事鬥爭，經無數實踐歷練出成套謀略系統。像對待任何事物，一蹴而就，那是非常簡單的事。事實上，再簡單不過的戰事、再弱小不過的敵人，也萬萬不可掉以輕心。哪怕些微的疏忽，都會留下無窮的隱患，甚而釀成滅頂之災。東漢末年，司徒王允以養女貂蟬為美人計，上計虛與呂布，下計實與董卓，翻手為雲，覆手為雨，埋下呂布董卓相鬥的火種；進而貂蟬配合，多方離間呂布董卓；又釜底抽薪，解除呂布顧念與董卓父子相稱的思想顧慮；環環緊扣，最後，直把殘暴專權圖謀篡漢的董卓，推到了醋意滔天的呂布方天畫戟的鋒刃上。

　　連環計，安排在《三十六計》第三十五篇，有很深用意：從全套三十六計的邏輯結構而言，壓軸之計是「走為上」，兵家的最高追求「不戰」，而「不戰」的另一端則是運用連環計的最複雜激烈的「戰」。如果把「不戰」、「走為上」視作太陰，連環計應當是太陽。戰爭的真諦是和平，所以我們可以說：連環計，走為上；太陽，太陰。

　　從文章的謀篇佈局來看，連環計的位置在一計不成又生一計的第三十五計，並且其內在意義也正如《兵法圓機》所謂的「此計阻而彼策生，一端制而數端起，前未行而後復興，百計疊出，算無遺策，雖智將強敵，立可制也」。兵家到了如此境界，作戰到了穩操勝算的火候，可謂戰事爭峯波瀾壯闊的高潮了。連環計收筆溯源，回應全篇，作者在這種高潮處綴之閉幕的最後一招計策走為上，可謂戛然而止。

　　始以瞞天過海，天馬行空，可見得兵家的追求是詭詐而不着痕跡，運籌帷幄決勝千里，文韜武略天衣無縫；終篇走為上策，不戰煞筆，意蘊沉雄，章法勁健，辭章與義理完美統一。

　　掩卷深思，我不獨折服於兵家的機謀，也享受了其佳構妙致所帶來的讀書愉悅中。研讀三十六計，真可以說是在智慧的和風裏沐浴了韜略的陽光。

36. 智慧人類的共識

全師避敵，左次無咎，未失常也。

第三十六計　走為上

　　三十六計，走是上計。這句見於《南齊書·王敬則傳》的話，被廣泛應用於政治、經濟、外交及其所延伸滋生的利益衝突的各種爭端中，當然包括着戰爭。

　　本計的解語認為「走」是「全師避敵」的方略，因為在敵強我弱的情況下，處於劣勢的選擇無非三條出路：投降、媾和、撤退。毫無疑問，撤退是三者之中最為明智的抉擇。撤退，不完全是被動和無奈，更重要的是它鋪就了從長計議走出絕境的路線，其中蘊涵着絕處逢生的希望。走出絕境，就可以醫治戰爭創傷，恢復元氣，發展壯大力量，等待時機，捲土重來。項羽垓下決戰失敗，拒絕東渡烏江，拔劍自刎，成就了悲劇英雄的盛名。相比之下，晉公子重耳從宦官勃鞮劍下撿回一條小命翻牆而逃，一路倉皇，經過十九年的亡命生涯，終於走出了困厄，以六十三歲即位，並且成就了稱霸諸侯的大業。而在此之前，他的父王晉獻公寵愛着的驪姬，以退為進，用八年的青春光陰陪着老態龍鍾的君王，終於讓晉獻公自己開口廢太子立奚齊。驪姬的苦心孤詣是不是蘊涵着「走為上」謀略的神髓？廢太子立奚齊和重耳即位，可不可以說，歷史對「三十六策，走是上計」早已作了經典演繹呢？

　　走為上作為三十六計的末章，我認為它所要表達的不是狹隘的謀略，而是兵家推崇與追求的一種理想境界，通過相對和平的方式達到理想的彼岸，因為和平是人類的共同願望。「走」是擺脫困境與糾葛，另謀他路，以待來日；「走」是積極主動的防禦；「走」是不與敵人角力而較智；「走」是兵家運用《周易》的辯證思想，以柔克剛的方略；「走為上」也表現了歷經百戰縱橫捭闔屈伸有度的大將風範。

　　奧地利哲學家弗洛伊德說：「只要各民族的生存條件還存在着如此巨大的差異，只要在每一個民族內，對個人生活價值的估計還如此紛繁不一，只要將各民族分開的敵意在思想上還表現出如此強大的力量，戰爭就決不會終止。」看來，我們今天和未來較長時期的世界，都還很難避免戰爭，而弗洛伊德講到的這些決定戰爭的因素，只要有人類存在，也就毋庸諱言地存在着。那麼，人類社會存在着的物質和精神上的差異和分歧，是不是必然的戰爭根源，存在抵觸的各方能否認同差異和分歧，求同存異，允許世界的多樣性，這應當是人類共同關注與致力解決的刻不容緩的問題。

　　中國宋代哲學家張載提出了一個具有重要實踐意義的構想，他說：「仇必和而解。」馮友蘭先生在《中國哲學史新編·總結》裏對張載的話作了精當的闡述。「仇必和而解」的思想，就是承認人類社會物質上的差異和意識形態領域裏的分歧，存在分歧的各方應當求同存異，也就是要「和」，從而彼此共處於一個統一體內。

　　我們不能說「走為上」，就是「仇必和而解」，但是當今世界的政治、經濟、文化、外交等各個領域卻顯現了「走為上」策略的廣泛適用性，尤其是國際社會，在不同利益集團的政治鬥爭中，「走」的變通方式：「棄權」就非常曖昧地擺脫了要麼贊同要麼反對的尷尬，開闢了非此即彼的選擇之外的更廣闊的妥協空間。

　　三十六計，對於一般讀者肯定不像對於兵家那樣具有非常直接而實際的用場，但它可能有更大的用場。走為上，就提醒我們，並不是所有的敵人都必須置之死地，也不是工作、學習和生活中的一切障礙都必須毫無例外地予以徹底排除。我們完全可以採取一種更為超然的姿態：不予理會、視而不見、置若罔聞，讓它自生自滅。事實上，許多跳梁小醜式的惡作劇或者自以為聰明的淺薄無知，你不理不睬，對方自討沒趣，興不了風也作不了浪，最後銷聲匿跡。

　　世界是多樣性的，因為它是精彩紛呈的，無論是物質形態上還是精神領域內，都毫無例外地充斥着紛繁多變的固有屬性。存異求同則興，滅異存同則亡，我們應當珍惜人類賴以生存的這個多姿多彩的世界。對於矛盾，即使是最為極端激烈形式的矛盾衝突：戰爭，也應當允許各有各的看法，各有各的應對策略，而付諸干戈時，更應當是「你打你的，我打我的」。不過，無論怎樣的打法，「不戰而屈人之兵，善之善者也」，這應該是智慧人類的共識。

後記

《三十六計》的成書時間和作者，根據目前的資料尚不可考。據叔和先生《關於「三十六計，走為上計」》（見1961年9月16日《光明日報》）介紹，叔和20世紀40年代在成都的一個書攤上發現了土紙印刷的《三十六計》小冊子。據云，這個土紙本係成都興華印刷所依照一個手抄本翻印，手抄本係1941年邠縣（今陝西彬縣）某書攤之訪求所得，有僅存半頁的跋語。

「三十六計，走為上計」，其出處最遲不晚於《南齊書·王敬則傳》。民間口語中「三十六計」使用頻度之大、範圍之廣，考其源頭已非易事，足見作為兵法的《三十六計》之形成，歷時久遠，自應非一人一時之作。此書發現後廣為流佈，很快流傳海外，並產生了廣泛而深遠的影響。

本書原著文字，參照坊間可見版本，取長補短，綜校而成。

本書典例之鋪排，得益於廿五史、通鑒及其紀事本末和諸子類典籍文情並茂的史筆，取捨之間可見筆者的理解與性情，但其中原委與正史無違，只是細節血肉受文筆驅遣，不避私謬有所鋪張罷了。當然，我還得感謝中國歷史、哲學、軍事等相關學術著述的啟發。所有這些，不敢掠美，在此容我鳴謝致意！至於解讀的簡短筆劄，則是陋見拙識，千慮一得，在乎取捨之間，讀者方家幸有以教，我敬以期待並感激着！

劉曉光

2006年10月6日，中秋之夜

責任編輯　謝燿壕
封面設計　鄧佩儀
版式設計　龐雅美
排版　時潔
印務　劉漢舉

中國經典系列叢書

三十六計

劉曉光 / 編著

出版 ／ 中華教育

香港北角英皇道499號北角工業大廈1樓B室

電話：（852）2137 2338　　傳真：（852）2713 8202

電子郵件：info@chunghwabook.com.hk

網址：https://www.chunghwabook.com.hk

發行 ／ 香港聯合書刊物流有限公司

香港新界荃灣德士古道220-248號荃灣工業中心16樓

電話：（852）2150 2100　　傳真：（852）2407 3062

電子郵件：info@suplogistics.com.hk

印刷 ／ 美雅印刷製本有限公司

香港觀塘榮業街6號海濱工業大廈4樓A室

版次 ／ 2022年10月第1版第1次印刷

2024年2月第2次印刷

©2022 2024 中華教育

規格 ／ 16開（240mm x 170mm）

ISBN ／ 978-988-8808-68-7